W0004717

Andrew Vachss · Kult

Andrew Vachss

KULT

Roman

Ullstein

Titel der amerikanischen Originalausgabe: Sacrifice

Amerikanische Originalausgabe 1991 by Alfred A Knopf, Inc.
Ins Deutsche übertragen von Georg Schmidt

Satz: Dörlemann-Satz, Lemförde
Druck und Verarbeitung: Wiener Verlag, Himberg bei Wien
Printed in Austria 1993
ISBN 3–550–06039–4

Gedruckt auf Papier mit chlorfrei gebleichtem Zellstoff

Die Deutsche Bibliothek – CIP-Einheitsaufnahme

Vachss, Andrew:
Kult : Roman / Andrew Vachss. [Ins Dt. übertr. von Georg Schmidt]. – Frankfurt/M. ; Berlin : Ullstein, 1993
Einheitssacht.: Sacrifice <dt.>
ISBN 3-550-06039-4

FÜR SHEBA

Streiterin wider die Blindheit
bis ihr die letzte Schlacht die Augen schloß.

Wenn Liebe mit dem Tod stürbe,
wär dies Leben nicht so schwer.

DANKSAGUNG

Bob Gottlieb –
kein Besserer, jemals.

1

Wenn man Raubzeug jagt, ist Schwäche die beste Tarnung.

Die Linie E kreischte in die Station Forty-second Street. Ich rappelte mich auf, zog leicht den Ledergriff am Geschirr der Hündin. Sie schob sich vorwärts, wachsam. Bürger rückten ab, um mich vorbeizulassen. Ein schwarzer Teenager, angetan mit einer übergroßen blauen Jacke mit goldenen Raglanärmeln, blockierte die eine Türseite mit dem Arm, damit sie sich nicht schloß, während ich durchging. »Alles klar, Mann. Kannst raus.«

Meine dunkle Brille hatte polarisierte Gläser. Das Gesicht des Bengels war sanft. Traurig. In seiner Familie war jemand blind. Ich murmelte Danke, trat aus dem U-Bahnwagen auf den Bahnsteig.

Ich stieß den Griff am Geschirr nach vorn, als legte ich einen Gang ein. Die Hündin hielt auf die Treppe zu, wartete auf freie Bahn, brachte mich dann am Geländer entlang nach oben.

Auf dem Gehsteig wandte ich das Gesicht der Sonne zu, spürte die Wärme. »Braves Mädchen, Sheba«, sagte ich der Hündin. Sie reagierte nicht – ein Profi bei der Arbeit. Ich schob am Griff, und sie ging vorwärts, hielt mich immer in Gehsteigmitte. Weg von Türen, die jählings aufgehen könnten, wahrte Sicherheitsabstand zum Randstein. Ich schloß die Augen, zählte die Schritte.

Sheba stoppte mich an der Ecke Forty-fourth Street und

Eighth Avenue. Sie beachtete die Ampeln nicht mehr als die anderen Passanten. Hier gilt für jedermann die gleiche Regel: Überqueren auf eigene Gefahr.

Vorsichtig, die Schritte zählend, arbeitete ich mich den Gehsteig voran, von der Hündin geleitet. Erreichte meinen Fleck. Ruckelte mit dem Griff leicht rückwärts – Sheba hockte sich hin. Ich nahm mir die Decke von der Schulter, kniete mich hin und breitete sie auf dem Boden aus. Als ich aufstand, legte sich Sheba auf die Decke, machte es sich bequem. Ich öffnete meinen Mantel. Drunter war ein Pappschild, mit einer Schnur um meinen Hals geschlungen. Weiße Pappe, per Hand mit Leuchtfilzer beschriftet.

BITTE HELFEN SIE.

Ich hielt einen Blechnapf in den Händen. Warf wahllos ein paar Münzen rein, um den Pott zu buttern.

Wartete.

2

Menschen trieben um mich herum, wie Strömung, die sich an einem Fels bricht. Sie schauten nicht auf mein Gesicht. Hätten sie's getan, hätten sie ein, zwei räudige Stellen gesehen, wo der Blinde mit dem Elektrorasierer nicht hingekommen war. Ich hatte hohe Laufschuhe an, lose geschnürt, Drillichhosen, ein graues Sweatshirt. Das ganze unter einem Khakiregenmantel, der mir bis unter die Knie reichte. Einen gut eingetragenen schwarzen Filzhut auf dem Kopf.

Die heimischen Straßenscheuchen waren inzwischen an mich gewöhnt. Ich kreuzte jeden Tag am selben Fleck auf. Kassierte geduldig Münzen von vorbeikommenden Bürgern, das Gesicht stets gradeaus gerichtet.

Ich war ein Teil der Szenerie, so anonym wie ein Taxi.

Hinter den dunklen Gläsern ließ ich den Blick über die Straße schweifen.

Sheba stellte sich auf ihre Arbeit ein. Eine alte Wolfsschäferhündin, hauptsächlich grau, sanfte, aufmerksame Augen unter weißen Brauen. Sie hatte das Herz eines Kriegers und die Geduld eines Totengräbers.

Nuttenabsätze klackten auf dem Gehsteig. Eine Kunstblondine, angetan mit einem billigen roten Kleid, kurz und knapp, schwarzen Netzstrümpfen, vorne auf dem einen Schenkel ein markstückgroßes Loch, zwischen den Maschen blasse Haut. Drittklassiges Make-up ins Gesicht gekleistert. Unterwegs, die Mittagskundschaft zu beackern.

»Deine Hündin ist aber hübsch.«

»Danke.«

»Kann ich sie kraulen?«

»Nein, sie arbeitet.«

»Ich auch ... ich nehm an, das kannste nicht mitkriegen.«

Ich holte durch die Nase tief Luft, inhalierte ihr Billigparfüm so gierig wie ein Kokskopp. Sie lachte, bitter und brüsk. »Yeah, ich nehm an, du kannst es doch. Ich hab dich schon mal gesehen. Hier im Dreh.«

»Ich bin jeden Tag hier.«

»Ich weiß. Ich hab dich manchmal rauchen sehen ... wenn dir jemand eine anzündet. Willste jetzt eine?«

»Habe keine.«

»Ich schon ...« Fummelte in ihrer roten Plastikschultertasche rum. »Willste nu eine?«

»Bitte.«

Sie klemmte sich zwei Zigaretten in den Mund, steckte sie mit einem billigen Butanfeuerzeug an. Reichte mir eine.

»Schmeckt gut«, sagte ich ihr, mit dankbarem Unterton.

»Sind mit Menthol.«

»Der Lippenstift ... der schmeckt gut.«

»Oh. Ich nehm an, du hast nicht ... ich meine ...«

»Nur meine Augen funktionieren nicht.«

Sie lief unter dem fetten Make-up rot an. »Ich wollte nicht ...«

»Schon okay. Jedem geht irgendwas ab.«

Ihre Augen funkelten traurig. »Ich hatte mal 'ne Hündin. Daheim.«

»Und sie geht dir ab?«

»Yeah. Mir gehen 'ne Masse Sachen ab.«

»Geh doch heim.«

»Kann ich nicht. Nicht jetzt. Das kapierste nicht ... Daheim ist zu weit weg. Eine Million Meilen weg.«

»Wie heißt du?«

»Debbie.«

»Das ist 'ne üble Gegend hier, Debbie. Auch wenn du nicht heimgehn kannst, kannst du weg.«

»Der macht mir glatt hinterher.«

Ich zog an meiner Zigarette.

»Weißt du, von was ich rede?« fragte sie mit bitterer, leiser Stimme.

»Yeah. Ich weiß.«

»Nein, tust du nicht. Er beobachtet mich. Jetzt und hier. Von der anderen Straßenseite. Verquassel ich hier zu viel Zeit mit dir, mach kein bißchen Geld, krieg ich's von ihm reingerieben.«

Selbst mit geschlossenen Augen, selbst von Angesicht zu Angesicht, konnte ich die Kleiderbügelmale auf ihrem Rükken sehen. Sie fühlen. Ich hob leicht das Gesicht, ließ sie den Zacken in meiner Stimme hören. »Sag ihm, du verabredest dich mit mir. Für später.«

»Klar.« Melancholischer Sarkasmus.

»Steck die Hand in meine Manteltasche. Die linke Hand.«

»Wow! Du hast da ja ein Bündel drin.«

»Es sind hauptsächlich Einer, zwei Zwanziger innen drin. Nimm einen ... Sag ihm, du hast die Hälfte im voraus verlangt.«

Sie schielte über die Schulter, Hintern raus, beugte sich dicht zu mir. »Sag ich ihm das, dann paßt er dich später ab ... wenn du heimgehst.«

»Ich weiß. Sag ihm, das Bündel waren ein- bis zweihundert, das geht okay.«

»Aber ...«

»Mach's einfach, Debbie. Wohnst du bei ihm?«

»Yeah ...«

»Du kannst heut nacht heimgehn. Weg von hier.«

»Wie ...?«

»Nimm das Geld, geh an deine Arbeit. Sag ihm, was ich dir gesagt habe.«

»Mister ...«

»Lang rein, zieh das Bündel raus. Deck es mit dem Körper ab. Nimm den Schein, steck den Rest zurück. Tätschel die Hündin. Dann zisch ab. Heut nacht gehst du heim, kapierst du? Bleib weg vom Busbahnhof – nimm den Zug. Es geht schon okay, Debbie.«

Sie langte in meine Tasche, kniete sich hin.

»Sheba, alles okay, mein Mädchen«, sagte ich.

Die Hündin gab einen behaglichen Ton von sich, als Debbie sie tätschelte. Sie richtete sich auf, schaute in die Gläser meiner Brille. »Bist du sicher?«

»Todsicher.«

Ich hörte, wie ihre Absätze auf dem Gehsteig davonklackten. In einem anderen Rhythmus.

3

Es war fast zwei Uhr, als er aufkreuzte. Inzwischen erkannte ich ihn mit links. Um die Dreißig, kurzgeschorene braune Haare, Schnurrbart entsprechend, sauber gestutzt. Angetan mit einem blauen Blouson, Jeans, weißen Basketballschuhen. Jugendarbeiter in einem der Obdachlosenasyle. Letztes Mal stopfte er einen Dollarschein in meinen Napf. Meines Wissens sagte ich: »Gott segne Sie.«

Achtete auf sein Lächeln.

Diesmal war er nicht allein. Der Bengel neben ihm war etwa acht Jahre alt. Dürres Kid in einem nagelneuen Sweatshirt mit irgendeiner Comicfigur vorne drauf, vertilgte gerade ein Hot dog. Fand alles ganz großartig. Verjubelte wahrscheinlich erst mal einen Haufen Geld in einer Spielhalle.

Ein paar Türen vor meinem Fleck bogen sie in einen Elektronikladen – denselben Schuppen, in den sie letztes Mal gegangen waren. Als er hinter mir aufkreuzte und das Geld in meinen Napf legte. Derselbe Schuppen, in den er immer ging.

Er blieb fast eine Stunde drin. Als er rauskam, war er allein.

4

Er ging an mir vorbei. Stopfte wieder einen Dollar in meinen Napf. »Der Herr sei stets mit Ihnen«, dankte ich ihm. Er ließ sein Lächeln sehen.

Der Prof gesellte sich zu mir. Ein winziger Schwarzer, der in einem bodenlangen Regenmantel dahergetrippelt kam.

»Haste ihn?« fragte ich.

»Schleim is naß, aber nicht aus Glas.«

»Ruf erst McGowan an«, sagte ich ihm, ging auf Blickkontakt, damit er's auch wirklich kapierte. McGowan ist ein Cop – er weiß, was ich mache, aber seine Kiste sind die Kids, nicht die Abgreifer. »Sag ihm, der Freak hat diesmal Frischfleisch geliefert. Sag ihm, er soll durch den Hintereingang rein – Max ist da und steht Schmiere.«

»Ich kapiere, was du sagst – is heut der Tag?«

»Der Fang wird bald eingefahren – die sind bereit, mit Wisch und allem. Krieg du raus, wo der Freak hingeht, wo er unterkriecht. Die greifen ihn sich morgen, auf der Arbeit. Dann holen wir unsern Teil aus seiner Wohnung. Bloß die Asche – den Rest können die Cops haben.«

Der Prof zischte ab und verschwand in der Menge. Der Freak würde ihn nie kommen sehn.

5

Zeit zum Aufbruch. Ich zog sacht am Geschirr, und Sheba rappelte sich auf. Ich legte die Decke zusammen, schlang sie mir um den Hals und ließ mich vom Hund vorwärtsziehen. Ich bog um die Ecke, steuerte die Gasse an, wo Max warten sollte.

Ich sah Debbies Eigentümer an der Mauer lungern. Großer, schlanker, braunhaariger Mann, der einen langen schwarzen Ledermantel und einen Zorrohut trug. Neben ihm ein stämmiges weißes Kid, bepackt muskulös, in einem weißen Turnhemd. Ein Louis: Er brauchte also Verstärkung, um einen Blinden aufzumischen.

Ohne einen Blick für sie tappte ich weiter, schloß zu ihnen auf.

Lässig stieß sich der Louis von der Mauer ab, versperrte mir den Weg. Der Muskelmann baute sich daneben auf.

»Bleib stehn, Mann.«

Ich machte halt, zog am Geschirr, drückte den Knopf, der den Hund losklinkte.

»Wa ...?« Angst in meiner Stimme.

»Rück das Geld raus, Mann. Kein Grund, daß de dich dafür allemachen läßt, klar?«

»Ich hab kein Geld«, greinte ich.

Ich sah den Schlag kommen. Rührte mich nicht. Ließ mich davon in die Knie zwingen, zog das Geschirr ab, als ich fiel.

»Sheba! Faß ihn!« brüllte ich, und die Hündin sprang vorwärts, grub ihre Wolfszähne in den Schenkel des Louis. Er plärrte irgendwas in den höchsten Tönen, just als der Muskelmann einen Schritt auf mich zu machte. Ich hörte einen Knacks, und der Muskelmann lag flach, den Kopf abgewinkelt wie beim Chiropraktiker.

Max der Stille kam in Sicht, die Mongolenzüge ausdruckslos, die Nase aufgebläht, das Ziel im Blick. Hände an der Seite: eine zum Schlag geballt, die andere messerscharf zum Hieb gekantet.

»Sheba! Aus!«

Die Hündin zog sich zurück, fühlte sich betrogen, nahm es aber wie ein Profi. Der Louis hielt sich den Schenkel, flehte um Gnade bei jemandem, den er nicht kannte.

Ich kauerte neben ihm, klopfte ihn ab. Stieß auf den kleinen zweischüssigen Derringer in seinem Gürtel, klappte ihn auf. Geladen. Eine Warnung kam bei dem Drecksack nicht in die Tüte – er war kein guter Zuhörer. Ich hielt die Hand parallel zum Boden, machte eine Wischbewegung, als fegte ich Krümel von einem Tisch. Ich hörte einen Knall, als platze Leinwand in einem Windstoß. Der Louis krachte gegen die Mauer, seine Augen wurden glasig. Blut blubberte um seine Lippen. Ich steckte ihm den Derringer wieder in den Gürtel – das war der einzige Ausweis, den er im Krankenhaus brauchte.

Er würde heute nacht nicht heimkommen. Der Rest lag bei Debbie.

Eine kittfarbene Limousine schaukelte auf niedergerittenen Stoßdämpfern vom anderen Ende in die Gasse. Die Cops. Max verschmolz mit dem Schatten. Ich setzte die dunkle Brille auf, klinkte Shebas Geschirr ein und marschierte langsam raus auf die Straße.

6

Die Linie E setzte mich an der Chambers Street ab, der Endstation in Downtown. Ich stieß auf den Plymouth, den ich beim World Trade Center am Straßenrand geparkt hatte. Sperrte die Hintertür auf, klinkte Shebas Geschirr los. Sie hüpfte locker auf den Sitz.

Ich nahm die dunkle Brille ab und klemmte mich ans Steuer.

Keiner der zusehenden Bürger zuckte mit der Wimper ob der wundersamen Verwandlung.

7

Ich steuerte mit dem Plymouth in Richtung West Side Highway, huschte durch den Brooklyn-Battery-Tunnel, schmiß einen Jeton in den Korb fürs Abgezählte und kutschierte knapp vor dem Berufsverkehr den Belt Parkway entlang.

Brachte Sheba auf dem Rückweg heim.

An einem ruhigen Platz auf der anderen Seite des Brooklyn Aquarium fuhr ich ran. Tauschte die Laufschuhe gegen ein Paar Stiefel, das Sweatshirt gegen einen Rollkragenpullover, den Regenmantel gegen eine Lederjacke. Warf den Blindenkrempel in den Kofferraum.

Der aufgemotzte Motor gedämpft, in sich ruhend, schnurrte der Plymouth am John-F.-Kennedy-Airport vorbei. Sheba schlief friedlich auf dem Rücksitz, ohne sich im geringsten dafür zu interessieren, wohin wir fuhren. Machte einfach ihren Job.

Wie ich.

Ich bog vom Van Wyck Expressway auf den Queens Boulevard. Ein Katzensprung zum städtischen Amt für Sonderfälle, im Schatten der Jugendstrafanstalt gelegen. Ich fand eine Parklücke, klinkte Sheba das Geschirr wieder an.

Der Eingang zum Büro ist durch ein Eisentor gesichert, Pförtnerschalter auf einer Seite, Zweipersonenlift links auf dem schmalen Korridor. Eine Asiatin war am Schalter. Hübsches Gesicht, ruhig argwöhnischer Blick.

»Kann ich Ihnen helfen?«

»Ich möchte Miss Wolfe besuchen.«

Sie reichte mir ein Klemmbrett mit einem an einer Schnur befestigten billigen Kugelschreiber und einem Schein zum Ausfüllen, ließ mein Gesicht nie aus den Augen. »Ihr Name?« fragte sie. Wie einen die Cops fragen.

Sheba sprang hoch, so daß ihre Vorderpfoten auf dem Schalter ruhten, die Ohren aufgestellt und hellwach.

»Hi, Sheba!« sagte die Asiatin. »Ich weiß, ich hab hier irgendwo was für dich zum Naschen. Wollen doch mal sehen ...« Sie kramte in einer Schublade, brachte mit der linken Hand einen Hundekuchen zum Vorschein. Schmiß ihn Sheba hin, während sie mich die Pistole in ihrer rechten sehen ließ.

»Wie sind Sie an unseren Hund gekommen?« fragte sie, immer noch ruhig, viel kälter.

Ich hob die Hände. »Fragen Sie Wolfe«, sagte ich ihr.

Sie mußte auf einen Knopf unter dem Schalter gelatscht sein. Wolfe kam um die Ecke, eine Zigarette in der einen Hand, einen Packen Papier in der anderen.

»Was ist los, Fan?« Sie entdeckte mich. »Ah, da sind Sie ja. Gerade rechtzeitig.«

Sheba sprang zu ihr hin. Wolfe langte runter, kraulte die Hündin hinter den Ohren. »Sheba, Spielzimmer! Geh in das Spielzimmer.« Die Hündin trollte sich.

»Er ist okay, Fan.« Wolfe lächelte. Die Asiatin neigte den Kopf einen knappen Zentimeter, steckte die Knarre weg.

Ich folgte Wolfe nach hinten in ihr Büro. Es sah aus wie immer: alles voller Papier, die Wände mit Tabellen und Graphiken bepflastert, ein flackernder Computermonitor in einer Ecke. Und eine in einem Cognacschwenker schwimmende weiße Orchidee.

»Wo ist das Vieh?« fragte ich mit einem Blick in die Ecken.

»Bruiser? Er steckt irgendwo, mit Bruno. Alles gut gelaufen?«

Ich setzte mich ihr gegenüber hin, zündete mir ebenfalls eine an. »Diesmal hat er 'n Kid mitgebracht. Hat es dagelassen. Als ich abgehaun bin, sind McGowans Jungs auf die Hintertür los.«

Sie nickte, griff zum Telefon, drückte eine Taste. Ein Rotschopf mit Puppengesicht und kampflustigem Unterkiefer kam rasch mit auf dem harten Boden klackenden Pfennigabsätzen rein.

»Der Fall Kent – sind alle Papiere bereit?« fragte Wolfe.

»Alles klar«, erwiderte der Rotschopf zuversichtlich.

»Er hat heute nachmittag ein Kid geliefert.«

»Wir kassieren ihn heute abend.«

Ich schüttelte leicht den Kopf. Wolfe kriegte es mit, schaute hoch zu dem Rotschopf. »Die Papiere ... Hast du den Durchsuchungsbefehl und die Genehmigung zum Telefonanzapfen?«

»Postüberwachung auch«, sagte der Rotschopf. »Die Sondereinheit ist dran.«

Sie meinte die besondere Pädophileneinheit des FBI. Sie waren vom Büro aus gleich die Straße runter. Der Freak mußte weit mehr Drähte als zu dem Laden am Times Square haben – was Babyficker gemein haben, reicht aus, um über die ganze verdammte Erde zusammenglucken zu können.

»Fahrt ihn morgen ein«, sagte Wolfe mit Blick auf mein Gesicht. Ich nickte. »Auf der Arbeit«, fuhr sie fort. »Aber fangt heute abend mit dem Anzapfen an. Wenn er einen Anruf von den Leuten am Times Square kriegt, haben wir die gleich mit dran. Zieht die Durchsuchung morgen nacht durch.«

»Was ist, wenn er heute abend flitzt?«

»Dann schnappt ihn. Aber unternehmt nichts, solange es keine hieb- und stichfesten Beweise gibt, verstanden?«

»Klar.«

Der Rotschopf verschwand mit schnellen, raumgreifenden Schritten und um die Knie flatterndem Karorock.

Wolfe zog an ihrer Zigarette. »Mehr kann ich nicht tun«, sagte sie.

»Ist okay. Das reicht. Ich glaube nicht, daß sie ihn anrufen ... So arbeiten Abartige nicht. Keine Loyalität.«

»Eine miese Kaste Krimineller.« Sie lächelte. Ein zauberhaftes, elegantes Gesicht, umrahmt von schimmerndem dunklen Haar, durchsetzt von zwei weißen Strähnen.

Wolfe wußte, was ich war. Was ich machte.

»War Sheba gut?« fragte sie.

»Bestens.«

»Hier ist sie auch bestens. Beruhigt die Kids, wie's kein Psychiater je könnte.«

»Woher haben Sie sie?«

»Wissen Sie, was mit Blindenhunden geschieht? Nachdem sie rund zehn Jahre gearbeitet haben, werden sie *ausgemustert.*« Leichte Häme in ihrem Tonfall. »Damit sich ihre Besitzer nicht mit einem älteren Hund herumplagen müssen. Sie werden langsamer, wissen Sie, anfällig ... in der Richtung.«

»Wo kommen sie hin?«

»In Käfige. So bin ich auf Sheba gestoßen. Können Sie sich vorstellen, wie das ist? Ein Leben lang zu arbeiten, loyal und treu zu sein ... und in einem Käfig zu enden?«

»Bloß den letzten Teil.«

Sie nickte.

Eine große, schlanke Frau kam rein, setzte sich auf die Kante von Wolfes Schreibtisch, schlug die Beine überkreuz. Ein Fußkettchen glitzerte. Sie hatte ein Kleopatragesicht, lange dunkle Nägel. Behielt mich im Auge, während sie über die Schulter mit Wolfe redete. »Wir können bei Mary Beth keine Abschirmung benutzen. Der Richter hat entschieden, sie sei keine vernünftige Zeugin.«

»Was sagt Lily?« Lily leitet SAFE, ein Behandlungscenter für mißbrauchte Kinder, arbeitet als Beraterin für Wolfes Trupp. Ich kenne sie schon ewig.

»Es wird eng«, erwiderte die große Frau. »Willst du's dir angucken?«

»Ja ...« Wolfe wandte sich an mich. »Wollen Sie's auch sehen?«

»Okay«, sagte ich. Wolfes hinreißende Freundin tat, als wäre ich ein Möbel.

Wir marschierten den Flur runter zum Spielzimmer, stellten uns in den Türrahmen. Lily redete mit einem kleinen Mädchen. Das Kind hatte blasse weiße Haut, strähnige blonde Haare, eine dicke Brille. Es hörte gespannt auf Lily, bis es aufblickte, mich entdeckte. Sein Gesichtsausdruck änderte sich nicht.

Sheba stand neben dem kleinen Mädchen. Ich kam ihr ein bißchen zu nahe, und sie knurrte, machte einen Schritt vorwärts. Mit unserer Beziehung war's vorbei.

Ein wütender Mann in einem zweireihigen Seidenanzug rempelte sich an mir vorbei ins Zimmer. Er hatte längere dunkle Haare, einen dicken Hals, leicht mediterranen Einschlag im Gesicht.

»Haste gehört?« fragte er Wolfe.

»Ich hab's gehört. Ist das dein Fall?«

»Nein, verdammt. Es ist nicht mein Fall. Aber ich habe vor hinzugehn. Er will Mary Beth im Blick haben – okay, schaun wir mal, wie's ihm schmeckt, wenn ich ihn im Blick habe.«

»Rocco ...« Mit einem warnenden Unterton.

»Ich weiß, ich weiß. Aber ...»

Wolfe wandte sich an Lily. »Wie stellen wir's nun an?«

»Wir stellen uns einfach prima an. Nicht wahr, Mary Beth?«

Das »Ja« des kleinen Mädchens kam als Flüstern.

Ich wußte, was da lief. Der Richter hatte beschlossen, die Kleine müsse dem Verbrecher vor Gericht gegenübertreten, dürfe nicht über hausinternes Fernsehen aussagen, wie sie's wollten. Und sie hatte Schiß. Er würde sie im Blick behalten, mit warnenden Augen, sie erinnern. Leckte sich vielleicht die Lippen, machte vielleicht eine kleine Geste, die nur sie kannte. Sie würde vielleicht vor Entsetzen verstummen. Würde sich nicht so verhalten wie ein Kid am Fernseher. Eine Geschworenenriege scheinheiliger Bürger würde was davon schwafeln, wie normal der Angeklagte wirke. Und ein weiterer Kinderschänder wäre freigesprochen. Langsam wandte sie das kleine Gesicht, musterte jeden im Zimmer.

Ich trat zur Wand zurück, spürte die Ausstrahlung ihres Schreckens – auf diesen Sender bin ich mein ganzes Leben geeicht gewesen.

Ich berührte Wolfes Hand. Leicht. »Dürfte ich was probieren?« fragte ich.

»Was?«

»Sie will ihn nicht sehn, richtig?«

Wolfe nickte. Wir wußten alle, wer er war. Immer gibt es einen »er« in den Alpträumen einer Mary Beth. Oder eine »sie«. Manchmal »die«. Niemals einen Fremden.

Rocco drängte sich zwischen uns, die Nase Zentimeter vor meinem Gesicht, hoffte, ich würde mich hinreißen lassen. »Wer sind Sie?«

»Das ist ein privater Ermittler, Rocco«, sagte ihm Wolfe. »Er hat schon mit mir gearbeitet.«

»Private Ermittler arbeiten für jeden, der sie bezahlt.«

»Rocco, komm mal 'ne Sekunde her.« Lilys Stimme.

Lily nahm ihn in eine Ecke. Das kleine Mädchen tätschelte Sheba, merkte auf.

Die große Frau trat neben mich, klemmte mich zwischen sich und Wolfe ein. Lauschte.

»Es kommt nicht drauf an, was er sehen kann, richtig?« fragte ich. »Es geht darum, was *sie* sehen kann.«

»Richtig.«

»Wie groß ist der Abstand vom Zeugenstand zum Verteidigerpult?«

»Ich bin nicht sicher«, erwiderte Wolfe und schaute über mich weg zu der großen Frau. »Weißt du's, Lola?«

»Ich krieg's raus«, sagte die und machte Rocco eine Geste.

»Warten Sie in meinem Büro«, sagte Wolfe zu mir.

8

Ein wuchtiger Schlagetot betrat Wolfes Kammer. Er wirkte halb so groß wie ich und doppelt so breit, Riemen eines Schulterholsters über den Armen. Und einen vergnatzt wirkenden Rottweiler an einer schweren Kette an der Hand.

»Dich kenn ich noch«, sagte er. Tolles Büro hatte Wolfe da: Die Frauen sahen aus wie Fotomodelle, die Männer wirkten wie eine kriminelle Daueroffensive.

Der Rottweiler knurrte beifällig – auch er kannte mich noch.

»Ich warte auf Wolfe.«

»Hat sie dich reingelassen?«

»Yeah.«

»Bruiser, sitz!« blaffte er den Hund an, ließ mich in Ruhe.

Der Rottweiler beobachtete mich, betete drum, daß ich einen Abgang versuchte.

9

Ich war bei meiner dritten Kippe, als Wolfe und Lola zurückkamen. Wolfe klatschte dem Rottweiler auf den breiten Schädel. »Bruiser, Platz!«

Grollend marschierte das muskelbepackte Vieh in die entfernte Ecke, legte sich auf ein Stück Teppich. Nagelte mich mit seinen Blicken fest.

»Kommt er mit Sheba zu Rande?« fragte ich.

»Nicht richtig. Sie sind nicht viel zusammen. Sie hat ihr Gebiet, Bruiser seins. Sheba, die ist fürs ganze Büro da. Schläft sogar hier. Aber Bruiser ist meiner. Nicht wahr, Bruiser?«

Der Rottweiler gab ein Mittelding zwischen Gähnen und Knurren von sich.

»Der Abstand zwischen Zeugenstand und Verteidigerpult

beträgt etwa zehn Meter«, sagte sie. »Wieso wollen Sie das wissen?«

»Ich hab 'ne Idee … Könnte vielleicht funktionieren.«

Wolfe ließ ihr Markenzeichenlächeln blitzen – das, bei dem Strafverteidiger ins Grübeln kommen, ob sie sich nicht aufs Immobilienmakeln verlegen sollten. »Und Sie brauchen nichts weiter als die Anschrift des Angeklagten, richtig?«

»Sie beurteilen mich falsch«, sagte ich, um einen verletzten Ton bemüht. »Um so was geht's nicht.«

»Und was *brauchen* Sie?«

»Wie wär's mit 'nem Blick in den Gerichtssaal?«

Wolfe schaute über ihren Schreibtisch. Lola nickte. »Es ist Feierabend«, sagte sie.

10

In lockerer Rhombenformation zogen wir die Marmorkorridore entlang: Der Schlagetot, Bruiser an der Leine haltend, übernahm die Spitze. Ich zur Rechten, Lily neben mir. Wolfe und Lola auf der Linken, Rocco stellte die Nachhut.

Im Zentrum der Formation: Mary Beth.

Gerichtssaal Nummer K-2 lag ein Stockwerk über dem Keller der Staatsanwaltschaft. Leer.

Lily eskortierte Mary Beth zum Zeugenstand. Lola nahm am Staatsanwaltspult Platz. Ich setzte mich auf die Anklagebank. Rocco neben mich. Wolfe stand beim Geschworenenpodium, eine Hand am Geländer. Der Schlagetot blieb mit Bruiser an der Tür.

»Sie sind dran«, sagte Wolfe.

Ich holte Luft, zwang mich zur Ruhe, konzentrierte mich … so daß meine Stimme trug, ohne zu schneiden.

»Hi, Mary Beth«, rief ich. »Kannst du mich hören?«

Sie nickte. Wenn sie was sagte, so kriegte ich es nicht mit.

»Machen wir ein Spiel, okay?«

Nichts.

»Okay, Mary Beth? Komm schon, es wird dir Spaß machen.«

Lily beugte sich vor und flüsterte ihr was zu. Das kleine Mädchen kicherte.

Lily nickte mir zu. Ich holte ein Bündel Geldscheine aus der Tasche, gab Rocco ein paar Einer. Er spielte mit, nahm sie wortlos.

»Und jetzt, Mary Beth, hält mein Freund Rocco was hoch. Wenn du errätst, was es ist, kannst du's haben, okay?«

»Okay.« Leise, aber hörbar.

»Halt nicht das ganze Scheißbündel hoch«, flüsterte ich ihm zu. »Immer bloß einen.«

Er hob einen Dollar.

Mary Beth sagte etwas, das ich nicht hören konnte.

»Was war das, Schätzchen?« rief ich ihr zu.

»Geld.«

»Stimmt. Du hast gewonnen.«

»Und Sie haben verloren«, sagte Rocco, sprang auf, ging hin zu dem Mädchen, reichte ihm die Asche. Machte eine Schau wie ein Quizmaster. Die Andeutung eines Lächelns auf dem Gesicht des Kindes.

»Das war zu leicht, was? Okay, Rocco, bleib hier. Probieren wir was Schwereres. Mary Beth, sag mir, wie viele Finger ich hochhalte, und du gewinnst wieder, okay?«

Sie nickte.

Ich hielt drei Finger hoch.

»Drei.« Mit Kleinmädchenstimme, dünn.

Rocco verbeugte sich tief, belohnte sie mit einem weiteren Dollar.

Ich probierte es erneut.

»Einen.« Die Stimme jetzt kräftiger, mit einem leichten Kichern unterlegt.

»Dammich! Du kannst das gut, Mary Beth. Noch einmal, okay?«

»Okay.« Diesmal mußte ich mich nicht anstrengen, um ihre Antwort zu hören. Keiner mußte es.

Ich probierte es mit zwei Fingern. Sie traf es auf den Punkt. Rocco, der mit Freude meine Asche verpulverte, zahlte sie aus.

Ich holte Luft. »Mary Beth, nimm deine Brille ab, okay? Probieren wir's mal so rum.«

Sie flüsterte Lily etwas zu. Ich sah ein Grinsen über Wolfes Gesicht huschen und augenblicklich verschwinden. Die Brille wurde abgenommen.

Wieder hielt ich zwei Finger hoch.

»Ich kann's nicht sehen«, sagte das Kind, die Stimme klar und fest.

»Probier's noch mal«, sagte ich, hielt die Hand über meinem Kopf.

»Ich kann nichts sehen.«

Wolfe trat vom Geschworenenpodium weg. Ging rum, bis sie hinter mir stand. »Kannst du mich sehen, Liebes?« rief sie.

»Nein. Es ist alles verschwommen.«

»Dann wirst du auch *ihn* nicht sehen können, Mary Beth. Du wirst ihn nicht ansehen müssen, Schätzchen!«

Das Lächeln des kleinen Mädchen strahlte durch den Saal.

11

Wieder in Wolfes Büro, wartete ich, daß sie zurückkam. Rocco, verdächtig geduldig, wartete mit mir.

»Das war ein schlauer Trick, Mann«, sagte er schließlich. »Wo haben Sie so was gelernt?«

»Von denen.«

»Von wem?«

»Den Freaks. Kinderschändern, Notzüchtlern, Schmerzschleimern ... die Art.«

»Haben Sie die studiert?«

»Aus nächster Nähe«, sagte ich, ließ ihn in meine Augen schauen.

Wolfe marschierte mit Lola rein, neben ihr ein anderer Mann. Schmal, ansehnlich. Ein Latino. Wolfe gab Rocco ein Zeichen zum Abhauen. Er tat so, als hätte er die Geste nicht gesehen, ließ den Blick auf mir. »Wie heißen Sie, Mann?«

»Juan Rodriguez.«

Der Latino lachte. »Und wo ist dein Kreuz, Landsmann?« fragte er mich.

Ich streckte die Hände aus, zeigte ihm, daß beide Rücken sauber waren, keine Tätowierungen.

Rocco schaute zu dem Latino. »Was soll das?«

»Dieser *cholo* verscheißert uns, Bruder. Wäre der ein Mexikaner, dann wär er ein *pachuco*.«

Wolfe setzte sich an ihren Schreibtisch – übernahm das Kommando. Zündete sich eine Zigarette an, bedeutete allen, sich hinzusetzen.

»Das sind meine Leute«, sagte sie zu mir. »Ich traue ihnen, verstehen Sie?«

Ich nickte, wartete.

»Ich werde nicht ewig hier sein. Ändert sich etwas, will ich, daß sie so bleiben. Können Sie mir folgen?«

Wieder nickte ich. Kein Staatsanwalt kommt ohne Politik aus. Wolfe hatte mit dem Aufmischen von Notzüchtlern und Schändern Karriere gemacht, aber sie hatte keine Hausmacht. Ergo war sie nicht geschützt. Wenn sie eines Tages gehen mußte, würde ihr Trupp die Arbeit fortführen. Der Boß konnte nicht den ganzen Haufen feuern.

»Ja oder nein?«

»Lassen Sie hören«, sagte ich ihr.

Sie zog an ihrer Zigarette. »Mister Burke«, sagte sie und deutete mit dem Kopf in meine Richtung, dann auf jedes einzelne Mitglied ihres Trupps, »das ist Lola, meine Stellvertreterin (Kleopatra mit dem Fußkettchen), Amanda (der Rotschopf) und Floyd (der Latino). Rocco ist gerade zu uns gekommen, eine Versetzung vom Organisierten Verbrechen. Bruno haben Sie bereits kennengelernt – er wird gleich zurück sein.« Der Latino nickte in meine Richtung – die anderen warteten ab.

Der Rottweiler gab einen Ton von sich.

»Und Bruiser.« Sie lachte. Sonst niemand.

»Mister Burke hat früher mit diesem Büro gearbeitet. Bevor der eine oder andere von euch gekommen ist.« Mit Blick auf Rocco.

Er schnappte nach dem Köder. »Wann?«

»Bonnie Brown«, antwortete Wolfe, strich die dichte Mähne dunklen Haares mit einer Hand zurück, schmiß sich provozierend in Pose.

Ich hatte damals Ausschau nach einem Foto gehalten. Dem Bild von einem kleinen Bengel. Er wollte seine Seele wiederhaben. Das Foto war in einem luxuriösen Haus auf Wolfes Territorium, im Hauptquartier eines Babypornorings, der von Ehemann und Gattin im Team betrieben wurde. Wolfe wollte das Team – ich wollte das Bild. Ihr Überwachungstrupp war in der Nacht, als ich reinging, auf dem Posten. Als ich abhaute, gab es einen Brand. Sie fanden den Ehemann mit gebrochenem Genick am Fuß der Treppe. Die Ehefrau, noch rammdösig von dem Äther, den ich ihr in die Visage gerieben hatte, lag oben im Bett. Das Miststück überlebte, und es verpfiff zig andere. Ein großer Fall.

Rocco nickte. »Sie waren das?« fragte er mich.

»Mister Burke assistierte uns bei der Ermittlung«, fiel Wolfe ihm ins Wort. »Er hat eine ... *gewisse* Verbindung zu diesem Büro. Wir verstehen einander.«

Rocco ließ nicht locker. »Sind Sie Privatdetektiv?«

»Ich bin bloß ein arbeitender Mann. Alle gottgefälligen Tage kreuzen sich, wie Miss Wolfe sagte, unsere Wege. Das ist alles.«

Floyds Blick drang durch den Zigarettenqualm zu mir. »Burke. Ich habe von Ihnen gehört.«

»Tatsächlich?«

Ein dünnes Lächeln umspielte seinen Mund. Er neigte den Kopf leicht in meine Richtung.

Ich stand auf. »Ich werde sie einweihen«, sagte Wolfe.

12

Ausgeglichen. Zentriert, wieder bei mir. Zurück aus der reizenden familiären Illusion, die ich in Indiana gelassen hatte. Virgils Familie nicht mehr zugehörig, wie ich auch nicht mehr blind war.

Von einer Illusion kann man leicht in eine Schlußfolgerung springen. Wie von einer Brücke.

Ich habe kein Zuhause. Ich baue mein Zelt auf steinigen Grund, ein Nomade, der nie eine Krume bestellt. Ich lebe vom Wildern. Schwindeln, Schleppen, Stehlen. Allzeit bereit weiterzuziehen, wenn die Herde ausdünnt.

Ich bleibe bei der Stange, aber die suche ich mir selbst.

Schlagen und abzischen. Ich bin Grundbewohner gewesen, seit ich das letzte Mal aus der Haft kam. Ein Schmalspurzokker bei krummen Spielen.

Keinerlei Freibeuterei, keinerlei Rumballerei. Im Penthouse ist die Beute reicher, aber im Keller isses sicherer.

Sicher sein – weiter will ich nichts. Als ich jünger war, habe ich mich reingehängt, beidhändig Haken ausgeteilt, immer auf den einen Treffer aus, der den andern Kerl aushebelt. Technischer K.o. in Runde eins. Damals dachte ich, das würde mir Stärke geben. Sicherheit.

Zu Boden gegangen bin aber ich. Nie mehr. Jetzt will ich nichts als Abstand haben, mich ganz hinten halten.

Mich aufrecht halten.

13

Ich lotste den Plymouth in die schmale Garage an der Ecke der alten Fabrik. Der Hausbesitzer hat sie vor Jahren in Wohnlofts umgemodelt. Eine hübsche Stange an sensiblen Künstlern mit reichen Eltern verdient. Ich wohne im Obergeschoß. Schaut sich einer die Baupläne an, sieht er bloß, daß da oben Lagerraum ist. Der Hausbesitzer schuldete mir etwas für was, das ich nicht machte – mein Büro ist der Lohn.

Er könnte jederzeit anfangen und Miete von mir verlangen – mich obdachlos machen. Ich könnte jederzeit einen Anruf machen, eine Adresse flüstern – und die Leute, die sein verkokster Sohn bei den *federales* verkauft hat, würden das kleine Frettchen zu Frischfleisch verarbeiten.

Pansy war nicht auf ihrem Posten, als ich die Tür aufsperrte. Das Vieh, brunzblöde 140 Pfund Muskulatur, lümmelte auf der Couch, eine massige Pfote über die Lehne drapiert, und blinzelte mich aus hellgrauen Augen einen Tick geringschätzig an.

»Froh, daß ich wieder da bin, mein Mädchen?« fragte ich die neapolitanische Mastina.

Sie gab ein Schnüffeln von sich, als röche ich nach was Miesem. Man hätte annehmen können, die Lusche machte einen Aufwand, weil ich mit einer anderen Frau gearbeitet hatte.

»Möchtest du raus?« fragte ich und öffnete die Hintertür des Büros. Draußen: eine schmale eiserne Feuerleiter, rostig und zernagt von Alter und Verfall. Von dort eine wacklige Stufenleiter zum Dach. Sie walzte hin und kletterte hoch zu ihrem Auslauf, ignorierte mich.

Als sie wieder reinkam, griff ich in meine Jackentasche. Holte vier Portionen Schischkebab mit Pitabrot raus, jedes einzeln in Folie eingewickelt. Die gibt's hier auf der Straße zu kaufen. Neben Uhren, Jeans, Radios, Halsketten, bedruckten T-Shirts, Stadtplänen, Schußwaffen, Videos, Büchern, Hot dogs, Kokain, Fleisch und Kunsthandwerk. Pansy schmiß sich augenblicklich in Sitzpose und verfolgte, während ihr der Sabber zu beiden Seiten aus dem Maul schoß, wie ich die Folie wegschmiß, das ganze Zeug zu einem stinkenden, schmierigen Ball zerquetschte.

»Immer noch böse auf mich?« fragte ich und hielt ihr den Preis vor die Schnauze.

Rigide wie ein Fundamentalist, rührte sie sich nicht.

»Sprich!« sagte ich ihr und schmiß das Zeug in ihre Richtung. Bei ihrem ersten Schnapper flogen die Teile quer durch den Raum. Ihr Schwanz wedelte wie irre, während sie jeden kleinen Klacks aufspürte und vertilgte.

Ich setzte mich an den Schreibtisch und beobachtete sie. Sobald sie fertig war, kam sie zu mir, legte mir ihren bowlingkugelgroßen Kopf auf den Schoß, gab sanfte Töne von sich, als ich sie hinter den Ohren kraulte, und klinkte sich glücklich aus.

Sie sind alle gleich.

14

Ich blätterte meine Post durch. Sie wird nicht hier zugestellt – ich unterhalte überall in der Stadt Schließfächer, eröffne pausenlos neue. Nie würde ich auf eins zurückgreifen, sobald die betreffende Kollekte kassiert war.

Ein rundes Dutzend Antworten auf meine letzte Annonce in den Freakblättern. Darla ist erst zehn Jahre alt, aber sie ist sehr hübsch. Sie hat es gerne, wenn sie fotografiert wird, und ihr Vati kann das sehr gut. Erklären Sie Vati, in welcher Pose Sie Darla möchten, und er wird Ihnen einige wirklich prachtvolle Polaroids zuschicken. Für fünfhundert Kröten kriegen sie Stücker vier – Handarbeit ist teuer. Keine Schecks.

Der erste verliebte Briefpartner wollte Darla in rosa Schleifchen – und sonst nichts. Ein anderer wollte sie gezüchtigt. Den Rest habe ich nicht gelesen, bloß sorgfältig die Geldanweisungen aussortiert, auf der einen Seite damit einen hübschen Stapel gebaut.

Ich schicke die Originalbriefe an einen Zollfahnder, den ich in Chicago kenne. Er kennt mich nicht – ich bin sein mysteriöser Kumpel. Ein besorgter Bürger. Die Leute vom Zoll verschicken das Pornozeug, das sie so rumliegen haben, an die Briefeschreiber. Dann nehmen sie sie wegen Besitzes hops. Für meine Mühe behalte ich die Geldanweisungen. Wie Kopfgeld.

Ein weiterer Schwung Briefe mit Antworten auf meinen Söldnerrekrutierungsservice.

Mehr Post: Bewerber um eine Mitgliedschaft bei den Streitern der Weißen Nacht. Ein Wesen legte seinem Beitrittsformular einen langen handgeschriebenen Brief bei. Erklärte dem Zentralkomitee, wie scharf er drauf sei, bei echten Stadtguerillas mitzumischen, die wüßten, wie man dem Niggerproblem beikommt. Er schickte Asche – wollte die vier Wochen Anstandsfrist nicht abwarten.

In der Bronx gibt's einen Schuppen zum Scheckeinlösen, der die Geldanweisungen für mich eintauscht. Kommt jemand vorbei, können sie mich bestens beschreiben. Schwarz, zirka eins achtzig, 95 Kilo, Kopf geschoren, Rasierernarbe die eine Backe runter. Fährt einen goldenen Cadillac mit Floridanummer.

15

Nicht alle meine Korrespondenz geht an Postfächer. Mein persönlicher Briefkasten ist drüben in Jersey. Einer von Mamas Fahrern holt sie alle ein, zwei Wochen für mich ab, bringt sie zu ihrem Restaurant. Max nimmt sie dort mit, lagert sie in seinem Tempel, bis ich vorbeikomme. Es dauert länger, ist aber sicher.

Das war die einzige Adresse, die Flood hatte. Jahrelang wartete ich auf einen Brief, nachdem sie gegangen war. Ich mach das nicht mehr.

Michelles letzter Brief lag noch auf dem Schreibtisch. Muschelrosa Briefpapier, die Tinte mit Parfümgeruch.

Hier wird es nicht stattfinden, Schätzchen. Du bist der einzige, dem ich das sagen kann. Terry und den Maulwurf nehme ich mir vor, wenn mir was eingefallen ist. Tut mir leid, wenn es durcheinander klingt, aber es sieht so aus, als wäre Dein Schwesterherz zu lang auf Trebe gewesen, Süßer. Ich hatte das Geld. Ich habe es noch – sie wollen es nicht. All die Jahre voller Schliche, Risiken ...

Ich habe mir eine zauberhafte Wohnung besorgt, gleich neben dem Klinikum. Zumindest ist sie jetzt zauberhaft, nachdem ich damit durch bin. Die psychologische Überprüfung war keine große Affäre. Ich meine, ich habe keine einzige Lüge erzählt, bis sie damit angekommen sind, wie ich die vergangenen Jahre gelebt habe, ob ich erhebliche familiäre Unterstützung bei der geschlechtsregulierenden Operation bekommen habe – Du weißt schon, wie sie's machen.

Ich habe als Frau gelebt. Und genau das möchten sie, *sagen* sie, diese Scheinheiligen! Ich bin mein ganzes Leben lang aufreißen gegangen, seitdem ich ausgebüchst bin. Und das war nicht immer bloß Trockenschwimmen. Ich habe einem Psychiater mal von meiner biologischen Familie erzählt. Das würde ich nie wieder tun.

... Jedenfalls hat alles gut ausgesehen. Bloß daß ich beim medizinischen Test durchgerasselt bin. Ich bin zu lange auf Hormonen gewesen, und diese Schwarzhändler, mit denen ich zu tun hatte, die müssen zu häufig gepanscht und gepfuscht haben. Ich erinnere mich noch, wie weh es getan hat, als ich angefangen habe, was ich für Krämpfe gekriegt habe, wie ich sie keiner meiner Schwestern wünschen würde.

Der Doktor, bei dem ich damals nachgefragt habe, der hat gesagt, der wäre rein psychologisch, der Schmerz – alles im Kopf. Na klar, er war ein Mann.

Jedenfalls haben sie gesagt, Östrogene können zu Thrombose führen, und ich müßte vor der Operation davon runter. Aber wenn ich sie jetzt absetze, die Hormone, könnte ich zusammenklappen, sagen sie. Ich bin zu lange drauf gewesen, mit zu hohen Dosen.

Und als sie mich gefragt haben, wer meine Brüste gemacht

hat, wollte ich es ihnen nicht sagen. Das Silikon hält immer noch – ich bin schön wie eh und je. Aber ich war mal närrisch. Bevor du mich gekannt hast. Als ich so jung und dickköpfig war. Ich habe damals mit ein paar anderen Hormonen herumgespielt. Ich wollte, daß diese mickrigen Brüste von mir milchschwer werden, und dazu mußte ich mich weiter operieren lassen.

Kurz und gut. Schätzchen: Sie wollen's nicht machen. Zu hohes Risiko, haben sie gesagt. Ich sei inwendig total vermasselt.

Herrgott, als hätte ich irgendeinen Trottel in einem weißen Kittel nötig, mir das zu sagen.

Und nun habe ich die Wahl. Ich kann zurückkommen, wie ich bin. Weiter die Hormone nehmen. Sogar Psychotherapie kriegen, wenn ich will. Über den Ladentisch. Denn das habe ich hier bekommen: Ich bin jetzt offiziell, die Diagnose steht schwarz auf weiß da, präoperativ transsexuell.

Aber ich habe daraus ein paar Dinge gelernt. Und eins weiß ich gewiß, Schätzchen, ich kann nicht mehr in den Knast. Nie wieder. Wie also soll ich leben?

Ich stecke in der Klemme, und hier wollen sie's nicht machen. Ich kann nach Übersee. Eine von meinen Schattenschwestern hat mir den Namen von einer Klinik in Brüssel gegeben, und ich weiß, daß man es auch in Marokko machen lassen kann. In Casablanca. Nur daß für mich kein Bogart dort ist.

Ich habe die Hormone mitgemacht, die Elektrolysen, alles. Von den Leuten hier wollte ich nichts als den letzten Messerschliff und ein bißchen Rekonstruieren. Ich brauche denen ihre läppische Therapie nicht. In meinem Herzen und in meiner Seele bin ich eine Frau. Deine Schwester. Terrys Mutter.

Ich brauche ein bißchen Zeit. Um herauszufinden, was für mich wichtig ist. Ich lasse es Dich wissen.

Paß auf meinen Jungen auf.

Ich liebe Dich

16

Am nächsten Morgen machte ich einen kleinen Marsch. Kam mit den Zeitungen und einer Tüte Gebäck für Pansy zurück. Ließ mir Zeit, zog alles in die Länge. Ich las die Blätter, wie ich es immer im Knast gemacht habe, saugte jeden Fitzel Stoff von den Seiten. Um Pansy scherte ich mich nicht – sie hat das typische Hundezeitgefühl. Für sie gibt's nur zwei Sphären: niemals und ewig.

Es war fast zehn, bis ich die Garage von der Hintertreppe aus betrat. Ein von einem gelben Notizblock gerissenes Stück Papier klemmte unter dem Scheibenwischer. Zwei breite Striche von einem fetten Filzschreiber, parallel zu einem kleinen Kreis an ihrem Fuß verlaufend. Auf einer Seite war die Ziffer 7.

Max. Teilte mir mit, ich sollte ihn auf der Stelle aufsuchen. Teilte mir mit, wo. Kein Anzeichen für einen gewaltsamen Zutritt zur Garage. Ich hatte ihm mal einen Schlüssel angeboten – er fand das komisch. Max der Stille spricht nicht. Macht überhaupt kein Geräusch.

In Chinatown fand ich gleich an der Bowery einen Parkplatz. Ging zu Fuß zu einem der im Schatten der Manhattan Bridge stehenden Kinos. Schmale Gasse an der Seite. Hintertür, stumpfgrüne Farbe, mit Rost durchsetzt. Ich drehte am Knauf, war nicht überrascht, daß sie unverschlossen war. Metalltreppe links von mir, die sich z-förmig hochwand. Ich legte die Hand aufs Geländer, und zwei Asiaten tauchten auf.

Sie sagten nichts. Der eine achtete auf meine Hände, der andere auf meine Augen.

»Max?« legte ich dar.

Sie blieben so still wie er.

»Burke«, sagte ich, deutete auf mich.

Einer trat zu mir, fuhr mir mit den Händen über den Körper, eine leichte, spinnengleiche Berührung. Er suchte nicht nach einem Messer. Da, wo ich hinwollte, war alles unter einem Maschinengewehr zu nichts nutze.

Sie traten beiseite. Ich stieg hoch bis zum Absatz, stieß auf eine weitere Tür, ging rein. Sah eine weitere Treppe, stieg wieder hoch.

Noch eine Tür. Ich öffnete sie und sah einen langen, schmalen Raum mit hoher Decke, von freihängender fluoreszierender Elektronik erleuchtet. Ich stand vor einer Reihe Fenster – Milchglas, mit einem hundertjährigen Quantum Zigarettenqualm verkleistert. Der Fußboden war fein säuberlich in einzelne hingemalte Areale unterteilt: ein Quadrat, ein Rechteck, ein Kreis. Eine Wand hing voller Waffen: japanische Katanas, Thai-Kampfstöcke, koreanische Numchuks, Wurfsterne, Kongos. Sie waren nicht zur Schau da – in dieser Hütte checkte man an der Tür, was man für Waffen mitnahm. An der anderen Wand hauptsächlich Asiaten, dazwischen ab und an ein paar Rundaugen, schwarz, braun und weiß. Männer und Frauen, jung und alt. Ein Kampfdojo – jeder nach seinem Stil.

Max kam zu mir her, legte mir die Hände auf den Unterarm. Ich folgte ihm zu einer freien Fläche an der Wand. Ein kleiner, fetter Mann stand mitten in dem Rechteck, in der Taille vornübergebeugt, den Rücken der rechten Hand an der Hüfte, die andere ausgestreckt, wie lahm am Gelenk, während die Finger sachte, wie auf Luftströmungen reagierend, spielten – beinahe eine Parodie auf alles Weibische. Er sah aus wie ein weicher Klops – dem würde auf der Straße keiner aus dem Weg gehen.

Ein leichtgewichtiger junger Mann betrat den Boden. Verbeugte sich vor dem Fetten. Bewegte sich in kleinen, filigranen Kreisen, den Körper geduckt wie eine gesträubte Katze, Vorderklaue einen Tick über dem Boden, tätzelnd. Das Eis prüfend.

Der Fette stand wie angewurzelt, nur die ausgestreckten Finger in Bewegung, als ob sie durch unsichtbare Drähte mit dem Jungschen verbunden wären. Das ganze Gleichgewicht auf den Punkt gebracht, tief im Unterleib zentriert.

Der Jungsche täuschte mit dem Führfuß einen Wischer an, trat jählings zu und stieß mit dem andern Bein nach. Der Fette machte eine Art Wedeln, und der Kick war abgefangen – zu schnell, als daß ich die Blockbewegung hätte sehen können.

Bevor sich sein Gegenüber erholte, war der Fette wieder bei sich. Er wartete – ein Baumstrunk unter dem Wind.

Der Jungsche versuchte es wieder ... lauter Nieten. Er ballerte seine Kicks aus allen Richtungen ab, legte sich einmal in die Luft ... Doch der Fette lenkte sämtliche Attacken mit der ausgestreckten Hand ab, ohne sich je vom Fleck zu bewegen.

Der Jüngere verbeugte sich. Trat vom Kampfboden.

Ein steinalter Mann in einer blaubestickten Robe schritt an den Rand des Rechtecks. Bellte irgendwas in einer Sprache, die ich noch nie gehört hatte. Ich brauchte keinen Dolmetscher: »Wer's dran?«

Ich schielte zu Max. Er legte mir drei Finger auf den Unterarm. Der Jungsche war nicht der erste gewesen, der die vorgereckte Verteidigung des Fetten brechen wollte.

Ich winkelte die linke Hand ab, hielt sie parallel zur Schulter mitten vor die Brust. Ballte die rechte Hand zur Faust, wischte die linke Hand beiseite, knallte mir die Faust an der Stelle vor die Brust. Öffnete die Hände zu einer »Warum nicht?«-Geste.

Der Krieger verzog ansatzweise die Lippen, ließ kurz die Zähne hinter den schmalen Lippen sehen. Deutete auf den Boden.

Ein Titan, die glänzend schwarzen Haare auf die ausgefuchste Art eines Sumoringers geflochten, trat in das Rechteck. Sah aus wie eine alte, auf halber Höhe abgesägte Eiche. Er verbeugte sich vor dem Fetten, der wie ein Zwerg vor ihm stand. Das Messer hatte nicht funktioniert – jetzt probierten sie's mit der Keule.

Der Sumo ging in die Hocke, ließ tief grunzend Luft durch die Nase ab, trötete seinen Schlachtschrei und griff an. Der Fette zuckte mit dem ausgestreckten Handgelenk, drehte sich im Schwung auf der Stelle und knallte dem Sumo im Vorbeigehen den Ellbogen derart an den Hinterkopf, daß er gegen die andere Wand donnerte.

Die Wand überlebte den Aufprall.

Der Sumo rollte die Schultern, wartete, daß die Schlachtmusik in seinem Kopf auf Crescendo kam. Sein Blick kehrte sich nach innen, und er griff wieder an. Die linke Hand des Fetten flatterte, wie ein Schmetterling vor einem anrauschenden Laster, die ausgestreckten Finger auf die Augen des Sumos versteift. Die Faust des Sumos schoß hoch zum Gesicht des Fetten, als sich dessen rechte Hand von der Hüfte löste und den Sumo wie mit Düsenantrieb am Brustbein erwischte. Der Größere blieb stehen, als wäre er wieder gegen die Wand gelaufen. Der Fette gab zwei Kicks auf dieselbe Stelle ab, wirbelte wieder fort, bevor der Sumo reagieren konnte.

Der Sumo verbeugte sich vor dem Fetten. Jeder in dem Raum tat es ihm gleich.

Etliche Stimmen erhoben sich zu einem blubbernden Sprachenmischmasch. Ich konnte keine einzige verstehen. Max konnte keine hören. Aber wir kapierten beide die Kunde. Wieder trat der steinalte Mann vor. Sagte etwas, deutete auf Max.

Der Mongole verschränkte die Arme, ließ den Blick durch den Raum gleiten, nahm Maß. Er neigte kaum sichtbar den Kopf. Das reichte. Es wurde leise im Raum, als Max in das Dreieck ging.

Er trug lose fließende Baumwollhosen und ein schwarzes T-Shirt. Er bückte sich aus der Hüfte, streifte die dünnsohligen Schuhe ab, die er immer trug – ohne Socken. Verbeugte sich vor dem Fetten.

Max stand starr wie Stahl, ausgerichtet. Der Fette war ein Meister in irgendeiner Art von Aikido. Er würde nicht attakkieren. Ausgeglichen und in Harmonie, würde er nur den Kreis zu vollenden suchen.

Wieder verbeugte sich Max. Streckte seinerseits die Hand aus, Fingerspitzen vor. *Ki* zu *Ki*.

Mir standen vor der schieren Strahlung die Haare auf den Unterarmen kerzengerade hoch.

Max glitt in leicht geöffneter Hocke vor, rollte mit dem Kopf. Der Fette, immer noch in seiner Stellung, wackelte mit den Fingern, wartete. Max trat vorwärts, als liefe er auf Reispapier, arbeitete sich in die Schlagzone vor. Die Hüften des Fetten waren wie Kugellager – er folgte Max, auf das Ziel fixiert.

Zwischen zwei Herzschlägen tauchte Max nach den Füßen des Fetten, vollführte jählings eine vollkommene Rolle vorwärts, als der Fette auch schon zurückglitt – zu spät. Max war in seinem Rücken, drosch mit beiden Füßen zugleich kolbenartig nach dem Körper des Fetten. Einer verfehlte, der andere landete volles Rohr im Bauch. Der Fette torkelte, als Max wieder auf die Füße gerollt kam, mit der rechten Faust einen Haken hinter die ausgestreckte Hand des Fetten schlug, damit durchkam, rumwirbelte, den Rücken zur Brust des Fetten, während er sich umdrehte, die Linke hob und auf den entblößten Nacken einhackte.

Es war vorbei. Der Fette hielt die Hand an die getroffene Stelle, rieb sich das gefühllose Genick. Es war nicht gebrochen – Max hatte den Schlag abgebremst.

Sie verbeugten sich voreinander. Zustimmendes Geblubber aus der Runde. Max deutete auf den Fetten. Hielt die Hand hoch, Finger gespreizt. Faßte sich an den Daumen, deutete auf den Fetten. Dann an den Zeigefinger. Dasselbe. Er ging sämtliche Finger durch, bis er zum kleinen kam. Deutete auf sich. Hielt sich die Brust, keuchte heftig. Deutete wieder auf sich – hielt den Daumen hoch. Deutete auf den Fetten. Hielt die Hand seines Gegenübers in die Luft. Teilte der Runde mit, daß der Fette gegen vier Männer gekämpft hatte, bevor Max seine Chance hatte – wenn Max zuerst drangewesen wäre, hätte der Fette gewonnen.

Ich war stolz auf die Lüge – stolz, sein Bruder zu sein.

17

Niemand klopfte Max beim Weg aus dem Dojo auf den Rücken. So ein Laden war das nicht.

Der Krieger tippte auf das Zifferblatt meiner Armbanduhr, machte mit den Händen eine »Komm mit«-Geste. Egal, wo wir hingingen, wir hatten es eilig.

Im Auto machte Max das Zeichen für SAFE. Lilys Laden am Rande des Village.

Ich machte eine »Was ist los?«-Geste. Er hielt einen Finger hoch. Geduld.

Wir bretterten über den Chatham Square. Ein Schwarm grauer Tauben schwirrte um das auf einem winzigen Betondreieck an der Kreuzung East Broadway und Bowery stehende Denkmal. Eine weiße Taube landete mitten unter ihnen, rempelte sich durch zu den besten Futtergründen. Ein harter Vogel, gestählt vom Überlebensstreß in einer Welt, in der seine Farbe ihn zeichnete.

18

Ich stellte den Plymouth hinter Lilys Bude ab, folgte Max hinein. Ihr Büro ist am anderen Ende des Ladens. Die Tür stand offen. Lily saß an ihrem Schreibtisch, das Madonnengesicht von langen dunklen Haaren umrahmt. Bei ihr war eine andere Frau, eine junge Frau mit schmutzigblonden Haaren, großen Augen, einem sarkastischen Mund. Saß aufrecht wie eine Leistungssportlerin auf ihrem Stuhl. Etwa im achten Monat schwanger. Sie waren ins Gespräch vertieft. Max klatschte in die Hände – sie blickten auf.

Max verbeugte sich vor den Frauen, sie erwiderten seinen Gruß. Er hielt meine Hand hoch, so daß sie die Uhr sehen konnten.

»Danke, Max«, sagte Lily. »Auf die Minute.«

»Was soll das?« fragte ich Lily.

Sie ignorierte meine Frage. »Burke, Sie kennen doch Storm?«

»Sicher.« Storm war Chefin beim Krisentrupp für Vergewaltigungen im Krankenhaus in Downtown. Noch eine Kriegerin aus Lilys Stamm. Es gab sie in allen Formen, Farben und Größen. Alle sind sie irgendwie süß, und alle können sie bis aufs Blut gehen.

»Willst du's wirklich wissen?« fragte Lily Storm. »Bist du dir absolut sicher? Burke irrt sich nie ... bei dieser Sache.«

Storm nickte.

»Laß ihn sehen«, sagte Lily. Storm streckte die Hand aus, Teller nach oben.

Ich setzte mich auf den Schreibtisch, nahm ihre Hand. »Ist das die Hand, mit der Sie schreiben?« fragte ich sie.

»Ja.«

Ich schaute genau hin. Sah deutlich die Dreiecke, die sich aus den Linien ergaben. Wie die Zigeunerin es mir vor langer Zeit gezeigt hatte. Sich überschneidende Dreiecke für weiblich, offene Spitzen für männlich.

»Es wird ein Mädchen«, sagte ich ihr.

»Gut«, sagte Storm. Dann: »Vielen Dank. Ich wollte keinen Fruchtwassertest, aber Lily wollte es einfach wissen. Es hat sie närrisch gemacht.«

Ich zündete mir eine Zigarette an. Lily schnitt ein Gesicht. Storm lächelte. Sie rauchte auch. Eine Zigarette pro Tag, normalerweise gleich nach dem Abendbrot. Keine mehr, keine weniger.

»Was steht sonst an?« fragte ich Lily.

»Woher wissen Sie, daß es noch etwas gibt? Halten Sie Storms Bitte nicht für wichtig?«

»Nicht mal Storm hält sie für wichtig«, sagte ich. Achtete auf ihre Augen, wußte, daß ich richtig lag. »Und Max wäre wegen der Sache, die ich grade gemacht habe, nicht so in Eile gewesen.«

»Ich zeige es Ihnen«, sagte Lily.

19

Das kleine Spielzimmer hatte ein Fenster aus Spezialglas – von innen war es ein Spiegel. Ich schaute durch und sah Immaculata, die einen hellorangen Hänger trug, die langen Haare in einem strengen Dutt. Max' Frau, halb Vietnamesin, halb weiß sie's nicht. Ich war dabei, als sie sich kennenlernten. In den Trümmern eines Gefechts. Ein pummeliges Baby krabbelte über den Teppich in der einen Ecke. Flower, ihr kleines Mädchen. Nach einem anderen kleinen Mädchen genannt. Einem, das nicht überlebt hat. Ein Tribut an Flood, die kleine blonde *karateka*, die gekämpft hatte, den Tod des Babys zu rächen. Und fortging, als das Werk getan war.

Fort von mir.

Ein halbes Dutzend Kids im Spielzimmer. Sie rannten, hüpften, kritzelten mit Buntstiften auf einer riesigen weißen Plakattafel.

»Das ist er«, sagte Lily neben mir. »Er redet jetzt mit Mac. Luke heißt er.«

Der Junge sah aus wie zirka acht. Hellbraune Haare, schmales Gesicht, dunkle Augen. Er hielt einen Taschenrechner in der Hand, deutete auf das Anzeigefenster, als erkläre er etwas.

Ich spürte, wie Storm auf der anderen Seite neben mich glitt. »Die Polizei hat ihn gefunden. In einem Zimmer mit seinem kleinen Bruder. Zwei Jahre alt. Das Baby war mit einem Schlachtermesser zu Tode gehackt worden. Luke war überall voller Blut, aber nicht angerührt worden, hat bloß ein paar oberflächliche Kratzer abgekriegt.«

»Die Eltern?«

»Die waren nicht zu Hause. Haben ihn auf den Bruder aufpassen lassen. Sagten, sie waren nur ein paar Minuten weg.«

»Irgendwer dafür hopsgenommen?«

»Nein. Keine Festnahme. Nicht mal ein Verdächtiger.«

»Wir kümmern uns hier nicht nur um mißbrauchte Kinder«, griff Lily ein, die Stimme wutunterlegt, als wäre ich ein Politiker, der ihr Programm in Frage stellte.

»Kinder, die mitansehen mußten, wie einem Nahestehenden grausam Gewalt angetan wurde ... eine Vergewaltigung, ein Mord ... Die sind genauso traumatisiert, als wäre es ihnen selbst zugestoßen. Deswegen ist Luke hier.«

»Wohnt er daheim?«

Storm antwortete mir. »Nein. Seine Eltern wurden wegen Vernachlässigung der Aufsichtspflicht verurteilt. Hat sich rausgestellt, daß sie fast zwei Tage fort waren, keineswegs ein paar Minuten, wie sie behaupteten. Und sie waren wenig mitteilsam, feindselig. Wolfes Trupp fand heraus, daß das tote Baby gar nicht ihres war. Nicht ihr rechtmäßiges. Es war eine von diesen privaten Adoptionsvermittlungen, aber das gelangte nie vor Gericht. Der vermittelnde Anwalt wurde wegen Babyhandels angeklagt. Luke ist seit etwa zwei Monaten in Pflege.«

»Und ihr wißt immer noch nicht, wer das Baby umgebracht hat?«

»Wolfe sagt, sie wisse es.« In Lilys Tonfall war was.

»Und was soll ich dabei?«

»Letzte Woche hatten wir ein Fernsehteam hier. Sie drehten eine Dokumentation über Kindesmißbrauch. Wir gaben ihnen die Erlaubnis, unter bestimmten Bedingungen. Sagten ihnen, in welchen Räumen sie arbeiten könnten, von welchen sie sich fernhalten sollten. Einer von ihnen, ein wirklich cleverer junger Mann, eine Art Produzent oder so, der nahm den Kameramann mit nach hinten, wo Luke spielte. Als Luke die Kamera sah, reagierte er katatonisch. Erstarrte. Die Sanitäter gaben ihm eine Spritze in den Arm, und er hat nicht mal gezuckt.«

»Was ist passiert?«

»Er kam wieder zu sich. Etwa eine Stunde später. Als ich ihm erklärte, er wäre in Trance gewesen, wurde er richtig wütend. Stritt alles ab. Sagte uns sogar, was er die ganze Zeit über gemacht hat. Als wäre es nie geschehen.«

Ich beobachtete das Kid, zählte eins und eins zusammen.

»Burke, Sie wissen, was das heißt, nicht?« fragte Lily.

Ich ignorierte ihre Frage. »Kann ich mit ihm reden?«

»Versuchen wir's«, sagte sie und öffnete die Tür zum Spielzimmer.

20

Sie zogen es durch wie ein eingespieltes Team. Lily zischte Immaculata irgendwas zu, die Luke augenblicklich an sich zog, während Storm die anderen Kids aus dem Raum bugsierte.

»Hi, Mac«, sagte ich. »Wer ist dein Spielkamerad?«

»Das ist Luke«, sagte sie ernst, eine Hand auf seiner Schulter, die langen lackierten Nägel leicht auf seiner Brust. Wie behütende Klauen.

Die Augen des Jungen waren dunkle Perlen. »Wie heißt du?« fragte er mich, mit drohend bebender Stimme.

»Burke.«

»Wie buchstabiert man das?«

Ich sagte es ihm.

Der Blick des Jungen wurde nachdenklich – er verdrehte die Augen nach oben, sah mich aber gleich wieder an. »Zwischen unseren Namen gibt's eine Verbindung«, sagte er.

»Was meinst du damit?«

»Sie haben dieselben Buchstaben. U.K.E. In unseren Namen. Vielleicht haben sie dieselbe Wurzel. Meiner ist aus der Bibel. Gibt es einen Burke in der Bibel?«

»Nicht unter diesem Namen.«

»Bist du Immaculatas Freund?«

»Sie ist die Frau meines Bruders.«

»Max ist dein Bruder?«

»Ja.«

»Es stimmt«, versicherte ihm Mac.

»Immaculata ist meine Freundin.«

»Ich weiß. Das heißt, du bist auch mein Freund.«

Wieder flackerten seine Augen, richteten sich aus. »Kennst du irgendwelche Monster?«

Ich ging neben ihm in die Hocke, brachte meine Augen auf die gleiche Höhe. »Yeah, ich kenne ein paar.«

»Kämpfst du gegen sie?«

»Mach ich.«

»Gewinnst du?«

»Manchmal.«

»Hast du Angst ... wenn du gegen sie kämpfst?«

Ich hielt Blickkontakt, wollte, daß er ihn auch hielt. »Ja«, sagte ich ihm. »Ja, ich habe Angst.«

Er hielt mir die Hand hin, eine weiche Kinderhand. »Hab keine Angst. Wenn du mein Freund bist, brauchst du keine Angst zu haben.«

»Ich habe jetzt keine Angst.«

Wieder verdrehte er die Augen. Kam diesmal langsamer zurück. »Burke?« fragte er. Als würde er aus einem Traum erwachen, mich zum erstenmal sehen.

»Yeah?«

»Wenn wir unsere Namen zusammenlegen, du und ich, weißt du, was da rauskäme?«

»Nein. Was?«

»Burke und Luke. Zusammen wär das Lurk. Was meinst du?«

»Ich meine, du hast recht.« Achtete auf seine Augen, hielt ihnen stand. Winzige Lichter tanzten nun darin – Kerzenflammen in der Nacht.

Ich richtete mich auf.

»Kommst du wieder?« fragte er.

»Kannst du drauf zählen«, sagte ich ihm.

21

Wieder in Lilys Büro. Ich zündete mir eine weitere Kippe an, wartete.

»Er hat einen IQ wie ein Genie«, sagte Lily. »Übertrifft beim Test alle Vorgaben.«

»Hätte ich Ihnen auch sagen können.«

»Was können Sie noch sagen?«

»Er hat 'ne Videophobie, stimmt's? Jemand hat ihn fotografiert, vielleicht mit Videokamera. Während irgendwas widerliches vor sich ging ... Vielleicht mit ihm. Die gleiche Reaktion sieht man bei manchen Kids, wenn ein Blitzlicht losgeht.«

Storm preschte vor. »Er wurde in unserer Klinik untersucht. Nach dem Angriff auf seinen kleinen Bruder. Sie haben außer den Kratzwunden noch etwas entdeckt.«

Ich wandte ihr mein Gesicht zu.

»Einen Rektalvorfall«, sagte sie, die sanfte Stimme eisig vor Haß.

»Die Eltern?«

»Wolfe nimmt es an«, sagte Lily, irgendwas Hochnäsiges in der Art, wie sie es sagte. Ich hatte nicht vor, es zweimal durchgehen zu lassen.

»Wolfe ist Ihre Freundin, richtig?«

»Sicher.«

»Ihre Schwester?«

»Worauf wollen Sie hinaus?«

»Und Sie?«

Sie schaute über den Schreibtisch zu Storm. Zuckte mit den Schultern. »Luke ist sexuell mißbraucht worden. Wolfe sollte sich die Sache gleich vornehmen – sie weiß, was wir wissen. Aber sie wartet ... als wäre da noch etwas.«

»Und sie mag ihn nicht.« Immaculata trat in den Raum.

»Woher weißt du das?« fragte ich über die Schulter.

»Luke weiß es. Er hat es mir gesagt.«

Immaculata hatte ein Baby, Lily einen Teenager namens Noelle. Storm war schwanger. Wolfe hatte keine Kinder. Ich sowieso nicht. Ich schielte auf Storms schwellenden Bauch. »Seid ihr sicher, daß ihr nicht ...?«

Lily schnappte meinen Blick auf. »Nein, das ist es nicht. Wolfe ist genau wie wir. Sie betet Noelle an. Und Flower. Sie *weiß* etwas.«

»Und ihr wollt ...?«

»Wir müssen das Kind beschützen«, sagte Immaculata. »Nichts anderes tun wir hier.«

»Wolfe wird mit mir nicht darüber sprechen«, sagte ich.

Lily lächelte madonnengleich. »Vielleicht schon ... Sie mag Sie.«

Storm kicherte.

Weiber. »Schaun wir mal«, sagte ich ihnen.

Immaculata küßte mich auf die Wange.

22

Max und ich bretterten rüber zur West Street, nahmen sie nördlich bis hinter den dreieckigen Keil des Stundenhotels an der Fourteenth Street, legten eine Spitzkehre hin und steuerten zurück nach Downtown. Horatio Street führt durch das Village, ein hübscher Straßenzug, Ziegelhäuser, gepflegt. Auf der anderen Seite vom Highway ist sie eine Sackstraße, führt direkt hoch zum versifften Hudson River.

Der Prof war da, in seinen langen Überzieher gewickelt, einen flammend roten Seidenschal um den Hals, dessen Enden ihm fast bis zu den Füßen baumelten.

Jetzt war es mitten am Nachmittag. Mit Einbruch der Dunkelheit wird der lange Parkplatz parallel zum Fluß zum Aufreißerrevier. Jungs beackern den Boden, wetteifern um die Aufmerksamkeit in den Autos, die langsam die Runde machen. Manikürte Finger drücken auf Knöpfe – getöntes Glas gleitet runter. Junge Gesichter, verwüstet von der Säure ihres Lebens, erscheinen in der Fensteröffnung wie zur Probeaufnahme auf einem privaten Fernsehschirm. Die Sieger dürfen auf den Vordersitz steigen und den Mund aufsperren. Normalerweise sind sie am Ende des Betonstreifens fertig – es dauert nicht lange. Die Kids steigen aus den Autos und warten auf den nächsten Kunden. Manchmal kommt ein dunkles Posseauto vorbei, bestückt mit kaltäugigen Schwarzen, die ihre automatischen Waffen streicheln. Der Crackexpreß. Dann werden die Kids selbst zu Kunden.

Hier draußen gehen die Sieger in den Knast. Die Verlierer kommen zu Tode. Freaks können Kondome an ihren kleinen Jungs nicht ab, aber sie stören sich nicht an einem Leichenhemd.

Wir stiegen aus dem Auto, standen Seite an Seite. Der Prof schob sich zwischen uns.

»In dem Ding war mehr drin«, sagte der kleine Mann.

»Genug Zeit gehabt?« fragte ich ihn.

»Gesaugt hab ich die Bude nicht, Wicht. Du weißt ja nicht, wann die Putze ankriecht.«

Der Prof war vom Pistolero zum Hoteleinbrecher graduiert, einem der absolut besten. Arbeitete mit einem Schuhputzkasten über der Schulter, ohne Nerven. Aber er war nicht vollkommen – ich hatte ihn in Haft kennengelernt. Irgendwo hat jeder Kessel eine Doppelnull, wenn man ihn lange genug dreht.

Ich spürte die Berührung des kleinen Mannes kaum, als etwas in meine Jackentasche rutschte. Wir machten bei dem hier halbe-halbe. Der Prof kriegte die Hälfte für das Risiko beim Reingehen, ich teilte meine Hälfte mit Max.

»Die Asche is nicht alles in der Tasche, Bruder. Der Freak hatte 'nen Kopierer in seiner Hütte. Ich hab dir 'n paar Abzüge gemacht.«

Ich befingerte eine Rolle Papier. Das Geld würde innen drin sein.

»Bilder?« fragte ich.

»Die Gelben Seiten, Mann.«

Das Adreßbuch eines Pädophilen. Vielleicht mehr wert als die Asche.

Verkehrslärm von weitem. Hier war es sicher und ruhig. Überall kleine Menschenknäuel, beim Verhandeln. Niemand schaute zu genau her.

»Irgendwo absetzen?«

»Ich hab mich im Norden eingenistet, Jungchen. Bring mich zum Tunnel hinne, ich nehme die Schiene.«

Wir setzten ihn an der Ecke Fourteenth Street und Eighth Avenue ab. Brausten zurück nach Downtown.

23

Der weiße Papierdrachen war in dem schlierigen Fenster von Mamas Restaurant kaum sichtbar. Alles klar. Wir parkten in der Gasse hinter dem Schuppen, gingen durch die unscheinbare Stahltür rein. Die Küchenbesatzung nickte uns zu, den Blick über unsere Schultern, für den Fall, daß wir nicht alleine kamen.

Ich nahm meinen Tisch hinten. Ich hielt die Hand in Magenhöhe, zeigte ein Kind an. Dann erstarrte ich, streckte die Arme so krampfhaft aus, daß sie zitterten. Deutete auf Max, fragend.

Er nickte. Gab zu erkennen, daß Luke seine Idee gewesen war.

Mama stand zwischen uns – ich hatte sie nicht kommen sehen. Sie verbeugte sich vor Max, vor mir. Wir erwiderten ihren Gruß. Sie fauchte einem jungen Chinesen irgendwas zu, der so tat, als wäre er ein Kellner. Inzwischen sollte ich die kantonesischen Wörter für Sauerscharfsuppe kennen, aber Mama scheint nie dasselbe zweimal zu sagen.

Die Suppenterrine kam. Mama bediente erst Max, dann mich, dann sich.

Max nahm einen Schluck. Machte das Zeichen für eine Blume, die sich in der Sonne öffnet. Ich sagte ihr, es wäre die beste, die sie je gemacht hatte. Mama nickte knapp – jedes geringere Lob wäre eine schwere Beleidigung gewesen.

Mama spielte mit ihrer Suppe rum, beobachtete uns mit Falkenaugen, um sicherzugehen, daß wir unsere Schalen leerten. Füllte sie auf, ohne nachzufragen.

Der Kellner räumte den Tisch ab, stellte Gläser mit klarem Wasser vor uns hin, einen kleinen Prozellanaschenbecher.

Ich holte das Päckchen vom Prof aus der Jacke, wickelte es vorsichtig aus. Trennte die Asche von dem Papier, steckte das

Papier wieder in die Tasche. Mama blätterte das Geld durch, zählte es schneller als jede Maschine. Fast sechs Riesen. Sie teilte es auf, schob einen Haufen mir zu, den anderen Max. Jeder von uns sortierte einen Teil aus, reichten ihn ihr zurück. Mama war mein Bankier, verwahrte einen Teil von jedem Coup, behielt zehn Prozent vom Ganzen für sich.

Sie hielt die Scheine hoch, die Max ihr gegeben hatte. »Für Baby«, sagte sie, ohne sich um irgendwelche Zeichensprache zu bemühen. Max stritt nicht mit ihr – dazu war er nicht taff genug. Er zündete sich eine Kippe aus meiner Schachtel an.

»Nun alles gut«, sagte Mama. »Wieder wie früher.«

24

Als Mama aufstand, um sich um ihr Geschäft zu kümmern, machte ich wieder das Zeichen für Luke, bedeutete Max, daß ich wissen wollte, warum er mich da reinzog.

Der Krieger riß die Augen weit auf, deutete auf sie. Er hatte es also auch gesehen.

Mehr gab's nicht zu sagen.

Ich brauchte eine Ausflucht, damit ich Wolfe erneut aufsuchen konnte. Mir würde was einfallen. Max und ich gingen die Rennsportzeitung durch, aber ich fand kein Pferd, das mir gefiel.

Ich dachte an die Rennbahn. Wie ich mit Belle hinging, zusah, wie sehr sich das große Mädchen mit dem Rennpferd identifizierte, das sich vom Feld löste. Auf ihrem Sitz rumhüpfte, »Komm schon!« brüllte. Ihren Schlachtruf.

Das letzte Wort, das sie der Polizei zuschrie, bevor die sie niedermähten.

Wenn Liebe mit dem Tod stürbe, wär dies Leben nicht so schwer.

Ein Tippen an meiner Schulter. Mama. Die Bank mir gegenüber war leer. Auf meiner Uhr war es halb fünf. Ich mußte irgendwo anders gewesen sein, vom Lauf der Zeit abgekommen.

»Anruf für dich. Mann von Insel.«

Ich griff mir das Münztelefon, eins von mehreren, die in einer Reihe zwischen dem Speiseraum und der Küche standen.

»Yeah?«

»Sei gegrüßt, Mahn. Ich hab Arbeit für dich.«

Es war Jacques, der Waffenhändler mit der sonnigen Stimme, der die Grenze zwischen Queens und Brooklyn beackerte. Feuerkraft im Angebot, Großhandelsmengen, Kasse bei Kauf.

»Ich habe grade jede Menge Arbeit.«

»*Das* is deine Arbeit, Mahn.«

»Ich liefere nicht mehr aus.«

»Deine wahre Arbeit, Mahn. Weiß doch jeder. Komm bei mir vorbei.«

»In ein, zwei Stunden«, sagte ich und hängte ein.

25

Meine wahre Arbeit. Wesley sagte, es wäre wie eine auf meinen Rücken gemalte Zielscheibe. Aber er war fort, den Teufel jagen, hinterließ den Cops nicht mal einen Klacks Fleisch, den sie unter ihre Mikroskope legen konnten. Wesley, der pirschende Soziopath. Der perfekte Jagdmörder. Wir waren gemeinsam großgeworden, übten dieselbe Religion aus, als wir Kids waren. Doch der Eisgott war über seine Seele gekommen, bis er nicht mehr menschlich war.

In den dunklen Ecken der Straßen flüsterten die Menschen, er sei nicht wirklich tot.

Die Sonne ging hinter mir runter, als ich entlang der Atlantic Avenue auf die tieferen Nester der Dunkelheit zufuhr. In eine enge Einfahrt bog, zweimal mit der Lichthupe blinkte.

Langsam rollte im Rückspiegel ein lastkahngroßer alter Chrysler in Sicht. Er kam so zum Stehen, daß er dem Plymouth den Weg zur Straße versperrte. Ich schaute geradeaus, wartete. Hörte das eisig-trockene Geräusch beim Durchladen einer Pistole.

»Komm aus dem Auto raus, hübsch langsam. Laß die Schlüssel drin.« Karibischer Tonfall, nicht Jacques.

Ich tat, wie geheißen. Er war ein schlanker junger Mann, Haare kurzgeschoren, hübsches, von ausladenden Backenknochen beherrschtes Gesicht, winzige, läppchenlose Ohren, die flach am Schädel anlagen, große Augen mit bläulicher Tönung im Nachtlicht, lange Wimpern. Mahagonifarbene Haut mit einem rötlichen Einschlag. Angetan mit einem dunkelgrünen, bis zum Hals zugeknöpften langärmeligen Ban-Lon-Hemd und dunkler Hose. Sah aus wie einer der Bengel, über die die Wölfe herfallen, kaum daß sie auf den Gefängnishof ausschwärmen. Sie wußten nicht, worauf sie sich einließen, bis die Wachen kamen. Mit Leichensäcken.

Er trat zur Seite, folgte mir mit der Knarre in Taillenhöhe. Ich marschierte geradeaus. Eine Tür ging auf. Ich hörte den Motor des Plymouth wegsterben.

Eine Metalltreppe runter. Spürte den jungen Mann hinter mir, hörte eine Tür zufallen, Riegel einrasten.

Hufeisenförmiger Tisch, mit dem Scheitelpunkt an der Wand. Jacques in der Mitte, eine alte Frau zu seiner Linken. An jedem Ende saß ein Mann. Ich trat in das Hufeisen, wartete.

»Du bist also gekommen, mein Freund.« Ein schwaches Licht glitzerte auf Jacques' hohen Backenknochen.

»Du hast drum gebeten.«

Ein weiterer Mann trat aus dem Schatten, klopfte mich ab, vom Hals bis zu den Knöcheln. Ich hielt stille – jede Kirche hat ihr Zeremoniell.

Der Mann trat ab. Kam mit einem Lehnstuhl zurück. Ich setzte mich.

»Möchtest du irgendwas, Mahn? Vielleicht 'n Drink? Haben hier prima Rum.«

»Eine Zigarette?«

»Hast du keine?«

»Ich bin sauber gekommen.«

Ein Lächeln erblühte auf dem Gesicht des Kariben. Indem ich mit leeren Taschen gekommen war, hatte ich ihm meine Achtung bezeugt. Er wußte, was man in eine Zigarettenschachtel reinbasteln konnte – er war in dem Geschäft. Jacques nickte einem der Männer an den Tischenden zu. »Beschafft meinem Freund Zigaretten.«

Der Mann stand auf, hielt mir eine Schachtel hin.

Jacques' Stimme war sanft. »Mahn, so doch nich. Mein Freund will nich *deine* Zigaretten, er will seine eigenen.«

»Woher soll ich wissen, was er raucht?« murrte der Mann.

Jacques' Stimme wurde eisig. »Dann *frag* ihn, Mahn. Frag ihn höflich. Dann gehst du raus und besorgst ihm, was er will. Eine neue, frische Schachtel. Is das nu so schwer?«

»Was rauchen Sie?« fragte er mich.

Ich sagte es ihm. Er zog davon.

Jacques hob die Schultern. »Kleine Jungs, Burke. Lauter heißes Blut. Besser, sie lernen von einem sachten Mann wie mir, was?«

»Yeah.«

»Diese Lady hat ein Problem, mein Freund. Ich möchte, daß sie es dir erklärt. In Ordnung?«

»Sicher.«

Er wandte sich an die alte Dame. »Erzählen Sie's dem Mann jetzt, Missus.«

»Der sieht für mich wie Polizei aus«, sagte die Frau.

Jacques gluckste. »Laß dich nich von dem miesen weißen Gesicht foppen, Lady. Das is ein sehr böser Mann.«

»Kann der mir helfen?«

»Wir werden sehn. Erst erzählen Sie ihm, was Sie mir erzählt haben. Nu komm schon.«

Die alte Dame sammelte sich, wandte mir das Gesicht zu, ihr Blick irgendwo anders.

»Ich hab 'n Enkel. Derrick. Meiner Tochter ihr Kind. Is fast vier Jahre alt. Meine Tochter is auf Wohlfahrt, wohnt in dem Heim draußen beim Flugplatz. Ihr Mann is 'n wildes Viech. Schlägt sie die ganze Zeit, nimmt ihr Geld. Schlägt auch mein Enkel. Wegen nix. Vor mein Augen. Ich geh mal dazwischen, und er boxt mich mitten ins Gesicht. Bricht mir den Knochen, den da.« Faßte sich ans Gesicht, den Blick jetzt auf mich konzentriert.

»Montag ruft mich meine Tochter an. Sagt, ihr Baby is fortgelaufen. Ich sag ihr, wie kann das sein? – er is zu klein zum Fortlaufen. Sie heult los, sagt, die Polizei is da. Und keiner hätt ihren Mann gesehn. Mein Derrick is weg.«

Ein Tippen an meiner Schulter. Jacques' Mann. Reichte mir eine Schachtel Zigaretten. Ich schlitzte das Zellophan auf, nahm eine raus. Der Mann gab mir ein Briefchen Streichhölzer – ich riß eins an.

Jacques beugte sich vor. »Wir haben den Mann gefunden, Burke. Mit ihm geredet. Er sagt, er weiß nix. Okay. Wir reden auch mit dem Mädel. Selbe Geschichte. Es *is* 'ne Geschichte,

Mahn. Zuletzt sagt sie uns, der Mann hat das Baby da rausgeholt, hat gesagt, er gibt das Kind 'ner andern Frau von ihm.«

Ich nahm einen tiefen Zug von der Kippe. Wartete immer noch.

»Was wir brauchen, is ein Mann, der sich umsieht, Burke. Ausschau hält.«

»Warum ich?«

»Weil du so was machst, Mahn. Deine Arbeit, wie gesagt. Die Leute wissen Bescheid, es is rum auf der Straße – Burke sucht nach Ausgebüchsten, oder?«

»Das Baby ist nicht ausgebüchst.«

»Weiß ich. Die gute Lady hier, die is eine von uns. Wie eine Mutter, immer hilfsbereit, so is sie halt. Sie will ihren Enkel zurück.«

»Warum fragst du nicht den Mann? Fragst ihn nochmal?«

»Er is verschwunden, Mahn. Wir suchen ihn, aber ... bis wir ihn finden ...«

»Ziemlicher Schuß ins Blaue.«

»Weiß ich, Mahn, aber ...«

»Obeah«, sagte die alte Frau. Als erkläre das alles.

»Warum sagen Sie das, gnä Frau?« fragte ich.

»Weil ich's gehört hab, weißer Mann. Kennst du sie?«

»Nein.«

»Ihr Mann, Emerson, so heißt er, der is bei den Leuten. Ich glaub, da hat er auch mein Enkel hingeschafft. Damit er auch bei denen is.«

»Siehst du dich um, Mahn?« Ein weicher Unterton in Jacques' Stimme, sonnendurchglüht.

»Auf die Schnelle«, warnte ich ihn.

»Clarence kann mit dir gehn«, sagte er, nickte dem jungen Mann zu, dem ich auf dem Parkplatz begegnet war. »Für den Fall, daß es Probleme mit einem von unsern Leuten gibt, ja?«

»Solange er macht, was ich sage.«

»Clarence, bei der Arbeit is Burke dein Boß, verstanden? Wie wenn ich was sage. Ich hab dir von dem Kerl erzählt. Horch du zu und lern was.«

Der schlanke junge Mann nickte.

»Is noch was zu bereden?« fragte er. Sollte heißen: wieviel?

»Das regeln wir am Schluß«, sagte ich ihm. »Keine Garantie. Hat Clarence alle Informationen?«

»Ich hab alles.« Clarences Stimme, sachte und ruhig.

»Dann gehn wir's an«, sagte ich.

26

»Wir nehmen meine Karre«, sagte Clarence, als wir auf dem Parkplatz standen.

»Ich schwärm doch nicht in 'nem Posseauto nach Queens ein, Sohnemann.«

»Posse? Ne, Mahn, wir fahrn in meim Auto. 'n echtes karibisches Auto. Wart hier.«

Er kurvte in einem makellosen Rover 2000 TC vor, britisch renngrün. Ich stieg ein. Das schwarze Leder roch neu, die Nußbaumpaneele schimmerten. Sauber und gepflegt, echte Handwerkskunst.

»Sehr schön«, beglückwünschte ich ihn.

»Das is mein Schätzchen«, sagte er mit einem knappen Lächeln.

27

Auf dem Hinweg überflog ich den Inhalt des dicken braunen Briefumschlags, den Clarence mir reichte. Lauter Polizeiberichte, ein kompletter Packen, sogar die SSC-Unterlagen. SSC, Special Services for Children, die Abteilung, die bei Kindsmißbrauch ermittelt.

Früher hieß sie BCW, Bureau of Child Welfare. Heute nennt sie sich CWA, Child Welfare Agency. Das verstehen Politiker unter sozialen Veränderungen: Namensänderung. Am benutzten Namen nach kann man sagen, wann jemand sich das erste Mal im Netz verheddert hat. So ähnlich, wie man anhand der Häftlingsnummer sagen kann, wie lange jemand im Knast gewesen ist. Ich fragte nicht, woher Jacques die Unterlagen hatte.

Wir nahmen die Atlantic bis nach East New York, bogen an der Pennsylvania links auf den Interborough, stießen auf den Grand Central. Clarence richtete die Schnauze des Rover nach La Guardia aus.

Wir fuhren an der Ninety-fourth Street ab, überquerten den Highway. Das Heim war ein langes, dünnes Rechteck, dessen Schmalseite am Zubringer zum Highway lag. Clarence kurvte hinten rum. Jede Menge Parkplätze.

»Sie is drinnen. Wohnt immer noch hier. Wollen Sie bei ihr anfangen, mit ihr reden?«

In diesen Heimen lassen sie einen nicht bleiben, sobald man seinen Essensbon verloren hat – vielleicht meinten die Sherlocks vom SSC, das Baby wäre wirklich von selbst fortgelaufen. »Warten wir 'ne Minute«, sagte ich. »Witterung aufnehmen.«

Er nickte. Ich steckte mir eine Zigarette an – Clarence verkrampfte sich, als ginge was hoch. Ich zog den Aschenbecher raus – er war jungfräulich. Ich kurbelte das Fenster runter, blies den Qualm raus, spürte, daß er sich entspannte.

Ein rostender Kombi stand diagonal vor uns, auf vier platten Reifen. Eine unbestimmte Gestalt am Lenkrad. Ein oranger BMW nahte. Hielt an. Mann auf der Beifahrerseite stieg aus, ging hin zu dem Kombi. Geld wurde gezeigt. Aus dem

Kombi streckte sich eine Hand, hielt eine Ziploc-Tasche raus. Die Straßenlaternen spiegelten sich auf den Phiolen mit Crack drin, funkelnd. Straßendiamanten.

»Rastas«, sagte Clarence. Yeah. Ganja für den Jux, harter Stoff fürs Geld.

Ein Hund bellte, ganz in der Nähe.

Eine Frau torkelte aus der Seitentür – hellgelbe Haut, angetan mit weißen Shorts und weißen Stöckelschuhen, ihr Make-up so schlampig wie die billige Perücke, die ihr windschief auf dem Kopf saß. Sie stolperte, tastete sich mit einer Hand an der Wand weiter.

»Crackhure.« Clarences ausdruckslose, unbeteiligte Reiseführerstimme.

Vier Jungs in schwarzen, bis auf die Knie reichenden Vinyljacken kamen aus derselben Tür. Suchten mit harten Blicken die Straße ab, herausfordernd. Der Anführer kam auf uns zu, die anderen fächerten hinter ihm auf. Er blieb auf der Straße stehen, wartete. Clarence beobachtete ihn, wie ein Gorilla einen Schakal beobachtet. Ich bin Vegetarier, weißt du, aber wenn du drauf bestehst ...

Der Anführer drehte nach rechts ab, zog von dannen, schoß uns einen letzten warnenden Blick zu.

Clarence hielt die Automatik ruhig am Oberschenkel, hatte nichts Spezielles im Blick.

28

Der Wachhabende an der Tür war ein vorsichtiger Mann, achtete drauf, daß kein Besucher ihm was tun konnte. Die Bewohner mußten selber auf sich aufpassen.

»Zimmer vier-null-neun«, sagte Clarence, ließ mir den Vortritt. Genauso wie man's im Dschungel machte: Vordermann voll auf der Hut, dahinter der Mann mit der größten Feuerkraft.

Die Treppen rochen nach menschlichem Abfall. Ein großer Haufen davon, angetan mit einer blau-orangen Mets-Baseballmütze und passender Jacke, lungerte auf dem zweiten Absatz. Ein wettkampfmäßiger Louisville-Schläger vervollständigte den Aufzug.

»Was willst'n hier, Weißling?«

Clarence glitt neben mich, deutete mit seiner 9-mm-Automatik auf das Gesicht des Haufens. »Geschäfte«, sagte er mit sanfter Stimme. »Vielleicht Geschäfte mit dir. Was sagste, Mahn?«

Der Schläger schepperte auf den Betonboden. Der Abfallhaufen verdrückte sich, murmelte irgendwas.

Flurläufer, dünn wie die Moral eines Börsenmaklers, auf dem Korridorboden. Die Wand war beige versifft, die Farbe der Türen wie vergammelnde Rosen. Zahlen mit einem schwarzen Fettstift drauf geschmiert. Mickriges Licht fiel in fleckigen Klecksen ein, die meisten Oberlichter kaputt – präventive Überfallvorbereitung.

Fast am Ende des Korridors stießen wir auf die Tür. »Wenn wir reingehn, hältst du dich hinter mir«, sagte ich Clarence, winkte ihn zur Seite, für den Fall, daß sie auf mein Klopfen auf Cowboyart reagierten. Ich stellte mich mit dem Rücken zur Wand, langte rüber und pochte leicht an die Tür.

Nichts.

Ich pochte wieder, fester. Die Tür ging einen Spalt auf.

»Wer is da?« Frauenstimme, phlegmabelegt.

Clarence antwortete ihr. »Wir kommen von Ihrer Mutter, Miss Barclay ... sie schickt uns. Wir ham was für Sie.«

»Emerson is nich da. Hab ich euch doch *gesacht.*«

Clarence stieß die Tür mit der Hand auf, sachte. Ich folgte

ihm in das Zimmer. Die Frau lief vor uns her. Setzte sich aufs Bett. Das Zimmer war lang und schmal, von einem Doppelbett beherrscht. Rechts stand die Badezimmertür auf, an der andern Wand ein Hollywood-Kühlschrank, auf einem Regal ein Zweiplattenkocher. Ein kleiner Farbfernseher befand sich auf einem schwarzen Metallgestell, oben drauf eine komplizierte Anordnung von Antennengeschling, die aussah wie ein Modell vom Sonnensystem. Auf dem Bildschirm hetzten Cops in Anzügen, für die sie vor der Disziplinarabteilung gradestehen müßten, in ihrem Ferrari Drogendealer.

»Wir müssen Ihnen 'n paar Fragen stellen, Ma'am. Dieser Mann, der kommt von Jacques. Klar?«

»Yeah.« Sie nahm den Blick nicht vom Fernseher.

Ich ging hin, schaltete ihn ab. Wut flackerte in ihren Augen auf – sie war nicht betrunken.

Clarence verzog sich dahin, wo er die Tür beobachten konnte, Hand in der Tasche. Die Frau zündete sich eine Zigarette an, verschanzte sich in ihrer Stumpfheit.

»Die Nacht, in der Derrick verschwunden ist«, fragte ich sie, »sagen Sie mir, wann Sie das erstemal gemerkt haben, daß er fort ist.«

»Weiß nich. Vielleicht neun Uhr, zehne.«

»Was haben Sie unternommen?«

»Wir ... ich bin ihn suchen gegangen. Habe jeden gefragt. Fragste sie, sagen sie's dir.«

»Und dann?«

»Wir ham ihn nich finden können. Also hab ich die Cops angerufen.«

»Wann war das?«

»Weiß nich ... vielleicht Mitternacht.«

Der Notruf war um 3.28 Uhr eingetragen worden.

»Wo war Emerson?«

»Emerson wohnt nich hier, Mistah.«

»Wo war Emerson in dieser Nacht?«

»Er war nich da. Hab ich die Cops *gesacht*. Er war nich da.«

Von der würden wir gar nichts erfahren. Jahrelanger Umgang mit Wohlfahrt und Jugendamt hatten ihre stumpf-feindselig-stupide Nummer perfektioniert. Die Cops hatten ihr bereits mit einer Mordanklage gedroht, falls sie Emerson deckte. Sie sah nicht aus, als hätte sie Furcht vor irgendwas, was die Gesellschaft zu bieten hatte.

»Hast du 'nen Schalldämpfer für die Pistole?« fragte ich Clarence.

»Ich hab das da, Mahn«, zischte er eisig und zog ein Rasiermesser aus der Tasche.

»Das tut's auch. Fang mit ihren Armen an – wenn sie die Leiche finden, fällt das nicht so auf.«

Sie war vom Bett auf, den Mund zum Schrei aufgerissen, als Clarence sie mit dem Rücken runterknallte, ihr seine Schulter in die Brust trieb, eine Handvoll verlottertes Bettzeug in den Mund stopfte. Er nagelte sie mit dem Knie fest. Der Rasierer bündelte das Licht, als wäre er ein Bergkristall, während er damit vor ihren Augen rumwedelte. Rotz blubberte in ihrer Nase, als sie um Atem rang.

Ich beugte mich über sie. »Willst du's uns jetzt sagen? Bevor wir an zu schneiden fangen?«

Sie nickte so energisch, daß sie sich fast den Hals brach. Clarence zerrte ihr das Bettzeug aus dem Mund, schob seine Hand unter ihren Hinterkopf, zog heftig an den Haaren, um die Kehle bloßzulegen. Der Rasierer war bereit.

»Ein Schrei, und es war dein letzter«, sagte ich.

»Emerson hat ihn sich vorgenommen. Ich hab nix gemacht.«

»Ich weiß. Sag mir, was passiert ist.«

»Derrick war bös. Emerson und ich, wir warn ... im Bett. Derrick wollte nich ruhig sein, da hat Emerson ihn gepackt und ihm eine geknallt. Derrick hat Emerson vollgepinkelt, und Emerson hat ihm in die Brust geboxt. Als wir fertig warn ... im Bett, lag Derrick immer noch da. Wir ham nix mit ihm machen können. Emerson hat ihn in eine von die Taschen gepackt.«

»Was für Taschen?«

»Da drüben«, sagte sie, sah in die Richtung. In der Ecke eine Schachtel mit grünen Hefty-Taschen.

»Was dann?«

»Emerson is raus.«

»Was hat er gesagt, als er zurückkam?« fragte ich sie, vermutete.

»Er sacht, Derrick wird nie einer finden. Es is okay.«

»Wie lange war er weg?«

»Weiß nich.«

Ihre Erkennungsmelodie – aber diesmal glaubte ich ihr.

»Wieso hast du die Cops angerufen?«

»SSC wollt am nächsten Tag kommen. Nach dem Baby schaun. Die ham ihn schon mal weggenommen.«

»Und dir den Scheck gestrichen, richtig?«

»Yeah.«

»Hat Emerson ein Auto?«

»Ne, der hat kein Auto. Hat mal eins gehabt, aber ...«

»Egal. Er ruft dich an, richtig?«

»Ich hab hier kein Telefon?«

»Unten sind Münztelefone.«

»Der ruft mich nie an. Manchmal kommt er vorbei.«

»Am Zahltag?«

»Yeah.«

Ich machte Clarence ein Zeichen. Er trat von ihr weg, rümpfte die Nase vor dem Geruch.

Mein Blick blieb an einem Farbfoto hängen, das in einem goldigen Rahmen auf der Garderobe stand. Ich ging hin. Die Frau, neben einem großen, auf arabische Art gutaussehenden Mann mit Schnurrbart, angetan mit kremfarbigem Anzug, Panamahut, stehend.

Ich hielt es hoch. »Ist das Emerson?«

Sie nickte.

Ich drückte das Bild aus dem Rahmen. »Mach's klar«, sagte ich Clarence. Sein Rasierer schnippelte chirurgisch genau, hinterließ mir bloß das Foto des Mannes. Ich steckte es in die Tasche.

»Was passiert mit mir?« fragte die Frau.

»Nichts. Sie sind okay.«

»Ich bin schwanger, Mistah«, sagte sie, als wir hinausgingen.

29

Beim Verlassen des Hotels traten wir in einen Schleier aus nebligem Regen. Clarence wollte die Straße überqueren. Ich tippte ihm auf den Arm, stoppte ihn.

»Das Auto is da rüben, Mahn.«

»Emerson hatte kein Auto.«

»Und was machen wir dann?«

»Dasselbe, was er gemacht hat. Komm schon.«

30

Wir marschierten den Block lang, hielten uns nördlich, auf die Lichter des La Guardia Airport zu. Stockduster jetzt, aber die Straße war gestopft voll mit Menschenwesen. Lauernd, lungernd, klauend.

»Zu viele Augen«, sagte ich mir. Wir überquerten den Zubringer – standen auf der anderen Seite. Links von uns die Brücke zum Flughafen. Unter uns eine tiefe Senke, vom Grand Central Parkway durchschnitten.

»Probieren wir's da unten«, sagte ich Clarence.

Wir traten vorsichtig rein. Das Gestrüpp war so dicht, daß man den Boden nicht sehen konnte. Wir arbeiteten uns hangabwärts vor. Ich entdeckte eine an einem Baum liegende Kühlschrankkiste, bedeutete Clarence, leise zu sein. Ein Mann kroch aus der Kiste, schob ab in die Dunkelheit. Wir folgten einem schmalen Fußweg in Richtung Highway. Auf beiden Seiten Menschenwesen. Eine ganze Kolonie Obdachloser, im Dschungel lebend. Ich konnte die Blicke spüren. Keine Chance, daß Emerson das Baby hier begraben konnte, ohne gesehen zu werden.

Wir gelangten zum Highway, hielten uns links, Richtung Manhattan. Autos schossen ein paar Schritte entfernt vorbei – wir waren unsichtbar.

»Wie wollen wir 'n hier draußen was finden, Mahn?«

»Sei ruhig, Clarence. Laß mich arbeiten.«

Die Arbeit des Monsters. Wie er sein. Er hatte kein Auto. Er hatte eine Leiche. Er hatte keine Zeit.

Meinen Weg erfühlen.

Mondlicht schimmerte auf Baumästen. Führte mich zurück in den Dschungel von Biafra, vor langer Zeit. Diesmal auf Jagd. Damals war ich die Beute.

Stimmen. Gesangslaute, von oben kommend, hoch über uns. Wir setzten uns hangauf in Marsch. Ich schaute zu Clarence zurück – die Pistole war in seiner Hand, das Gesicht versammelt.

Wir traten auf eine Lichtung. Schräg einfallendes Mondlicht, das meinen Blick auf einen in spitzem Winkel aus dem abfallenden Boden wachsenden knorrigen Baum lenkte. Etwas ... ich sah genauer hin. An einem Seil aufgehängt, eine Ledertasche, vielleicht einen halben Meter lang, bananenförmig. Der Saum war mit groben Stichen genäht, kreuz und quer mit langen Nadeln durchstoßen, ein wechselndes Muster aus perlig roten und weißen Köpfen. Die Tasche schwang leicht im Wind, wie ein gelynchter Mann. Ich spürte, wie mir die Furcht im Bauch implodierte. Meine Hände zitterten.

Auch Clarence sah es. »Juju«, flüsterte er. »Sehr bös, Mahn. Das is ein übler Ort.«

Wir wichen einem Baum aus, kletterten weiter nach oben. Der Gesang kam näher. Dann sahen wir sie. Eine Phalanx schwarzer Männer, in Keilformation stehend. Bekleidet mit langen weißen Hemden mit kleinen runden Kragen, schwarzen Hosen. Schauten raus auf die Anhöhe, während die Ledertasche zwischen ihnen runterbaumelte. Clarence hob die Pistole, nahm Ziel.

»Nein!« flüsterte ich. Zerrte an seinem Ärmel, deutete nach rechts. Er erschauerte, zitterte am ganzen Körper.

Ich übernahm die Spitze. Wir arbeiteten uns etwa eine weitere Viertelmeile in die Richtung vor, in die ich gedeutet hatte, kletterten hoch zum Highway.

»Den Weg hätte er nicht gehn können«, sagte ich und deutete nach hinten, wo die Singenden die Ledertasche anbeteten. »Wir müssen über die Straße. Fertig?«

Clarence nickte. Wir warteten auf eine Lücke im Verkehr. Stürzten uns rein. Warteten auf dem Mittelstreifen auf die nächste Lücke, rückten auf die andere Seite vor.

Wir umgingen den Flughafen – die riesigen Maschinen dunstverhüllt, nur die Lichter sichtbar –, folgten dem Maschendrahtzaun. Kein Versteck für eine Leiche.

Wir kamen zu einem parallel zum Flughafen verlaufenden Wohnblock. Bogen nach rechts.

»Wonach suchst du, Mahn?«

»Wasser«, sagte ich ihm. Dachte zurück an die Haft. Beobachten und lernen. Die Freaks studieren. Sie wurden immer vom Wasser angezogen. Ich erinnere mich, wie ich eines kalten Tages, als ich es der Wärme halber mit einem Gespräch probierte, den Prof danach gefragt habe.

»Wie kommt's, daß die Schweinigel immer nah am Wasser arbeiten, Prof?«

»Das is Astrologie, Schuljunge. Die Sterne am Himmel lügen nie – kapier ihre Signale, dann kommst du klar.«

»Astrologie ist Käse.«

»Nein, Bruder, das hier weiß ich. Die pure Spur – die harte Karte. Innen drin is der Mensch nicht aus Blut, er is aus Wasser. Genau das sind wir – vor allem Wasser. Der Mond zieht das Wasser an, die Flut is die Brut. Derselbe Mond zieht uns an.«

»Und wie kommt's, daß die Freaks ...«

»Der Mond is für die Suchenden, Schuljunge. Manche zieht er mit Macht an, manche zieht er falsch an.«

Ich wußte, da draußen war Wasser. Rikers Island ist gleich westlich vom Flughafen. Hübscher Name für einen Knast. Ich erinnerte mich, daß ich von meinem Zellenfenster aus Wasser gehört hatte. Emerson mußte gesessen haben, mußte auch da gewesen sein. Er wußte Bescheid.

Der Maschendrahtzaun zog sich im Neunziggradwinkel nach links. Ich schaute hoch zum Straßenschild. Nineteenth Avenue.

Große weiße Metalltafel am Zaun, rote und schwarze Buchstaben: KEIN ZUTRITT.

»Da drin«, sagte ich Clarence, deutete hin.

Der untere Rand des Zauns war gelockert worden. Clarence hob ihn wie eine Zudecke vom Boden hoch. Ich rutschte auf dem Bauch durch. Er legte sich auf den Rücken, stemmte den Zaun von seiner Brust weg, schob sich mit den Beinen drunter weg.

Der Dschungel auf der anderen Seite war dicht. Ein Pfad bis zum Wasser, ausgetreten.

Klamme Feuchte dämpfte die Flughafengeräusche. Hinter uns erleuchtete Häuser, geparkte Autos. Vor uns schwarzes Wasser. Ich kannte den Namen von den Landkarten, die ich im Knast gelesen hatte – Bowery Bay.

Der Pfad verschwand. Das Gestrüpp war hüfthoch, schmatzender Boden zerrte an meinen Füßen. Wir kämpften uns durch, gelangten zum Rand. Dicke Holzpfosten standen aufrecht zwischen zerbrochenen Betonklötzen. Lautes Rascheln, helles Kratzen. Ratten.

»Mir gefällt's hier nich, Mahn.«

Der Felsen war geradeaus. Links von uns die Hazen Street Bridge. Diejenige, die jeden Besuchstag Busladungen voller Humanität trug, manches Herz voll Schmerz, manchen Mund voll Dope, auf daß es beim ersten Kuß ausgetauscht wurde – schmuggelsüß.

Wir marschierten zum Rand. Schauten runter. Ich entdeckte einen faustgroßen Stein. Schmiß ihn rein. Horchte auf den Klang.

»Tiefes Wasser.« Clarence.

»Tief genug«, sagte ich, betrachtete die sachte schwappende Strömung. Erinnerte mich, wie die Knackis immer die Gezeitentabellen studierten, als wär's die Bibel. Rikers Island war nicht Alcatraz – massenhaft Jungs hatten es über den Zaun geschafft, rein ins Wasser, überlebten und redeten drüber, meistens oben im Norden des Staates.

»Das isses«, sagte ich Clarence. »Da hat er die Leiche von dem Baby reingeschmissen. Derrick ist da drin.«

Clarence schaute in die Nacht. Seine Jungmännerstimme schrillte im dunklen Nebel. »Nein, Mahn. Das glaub ich nich. Ich glaub, vielleicht hat ihn der Teufel.«

31

Mein Plymouth wartete im Hof neben Jacques' Laden.

»Sagst du's ihm?« fragte ich Clarence.

»Willst du nich ...?«

»Erzähl's Jacques, ich schau vorbei, rufe ihn an.«

Sein Mahagonigesicht war gefaßt, Augen bekümmert.

»Es ist okay«, sagte ich. »Alles vorbei. Wir haben die Wahrheit rausgefunden – so das Baby nicht im Wasser ist, isses unter der Erde.«

»Es war nich die Leiche von dem Baby, was die alte Frau gewollt hat, Mahn.«

»Mehr ist nicht übrig.«

»Nein, mein Freund, eins is schon noch übrig.«

»Frag lieber erst Jacques.«

»Weißt du, daß wir Kinder lieben, Mahn? Unsere Leute?«

»Ja.«

»Meine Mutter, die war fix da mit der Rute. Eine starke Frau.« Seine blassen Spüraugen gingen auf Blickkontakt. »Und Mutter, die hat auch ihre Freunde gehabt. Aber nie, nich einmal, Mahn, das sag ich dir, hätt einer von denen die Hand gegen mich erhoben – er hätt sein Leben riskiert. Ich hab damit« – er wedelte mit der Hand großartig vor sich rum, mit der Hand, die so flink mit einer Automatik oder einem Rasierer umging – »ihretwegen angefangen. Wegen dem Geld. Sie is jetzt fort. Jedes Jahr, an ihrem Geburstag, geh ich sie ehren.«

Ich saß ruhig auf dem Autositz, wartete auf den Rest. Das Biest, das mich großgezogen hatte, hatte keine Ehre. Sie hatte jede Menge Hotelzimmer. Attica, Auburn, Dannemora ...

»Was bringt eine Frau zu so was, Mahn? Daß sie 'n Mann ihr Baby unter ihrn Augen umbringen läßt?«

»Die Antwort ändert gar nichts.«

»Was soll dann die Gerechtigkeit, Mahn? Damit das Baby in Frieden schläft?«

Ich zuckte mit den Schultern. Er war noch so jung.

32

Ich fuhr über die Brooklyn Bridge in meine Heimat. Vor mir rumpelte ein Laster her, die Frühsonne orange auf seinen aluminiumverkleideten Flanken. Wenn er parkte, wurden die Seiten zu einer mobilen Cafeteria aufgeklappt, an der sich die im Gerichtsviertel arbeitenden Menschenmassen bedienten. Der Morgen zieht die Bürger auf die Straßen, nervös zupfen sie am Tageslicht wie an einem Schutzmantel, wieder einen Tag sicher vor den Vampiren. Ihre Stadt, sagen sie sich. Die Nacht kommt, und sie übergeben sie wieder.

Ich lebe unter der Dunkelheit, wo es sicher ist. Sicher vor Sachen, so geheim, daß sie keinen Namen haben. Unter der Dunkelheit – das ist kein Landstrich, den du besetzen kannst – man nimmt es mit sich. Sie geht hin, wo ich hingehe – wo ich gewesen bin. Waisenhaus. Besserungsanstalt. Gefängnis. Sogar jetzt.

Es gibt noch andere wie mich. Kinder des Geheimen. Aufgezogen von vielen verschiedenen Menschenwesen. Solchen, die uns mißachteten, solchen, die uns quälten. Kann man nirgendwo hin, wird das Überleben alles. Für uns zur

Religion. Erbaut auf Lügen, so daß nur wir die Wahrheit kennen. Eine Armee von uns. Du kannst uns nicht sehn, aber wir finden einander. Wie eine spezielle Rasse herrenloser Hunde, nur auf den unhörbaren Pfiff reagierend.

Alles kommt zu denen, die warten.

Manche von uns warten im Hinterhalt.

Burke ist nicht mein Name. Es war der meiner Mutter, glaube ich. Burke, Knabe, stand auf meiner Geburtsurkunde. Gewicht: 7 Pfund; geboren um 3.03 Uhr. Alter der Mutter bei der Geburt: 16. Vater: unbekannt. Anzahl der vor dieser Geburt lebend geborenen Kinder: keine.

Ich habe nie nach ihr gesucht, meiner Mutter. Habe mich nie gefragt, ob sie glaubte, daß sie es richtig anstellte, als sie mich weggab.

Heute habe ich jede Menge Geburtsurkunden – man braucht eine, um an einen Paß zu kommen.

Juan Rodriguez ist der Name auf meinem Führerschein. Juan ist ein braver Bürger: zahlt seine Steuern, den Beitrag zur Sozialversicherung. Kriegt er einen Strafzettel, zahlt er ihn.

Juan besitzt auch Land, aber keiner weiß es. Ein Stück von einem Schrottplatz in der Bronx – nicht der Laden vom Maulwurf, einen kleinen Flecken Dreck unweit vom Yankee Stadium. Der Deal ist folgendermaßen: Der Typ, der ihn betreibt, zahlt mir ein Gehalt. Ich zeichne die Schecks ab, und er setzt sie in Asche um. Behält ein Teil von jedem Scheck für sich für seinen Aufwand. Rückt jedes Jahr für mich eine Verdienstbescheinigung raus, zahlt den Arbeitgeberanteil, den Arbeitslosenbeitrag, all das. Du kannst deine Sünden verbergen, aber das Finanzamt findet das Papier.

Mama ist mein Bankkonto. Sie zahlt keine Zinsen, aber sie gibt politisch protektionierten Plünderern auch keine Kredite – also ist mein Geld sicher. Der Großteil der Asche wird in harte Währung umgewandelt: Gold, Diamanten, in der Art.

Für den Fall, daß ich eines Tages einen meiner Pässe benutzen muß.

33

Pansys Eiswasseraugen flackerten enttäuscht, als ich mir aufsperrte. So schaut sie immer, wenn ich allein bin – sie ist zum Kämpfen geboren.

Das Telefon auf meinem Schreibtisch klingelt nie, zumindest nicht für mich. Es ist nicht meins – der Maulwurf hat es im Loft drunter angeklemmt. Ich kann rausrufen, solange ich es frühmorgens mache, wenn die sensiblen Seelchen, die unter mir wohnen, noch die Chemikalien der letzten Nacht auspofen. Sie haben gut schlafen, von ihren Eltern subventioniert, immun gegen den Dschihad der organisierten Schulmeisterei.

Aus den Brocken in dem winzigen Kühlschrank machte ich für mich und Pansy Frühstück. Trank ein bißchen Ginger Ale, damit sich mein Magen beruhigte. Rauchte eine Zigarette, während Pansy hoch auf ihr Dach ging.

Schlief den Tag durch.

34

Mein Schlaf bestand aus bruchstückhaften Träumen. Als versuche man, durch einen Diamanten zu lesen.

Belles roter Camaro, der vor einem Keil Polizeiautos dahinflog. Schußfeuer. Der Camaro zog auf die Seite der Straße. Das große Mädchen kam raus, die Hände hoch. Kein Gefängnis würde sie halten.

Flood, die ein Baby auf den Knien schaukelte. Ein dickes kleines Baby. Ein japanischer Paravent in einer Zimmerecke, einströmendes Tageslicht. Eine Hand auf ihrer Schulter. Nicht meine.

Strega auf meinem Schoß, angetan mit Bluejeans und Elviras *Zzzzap!*-T-Shirt. Weinend. Ich, der sie tätschelte, ihr sagte, es würde schon alles okay.

Die Stimme des Prof: »Keiner weiß, wo er hingeht, aber jeder weiß, wo er war.«

Candy: »Nimm die Leine. Spüre die Macht.«

Ich, auf der Baustelle über Mortay stehend, Knarre in der Hand. Die Furcht in mir von Blutlust zerschreddert. Den verwundeten Todestänzer fragend: »Willst du Max immer noch?«

Blossoms Gesicht nah an meinem, ihren Körper über mich gebreitet, stöhnend, der Haifischkäfig von ihrem Kupfer-Östrogengeruch erfüllt, Maschinengewehrfeuer in der Nacht.

Lily und Immaculata, die die Straße entlanggingen, jede eine Hand eines Kindes hielten, es zwischen sich hochfliegen ließen.

Ich wachte auf, zitternd, als hätte ich wieder Malaria.

35

Ich ließ Pansy raus aufs Dach, während ich eine Dusche nahm. Zog mich langsam an, ohne Hast. Versprach Pansy, ich würde ihr von Mama was mitbringen.

Aber erst noch mal umschaun. Zeit, Verhandlungsmasse zusammenzutragen, die ich Wolfe auf den Tisch legen konnte. Ich vermied den Spätnachmittagsstoßverkehr raus nach Queens. Brauchte Tageslicht für das, was ich machen mußte.

Rumpelnd kam der Plymouth auf dem Bankett des Grand

Central zum Stehen, direkt gegenüber dem Autobahnmeilenstein, an den ich mich von letzter Nacht erinnerte. Ich drückte die Warnblinkanlage, plazierte den hydraulischen Miniwagenheber unter dem Rahmen, hebelte das Hinterteil des großen Autos vom Boden hoch, löste die Radmuttern mit einem T-Schlüssel.

Ich tat so, als kramte ich im Kofferraum rum, checkte die Gegend ab. Niemand hielt und bot Hilfe an – wir sind hier nicht auf dem Dorf. Links von mir dröhnte der Verkehr vorbei. Zur Rechten wartete der Dschungel.

Ich stülpte ein Paar schwere Lederhandschuhe über. Mit einer dünnen Schicht Stahlkettengeflecht gefüttert, hielten sie Feuer oder einem Rasierer stand. Die Machete war mit Klettband hinten am Benzintank befestigt. Ich holte einen Militärdeckenponcho aus dem Kofferraum, zog ihn mir über den Kopf. Noch mal 360 Grad in die Runde geschaut, und ich war im Dschungel.

Die Ledertasche, an den Nähten platzend, baumelte schimmernd in der Nachmittagssonne vom Baum. Sie schien vor Leben zu wimmeln – wie ein Kokon kurz vor dem Schlüpfen. Ich stieg den Steilhang hoch, langte rauf. Ich konnte bloß die unterste Spitze ertasten – nutzlos. Ich stieg höher, hängte mir die Nylonschlaufe an der Machete um den Hals und hangelte mich auf den Baum. Kroch über einen dicken Ast, bis ich nah genug dran war. Packte das Seil mit einer Hand und hackte nach dem Knoten, der es am Zweig hielt. Drei feste Hiebe, und es ging ab. Rückwärts kroch ich vom Baumast, hielt die Tasche in einer Hand wie eine Angelschnur mit schleimigem Köder am Ende.

Ich zog mir den Poncho über den Kopf, wickelte ihn um die Tasche. Trug sie mit einer Hand zurück zum Auto. Alles wanderte in den Kofferraum.

Ich fädelte mich in den Verkehr ein, machte an der Überführung kehrt, steuerte nach Manhattan zurück.

36

Nach Hause fuhr ich dem Verkehr entgegen, spürte die Hitze der Voodootasche hinter mir.

»Machst du unterwegs halt, bleib beim Rückblick kalt.« Der Prof. Als er vor Jahren auf dem Gefängnishof mit mir redete. Mich dran erinnerte, daß bloß Ärsche meinen, sie müßten verreisen, damit sie sehen, was sie daheimgelassen haben. Die Haft läßt einen sogar die Hölle vermissen.

Alles, was ich in Indiana hatte – eine kurze Kostprobe von Eigentum –, es war nun weg. Ich war daheim. Fuhr durch die Kriegszone, von Eindrücken bombardiert. Ich stellte den Nachrichtensender an. Ein Menschenwesen schlug sein Baby tot, zerstückelte das Kid, verfütterte seinem Deutschen Schäferhund die Teile. Die Behörden griffen ein. Töteten den Hund.

Sie sagen, wenn ein Hund Menschenfleisch schmeckt, will er mehr. Einen solchen Hund, den muß man aus dem Weg räumen. Wenn Menschen auf denselben Dreh kommen, geben wir sie in Therapie.

Die Liberalen wissen immer, wie man die Dinge nennt. Graffitivandalen sind für sie Gettoexpressionisten. Halten wahrscheinlich auch Straßenraub für eine Performance.

Der Bürgermeister sagte irgendwas von wegen die Stadt wäre ein sagenhaftes Mosaik – all die herrlichen Farben. Probierte in Fötalhaltung zu regieren, mit Scheuklappen. Aus der Bodenperspektive sieht's anders aus.

Anders auch der Rhythmus. Manche Asiatenkids suchen die Bibliotheken auf – andere tätscheln ihre automatischen

Waffen und testen die Restaurants, fordern ihren Tribut. Hispanische Hitmänner, proper in Pastell, protzen wie blutdürstige Pfauen in den Diskos, während ihre Brüder und Schwestern Doppelschicht in den Knochenmühlen schieben, um ihren Kindern eine Ausbildung zu ermöglichen, die zu nutzen ihnen ihrer Abstammung wegen versperrt wird. Manche weißen Kids planen für ihre privilegierte Zukunft in Privatschulen, während Skinheads dem einzigen Club beitreten, der sie haben will. Schwarze Ärzte laufen auf dem Weg zur Klinik an Kindern ihrer Hautfarbe vorbei, die ihr Leben auf Beton zubringen, vor die Hunde gehn, während das Crackmonster geduldig wartet, daß ihre Träume absterben. Die bösesten der B-Buben gründen Straßenposses, nennen sich nach Videospielkillermaschinen. Sie rotten sich im Rudel um die Bürger, zerren sie nieder wie wilde Hunde, reißend, schnappend. Brauch bloß Knete. Aufrauhen sagen sie dazu. Distickstoffmonoxid und Amylnitrit feiern Feten mit unbeleckten Kids, die meinen, Teufelsanbetung sei eine Teilzeitbeschäftigung.

Nur die Namen ändern sich. Nichts Tödliches stirbt jemals wirklich aus. Speed erlebt grade sein Comeback bei Rockkonzerten – Zuckerwürfel sind bei den richtigen Partys gern gesehen. Mörderische Moden.

Und die Kids kommen um. Gewehrfeuer in den Gettos – Selbstmord per Kleister in Suburbia.

Wohlfahrtsheime: Crackhöhlen mit Wachmännern, wo die Bewohner ihre Babys als Requisiten an Bettler vermieten. Mit so einer Adresse können die älteren Kids keinen Bibliotheksausweis kriegen, aber in den Videospielhallen am Times Square sind sie willkommen. Wo sogar die Nacht hell ist. Und wo's immer dunkel ist. Wie in den U-Bahnschächten, wo die Ratten die Menschenwesen fürchten, die über die

Bahnsteige pirschen, ihre Geheimcodes murmeln, Ausschau nach Frauen halten, die man auf die Gleise schubsen kann.

Finstere Hinterhöfe, in denen in Mülltonnen abgelegte Babys noch von Glück reden können.

Die Sonne scheint für alle gleich: Yuppies, die auf weltentrückten Balkonen an ihrer Bräune arbeiten; unter ihnen Alkis, die auf uringesprenkelten Kartonlagern an ihrer Bioabbaufähigkeit arbeiten.

Dies ist keine Stadt – es ist ein Rohbau ohne Dach. Zur kritischen Masse geballt.

Ich fuhr mit Kameraaugen, machte Schnappschüsse. Drei junge Männer in Seiden-T-Shirts, die Haare in ausgefuchster Fasson geschnitten, kurz an der Seite, hinten lang. An einem schwarzen Eldorado lehnend, das blitzende Auto bestückt mit goldenen Zierleisten bis runter zu den Kettchen rund um das Nummernschild. Zwei Aufkleber auf dem Kofferraumdeckel ... USA und Italia. Damit niemand ihre Karre fälschlich für eine der *moolingiane* hielt.

Dunkelhäutige *vatos* weigern sich, englisch zu sprechen, wenn sie hopsgenommen werden, schützen sich so vor dem gleichen tödlichen Fehler.

Die Chinesen haben einen Ausdruck für Japaner ... heißt so was wie Schlange.

Nur unser Blut hat dieselbe Farbe. Und die kann man erst sehen, wenn's vergossen wird.

Furcht regiert. Die Politiker verheißen dem Volk eine Armee blaubedreßter Straßenschützer für einen Dschungel, den keine Chemikalie entlauben könnte.

Und hinter den Türen Brutreaktoren für Bestien. In manchem Gebäude beben noch die Wände vor elementarer Erinnerung an babyvernichtende Gewalt und inzestuösen Terror.

Ich kenne all das. Und mehr. Doch es war die Tasche im Kofferraum, die die Furchtkarten in mein Blatt mischte.

37

Ich verstaute sie in Mamas Keller. Sie sah mir zu, als ich den Poncho abwickelte.

»Weißt du, was das ist?« fragte ich sie.

»Geisttasche – böse Geister.«

»Yeah. Riechst du Geld, Mama?«

»Nein«, sagte sie.

Ich nahm mir oben die Münztelefone vor, streckte die Fühler nach dem Prof aus, hinterließ die Kunde.

38

Auf der Rückfahrt aus Chinatown bog ich rechts in die Pearl Street ein. Ein Wachmännerpaar in blauen Vinyljacken stand da, in gelben Lettern BOP quer über den Rücken. Bureau of Prisons, die Gefängnisverwaltung. Gewehre mit Revolvergriff am Riemen um die Schulter. Das MCC, der Bundesknast, steht gleich an der Ecke. So gesichtslos wie die Wächter.

Drinnen sieht's genauso aus.

39

Am nächsten Morgen probierte ich es kurz vor sechs über das Hippietelefon bei Mama. Der Prof hatte durchgeklingelt, ließ bestellen, ich könnte ihn bis zehn jederzeit erreichen.

Als ich kam, erklärte er Agatha den Schwindel.

Der Prof hat mehr Dienstpersonal organisiert, als es je eine Gewerkschaft könnte. Zeitungen waren mit roten Kreisen übersät. Ich schaute ihm über die Schulter. Lauter Annoncen von Anwälten. Hatte man einen Autounfall? War vor einem Supermarkt ausgerutscht und hingefallen? Das Baby mit Hirnschaden geboren? Rufen Sie uns an. Honorar erst bei Erfolg. Das Zeug von wegen »Unkosten zahlbar bei Einstellung des Falles« war sehr viel kleiner gedruckt. Er kaute das Spiel durch, während sich Agatha kopfnickend konzentrierte, ihren Part einstudierte.

»Schnell mußte zuschlagen, dann kann's tragen«, sagte er zu Agatha. »Fiona wird im Krankenhaus sein. Sag, was nötig ist, laß dich nicht auf Mist ein. Ein Anruf und Schluß. Kapiert?«

Sie nickte. Er gab ihr eine Handvoll Vierteldollar, und sie zockelte ab zu den Münztelefonen.

Ich steckte mir eine Zigarette an, schlürfte die Tasse heiße Schokolade, die die Kellnerin vorbeibrachte, wartete.

»Hier's der Blick auf den Distrikt, Bruder. Kennst du Fiona? Die die Trucks am Fleischmarkt beackert? Sie is im Krankenhaus. 'n Psycho hat sie mit dem Auto bis auf den Gehsteig verfolgt. Hat ihr das Bein gebrochen, irgendwas inwendig zerrissen. Wird tagelang operiert werden müssen.«

»Also braucht sie 'nen Anwalt?«

»Für was, Mann? Der Bürger, der sie erwischt hat, der is verschwunden. Unfall mit Fahrerflucht... das is die Wucht.«

»Wo is das Geld?«

»Agatha ruft bei zirka 'nem Dutzend von diesen Anwälten an ... denjenigen, die inserieren, schnallste das? Sie sagt jedem, daß Fiona ihre Tochter is, okay? Sechzehn Jahre alt. Sagt ihnen, sie wäre auf dem Weg zur Schule von 'nem Exxonlaster erwischt worden. Da gibt's kein Advokaten in der Stadt, der da nicht zulangen tät, richtig?«

»Richtig.«

»Also erzählt Agatha denen, irgend 'n schmieriger Anwalt

wäre von einer der Notaufnahmeschwestern auf den Fall gestoßen worden, klar? Und der Anwalt kam ins Krankenhaus, hat sich den Fall überschreiben lassen. Fiona nun, die is erst sechzehn, okay? Agatha will wissen, ob das legitim is, verstehste? Sie hat so 'n ungutes Gefühl, daß sich da Geier an ihr armes Schätzchen ranmachen. Will 'nen neuen Anwalt.«

»Und?«

»Und der Anwalt, der ruft beim Krankenhaus an. Überzeugt sich, daß Fiona 'ne Patientin is, ihr was wirklich Schlimmes zugestoßen is, 'n Verkehrsunfall. Der Knabe denkt sich, er hat die Kiste unter Dach und Fach. Agatha sagt ihm, kein Problem, sie unterschreibt die Vollmacht. Macht ihm den Mund ein bißchen wässrig – sagt dem Anwalt, daß Exxon bereits 'nen Typ beim Krankenhaus vorbeigeschickt und ihr hundert Riesen geboten hat, wenn sie 'ne Verzichtserklärung unterschreibt.«

»Okay, damit kriegt sie fünfzig verschiedene Anwälte für den Fall. Was nu?«

»Und nu sahnen wir ab. Agatha sagt dem Anwalt, sie braucht 'n bißchen Asche, damit sie über die Runden kommt. Muß ihren Job aufgeben, jede Minute bei ihrem Mädelchen im Krankenhaus zubringen, braucht Taxigeld, damit sie sie besuchen kann, ihr 'n paar Geschenke kaufen, sie bei Laune halten, all das. Manche kapieren die Kunde, manche nicht.«

»Und was kann sie dabei holen, ein-, zweihundert Kröten?«

»Yeah. Ein-, zweihundert Kröten. Vielleicht zehn-, fünfzehnmal, bevor der Tag zur Neige geht. Gar nicht so übel.«

»Fällt das auf das Kid zurück?«

»Welches Kid? Fiona is fünfundzwanzig, wenn nicht mehr. Die geht auf den Strich, seit sie der Pampas entwich. Kommen die vorbei, stellen ihr 'n paar Fragen, kennt sie niemanden namens Agatha. Ihre arme Mama is schon lange tot.«

»Ist 'n Haufen Arbeit für 'n bißchen Kleingeld.«

Seine Augen wurden traurig. »Dachte, du schnallst das Spiel, Mann. Anwälte leimen. Und ohne Risiko.«

»Yeah, aber ...«

»Haste vielleicht 'nen bessern Plan, Jungchen? Schaun wir doch mal, was ein Klassedieb wie du für 'nen Oberligaabgriff brauchen würde? Wie wär's mit 'ner Pistole und 'nem Fluchtfahrer ... dann bräuchteste bloß noch 'nen Schnapsladen.«

»Ich wollte deine Tour nicht runtermachen, Prof.«

»Schaffste kein Moos ran, bleibste im Kahn, Trottel. Weißt du, warum man manche Pläne narrensicher nennt, Schuljunge? Weil nicht mal Narren wie du sie vermasseln könnten.«

»Ich hab jetzt was anderes.«

»Habe ich gesagt, du bist drin, Jim?«

»He, tut mir leid, okay? Ist 'n wirklich guter Plan.«

Er ging auf Blickkontakt, pendelte sich aufs Ziel ein. »Du kriegst mir doch nicht wieder so ein Fieber?«

»Was für ein Fieber?«

»Monsterfieber, Mann. Ein Kid geht hops, und dich packt der Trotz, Narr. Hörst du den Klang, schmeißte dich mittenmang. So, wie du warst, bevor Wesley, dieser irre Hund, die Mücke gemacht hat. Als du beinah aus der Kurve geflogen wärst.«

Ich zündete mir eine Kippe an, schirmte das Streichholz ab, obwohl wir gar nicht draußen waren. »Ich bin da durch«, sagte ich leise.

Nachdem Belle starb, zerriß ich mich eine Weile vor Schmerz. Vermißte, was ich verloren hatte. Als ich die Wahrheit erfuhr ... daß es alles für nichts gewesen war ... geriet ich außer mir. Ich hatte Mortay gejagt, und es kostete mich Belle. Und während ich ihn beschlich, voller Schiß, lauerte im Schatten ein anderer Jäger. Wesley.

Wesley verfehlte nie. Er war eine Rakete mit Hitzesucher – er nahm dein Geld, du bekamst deine Leiche. Jedesmal. Wenn ich bloß gewartet, mich bedeckt, rausgehalten hätte ...

Danach war ich eine Weile nicht ganz bei mir. Brauchte regelmäßig meinen Schuß risikoerzeugtes Adrenalin, um am Leben zu bleiben. Es brachte mich fast um.

»Das ist erledigt«, sagte ich ihm.

Er blieb so lange auf Blickkontakt, bis er halbwegs zufrieden war. Nickte. »Was isses dann, Schuljunge? Haste was laufen?«

»Vielleicht.« Ich brachte ihn auf Vordermann, verwob die Fäden, die ich aufgesammelt hatte, zu einem Muster. Faßte mich kurz und knapp, achtete auf sein Gesicht. Er würde die Augenbraue heben, wenn ich eine Masche fallenließ.

Er steckte sich eine Zigarette aus meiner Schachtel an, ließ den Rauch langsam aus dem Mund quellen, strich sich das Kinn.

»Die Tasche klingt nach Juju, aber der Sound läßt sich nicht festlegen. Alles hat zwei Seiten ... Mojo-Hand, Little John der Eroberer, schwarze Katzenknochen, wirksame Wurzeln ... deswegen nennen Trottel es manchmal Schwarze Magie ... nicht bloß, weil meine Leute damit angefangen haben, sondern weil's noch 'ne andere Art gibt. Manches is wie in der Kirche, aber es gibt Sachen, um die man den Herrn nicht bitten kann, verstehste?«

»Glaubst du nicht, daß es zusammenhängt?«

»Das weiß keiner, Kleiner. Wie groß is die Tasche?«

Ich zeigte es ihm mit den Händen.

»Groß genug«, sagte er.

40

An der Upper West Side stieß ich auf ein Münztelefon, rief Wolfe über ihren Privatanschluß an.

»Ja?«

»Ich bin's ... Erkennen Sie meine Stimme?«

»Nein. Sie müssen sich verwählt haben.«

Der Hörer wurde aufgeknallt.

41

Ich warf einen weiteren Vierteldollar ein, wählte Storms Nummer.

»Kriseneinsatz bei Vergewaltigungen.«

Ich fragte nach ihr.

»Hallo?«

»Wie macht sich Ihr kleines Mädchen?«

»Mein ... Oh! Hi, Burke!«

Bürger denken nicht an Sicherheit. »Ich habe grade Wolfe angerufen. Sie hat mich abgehängt.«

»Und warum sollte sie ...?«

»Genau das will ich wissen.«

»Sie haben doch nicht über den Privatanschluß angerufen, oder?«

»Yeah, hab ich.«

»Oh. Tja, Wolfe hat sich in letzter Zeit seltsam benommen, wie wir Ihnen schon sagten. Sie hat Lily erklärt, daß sie glaubt, der Anschluß wäre angezapft.«

»Und wie reden Sie mit ihr? Nur Auge in Auge?«

»Nein, wir rufen bei der Zentrale an. Wolfe sagt, sie können nicht sämtliche eingehenden Anrufe anzapfen, ohne jemanden persönlich dort hinzusetzen.«

»Danke.«

42

»Büro für Sonderfälle.«

»Könnte ich bitte Miss Wolfe sprechen?«

»Wen darf ich melden?«

»Juan Rodriguez. Ich bin Bewährungsbeauftragter des Bundes.«

»Bleiben Sie bitte dran.«

Eine flache, ausdruckslose Stimme kam über die Strippe. »Wolfe.«

»Ich bin's wieder.«

»Womit kann ich Ihnen dienen?« Derselbe Ton.

»Ich hab was, das ich Ihnen gern zeigen würde. Etwas, das mit einer schwebenden Ermittlung zusammenhängen könnte.«

»Bringen Sie es her.«

»So einfach ist das nicht.«

»Kennen Sie den Four Flags Diner am Queens Boulevard? Gleich neben dem Motel auf der Südseite?«

»Ja.«

»Ich esse da meistens gegen Viertel nach eins zu Mittag.«

»Heute?«

»Ich habe es vor. In diesem Büro weiß man nie . . . Notfälle und so . . .«

43

Wolfes verbeulter Audi kurvte auf den Parkplatz des Diner, holperte über die Tempoblocker. Das Auto sah aus, als wäre es mit Rost gespritzt worden, die Fenster schlierig, das vordere Nummernschild an einer übriggebliebenen Schraube baumelnd. Lola neben ihr auf dem Vordersitz, hinten regte sich eine dunkle Masse. Der Rottweiler.

Sie ließen den Hund im Auto – schlossen die Türen nicht ab.

Ich zündete mir eine Kippe an, wartete.

Ein mitternachtsblauer Firebird stieß hinter Wolfes Auto. Rocco und Floyd stiegen aus, suchten den Parkplatz ab. Sie schienen sich über irgendwas zu streiten.

Ich rauchte zu Ende, ging rein.

Der Laden war proppenvoll mit Mittagsgästen. Die Hosteß fing mich an der Tür ab.

»Raucher oder Nichtraucher?«

»Ich bin verabredet ... sie sind schon da.«

»Raucher oder Nichtraucher?«

»Da, wo sie sitzen, okay?« Ich ließ sie stehen, bevor ihr Band umschaltete. Entdeckte Wolfe am anderen Ende, Rükken zur Wand, Lola ihr gegenüber.

»Darf ich mich den Damen anschließen?«

»Sicher«, sagte sie. »Nehmen Sie Platz. Wir haben noch nicht bestellt.«

Die Bedienung kam vorbei. Sie bestellten Chefsalat. Ich auch. Hörte ihrem Gerede zu, bis das Essen kam ... die Bedienung war zu beschäftigt, um danach wieder bei uns aufzutauchen.

»Tut mir leid wegen des Anrufs vorhin.«

»Der Privatanschluß ist angezapft«, sagte Wolfe mit ausdrucksloser Stimme, als gebe sie mir den Wetterbericht durch.

»Der einzige, der so was machen könnte, ist ...«

»Ja. Ist aber nicht Ihr Problem. Was wollen Sie mir zeigen?«

»Sie suchen doch ein Baby. Derrick heißt er, richtig? Verschwunden aus einem Wohlfahrtsheim drüben beim La Guardia?«

Wolfe schaute zu Lola, nickte.

»Jemand hat auch mich gebeten, nach ihm zu suchen.«

»Und?«

»Ich glaube, ich weiß, wo er ist.«

»Lebend?«

»Nein.«

»Haben Sie den Leichnam gesehen?«

»Nein.«

»Gibt es irgendeinen Hinweis auf eine Verbindung mit ...?«

»Emerson?«

Wieder nickte sie.

»Emerson hat das Baby totgeschlagen. Im Zimmer. Direkt vor den Augen der Mutter. Dann ist er abgehauen, die Leiche loswerden.«

»Woher wissen Sie das?«

»Reine Vermutung. Aber wenn Sie die Leiche fänden, würde das reichen?«

»Hängt davon ab, in welchem Zustand sie ...«

»Lassen Sie nach Emerson fahnden?«

»Nein.«

»Wie das? Wollen Sie ihm nicht mal ein paar Fragen stellen?«

Wolfe zündete sich eine Kippe an. Ich spürte, wie Lola neben mir hin- und herrutschte. »Er sitzt«, sagte Wolfe. »Wegen einer anderen Sache. In der Bronx.«

»Und Sie können ihn nicht verhören?«

»Sein Anwalt sagt nein.«

»Und was ist mit ihr?«

»Sie wurde nicht festgenommen.« Sollte heißen, sie *könnte* mit ihr reden, hatte aber noch nicht genug Munition dafür.

»Sagen wir mal ... Bloß mal angenommen, Sie wüßten, daß er das Zimmer mit der Leiche verlassen hat ... nach einer oder zwei Stunden zurückgekommen ist … Was würde Ihnen das sagen?«

»Nicht viel. In ein-, zwei Stunden kann man sonstwohin gehen.«

»Und wenn er kein Auto hatte … oder keins zur Verfügung?«

»Okay. Geben Sie uns dazu eine hübsche eidesstattliche Versicherung? Fungieren Sie als vertraulicher Informant?«

»Das kann ich nicht … ich weiß doch gar nichts, verstehn Sie? Ich äußere mich rein theoretisch.«

»Auf eine Theorie hin kriegen wir keinen Durchsuchungsbefehl«, klinkte sich Lola ein, bei der zum erstenmal eine Spur Brooklynakzent durchkam.

»Bei manchen Orten braucht man keinen Wisch zum Durchsuchen.«

Wolfe hob die Augenbrauen.

»Öffentliche Orte«, schob ich nach.

Wolfe beugte sich vor. »Was wollten Sie uns zeigen?«

»Es ist in meinem Auto.«

Wir beendeten unser Essen. Sie redeten eine Zeitlang über Lolas neuen Freund. Klang so, als würde es ihn nicht lange geben.

Sie übernahmen meine Rechnung.

44

»Ich steh hinten am Zaun. Ein alter Plymouth. Stoßen Sie mit Ihrem Auto neben meins, öffnen Sie Ihren Kofferraum.«

Ich sah Rocco und Floyd irgendwo hinten rumstehen. Wolfes Audi fuhr vor. Lola ging nach hinten und machte den Kofferraum auf. Wolfe hakte dem Rottweiler die Leine an, führte ihn zu meinem Auto.

»Bruiser, sitz!« Das Vieh schmiß sich in die Hocke, so wie ein Sprinter in den Startblock steigt, nur mich im Auge.

Ich öffnete den Seesack in meinem Kofferraum, zog die Decke raus. Enthüllte die Ledertasche.

»Wissen Sie, was das ist?« fragte ich.

Keine von beiden sagte irgendwas.

»Ich habe Emersons Spur vom Heim aus aufgenommen. Habe das hier unterwegs gefunden.«

»Unterwegs wohin?«

Ich berichtete ihnen von dem Wasser um Rikers Island. Schritt für Schritt.

»Meinen Sie, das Baby ist in dieser Tasche?« Wolfe.

»Vielleicht 'n paar Teile von ihm, aber ich bezweifle es. Ich denke, er is im Wasser. Sie können doch ohne Wisch Taucher kriegen, richtig?«

»Ja. Aber es ist ein Schuß ins Blaue. Wenn er sie nicht beschwert hat, könnte sie wer weiß wo sein.«

»Wär den Versuch wert.«

»Durchaus.«

»Ich lege die Tasche in Ihren Kofferraum. Den Rest sagt Ihnen der Leichenbeschauer.«

»Und wie sind wir an die Tasche gekommen?«

»Ich denke mir, daß sich Rocco und Floyd vielleicht ein bißchen umgetan haben. Sind drauf gestoßen, haben sie abgeschnitten. Als Beweismittel mitgenommen, wie sich's gehört.«

»Wann hätten sie das tun sollen?«

»Warum fragen Sie sie nicht?« sagte ich mit einem Blick nach links.

Wolfe entdeckte sie. »Kommt mal her!« rief sie. Lola gluckste.

Sie kamen anmarschiert, schauten überall hin, bloß nicht auf Wolfe.

»Einer von euch Witzbolden hat das in meinen Kofferraum gelegt«, sagte Wolfe und deutete auf die Tasche.

»Was ist das?« Rocco.

»Wissen wir noch nicht. Du und Floyd habt es letzte Nacht gefunden.«

»Hä?«

»Schweigt und haltet euch dran. Ich rede mit euch beiden, sobald wir wieder im Büro sind.«

»Wir dachten uns bloß, wir ...« Floyd.

Er schnappte Lolas warnenden Blick auf, schwieg.

Rocco nahm die Tasche. Von Bruiser kam ein unangenehm tiefes Knurren.

»Aus!« herrschte Wolfe ihn an.

»Ich rufe Sie an«, sagte ich zu Wolfe.

Sie trat dicht neben mich. Der Wind zauste an ihren Haaren. Orchideenparfüm. »Geben Sie mir eine Nummer. Ich werde Sie anrufen.«

Ich gab ihr Mamas Nummer. Sie schrieb sie nicht auf.

»Ich bin da nicht oft. Hinterlassen Sie 'ne Nachricht.«

»Ich weiß«, sagte sie.

Sie standen alle noch auf dem Parkplatz, als ich rauskurvte.

45

Die nächsten paar Tage drehte ich meine Runden. Willkürlich, wie immer, für den Fall, daß jemand interessiert war. Im Poolsalon Nachricht für mich. Jemand wollte Knarren kaufen. Einen Haufen Knarren, nur vollautomatische. Wahrscheinlich von Amts wegen, checken, ob ich noch im Geschäft war.

Schaute bei der Klinik in Brooklyn vorbei, wo sie Blut kaufen. Ich kaufe kleine Mengen, aber das Rote Kreuz überbiete ich jedesmal. Das Blut kommt in kleine Plastikklarsichttüten. Das Ganze funktioniert folgendermaßen. Der Trupp schwärmt in eine Bank. Ein Typ flankt über den Schalter, schnappt sich das Geld, während die anderen jedermann mit der Knarre in Schach halten. Der Schalterflanker schneidet sich beim Drüberhechten in die Hand, flucht ordentlich laut, als täte es weh. Wenn die Cops kommen, setzen sie die Technik auf die Blutflecken an. Genetischer Fingerabdruck. Sollten sie die Räuber jemals schnappen, stimmt die Blutprobe nicht. Deswegen sind Notzüchter die einzigen Wesen in dieser Stadt, die garantiert Kondome tragen.

Ich sammle auch Streichholzbriefchen. Von Restaurants, in denen ich nie gewesen bin. Machen sich gut als Souvenirs, die man an einem Tatort liegenläßt.

Ich liefere nie Ideen, bloß Zubehör. Bin kein Mittelsmann, nie mittendrin.

Gutes Geld steckt auch in Körperteilen. In allen. Einmal sah ich ein Inserat wegen einer Niere. Einhundert Riesen bar Kralle, und schon ist die lange Warteliste übersprungen. Manchmal, wenn die Leute arm genug und kaltblütig genug sind, drücken sie einem Kid das Auge raus – ergibt einen elenderen Anblick. Einen besseren Bettler. Räuberische Anthropologen sind draufgekommen – boten die gleichen Dienste, aber mit voller Pflege für das Kid. Legten sogar ein paar Kröten drauf. Und die Augen verkaufen sie hier bei uns. Jeder profitiert. Fötalgewebe ist das beste Transplantationsmaterial – es läßt sich für alles verwenden, und der Körper stößt es nicht ab. Ich frage mich, ob der »Pro Life«-Mob weiß, daß eine Abtreibung mehr Leben retten könnte als das der Mutter.

46

Manche Frauen haben wunderschöne Augen. Ihre Freundinnen sagen ihnen, sie wären das Schönste an ihnen. Also tragen sie tonnenweise Lidschatten, Maskara ... so 'ne Sachen.

Bonita legte sich mächtig ins Zeug.

Sie arbeitet in einem Schuppen, der Essen und Wein bietet, hinten eine kleine Bühne, jeden Abend Auftritte. Stegreifkomiker, Sänger, kurze Stücke.

Bonita ist Schauspielerin. Grade zwischen zwei Jobs.

Ich fand einen Tisch an der Wand. Raucherabteil. Ich frage mich, ob die so was jetzt auch im Knast haben.

»Hallo Fremder.«

»Hi, Bonita.« Sie war ganz in Schwarz: einen Schlauchrock über Bodystockings, Pfennigabsätze.

»Ich habe dich ein-, zweimal angerufen. Hat's dir diese Chinesin nicht ausgerichtet?«

»Hier bin ich.«

»Wieso hast du nicht angerufen?«

»Hab ich. Der Anrufbeantworter war dran.«

»Und wieso hast du nichts hinterlassen?«

»Warum sollte ich? Du hast doch meine Nummer schon.«

»Aber dann wüßte ich, daß du angerufen hast, Schätzchen.«

Die Kleine konnte nicht spielen, aber sie raffte ihr Publikum. Just als ich mich fragte, warum ich gekommen war, zischte sie ab, mir Eiswasser besorgen, und machte in ihrer Hast so viel Wind, daß fast die Kerzen auf den Tischen ausgingen.

»Bald hab ich Pause«, sagte sie, als sie zurückkam. »Wir können uns gemeinsam die Show ansehen.«

»Was für 'ne Show?« fragte ich sie, konnte meine Begeisterung kaum zähmen.

»Oh, es ist *so* gut. Wie ein Schauspiel oder so was ähnlich. Wart's ab. Deswegen isses doch heute abend so voll.«

Ich zermalmte ein blättriges Croissant, schlürfte das Eiswasser. Sie ließ die kleine Glasflasche auf dem Tisch zurück. Ich fragte mich, ob trendmäßige B-Mädels Leitungswasser soffen, wenn sie Salatbargänger zum Trinken animierten.

Bonita kam zurück. Setzte sich hin, als das Licht grade dunkler wurde. Ich sah, daß etliche Männer die Bühne klarmachten. Das Licht wurde hochgefahren. Ein großer, breitschultriger Mann stellte sich dem Publikum, zu seinen Füßen ein Dobermann. Sah aus wie ein Holzfäller aus Pazifisch-Nordwestamerika, lange braune Haare, die Unterarme voller Muskelstränge. Er hatte einen Elektrobohrer in der Hand.

»Ich kenne mich aus«, erklärte er dem Publikum – sein Mund ein schmaler Strich. »Wenn Sachen kaputtgehen, bringe ich sie in Ordnung.«

Der Kräftige hatte den Blick starr gradeaus. Leer und ausdruckslos, nicht herausfordernd, aber auch nicht kneifend. Redete, als käme es direkt aus seinem Kopf.

Er wohnte in einem Keller, erzählte er dem Publikum. War Hausmeister. Wohnte schon in massenhaft Buden, manche nicht ganz so hübsch. Und er machte so manche Sachen, keine hübschen Sachen. Jetzt wolle er bloß in seinem Keller wohnen, richten, was zu richten ist. Die Leute waren ruhig, hörten sich seine Geschichte an.

Der Hund könnte nicht bellen, erklärte er uns. Irgendwelche Freaks hätten an ihm rumgeschnippelt, als er ein Welpe war, ihm in den Hals geschnitten. »Aber er funktioniert noch«, sagte der Mann. In seiner Stimme war Leben, aber gedämpft, ein Unterton von Wesleys totem Roboterklang.

In seinem Haus hatte er ein Kind wohnen. Langsam im

Kopf, aber ein lieber Junge. Er hatte Schiß vor Monstern, die ihm nachts ans Leder wollten, und der Mann baute ihm ein Gerät. Bloß eine Kiste mit Kippschalter und einer Handvoll Blinklichtern oben drauf. Dem Bengel gefiel das Gerät. Schlief zum erstenmal gut.

Der Bengel ging auf eine Sonderschule. Sein Lehrer, ein Dr. English, sagte der Mutter, das Gerät wäre ein Placebo. Eine Finte, aber der Bengel glaube dran.

Eines Nachts fing der Bengel an zu schrein und hörte gar nicht mehr auf. Er wurde im Krankenwagen weggebracht. Der Mann besuchte ihn im Krankenhaus. Der Bengel sagte ihm, das Gerät würde nichts mehr taugen.

Der Mann sagte, das täte ihm leid – er würde ihm ein besseres bauen.

Der Mann sagte, er kenne sich aus. Hörte sich ein bißchen um. Sah so aus, als hätte Dr. English mal auf einer anderen Schule oben im Norden gearbeitet. Die Schule war nach irgendeinem Sex-Skandal dichtgemacht worden. Etliche Lehrer angeklagt, Dr. English von sich aus gekündigt. Der Mann rief in der Schule des Bengels an. Dr. English nicht da. Hätte sich bei einem Skiunfall den Arm gebrochen. Eigentlich komisch, sagte die Dame am Telefon, dabei wäre Dr. English doch nur an ihre Schule gekommen, weil er kaltes Wetter nicht abkönne.

Der Junge wohnte im ersten Stock. Eine Feuerleiter führte runter zum Boden.

Wir paßten auf, hörten zu, als der Mann das alles vorbrachte. Sahen zu, wie er peinlich genau Löcher mitten durch zwei harte Gummikugeln bohrte, eine Klavierdrahtschlinge dazwischen schlang. Sie probehalber mit den Händen schnippen ließ.

Der Mann zog sich an. Dunkles Sakko, Handschuhe, auf

dem Kopf eine schwarze Wollmütze. Wenn er sie runterzog, wurde eine Skimütze draus. »Heute nacht, wenn es dunkel wird, werde ich diesem Doktor English ein Gerät zeigen, das funktioniert.«

Die Bühne wurde dunkel. Im Publikum ächzte jemand. Dann setzte der Applaus ein. Brandete auf. Rauschte weiter.

Der Mann kam wieder raus. Der Ansager nahm das Mikro, nannte seinen Namen. David Joe Wirth. An einem der vorderen Tische stand ein hübsches Mädchen auf, winkte ihm mit der Faust und ließ den dunklen Pferdeschwanz fliegen. Er lächelte. Sie traten gemeinsam ab.

Ich beobachtete die Leute. Fragte mich, wie viele von ihnen das Geheimnis teilten.

47

Später, in Bonitas Studio an der Grenze zum Village.

»Meine Mitmieterin kommt bald zurück«, flüsterte sie, schob sich den Schlauchrock den Hintern herunter.

Später, an ihrem Küchentisch. »Hast du's kapiert?« fragte sie mich.

»Was kapiert?«

»Das *Stück*. Das, was wir heute abend gesehen haben. Ich nicht, als er's das erstemal gebracht hat. Sieh mal, der Lehrer auf der Schule, der hat sich an dem kleinen Jungen vergangen. Und die Mutter von dem Jungen, die hat ihm *vertraut*. Deswegen hat das Gerät nicht funktioniert ... das, was der Hausmeister ihm gebaut hat ... er hat sich die Monster gar nicht eingebildet, wie alle dachten.«

»Yeah, ich hab's kapiert.«

»Isses nicht *widerlich* ... was manche Leute so machen?«

»Yeah.«

»Ich frag mich, wo sie steckt – Tawny. Inzwischen müßte sie längst da sein.«

»Schon okay. Ich muß eh abziehn.«

»Nächstes Wochenende will sie wegfahren. Du könntest über Nacht ...«

»Wenn ich nicht arbeiten muß, ruf ich dich an.«

»Will ich *hoffen.*« Hockte jetzt auf meinem Schoß, kreisend.

»Bonita, ich komme mir reichlich blöd vor, aber ...«

»Was?«

»Na ja, ich wollte dir ein Geschenk kaufen ... um dir zu zeigen, wie wichtig es mir ist und so. Einen Anhänger für dein Armband ... Ich hab einen gesehn, der mir gefallen hat ... ein kleines Goldherz ...«

»Hhmmm.«

»Yeah, aber bis ich heut abend endlich zu dem Laden kam, hatten sie dichtgemacht. Daher hab ich mich gefragt ... ich meine, ich will nicht unhöflich sein oder so ... du kennst doch meine verrückten Arbeitszeiten ... Hättest du was dagegen, wenn ich dir das Geld gebe, damit du ihn dir selber holen kannst? ... Ich meine ...«

»Oh, du bist echt *süß*, Schätzchen. Ich habe überhaupt nichts dagegen.«

Ich gab ihr fünf einmal gefaltete Fünfzigdollarscheine. Sie legte sie, ohne hinzusehen, auf den Tisch.

»Mußt du *sofort* gehen?« gurrte sie, ein bißchen mehr kreisend.

Vielleicht war sie doch keine so schlechte Schauspielerin.

48

Am nächsten Morgen schnitt ich mich beim Rasieren. Nahm ein fettes Blatt von der Aloe auf dem Fensterbrett, löcherte es mit dem Daumennagel, schmierte es drauf, sah, wie Pansy über meine Unbeholfenheit griente. Dachte an Blossom und ihre gottverdammten Gesundheitstips.

Aß langsam. Eine Runde Milchbrötchen, harte Kruste, innen hohl. Der einzige Laden, wo man sie in New York kriegen kann, ist diese Mailänder Bäckerei in Brooklyn, an der Grenze nach Bushwick. Echte Italiener. Ich geh da seit Jahren hin – habe sie nicht einmal Mamma mia sagen hören. Ich schmierte auf jedes Stück Frischkäse, bevor ich es wegputzte. Trank mein Eiswasser, schluckte das Beta-Karotin und das Vitamin C.

Wieder Blossom.

So ich jemals eines Nachts über ihren Gartenzaun kletterte, bräuchte ich keine Asche. Oder Lügen.

Ich riß mich davon los, schaute rüber zur Couch. »Lust auf 'ne Spazierfahrt, mein Mädchen?«

Pansys Schwanz klopfte fröhlich.

Samtagsmorgen, hell und klar. Wir nahmen die Willis Avenue Bridge raus zum Hutch, hielten uns nördlich. Fast zwei Stunden Fahrt bis rauf ins wilde Dutchess County.

Am Straßenrand ein trampender Teenager. Ich dachte an die Made, die in Kalifornien so ein Mädchen mitgenommen hatte. Es schändete, ihm die Hände abhackte, damit es keine Fingerabdrücke gab, und es in einem Abwasserkanal versenkte. Das Mädchen überlebte, irgendwie. Die Made hat bereits Bewährung – ist nicht so, wie wenn er 'ne Bank ausgeraubt hätte oder was. Ich habe gelesen, in Florida wäre er wieder festgenommen worden. Wegen Ladendiebstahls. In dem Blatt stand, er hätte einen Hut geklaut, aber für eine andere Ware in seinem Korb bezahlt. Einen Karton Windeln.

Als ich die Bretterhütten direkt neben dem Feldweg sah, wußte ich, daß ich dicht dran war. Ein Trio gechopperter

Harleys, die Affenschaukellenkstangen wie Stielaugen aus den chromblitzenden Maschinen sprießend, stand vor einer Hütte. Hinter der Hütte einer dieser Fertigbaumetallschuppen. Drinnen jagten sie wahrscheinlich grade den Brenner hoch, machten ihren Meth, zogen sich die Ätherdämpfe rein. Die Rocker haben das Dopegeschäft schon vor langer Zeit durchschaut – das Problem besteht darin, es über die Grenze zu kriegen, also kochen sie ihr Zeug gleich hier.

Gegen das letzte Haus sahen die anderen wie Prunkvillen aus. Ein ganzes Stück abseits der Straße an einer schmalen, gewundenen Zufahrt gelegen, sackte es vor lauter Elend in sich zusammen. Die meisten Fenster mit Teerpappe vernagelt, das Dach pockennarbig vor fehlenden Schindeln, der ganze traurige Haufen vor Termiten verrottend, die längst zu besseren Beutegründen entfleucht waren. Wenn es bis auf die Grundfeste abbrannte, würde es der Leichenbeschauer als Selbstmord bezeichnen.

Ich stieß mit dem Plymouth auf den Seitenhof, gab dem Motor Stoff, schlitterte auf dem Dreck, ließ ihn wissen, daß ich da war. Stellte die Zündung ab und wartete – ich hatte nicht vor, zu schnell rauszuspringen.

Er kam seitlich um das Haus rum, ein großer, grobknochiger Mann mit einem dämlichen Schnurrbart und Hängeschultern. Haare kurzgestutzt, eine winzige runde Sonnenbrille auf. In der einen Hand eine Flinte, an der anderen einen Hund an der Kette – einen weißen Pitbull mit einem schwarzen Fellring um ein Auge und einem schwarzen Ohr. Das Tier sah ganz und gar nicht wie Spuds McKenzie aus.

Elroy. Er wohnte mitten im Busch. Vom Land, sagte er. Er knallte nachts im Scheinwerferlicht Wild ab, wenn es das Salz lecken kam, das er ausgelegt hatte. Ballerte mit seiner Flinte Enten aus dem Wasser. Alles, was Fell, Federn oder

Schuppen hatte. Er war kein Jäger, er war ein bewaffneter Konsument.

Sogar die Rocker ließen ihn einigermaßen links liegen – die Leute sagten, er esse Wildwechselschrippen.

Ich drückte auf den Fensterheber, stellte mich zur Schau.

»Burke!« plärrte er los.

»Yeah, ich bin's. Leg die Knarre weg, okay?«

»Klar.«

»Und binde das Tier fest.«

»Barko würd keinem was tun«, sagte er mit beleidigtem Unterton.

»Ich habe Pansy im Auto«, sagte ich ihm zur Erklärung. Ich stieg aus. Der Pitbull beobachtete mich mit mäßigem Interesse, aber seine Ohren waren aufgestellt. Er hatte Pansys Duftnote, knurrte herausfordernd.

Wir marschierten hinter das Haus. Auch Elroy hatte seinen Fertigschuppen. Vielleicht wurden die mit den Häusern geliefert.

»Hast du die Papiere?« fragte ich ihn.

»Wozu die Eile?«

»Die Papiere bringen sich nicht von selber an den Mann, Elroy.«

»Komm mit«, sagte er.

Wir gingen an dem Schuppen vorbei in Richtung Wald. Zwei weitere Pitbulls waren an in Zement gesetzten Metallstangen verankert. Einer hatte einen alten Reifen zwischen seinen Alligatorkiefern und wedelte damit triumphierend rum. Der andere sah zu.

»Sind sie nicht echte Schönheiten?« fragte Elroy.

»Aber sicher sind sie das. Trainierst du sie?«

»Yeah! Willste's sehen?«

»Okay.«

»Barko ist echt mein Bester. Wart mal hier, ich hol ihn.«

Er kam mit dem Hund zurück. Die anderen zwei hechelten, kratzten am Boden. Ein tiefgelegter vierrädriger Karren, hochauf mit massiven Betonblöcken beladen, stand auf einem ebenen Stück Boden. Elroy nahm ein ausgefuchstes Ledergeschirr von einem Haken an einem nahestehenden Baum. Es war mit einem schwammartigen Material ausgefüttert. Sobald er das Geschirr nahm, begann Barko, von Aufregung übermannt, lauter kleine Kreise zu drehen.

»Komm, mein Junge! Zeit für die Arbeit!«

Barko trottete auf seinen Stummelbeinen hin, und Elroy spannte ihn an. Er befestigte zwei kurze Leinen des Geschirrs direkt an zwei U-Bolzen vorne am Karren. Barko stand steif und gespannt, wartete.

»Okay, Schätzchen ... *zieh!*« brüllte Elroy.

Der Pitbull drängte vor, legte sich ins Geschirr, kämpfte um festen Stand. Als alle vier Füße griffen, begann er sich vorwärts zu schieben, Zentimeter um Zentimeter, den Karren hinter sich ziehend, ein bißchen Schaum um die Schnauze, während Elroy schrie: »Volle Pulle, Barko! Volle Pulle!« Bald quälte sich der Minipanzer vorwärts, wie ein Mann, der durch erstarrenden Zement watet. Barko ließ nicht einmal locker, zerrte weiter, bis Elroy losrannte und ihn abfing, indem er einen Holzkeil unter die Wagenräder schob. Er klinkte das Geschirr los, hielt den Hund mit beiden Händen über den Kopf.

»Der Sieger ... *Barrrko*!«

Ich schwöre, der Hund hat gegrinst.

»*Darauf* trainierst du deine Hunde?«

»Klar. Du glaubst doch nicht, daß ich meine Hunde *kämpfen* lasse, oder? Das is das Hinterletzte. Sie haben neunzig Sekunden Zeit, das Gewicht fünf Meter weit zu ziehen – das ist volle Pulle. Barko tritt nächsten Herbst im Mittelgewicht an.«

»Pitbullwettziehen?«

»Yeah, Mann! Weißt du, wieviel Barko grade über die Ziellinie geschleppt hat? Eine halbe Tonne, Mann. Tausend Pfund. Und das war auf Rasen – das wettkampfmäßige Ziehen ist auf flachem Teppich. Besserer Stand, weicheres Rollen.«

»Abgefahren.«

»Er arbeitet noch an sich. Der Rekord liegt bei etwas über 'ner Tonne, Mann. Zweitausendeinhundert Pfund.«

»Was für einer hat das gezogen, ein Clydesdale?«

»Ein Pitbull, Burke. Eine vierzigpfündige Hündin, genau gesagt. Das ist die mittlere Gewichtsklasse, nicht die offene. Von diesen verdammten Rottweilern gibt's 'n paar, die könnten ein Haus ziehen.«

»Himmel.«

»Yeah, die sind erstaunlich, was?«

Elroy setzte Barko auf den Boden. Ich entbot ihm den Salut. Er trottete wieder nach vorne.

»Pansy is im Auto«, erinnerte ich ihn.

»Barko greift keinen Hund an.«

»Er is ein Pitbull.«

»Kommt immer drauf an, wie man sie aufzieht, Mann.«

Bei Elroy waren zwar ein paar Stecker durchgebrannt, aber er kannte die Wahrheit.

»Schaun wir uns die Papiere an«, sagte ich.

49

Sie waren auf dem langen sauberen Tisch in dem Schuppen ausgebreitet. Inhaberobligationen, graphisch wunderschön. Jede zehntausend Riesen Nennwert. Elroy war Falschmünzer gewesen, aber seine letzte Kür im Kahn hatte ihn von seinen Blütenspielereien kuriert. Jetzt arbeitete er bloß auf kleiner Flamme: Obligationen, Überschreibungen, Urkunden. Erfordert einiges Geschick, und man braucht Spezialisten für den Vertrieb, aber das Risiko ist geringer.

»Wie viele hast du?« fragte ich ihn, drehte das Papier in der Hand um, bewunderte die fachmännische Arbeit.

»Dreikommafünf Millionen, alles in allem.«

»Du weißt, wie das Einlösen funktioniert, Elroy ... Du hast für deinen Teil etwa hundert Riesen zu erwarten, höchstens.«

»Is okay. Das ist mein letzter Zug. Ich hab sowieso Pläne, will von was anderm leben.«

Ich packte die Schuldverschreibungen in meinen Attachékoffer, ging raus zum Auto. Barko lag in der Sonne, aalte sich im Glanz seines jüngsten Triumphes. Pansys massiger Kopf zeichnete sich hinter der Windschutzscheibe des Plymouth ab.

»Könnt ich sie mal anschauen?« fragte er.

»Bind erst deinen Hund fest ... sicher is sicher.«

Ich öffnete die Tür, und Pansy trollte sich raus. Ich gab ihr mit der Hand das Zeichen für Freunde, und sie stand geduldig da, während Elroy sie überall begrapschte, ihr sogar die Lefzen zurückzog, um ihre Zähne zu prüfen.

»Sie ist sagenhaft, Mann. Echter italienischer Stammbaum, seh ich doch. Die Italiener züchten sie viel niedriger. Gut, daß du ihr den Schwanz nicht kupiert hast.«

Ich zündete mir eine Zigarette an, betrachtete meine Hündin.

»Ihr Hintern is wie Stahl«, brummelte Elroy. »Gehst du mit ihr Baumspringen?«

»Nein, sie trainiert ziemlich viel für sich.«

»Burke, ich hab 'ne tolle Idee.«

»Was?« Erschauderte inwendig. Elroy hatte mal im Kahn eine tolle Idee ... Jage einen Haufen Chemikalien in den Selbstgebrauten, den der Prof am Köcheln hatte, verwandle die Dschungelpisse in Hochoktanigen. Der Bottich explodierte, riß einen riesen Brocken Beton aus der Küchenwand. Die Wache dachte, es wäre ein Ausbruchsversuch, machte die ganze Bude zwei Wochen lang dicht. Der Prof hat seither nicht mehr mit Elroy gesprochen.

»Weißt du, was ein Bandog ist?«

»Nicht unbedingt.«

»In den Zeitungen, weißt du, da gibt's so Schlagzeilen: Baby von Pitbull zerfleischt, Rottweiler fällt über Kleinkind her ... Sowas in der Art?«

»Yeah.«

»Na ja, diese Scheißidioten, die begreifen nichts. Alles hängt davon ab, wie du sie aufziehst. Es liegt nicht am Hund, es liegt am Besitzer.« Der Verrückte schnappte kurz Luft, holte zu seinem Stich aus. »Jedenfalls, willst du heute in New York einen Pitbull haben, brauchst du spezielle Versicherungen, mußt ihn registrieren lassen und alles. In England isses mit Rottweilern dasselbe. Verstehste, in Wirklichkeit wollen sie die Hunde *verbieten*, kapierst du?«

»Nein.«

»Du kannst einen Hund nur verbieten, wenn er 'ner besonderen Rasse angehört, richtig? Einen Dobermann beispielsweise oder einen Collie.«

»Und?«

»Und manche Züchter sind auf die Idee gekommen, Rassen miteinander zu *mischen*, verstehste, was ich meine? Wenn du beispielsweise einen Dobermann mit 'nem Collie kreuzt, haste keinen Dobermann und hast auch keinen Collie.«

Ich zündete mir eine Kippe an, fragte mich, ob er's je auf den Nenner brachte. Falls es einen Nenner gab.

»Und sie haben mit den Pitbulls angefangen, weil se die eigentlich im Visier haben. Da draußen gibt's 'n Haufen sogenannter Bandogs, Kampfhunde, Kreuzungen zwischen Pits und Rhodesiern, mit Bulldoggen, Rotties, alles mögliche verrückte Zeug. Aber für das echte Ding, den wahren Bandog, da mußte 'nen männlichen Pitbull mit 'nem weiblichen Neo kreuzen. Anders haut das nie hin.«

»Und was kommt raus?«

»Sie sehen aus wie riesen Pits, Mann. Bringen vielleicht neunzig, hundert, hundertzehn Pfund. Nur Knochen und Muskeln. Eine tödliche Mischung.«

»Dammich.«

»Yeah! Nun, ich denk mir das so, daß wir meinen Barko und deine Pansy paaren, und wir haben den Grundstock für die besten Bandogs auf der Welt. Vielleicht kriegen wir die ersten Hunde, die anderthalb Tonnen ziehen können. Was hältste davon?«

»Ich habe sie nie decken lassen, Elroy. Hab's 'n paarmal probiert, aber es hat nie geklappt.«

»Könnten wir's nicht wenigstens probieren?«

»Ich werde sie nicht dazu zwingen. Läßt sie's geschehen, dann kannste alle Welpen haben, wenn sie entwöhnt sind ... Ich denke drüber nach, okay?«

»Yeah! Klar, ich meine ... nur, wenn sie sich *mögen*, okay?«

»In Ordnung.«

»Toll! Schaun wir mal, okay?«

»Elroy, du Psycho, Pansy ist nicht läufig.«

»Nur mal sehn, ob sie klarkommen ... mach schon, Burke.«

»Sie ist gefährlich, Elroy. Groß und gefährlich.«

»Barko is'n Charmeur, Mann. Wie sein Pappi. Alle Mädels lieben ihn.«

Er band den Pit los. Barko walzte rüber, respektierte Pansys Revier. Sie beschnüffelten einander. Pansy knurrte, aber sie war nicht mit dem Herzen dabei, testete bloß. Barko hielt die Stellung. Sie umkreisten einander, beschnüffelten sich wieder. Schließlich legte sich Pansy hin. Barko leckte ihr das Gesicht, legte sich neben sie.

»Was hab ich dir gesagt, Mann!«

»Kommt sie in Hitze, bring ich sie dir her.«

»Schlag drauf ein, Partner«, verlangte der Schwachsinnige. Wegen seiner Pseudo-Obligationen hatte er keinerlei Rückversicherungen verlangt.

Ich öffnete die Tür. Pansy hüpfte auf ihren Rücksitz. Ich stieg ein, ließ die Kiste an. Beugte mich aus dem Fenster.

»Elroy, dieses andere Projekt von dir ... Was willst du da abziehen?«

»Alles, was ich mitgemacht hab, Mann. Ich schreib 'n Buch.«

50

Der Trick bei getürkten Papieren ist der, daß es legal aussehen und krumm riechen muß. Halten Ärsche das Zeug für gestohlen, *wissen* sie, daß es echt ist. Bleib im richtigen Stadtteil an irgendeiner Ampel stehen – jemand wird mit einer Videokamera oder einem Rekorder zu deinem Auto kommen, nagelneu und noch im Karton, originalverpackt in Klarsichtfolie. Die Professionellen, die wissen genau, wieviel Totgewicht rein muß, damit es exakt stimmt. Wenn der Arsch es nach Hause schafft, stößt er auf die Wahrheit. Bei Inhaberobligationen ist's ein bißchen kitzliger. Derselbe Ansatz, größere Ärsche.

Ich verstaute den Plymouth hinter Mamas Laden, direkt unter der Reihe feinsäuberlicher chinesischer Schriftzeichen – eine Warnung an die Anlieger, daß das Territorium Max dem Stillen gehörte. Niemals parkte dort einer für länger.

Klinkte Pansys Leine an und marschierte zur Tür. Die Schlagetots ließen mich rein, machten Pansy jede Menge Platz und betrachteten sie voll Staunen und Bewunderung. Sie war zu gut erzogen, als daß sie sich irgendwas von dem Essen gegriffen hätte, sabberte aber vor lauter Vorfreude ihre üblichen anderthalb Liter.

Mama kam von ihrem Posten nach hinten, lächelte, als sie Pansy sah. Sie gewann mal eine abgekartete Wette mit ihren Köchen, wer denn wüßte, aus welchem Land der Hund kam. Nachdem sie mich gefragt hatte.

»Hündchen hungrig, Burke?«

»Na sicher, Mama. Sie hat heut vielleicht ihren künftigen Gatten kennengelernt ... das macht Appetit.«

Ich schaffte sie runter in den Keller, während Mama die Kellner mit ihren Instruktionen bombardierte. Einer von ihnen, in Dampfschwaden eingenebelt, brachte einen Stahlkessel an den Henkeln angeschleppt.

Mir war das »Sprich!« kaum aus dem Mund, als sie die Schnauze schon tief in den Bottich steckte und Geräusche machte, die sie bei jedem Horrorfilm rausschneiden würden.

Oben löffelte ich meine Sauerscharfsuppe, während Mama, ein Paar weiße Handschuhe an, den versammelten Obligationenschatz durchfingerte.

»Das echte Firma, Burke?«

»Sichere Sache, Mama. Laufen über AMEX. Die Obligationen sind auf ihren internationalen Ableger ausgestellt.«

»Dies Ableger ...?«

»Yeah, der stellt Obligationen aus, manchmal auf Inhaberschaft.« Echte Inhaberobligationen sind so gut wie Asche. Nicht zu verfolgen. Keinerlei Registrierung. Hat man sie, gehören sie einem. Wie Diamanten, nur daß sie nicht geschätzt zu werden brauchen.

»Manche Leute, die vielleich zahl ... zehn Prozent, ja?«

»Sicher.«

»Das brauch Zeit, richtig? Schick in Übersee, weit weg. Wasch viel Leute ihre Hände in selbe Krug, Wasser wird trüb.«

»Ich verstehe. Der Hersteller, der braucht ein Drittel.«

»Einhunderttausend.«

»Ein bißchen mehr, denke ich. Hundertdreißig.«

»Einhunderttausend. Muß alle bezahl.«

»Okay.«

»Für dich?«

»Was du mir sagst.«

Sie lächelte beifällig über meine Manieren, schöpfte mir mehr Suppe in die Schale.

Ein Schatten fiel auf unseren Tisch. Max. Er drängelte sich neben mich, verbeugte sich gleichzeitig vor Mama. Sie öffnete den Mund, um dem Kellner irgendwas zuzubrüllen, aber noch bevor sie ein Wort rausbrachte, war einer mit einer Schale für Max da. Sie sagte trotzdem etwas zu ihm. »Klugscheißer« klingt auf kantonesisch genauso.

Eine Weile war es wie in alten Zeiten. In Yonkers hatten sie was Neues im Abendprogramm – ein paar Rennen waren auf eine extra Distanz über die traditionelle Meile hinaus angesetzt ... ein Sechzehntel bis ein Viertel mehr. Ich erklärte mein narrensicheres, wasserdichtes, unfehlbares Handicap-System – je länger das Rennen, desto größer die Chance der

Stutenfohlen gegen die Jungs. Klasse braucht ihre Zeit, und bei jeder Art ist der weibliche Teil auf Ausdauer gebaut. Sie hörten zu wie immer: Max fasziniert, Mama zum Umfallen gelangweilt. Mama ist keine Spielernatur – für sie ist ein verschobener Boxkampf ein sportliches Ereignis.

Max hatte das Rennblatt in der Tasche, und wir gingen es gemeinsam durch. Mama entschuldigte sich höflich und nickte in Richtung Vordertür. In Mamas Gewerbe kamen keine Kunden durch die Vordertür. Aber alle heilige Zeit übersah mal irgendein ignoranter Yuppie die versifften Tische, die essenfleckigen Wände, die fliegenschißgesprenkelten Speisekarten und das übrige unappetitliche Ambiente und bestellte tatsächlich was zu essen. Mamas Sache war es sicherzustellen, daß sie nie wieder kamen – Leute wie die störten beim Geschäft. Einmal suchte ein Ordnungsbeamter die Küche auf, wollte Mama anzapfen. Eine kleine Zuwendung wurde erwartet. Andernfalls, sagte er, müßten sie den Laden eine Weile dicht machen, bis er auf Vordermann gebracht wäre. Vielleicht sogar eine kleine Nachricht in die Zeitung setzen, daß das Gesundheitsamt Verstöße festgestellt hätte. Mama schaute ihn bloß an. Als die Nachricht mit dem Verstoß gegen die ordnungsamtlichen Auflagen in der Zeitung stand, hängte Mama sie ins Fenster. Der Ordnungsbeamte kam nicht wieder.

Ich ging das Blatt durch wie immer, suchte nach Unwägbarkeiten, einer bestimmten Kombination, die mir verriet, daß das Pferd vor dem Durchbruch stand, bereit, das Vergangene hinter sich zu lassen. Alles ist wichtig, bis auf die Zucht – die wird überbewertet. Ich würde eines Tages gern einen Traber besitzen. Sie kosten nicht so viel, und ich habe einigermaßen kräftig abgesahnt, um das mehr als hinzukriegen. Aber du kannst kein Pferd besitzen, wenn du ein Vorstrafenregister hast, also bin ich da außen vor. Eine Kindertagesstätte könnte ich aber eröffnen.

Schließlich legte ich mich auf eine sechs Jahre alte Stute fest. Sie kam von Meadowlands angereist, einem Meilenkurs mit einer langen Geraden. Sie lief immer hinter der Spitze, so daß einem der Normalverstand sagt, sie würde bei der Umstellung auf Yonkers, einem halbmeilenlangen Oval mit echt kurzem Einlauf, den kürzeren ziehen. Doch ich dachte mir, die zusätzliche Achtelmeile im fünften Rennen könnte ihr genau den Raum lassen, den sie brauchte. Die Morgenquote lag bei 6–1. Ich legte ein Paar Fünfziger auf den Tisch, deutete auf Max. Er zog gleich. Ich stand auf, Maurice anrufen. Max kann alles mögliche, aber er kann keinen Buchmacher antelefonieren.

Max ließ mich nicht durch, blockierte die Nische, arbeitete mit den Händen und bat mich, ihm alles noch mal zu erklären.

Ich kaute es noch mal durch – die Geduldkarte habe ich immer im Blatt. Ging auf Blickkontakt, machte das Zeichen für »okay?«. Seine Miene war ausdruckslos, die Körperhaltung locker. Ich schubste ihn leicht an. Viel Spaß. Schließlich hielt er die Hand hoch wie ein Verkehrspolizist: stopp.

Ich lupfte die Schultern, öffnete die Arme: warum?

Er deutete auf meine Uhr – schon vier Uhr nachmittags –, schüttelte den Kopf. Noch nicht soweit? Ich sah rüber zu Mama an der Registrierkasse, kam nicht in Blickkontakt.

Zum Geier damit. Ich zündete mir eine Kippe an. Max holte ein Blatt Spielkarten raus, rutschte aus der Nische und setzte sich mir gegenüber hin. Teilte eine Runde Gin Rommé aus. Die erste Karte, die vom Haufen kam, war das Pik-As. Kein Klopfen, Resultat verdoppelt. Ich tat so, als wollte ich was aufschreiben. Max zog die letzte Strichliste aus der Tasche, schob sie mir rüber. Er stand mit mehr Geld bei mir in der Kreide, als ich ein Leben lang erklauen könnte. Wir spielten schon seit ewigen Jahren – der Blödmann hatte vor weiterzumachen, bis er gleichzog, oder das Soll an seine Tochter weiterzureichen, wenn er in Rente ging.

Ich verlor mich in dem Spiel. Als wäre ich wieder drin, wo Zeittotschlagen eine Leistung war. Max langte nach einer Karte. Mama kreuzte hinter ihm auf, tippte ihm feste auf die Schulter. Er drehte sich zu ihr um. Sie schüttelte energisch den Kopf. Max ignorierte ihren Ratschlag genauso, wie er den Prof ignorierte, als wir gemeinsam eingebuchtet waren. Schmiß mir die Herz-Vier hin. Rommé.

Ich zählte das Ergebnis zusammen. Der Mongole lag zwei weitere Riesen zurück, und es war erst ... dammich! Halb sieben.

Die Vordertür flog auf. Immaculata – Lily und Storm dicht dahinter. Sie kamen zur Nische. Mac küßte Max, verbeugte sich dankend. Max rutschte aus der Nische, Job erledigt.

51

Immaculata rutschte neben mich, Lily und Storm nahmen die Bank gegenüber.

»Was wird das?« fragte ich Lily. »'ne Überraschungsfete?«

»Wir konnten nicht warten, bis wir Sie ans Telefon kriegen. Mac rief Mama an, sagte Max, er sollte Sie aufhalten. Wir müssen mit Ihnen reden. Jetzt.«

»Okay. Was gibt's?«

Die dunkelhaarige Frau beugte sich vor, ihrer Stimme fehlte jeglicher Schmelz. »Es hat noch einen Mord gegeben. Luke war in einem Pflegeheim, in Gramercy Park. Sie ließen ihn bloß ein paar Minuten allein. Er hat ferngesehen, mit einem anderen Kind, drei Jahre alt. Als die Pflegemutter wieder reinkam, war das Kleine tot. Gesicht blau angelaufen. Sie dachte, das Baby hätte etwas verschluckt, rief den Notarzt an.«

»Der Anruf ging bei mir im Krankenhaus ein«, übernahm Storm. »Wir sind hingerast, weil wir sicher …«

»Wo is Luke?«

Lily ignorierte meine Frage. »Der Notarzt sagte, das Kind hätte nichts verschluckt… Male am Hals, als wäre es gewürgt worden. Luke sagte, er hätte ferngesehen, nichts mitbekommen. Er hätte sich bloß den Zeichentrickfilm angeguckt.«

»Glauben Sie, dieselben Leute …?«

»Nur ein Geist wäre in das Zimmer gekommen, Burke. Es liegt im neunten Stock.«

»Es gibt Feuerleitern. Balkone. Ein Weg führt immer rein. Ich kenne 'nen Typ, der ist mit einer Leiter, die er sich aus Zahnseide gemacht hat, zwölf Stockwerke hoch. Wer hat gewußt, daß er dort war?«

»Weiß ich nicht. Ist auch egal. Wolfe will Luke.«

»Was meinen Sie damit, sie *will* ihn? Der Bengel kann keine zehn Jahre alt sein.«

»Neun«, sagte Lily. »Wenn seine Geburtsurkunde stimmt.«

»Wo ist er jetzt?«

Lily mit hartem Blick. »In Sicherheit«, sagte sie.

»Er ist bei uns«, sagte Mac. »Im Tempel.« Sie meinte das Obergeschoß in einem von Mamas Lagerhäusern. Wo sie und Max wohnten.

»Und ihr haltet Wolfe für närrisch?«

»Nicht närrisch«, warf Storm ein. »Fehlgeleitet.«

Ich wandte mich an Immaculata. »Und du hast ihn mit Flower alleingelassen?«

Sie senkte den Blick. Wollte mich nicht ansehen.

»Sie halten Wolfe nicht für fehlgeleitet«, sagte ich zu Lily,

Tonfall sachte, ausdruckslos. Wenn jemand einen Schuß hatte, dann dieser Trupp.

»Luke gehört in ein Krankenhaus«, sagte Lily, ohne einen Deut nachzugeben.

»Bei uns gibt's keinen Kahn für geisteskranke kriminelle Kinder.«

»Ich weiß.«

»Was wollt ihr alle?«

Storm tippte mit den Fingern auf den Tisch, schaute ihre Schwestern an, wartete. Sie hatten sich abgesprochen, bevor sie herkamen. »Wir möchten, daß Sie … verhandeln. Mit Wolfe.«

»Was verhandeln?«

»Um etwas Zeit. Wir brauchen Zeit. Wenn Wolfe ihn jetzt in die Finger kriegt, wird sie ihn anklagen.«

»Er is zu jung, um wegen eines Verbrechens angeklagt zu werden.«

»Nein, ist er nicht, Burke. Wolfe sagt, ab sieben kann jeder angeklagt werden.«

»Yeah, als minderjähriger Täter oder so was. Aber sie können keine …«

Ich hörte auf zu reden, als eklige Furcht an die Pforten meines Bewußtseins hämmerte. Ich war jünger als Luke, als sie mich das erstemal einsperrten. So was machten sie mit undankbaren Waisen, die vor Prügeln davonliefen. Und stockdunklen Kleiderkammern. Und Kellern, die nach menschlicher Fäule stanken.

»Habt ihr mit ihm geredet …?«

»Er weiß gar nichts«, sagte Lily. »Er würde beim Lügendetektortest glatt durchkommen.«

»Sie wissen, was er ist«, sagte ich, wollte sie zu einem Dementi provozieren.

»Ja, wir wissen es. Aber wir wissen nicht, *warum*. Er ist nicht so geboren.«

»Und ihr wollt einen Deal machen. Behandlung oder so was.«

»Das ist Sache eines Anwaltes. Wir können ihm einen Anwalt besorgen. Wir müssen wissen, warum. Das ist was für Sie.«

»Ich bin kein Psychiater.«

»Wir wissen, was Sie sind.«

Ich fing gleich dementsprechend an zu denken. »Haben die Pflegeeltern gesehn, wie ihr den Bengel da weggeschafft habt?«

»Ich war zuerst da«, sagte Storm. »Ich habe Lily angerufen. Sie brachte noch ein paar Leute mit. Wir redeten mit den Pflegeeltern, während die anderen Luke rausbrachten. Sie haben nichts mitbekommen. Wissen nicht, wo er ist.«

»Wolfe ...?«

»Glaubt es nicht eine Sekunde«, sagte Lily. »Sie sagt, sie hat ihn auf der Liste der vermißten Kinder. Will Suchmeldungen per Sender durchgeben. Sagt, wenn er bis morgen nicht auftaucht, besorgt sie sich einen Durchsuchungsbefehl. Für SAFE. Für Storms Haus. Für alles.«

»So ist das also, was?«

»Genau so.«

Ich zündete mir eine Zigarette an, spielte um Zeit. Die Kriegerbräute beobachteten mich, abwartend. »Erinnert ihr euch noch, als Wolfe mal diesen Fall hatte ... Mädchen um die fünfundzwanzig ... ist mißbraucht worden, als sie elf war, schon lange her? Und sie hat den Kerl angeklagt, obwohl die Verjährungsfrist längst abgelaufen war? Erinnern Sie sich, Lily? Sie haben ausgesagt, daß das Mädchen psychisch im Koma war ... konnte sich nicht mal erinnern, was mit ihm passiert war, bevor es wegen was anderem in Therapie kam.«

Lily nickte, wartete auf den springenden Punkt.

»Es ging bis vor die Berufungskammer, aber die ließen die Anklage zu. Sagten, bei diesem Freak wär's nichts anderes, als wenn er ihr eins mit dem Montiereisen über den Kopf gezogen hätte, und sie wäre einfach Jahre danach aufgewacht. Das Mädchen könnte sich wegen etwas, was er gemacht hat, nicht erinnern, also wäre er nicht aus dem Schneider.«

»Ich kann mich erinnern. Können wir alle. Es hat die Rechtssprechung verändert.«

»Yeah. Gut, Wolfe steht auf solches Zeug. Leute bezahlen lassen.«

Ohne ein weiteres Wort besiegelten wir das Abkommen.

52

Ich stieß mit dem Plymouth in das Lagerhaus. Es wirkte verlassen, wie immer. Max schloß die Garagentüren hinter mir. Metalltreppe zum nächsten Stock, enger Absatz. Rechts davon Max' Tempel, links der Wohnbereich.

»Ich glaub nicht, daß du das richtig siehst ...« Lukes Stimme.

Er saß in einem Lehnstuhl, blickte in Richtung Tür. Redete mit einem jungen Chinesen. Flower krabbelte auf dem Fußboden, krähte fröhlich.

Der junge Chinese stand auf, als wir eintraten, verbeugte sich vor Max. Er trug ein bauschiges, blendend weißes T-Shirt, das ihm bis zur Schenkelmitte seiner schwarzen, an den Knien weiten und an den Knöcheln mit weißen Senkeln zusammengebundenen Springerhosen reichte. Seine glänzenden, vor Gel glitzernden schwarzen Haare waren glatt zurückgestrichen.

Max deutete mit zwei gestreckten Fingern nach unten, zog sie auseinander, zog einen Kreis, während sie einander wieder berührten.

Der junge Mann nickte. Verbeugte sich vor Immaculata, ignorierte mich und ging.

Seinen Namen kannte ich nicht, aber ich kannte seine Pflicht. Das lose T-Shirt verdeckte eine Pistole, die weichen Schuhe machten keinen Laut. Und er hatte wahrscheinlich rund um das Gebäude seine Leute.

»Hallo, Burke«, sagte der Junge.

»Hallo, Luke.«

»Soll ich jetzt hier wohnen?«

»Für 'ne Weile, okay?«

»Okay.«

53

Der Keller ist völlig untertunnelt. Wir gingen durch, unter das Gebäude nebenan, das sich im Besitz einer chinesischen Architektengemeinschaft befindet. Ich klinkte die Krokodilklemmen an den Telefonverteilerkasten, schloß das Feldtelefon an. Lauschte eine Minute: Es war Feierabend, aber Asiaten sehn nicht auf die Uhr.

Alles klar. Ich wählte Wolfes Privatanschluß. Niemand ging ran. Dann probierte ich es bei ihr zu Hause. Lily hatte mir die Nummer gegeben. Beim dritten Klingeln wurde abgehoben.

»Hallo.« Männerstimme, neutral.

»Könnte ich bitte Miss Wolfe sprechen?«

»Wer spricht da?« Die Stimme einen Gang runtergeschaltet, härter.

»Ein Freund.«

»Haben Sie einen Namen, Freund?«

»Miss Wolfe wird meine Stimme erkennen. Ich arbeite für Sie an einer Sache.«

»Warten Sie.«

Gedämpfte Laute im Hintergrund. Ein Hund kläffte.

»Wolfe.«

»Ich bin's«, sagte ich leichthin, fuhr rasch fort, bevor sie meinen Namen nennen konnte. »Ich bitte um Entschuldigung, daß ich Sie daheim anrufe – es ist 'ne Art Notfall. Ist das Telefon okay?«

»Beim Ausfegen ist meine Putze besonders gut. Was möchten Sie?«

»Mit Ihnen reden. Unter vier Augen. Über das, wonach Sie suchen.«

Rascheln, als Wolfe den Hörer abdeckte, gemurmelte Worte.

»Sagen Sie mir, wo Sie sind. Ich komme zu Ihnen.«

»Das wird nicht klappen. Ich treffe mich mit Ihnen. Wo immer Sie wollen.«

»Wann?«

»Jetzt. Das heißt, zuzüglich des Wegs – ich bin in Westchester, gleich nördlich der City.«

»Wissen Sie, wo ich wohne?«

»Nein.«

Weiteres gedämpftes Gerede.

»Ich nenne Ihnen eine Adresse. An der Tür steht keine Nummer. Klopfen Sie. Und gehen Sie nicht um das Haus herum ... der Hund ist da.«

»Okay.«

»Kommen Sie allein?«

»Ja.«

»Ich erwarte Sie«, sagte sie. Und erklärte mir den Weg.

54

Der Auspuff des Plymouth blubberte sachte, als ich die Kurve nach Forest Hills Gardens kratzte, dem schniekesten Teil von Queens, nicht weit weg vom Gericht. Nachdem ich vom Grand Central abgefahren war, drang ich vom Queens Boulevard aus in die Gegend vor. Als wäre ich von Westchester aus über die Whitestone Bridge gekommen – für den Fall, daß sie Aufpasser eingesetzt hatte.

Wunderschöne Eigenheime, ein Stück von schmalen, gewundenen Straßen zurückgesetzt. Ziegel, Steine, exotische Hölzer ... sie sahen aus wie kleine Schlösser. Ich fragte mich, wie Wolfe sich bei ihrem Staatsanwaltsgehalt so etwas leisten konnte – vielleicht hatte sie einen reichen Ehemann.

Das Haus nahm das ganze Eckgrundstück der Straße ein, war umgeben von einer mannshohen Steinmauer, elektronische Sensoren in unregelmäßigen Abständen entlang der Krone. Das Tor zur Auffahrt stand offen. Garage mit drei Stellplätzen am Ende. Die Garagentür war zu, die Zufahrt von Autos verstopft, meist Kleinwagen, bis auf Roccos Firebird und einen zweisitzigen roten Buick Reatta. Wolfes Audi war nirgendwo zu sehen.

Ich schloß gerade die Tür des Plymouth ab, als rund um das Haus die Flutlichter angingen. An der Seite ein Flecken Dunkelheit. Hinter einem schwarzen Gitter funkelten Hundeaugen.

Ich klopfte wie befohlen an die Vordertür, betrachtete mein Spiegelbild in der Bronze-Glas-Vertäfelung. Lola, angetan mit einem stahlblauen Shantungseidenkleid, das Gesicht noch immer auf Fete geschminkt, öffnete die Tür.

»Kommen Sie«, sagte sie und ging vor mir her, »sie ist hinten im Garten.«

Hartholzböden, poliert. Fast keine Möbelstücke. Das Wohnzimmer hatte einen leichten Tick Japan an sich, aber ich hatte keine Gelegenheit, stehenzubleiben und mich umzuschaun, weil ich spürte, daß jemand hinter mir war.

Der Garten war gewaltig. Ein riesiger Kirschbaum stand in der einen Ecke, seine Äste verdeckten den Himmel. Im freien Raum eine Hängematte, gemauerter Grill, eine gepolsterte Bank. Futterkästen hingen von den Zweigen.

Ich marschierte auf die Feldsteinterrasse. Wolfe hockte an einem Holztisch, einen überquellenden Aschenbecher neben dem Ellbogen. Die Frau, die hinter mir gewesen war, trat neben mich und geleitete mich zu dem Tisch, ohne mich zu berühren.

»Das ist Deidra«, sagte Wolfe. Eine kräftige Frau, eher kurvenreich als stämmig, mit kurzgestutzten dunklen Haaren und einem sympathischen Gesicht. Schwarz, irisch, italienisch, jüdisch – ich konnt's nicht sagen, es war alles drin. »Sie arbeitet auch bei uns. Die anderen kennen Sie schon.« Wedelte mit der Hand in die Runde, ohne den Blick von meinem Gesicht zu nehmen.

Ich setzte mich. Ein fetter Schatten drängte sich gegen Wolfes Hüfte. »Platz, Bruiser«, sagte sie mit zuckersüßem Unterton.

»Wunderschönes Plätzchen haben Sie hier«, sagte ich, zündete mir eine Kippe an, wartete, daß sich die anderen verzogen, damit wir ungestört reden konnten.

»Mir gefällt es«, sagte sie leichthin. »An schönen Tagen kann ich zur Arbeit laufen.«

»Mögen Sie Vögel?« fragte ich sie mit einem Rundblick.

»Eigentlich sind das Bruisers Vögel. Er ist mit ihnen aufgewachsen. Als er noch ein winziger Welpe war, lag er hier immer in der Sonne. Und die Vögel gewöhnten sich an ihn. Ich habe sogar irgendwo ein Bild von einem Spatzen, der auf Bruisers Kopf hockt. Wenn eine Katze in den Garten kommt, schreien die Vögel nach ihm. Und schon kommt er.«

»Das muß doch nervig sein.«

»Nein, er kann allein rein und raus. Hundetür.«

»Wenn die für ihn groß genug ist, ist sie auch für 'nen Menschen groß genug.«

»Nein, wirklich nicht. Wir haben es ausprobiert. Nicht einmal Lola kam durch.«

Die große Frau ließ ihr Lächeln in der Dunkelheit funkeln.

»Dann ist das hier 'ne katzenfreie Zone?«

»Mit Sicherheit. Eines Tages kam ich nach der Tretmühle hier raus, und im Garten lag eine Siamkatze. In zwei Teilen. Der Besitzer war mein Nachbar, ein echter Tierfreund, wie er sagte. Er kam schreiend und brüllend rüber, sagte, die Katze sei bloß ihren natürlichen Instinkten gefolgt und habe Vögel gejagt.«

»Was haben Sie gesagt?«

»Daß Bruiser auch nur seinen natürlichen Instinkten gefolgt sei. Habe sein Revier verteidigt. Und daß mein Bruiser nicht auf fremden Besitz eindringe wie seine Katze.«

»Wie hat er reagiert?«

»Versuchte mich zu verklagen.« Wolfe gluckste. »Der Richter erklärte ihm, seine Katze sei der Eindringling gewesen, und Bruiser habe nur zur Selbsthilfe gegriffen.«

»Freund von Ihnen?«

»Kein Richter ist ein Freund von mir.« Die Stimme mit einer Spur Frost verbrämt, damit ich auch kapierte.

»Von mir auch nicht.«

»Ich weiß. Wir haben hier ein Pärchen Kardinale am Nisten. Eichelhäher, Rotkehlchen, Tauben. Sogar einen dämlichen Buntspecht, der sich dann und wann am Kirschbaum vergreift.«

»Hübsch und friedlich.«

»Ja.«

Sie wartete ab. Und ich wußte nicht, worauf sie wartete. »Ich wollte mit Ihnen reden«, sagte ich.

»Reden Sie.«

»Allein.«

»Kommt nicht in Frage, Mister Burke. Ich will nicht undankbar erscheinen für die gelegentliche Hilfe, die Sie unserem Büro erwiesen haben, aber ich gedenke mich nicht ins Abseits zu manövrieren.«

»Ich auch nicht. Was wäre, wenn ich – bloß mal angenommen – etwas mit Ihnen bereden möchte ... etwas, was ich nie zugeben würde, so es auch nur in die Nähe von 'nem Gericht käme? Ich könnte es Ihnen sagen, und dann stünde Ihr Wort gegen meins. Aber wenn ich's jedem erzähle, dann steh ich allein da.«

»Trauen Sie mir nicht?« Der Hauch eines Lächelns.

»Sicher trau ich Ihnen. Ich kämpfe bloß mit mir, wie weit.«

Wolfe zündete sich eine weitere Zigarette an, tätschelte ihren Hund. Zu Hause, in Frieden. Amanda, der Rotschopf, kam anmarschiert, die Hände voller Papiere, als wäre sie immer noch im Büro. Rocco und Floyd trieben irgendwas am Grill und stritten. Jedenfalls hörte es sich so an.

»Lassen Sie sich Zeit«, sagte Wolfe.

Scheiß drauf. »Ich will mit Ihnen verhandeln«, erklärte ich ihr.

»Worüber verhandeln?«

»Sagen wir ... rein hypothetisch ... daß Sie ein vermißtes Kid suchen. Daß Sie vielleicht *dächten*, Sie wüßten, wo das Kid steckt, okay? Vielleicht dächten, es wäre bei Freunden. Ihren Freunden.«

Wolfe hatte den Kopf zurückgelegt, strich sich mit den Fingern abwesend über die Wange. Seitlich prasselte Feuer auf: Rocco hatte den Grill endlich in Gang gebracht. Die Flammen fingen sich in den weißen Strähnen in Wolfes Haaren. Sie sagte nichts, wartete ab.

»Ihren *wahren* Freunden«, sagte ich. »Manchmal können einem sogar die besten Freunde, sogar Brüder und Schwestern, widersprechen. Vorhin haben Sie gesagt, ich soll mir Zeit lassen. Das ist leicht gesagt und schwer getan. Zeit. Der Staat hat mir meine Zeit genommen. Mehr als einmal. Sie wissen drüber Bescheid. Es hat mir ein bißchen was gebracht. Nicht das, was die meinten. Es hat mir Schiß gemacht, aber nicht so schlimm, daß ich arschkriechen würde, bloß um draußen zu bleiben. Ich hatte Zeit – die Zeit, die sie für mich bestimmten. Ich habe ein paar Sachen gelernt. Sachen über mich. Sachen darüber, wie alles läuft. Verstehen Sie, was ich Ihnen sagen will?«

»Nein.«

»Doch, Sie tun's. Manche Sachen *brauchen* Zeit. Diese ... Sache ... zwischen Ihnen und Ihren Schwestern, die braucht Zeit.«

»Wieviel Zeit?« Flink, ohne rumzuspielen, direkt ins Schwarze. Ganz Wolfe jetzt – ihre Leute rundum, aber auf Abstand.

»Ein, zwei Wochen.«

»Niemals.«

»Der Bengel ist in Sicherheit.«

»Um ihn sorge ich mich nicht. Er ist ein Mörder. Ich hätte ihn mir beim ersten Mal schnappen sollen.«

»Er ist neun Jahre alt.«

»Das ist jeder mal.«

»Jeder, der zehn wird. Er ist kein Kid ... das denken Sie doch. Und Sie haben recht. Halb jedenfalls. Er ist kein Kid, aber auch noch kein Mann. Irgendwas anderes.«

Wesley. »Du bist immer noch ein Mann«, sagte ich ihm, als er mir einen Mord samt Verstümmelung beschrieb. Eine Botschaft an seine Feinde. »Ich bin 'ne Bombe«, sagte das Monstrum.

Und genauso empfahl er sich.

»Woher wissen Sie das?« fragte Wolfe und beugte sich zu mir.

»Ich weiß es. Ich habe für die Nachhilfe bezahlt, den Kurs bestanden.«

Sie warf mir ein knappes Grinsen zu. Dann mit kehliger, heiser-sanfter Stimme: *»Dónde está el dinero?«*

So wie ich vor Jahren ihre Frage beantwortet hatte. Als sie verlangte, daß ich was auf spanisch sagte.

»Da steckt kein Geld drin. Würde zu lange dauern, bis ich Ihnen sage, warum. Selbst wenn Sie denken, ich wäre auf Abgreife, wüßten Sie, daß Ihre Schwestern es nicht sind.«

»Wahrheit, Gerechtigkeit und die amerikanische Art?«

»Wahrheit, Gerechtigkeit und Rache.«

»Sie haben bereits genug gesagt, damit wir Sie einsperren können, Freundchen.« Rocco. Vornübergebeugt, dazwischengehend.

Wolfe warf ihm einen Blick zu. Tätschelte ihren Hund ein bißchen mehr.

»Sind Ihnen schon mal Bruisers Augen aufgefallen?« fragte ich sie. »Sie sind gradeaus gerichtet. Die Vögel, die er behütet, die schauen zur Seite. Wissen Sie, warum?«

»Bruiser ist ein Räuber. Die Vögel sind Beutetiere.«

»Aber nicht *seine* Beute.«

Sie zog kräftig an ihrer Zigarette. »Zwei Wochen«, sagte sie. »Dann wird er abgeliefert.«

Ich nickte.

»Ist das Ihr Wort?« fragte sie.

Ich verbeugte mich zur Bestätigung.

55

Ich überquerte die Kosciuszko Bridge, steuerte südlich gen Brooklyn. Rechts unter mir gähnend schwarze Schlackenhalden, vereinzelt Stichflammen. Selbstmörder springen nie von dieser Brücke – Wasser erzählt die besseren Lügen über das, was einen erwartet. Dahinter, noch weit entfernt, erzählte Manhattans Neon seine eigenen Lügen.

Zwei Wochen.

Luke und Burke. Lurk.

Ich hatte Wolfe gesagt, ich wüßte Bescheid. Verriet ihr nicht, woher ich es wußte.

1971. Lowell, Massachusetts, eine popelige Arbeiterstadt. Auf einem fast leeren Parkplatz im Zentrum hockten wir auf dem Vordersitz eines stumpfbraunen Ford, den wir zwei Stunden vorher gestohlen hatten. Nummernschilder wirkten gut – es waren die Hälften zweier Schilder, so zusammengeschweißt, daß die Naht an der Rückseite war. Bierbüchsen auf dem Armaturenbrett, Radio leise gedreht. Zwei Jungs, die mal Pause machten von der Baustelle. Ich und Whitey beim Warten. Beobachten.

Jeden Freitag kam eine junge Frau an diesem Parkplatz vorbei. Es war eine Freude, sie zu beobachten. Selbstbewußt, lange braune Haare, die im Takt mit ihrem Hüftschwung auf den Schultern federten. Keine Sensation, aber ein knackiger kleiner Käfer allemal.

Seit einem Monat beobachteten wir sie jeden Freitag. Beobachteten, wie sie die Ledertasche über der einen Schulter trug. Ihre Staffage änderte sich, die Ledertasche blieb dieselbe.

Zurück nahm sie denselben Weg. An uns vorbei. Und die Ledertasche war dann schwerer. Jeden Freitagnachmittag machte ihr Boß die Löhnung in barer Asche. Die Brünette erledigte den Bankweg. Stolzierte dahin, ging, wie Mädels so gehn, die eine Hand im Rhythmus mitschwingend, mit der anderen in Hüfthöhe die Tasche tätschelnd. Ließ sich Zeit, genoß die Sonne und die stieren Blicke.

Wir hatten die Verkehrssituation, die Fluchtwege gecheckt. Hatten uns keine halbe Meile weg eine Garage gemietet. Einmal schnell zustoßen, dann wollten wir uns verziehen. Unterkriechen, den Sirenen zuhören. Bei Nacht wollten wir die Hintertreppe runter, uns an der Bushaltestelle trennen.

Samstag wollte Whitey in Boston sein, ich in Chicago.

Die Brünette hatte ein dottergelbes Kleid an, das in Schenkelmitte endete.

»Herzallerliebst, nich?« flüsterte Whitey. Er meinte nicht das Mädchen.

Im Radio sagten sie irgendwas über Attica. Ich drehte lauter. Meuterei im Zuchthaus, Wachen als Geiseln genommen, der ganze Kahn außer Kontrolle. Staatspolizei hatte den Bau umstellt.

Whitey hatte gesessen, als ich noch nicht geboren war. Er umfaßte seine Zigarette, schirmte aus Gewohnheit die Flamme ab. Redete leise aus dem Mundwinkel.

»Die bringen die ganzen Nigger um.«

»Woher willst du wissen, daß es Schwarze sind?« fragte ich ihn.

»Wenn die Staatsmacht über sie kommt, sind sie *alle* Nigger«, sagte Whitey. »Tote Nigger.«

Mit Blut erkaufte Weisheit eines alten Mannes, den ich nie wieder sehen sollte.

Wir nahmen es als Omen, brachen den Coup ab.

Bleibt man lang genug in der Sonne, wird man braun. Ich weiß, warum Ted Bundy auf *pro se* machte und sich bei seinem Mordprozeß drunten in Florida selber vertrat. Macht man auf *pro se*, kriegt man alles, was der Anwalt kriegt. Zum Beispiel Beweismittel. Die Anklage wollte die Tatortfotos einbringen, den Geschworenen die Blutspur des scheußlichen Schlitzers zeigen. Auch Bundy kriegte seine Abzüge. So daß er sich in seine ruhige Einzelzelle zurückziehen und sich auf seinen persönlichen Splatterfilm einen abwichsen konnte. Er erklärte vor der Fernsehkamera, daß Pornographie ihn dazu gebracht hätte, all diese Frauen umzubringen. Log dabei so glatt, wie's kein Anwalt je hinbrächte. Tanzte, bis sie die Musik abstellten.

Auch der Prof schulte mich. In Haft und draußen. Wir befinden uns in der Lobby eines schicken Hotels. Ich trage einen hübschen Anzug. Der Prof verleiht meinen auf Hochglanz polierten Schuhen den letzten Schliff.

»Schau genau hin, Jungspund.« Nickte hin zu einem Nullachtfünfzehntypen. Ganz in Grau. Unscheinbar, anonym. Der uniformierte Page langte nach dem Koffer des Grauen. Der Graue riß ihn weg und behielt ihn in der linken Hand, während er mit der rechten die Eintragung ausfüllte.

Ein paar Minuten später kam der Page zu uns, flüsterte dem Prof irgendwas zu. Asche wechselte den Besitzer. Ein paar Straßen weiter klärte mich der Prof auf.

»Mann rückt kein Geld raus, was lernen wir draus?«

»Daß er knausrig is.«

»Der Page hat ihn aufs Zimmer geführt. Ihm die Tür aufgemacht, okay? Die Tasche hat er nicht getragen. Und trotzdem läßt der Mann 'nen Sechser springen fürs Hochbringen. Mach noch 'nen Versuch, lies das Buch.«

»Ich kapier's nicht.«

»Der Mann is nicht knausrig, der hat irgendwas hinter sich. Die Tasche is voller Sore, Sohnemann.«

Auch ich habe Bücher gelesen. Vor allem, als ich drin war. Das Wachstum einer Pflanze wird durch die Größe des Topfes bestimmt. Ein Goldfisch kann im Aquarium nicht zu voller Größe wachsen. Aber wir sperren Kinder in Käfige und nennen sie Erziehungsheime.

Ich kenne einige Sachen. Schaltet man bei Tagesanbruch das Autolicht nicht ab, weiß jeder, daß man die Nacht über unterwegs war.

56

Ich schlief bis Mittag. Pansy trottete mit bettelnden Augen hinter mir her, als ich mich anzog.

»Möchtest du deinen Freund besuchen?« fragte ich sie. »Barko?«

Sie gab einen leisen Ton von sich. Ich dachte schon, wir hätten uns auf eine neue Kommunikationsebene von Mensch zu Hund eingependelt, bis sie während meines Frühstücks zu sabbern anfing. Ich schaufelte gut einen Liter Honig-Vanille-Eiskrem in ihren Napf. Sah ihr zu, wie sie in ihrer Gier Boden und Wände vollschlabberte. Dann rollte sie sich zusammen und schlief ein.

57

Storm war in ihrem Büro im Krankenhaus. Sie sah mich kommen, sagte irgendwas ins Telefon, legte auf.

»Wir haben zehn Tage«, sagte ich ihr.

»Und dann?«

»Dann kommt er rein.«

»Meinen Sie, die Zeit reicht?«

»Weiß ich nicht – hängt nicht von mir ab. Ich habe getan, worum ihr mich gebeten habt.«

»Nicht ganz.« Lily. Sie kam durch die hintere Tür, das Gesicht verschwitzt, Haare zerzaust, als hätte sie trainiert.

Ich zündete mir eine Kippe an. Lily war so geschafft, daß sie vergaß, die Stirn zu runzeln. »Ihn versteckt zu halten nützt gar nichts, Burke. In zehn Tagen wird sich gar nichts ändern.«

»Was wollen Sie, Lily? Spucken Sie's aus.«

»Er könnte irgendwo anders hin. Weit weg. Verschwinden.«

»Bis er es wieder tut.«

»Nein! Bis es ihm besser geht.«

»Sie wissen, was das bedeuten würde ...?«

»Ist mir gleich. Ich könnte ihn nehmen. Mir könnte er nichts antun ... er ist zu klein.«

»Er würde es probieren, Lily. Wenn er das Zeichen kriegt, probiert er's.«

»Wir könnten die Zeit nutzen«, warf Storm ein. Ihre Eltern mußten ihren Namen ausgesucht haben, weil sie immer so ruhig war. »Luke wird verteidigt werden müssen, wenn er reinkommt. Er braucht einen Psychiater, vielleicht mehrere.«

»In den Knast wird er nicht kommen«, fügte ich hinzu.

Wir beließen es dabei. Nichts war geklärt.

58

Ich spürte es, sobald ich auf die Straße trat – ein gewisser Druck in der Atmosphäre. Schwere Luft, ozongeschwängert. Schwül, mit einem Frösteln bis ins Mark. Wie in Haft, kurz bevor die Rassenkriege begannen. Man spürte es in den Korridoren, auf den Gängen. In den Blöcken, auf dem Hof. Hautfarbe als Flagge, jedes Opfer eine Gelegenheit. Die Wachen spürten es auch, aber der Kahn wurde erst dichtgemacht, wenn die Abschußquote hoch genug war.

Ich ging in die entgegengesetzte Richtung von meinem Plymouth, hielt mich Richtung U-Bahn. Vielleicht lag es auch nur an der Gegend. Lief irgendwas ab, ohne was mit mir zu tun zu haben.

Früh am Nachmittag, wenig los auf der U-Bahn. Ich suchte den Wagen ab, tat, als läse ich die Plakate. Sämtliche städtischen Angebote: AIDS-Beratung, Abtreibungen. Kuren gegen Akne, Hämorrhoiden und Herpes. Essensmarken, Lotto, öffentliche Rufnummern, Parteiverbindungen. Auf einem anderen versprachen sie, man könnte *Taschendieben das Geschäft vermasseln*, so man ihrem Ratschlag folgte: vermeide Gedränge.

Als ich an der Fifty-ninth Street an die frische Luft kam, fühlte es sich genauso an. Demnach lag es nicht an der Gegend.

Ich bog in einen kleinen Feinschmeckersupermarkt, marschierte durch die Gänge, beobachtete. Eine Frau in einem Kaschmirkleid mit einer Goldkette als Gürtel suchte eine Dose politisch einwandfreien Thunfisch aus. Ein Kerl in einem dunkelblauen Anzug über einem gestreiften Hemd, portweinfarbener Binder mit passenden Hosenträgern, drehte wie ich zwei Runden. Ich trat zur Seite, und er schob vorbei, den Blick auf die Goldkette geheftet.

Wieder draußen. Die Straßen voller Leute, die die Mittagspause überzogen, Kauflustige. Menschenmassen haben ihren Rhythmus. Man schiebt sich genauso durch sie, wie man seinen Atem dem des Schläfers neben einem anpaßt. Finde das Muster raus und fädle dich ein. Ich mischte mich in den Menschenstrom, verschmolz damit.

Lexington Avenue. Ich trieb mit der Masse, ignorierte die Ampeln. Auf dem Gehsteig ein Mann, jünger als ich, der auf einem Karton hockte, neben sich eine große Glasflasche, wie man sie in Wasserkühlern verwendet, am Boden einige Münzen und ein Schein zu sehen. Neben der Flasche ein Schild, irgendwas von wegen obdachlos. Menschen gingen vorbei. Ich auch. Machte ein paar rasche Schritte. Wirbelte rum, als hätte ich meine Meinung geändert und suchte in meiner Tasche nach Kleingeld.

Ein dunkelhäutiger Schwarzer in einem schwarzen Anzug verdrückte sich just, als ich die Augen hob, in einen Ladeneingang. Ein fetter Weißer kam grade raus, und sie knallten zusammen. Der Schwarze sah meinen Blick und zischte ab, rannte in die entgegengesetzte Richtung. Ich stürmte auf die Straße, sah ein am Randstein geparktes Taxi. Sprang auf den Kofferraum, hielt von dem Ansitz aus Ausschau. Sah den schwarzen Anzug auf dem Vordersitz einer schwarzen Limousine verschwinden. Lexington Avenue ist eine Einbahnstraße, sie mußten an mir vorbei. Ich blieb, wo ich war. Aus jedem Auto, das vorbeifuhr, starrten sie auf den Mann, der auf dem Taxi stand. Nur aus der Limousine nicht, einem Chevy Caprice, einem dieser Zweitonnenschiffe, bei denen die hinteren Kotflügel bis auf die Mitte der Räder runterreichen. Als er an meinem Anstand vorbeirollte, starrte der Fahrer geradeaus. Und der Beifahrersitz war leer.

59

Ein Taxi fuhr an den Straßenrand, die Haube einen Spalt aufgeklappt, damit der Motor abkühlte. Ich sprang rein, sagte dem Fahrer, er solle gen Downtown fahren. Der Fahrer sprach nicht viel Englisch – ich hatte meine Schwierigkeiten mit dem Rauchverbot. Den Broadway runter fing ich an zu sortieren.

Kurz bevor wir auf den Herald Square stießen, kam ein Fahrradbote aus einer der Seitenstraßen geschossen, als das Taxi vor uns gerade die Spur wechselte. Sie krachten zusammen, und der Bote ging zu Boden. Der Verkehr stockte … an der roten Ampel. Das Rad ein Klumpen verbogener Metallstangen – dem Boten lief direkt unterhalb der Radfahrerhose das Blut die Waden runter. Der Taxifahrer stieg aus, wollte den Schaden an seiner Karre inspizieren. Der Bote wickelte eine schwere Kette von seinem Rad, hinkte auf das Taxi zu. Der Fahrer sprang wieder rein, zischte ab, gerade, als die Kette durch sein Rückfenster knallte.

Menschen verfolgten, wie die eingedellte Taxe mit kreischenden Reifen unter allerlei Gehupe die Ampel überfuhr. Der Bote stand auf der Straße, schwang seine Kette. Hinter uns hörte ich Sirenen.

Die Ampel wurde grün, wir fuhren los.

An der Eighteenth Street schnappte ich mir die U-Bahn, holte mein Auto, checkte es. Niemand hatte daran rumgespielt. Vorsichtig fuhr ich zu Mama, achtete auf schwere Chevys.

60

Zehn Tage. Ich hatte es Lily gegenüber knapper ausgegeben, mir Spielraum gelassen. Es steht immer auf Messers Schneide – manchmal ist sie nicht scharf.

Ich ging durch Mamas Küche, hockte mich hinten in meine Nische. Sie war an der Registrierkasse. Ich ging auf Blickkontakt, hielt mir die Faust ans Ohr, erklärte ihr, ich müßte ein paar Anrufe machen.

Erst mit SAFE. Sie holten Immaculata ans Telefon.

»Ich bin's. Is Max da?«

»Ja.«

»Sag ihm, er soll sich umschaun. Draußen.«

»Wonach?«

»Aufpassern.«

»Ich verstehe.«

Noch einen Vierteldollar in den Schlitz. Wie in Atlantic City, bloß daß mich keiner »Sir« nannte.

Jacques kam an die Strippe.

»Erkennst du meine Stimme?«

»Hier rufen nich viele Weiße an, Mahn.«

»Hast du Späher auf mich angesetzt?«

»Nein, Mahn. Mit Sicherheit nicht. Du bist 'n Freund gewesen.«

»Vergangenheitsform?«

Eine Wolke schob sich über die Sonne in seiner Stimme. »Wenn wir auf dich aufpassen, tätst du gar nix von merken.«

»Könnte's sein, daß Clarence auf selbständig macht?«

»Kann nicht sein. Nicht im geringsten. Hast du Feinde, mein Freund?«

»Ich weiß es noch nicht. Vielleicht seh ich auch bloß schwarz.«

»Is das 'n Rassistenspruch, Mahn?«

»Mach mal halblang ... ich meine, hör mal, ein Team hat mich verfolgt, glaube ich. Mit Sicherheit weiß ich's später – es gibt nicht so viele Stellen, wo sie aufpassen könnten.«

»Unsere Leute?«

»Ich habe nicht mit ihnen geredet, sie bloß gesehn.«

»Wir sehn bloß gleich aus, Mahn.«

»Wo hakt's bei dir, Jacques? Hör zu: Ich habe ein Team an mir kleben, und vielleicht hat es was mit dir zu tun, kapiert?«

»Laß es uns wissen, Mahn. Jeder weiß, wir aus der Karibik, wir bezahlen unsere Schuld.«

Noch ein Anruf. Vom Restaurant aus konnte ich ihn nicht machen. Ich sagte einem der Köche, ich käme gleich wieder. Er sagte was auf chinesisch.

61

Beim Pferdetoto an der Bowery stieß ich auf ein Münztelefon. Wählte Albany an, ließ mir von der Vermittlung die Gebühr für die ersten drei Minuten ansagen, schob die Münzen rüber. Gut, daß der Staat seinen Vertretern Privatanschlüsse gibt – sonst ginge alles Geld, das ich auf Vorrat hatte, schon bei der Sekretärin drauf.

Er war nach dem ersten Läuten dran.

»Was fehlt uns denn?« Gedämpft humorig, ein leichter Tick Landluft im Tonfall.

»Ärger mit 7-Up, Doc. Mikrowellen-Martin kommt nicht aus dem Haus – die Trottel denken, er hat da Geiseln drin.«

»Wer ist dran?«

»Ihre alte Tippse, Doc. Nennen Sie bitte meinen Namen nicht am Telefon.«

»Schön, von dir zu hören, Großer. Du mußt ganz schön in der Klemme stecken, so wie du redest.«

»Yeah. Im Augenblick jedenfalls. Sie müssen sich jemanden ansehn, Doc. Mir Ihre Meinung sagen.«

»Ich mache keine Hausbesuche mehr.«

»Das wäre außerhalb. Sie müssen für mich Ihren Trick mit dem Opal machen.«

»Ich hab alles mögliche über dich gehört, über die Jahre. Konnte mir nie sicher sein, Gefängnisklatsch und so. Was soll ich mir für dich anschaun?«

»Einen Babykiller.«

»Vergiß es. Genau das hab ich gehört. Willst du Auskunft, dann geh in die Bibliothek.«

»Keinen Freak, der Babys umbringt, Doc. Einen Babykiller, verstehn Sie?«

»Du meinst ... ein Killerbaby?«

»Yeah. Genau das meine ich.«

»Ich komm in ein, zwei Wochen in die Stadt runter. Irgendeine arschblöde Etatkonferenz. Ruf mich im ...«

»Die Zeit hab ich nicht, Doc. Ganz und gar nicht.«

»Hör mal ...«

»Sophie würde wollen, daß Sie es tun, Doc.«

»Forderst du den Einsatz ein?«

»Wenn mir keine andere Chance bleibt.«

»Ich komm morgen mit dem ersten Zug, mein Sohn.«

62

Ich ließ mich wieder hinten in Mamas Laden nieder. Es war, als wäre ich nie weggewesen. So ist es immer. Einmal kam ich aus dem Knast heim – marschierte rein, setzte mich in meine Nische. Mama kam und setzte sich mir gegenüber, tischte ihre Suppe auf. Vielleicht altert sie deswegen nicht – in ihrem Schuppen kontrolliert sie die Zeit.

Ich telefonierte rum. Hinterließ Kunde für den Prof, streute die Saat aus. Er würde aufkreuzen. Michelle hat solche Sachen immer für mich gemacht – zwischen unserer Welt und ihrer gradegestanden. Sie würde wiederkommen. Ich kannte meine Schwester – abgängig, aber nicht verloren.

Dann rief ich den Maulwurf an. Um eine Reservierung zu machen.

Als Mama keine Anstalten machte vorbeizukommen, stand ich auf, ging zur Kasse. Luke hockte neben ihr auf einem Polsterstuhl. Man konnte ihn erst sehen, wenn man nahe dran war.

»Hallo, Burke«, sagte er, in den zarten Würgerfingern hielt er einen Abakus.

»Hallo, Luke. Bringt Mama dir bei, wie das Ding funktioniert?«

»Ja. Es macht Spaß.«

»Sehr kluger Junge, Burke«, sagte Mama. »Bring ihm bei, wie er die Kugeln benutzt, konnte es dir nie beibringen.«

»Mit Mathe hatte ich nie was am Hut.«

»Mathe is Geld«, sagte Mama. Wie Gott ist Liebe.

»Ich muß mit dir reden.«

»Okay. Willst du Suppe?«

»Sicher.«

Sie strich über Lukes blonde Haare, senkte die Stimme. »Geh du in Küche, Baby. Sag Koch, er soll Mama Suppe bringen.«

»Ich kann kein Chinesisch«, sagte der kleine Junge. Ernsthaft, nicht naseweis.

»Red wie Max, okay?«

Ein Lächeln erstrahlte auf seinem Gesicht. »Klar!«

Er trabte ab. Wir setzten uns.

»Baby nich richtig«, sagte Mama und tippte sich mit einem manikürten Nagel an die Schläfe.

»Warum sagst du das?«

»Heut früh bringt ihn Mac zu mir. Sehr braver Junge, sitzt still, liest ein Buch, okay? Aber später redet er komisch. Babysprache, babbel-babbel. Sagt, sein Name ist Susie. Ich sag, das ein Mädchenname. Er sagt, ich ein kleines Mädchen ... hübsches kleines Mädchen. Er hört sich an wie ein kleines Mädchen, Burke. Sagt, ich soll mit ihm spielen. Ich umarme ihn bloß. Dann fragt er, warum umarmst du mich, Mama? Mit einer Jungenstimme. Ich frage ihn, was ist mit dem kleinen Mädchen? Er sieht mich an, als wär ich närrisch. Er nur sein Buch gelesen, sagt er zu mir.«

»Yeah.«

»Nicht überrascht?«

»Nein.«

»Baby braucht ein Doktor.«

»Weiß ich, Mama. Ich habe einen für ihn aufgetan. Morgen, okay?«

Sie verbeugte sich zustimmend.

Luke marschierte mit einer Suppenterrine rein, als das Telefon an der Kasse läutete. Mama stand auf und ging hin.

»Hier ist die Suppe, Burke.«

»Danke.« Ich bediente mich selber. Der Bengel saß mir gegenüber, die Ruhe selbst.

»Luke, morgen will ich einen alten Freund von mir besuchen. Eigentlich zwei alte Freunde. Möchtest du mitkommen?«

»Ich glaube ...«

»Wir können vorher irgendwas machen, was dir lieber ist, okay? Was möchtest du gern machen?«

Sein Gesicht wurde angespannt. Dann rieb er sich den Kopf, als täte er ihm weh. »Ich würde gern in den Zoo gehen«, sagte er. »Da wollte ich schon immer mal hin.«

63

Eine halbe Stunde bevor der Zug aus Albany fällig war, suchten wir uns im Grand Central eine Bank. Doc war der Gefängnisseelenpfuscher gewesen, als ich auf meiner zweiten Kür droben auf dem Land war. Die höhergestellten Knackis, Freibeuter, Diebe, die Berufsmäßigen ... wir alle mochten ihn. Wenn er einen behandelte, ließ er sich durch nichts wegekeln, und er schrieb dir keinen getürkten Rehabilitationsbescheid für den Bewährungsausschuß wie das Matschhirn, das wir mal in einem Bundesbau hatten, aber er stand zu seinem Wort. Ich kann mich an einen jungen weißen Spund erinnern, der mal auf das Geländer am Gang kletterte und losschrie, er würde sich runterstürzen, endgültig aus dem Hotel auschecken. Ein paar Knackis brüllten ihm zu: Mach schon und spring, Arschgeige, red nicht drumrum, mach es. Ein paar von uns sahen bloß zu. Die Wachen auch. Doc bahnte sich einen Weg durch das Gedränge im Erdgeschoß, redete sachte, eindringlich zu dem Jungen oben, sagte ihm, alles ließe sich richten, was immer auch faul sei. Aber der Junge hob ab, und er konnte nicht fliegen. Das Geräusch, als er auf den Boden schlug ... erst das *Whomp*! des Körpers, dann das Knacken des Schädels. Eins-zwei. Ein Brocken von seinem Hirn tanzte auf dem Beton rum, noch immer voller Strom, auf der Suche nach Antworten.

Doc leitete Therapiegruppen für Schänder. Einmal tippte ich in seinem Büro Berichte, hackte zweifingrig nach Adlersuchsystem einen Heimfahrschein für einen Typ, der mir die üblichen zwanzig Stangen Kippen bezahlt hatte. Doc kam rein, im ganzen Gesicht rot. Er ist ein mittelgroßer Mann, untersetzt, breite Brust, dicke Arme. Haare kurzgeschoren, Brillenträger.

»Den Schweinigeln heute ein paar neue Einblicke gegeben, Doc?«

»Die Gruppe ist gestorben, Burke.«

»Wie das?«

»Weil ich die schleimigen Arschgeigen schlicht und einfach hasse. Die sind nicht krank, die sind mies. Den Teil haben sie mir beim Medizinstudium nicht beigebracht.«

Von da an mochte ich ihn. Einmal sah ich ihn direkt in die Zelle von einem Knacki gehen, der das Klo aus der Wand gerissen hatte, so sehr war er außer sich. Und Doc redete, bis er ruhig war. Sah ihn die Wachteln bremsen, die auf einen armen Hund einmöbelten, der einfach nicht mehr *wollte* – keinen Mucks mehr machte, katatonisch geworden war. Heute hat der Doc die ganze Kiste für den Staat laufen, leitet sämtliche Läden für geisteskranke Kriminelle.

Sophie riß ihre Zeit in der Psychostation ab. Sie hatte nicht da draußen angefangen, aber die sagten ihr, was die Eintrittskarte kostete, und sie kaufte sich eine. Biß sich eine ihrer Brustwarzen ab und spuckte sie durch die Zellengitter raus. Doc zog haufenweise Hirnmessungen mit ihr durch, tippte bei ihr auf eine Art epileptische Störung. Fing an sie zu behandeln, und Sophie wurde langsam wieder von dieser Welt. Aber sie terrorisierte den Kahn – wenn sie abging, spürte sie keinen Schmerz. Mit Sicherheit aber konnte sie welchen austeilen. Doc fand raus, daß sie eine Tochter hatte. Mußte etwa vierzehn sein, das Balg, wo immer es auch war. Bat mich, sie zu suchen. Sie in den Kahn zu bringen, ihrer Mutter zu zeigen.

Kostete mich fast einen Monat, aber ich fand das Kid. Auf den Knien in einer Gasse, auf den nächsten Freier wartend, ohne überhaupt ans Aufstehen zu denken, während ich mit ihrem Luden den Preis aushandelte. Ich zahlte dem Louis, was fällig war, brachte das Kid zu Lily. Nach einer Weile nahm ich sie mit hoch zu Sophie, wie es der Doc wollte.

Zuerst schien Sophie sie nicht zu kennen. Dann riß sie die Augen auf. Sie stürzte sich auf mich, kreischte. Doc hatte eine Spritze parat.

»Den Versuch war's wert«, sagte er später.

Die Kleine ist jetzt okay. Vielleicht sieht sie ihre Mutter mal wieder. Am Besuchstag.

Manch kleines Mädchen schafft es nicht. Louisa schaute von ihrem Krankenhausbett zu mir auf. Sechzehn war sie. Riesige Augen in einem Wrack von Gesicht. Das verlorene Kind war einmal zu oft auf den Autostrich gegangen. Schlechte Haut und weiche Knochen, von Schorf und Schrammen zusammengehalten. Sie lag im Sterben, und sie wußte es.

»Kann ich irgendwas tun?« fragte ich sie. »Möchtest du irgendwas?«

Sie wandte mir ihr Totenschädelgesicht zu, den seelenlosen Blick auf dem an ihr Bett gehefteten Befund. Auf dem ihr Todesurteil verkündet wurde. AIDS. »Ich möchte, daß mein Vater mich bumst. Bloß noch einmal.«

Sie starb, bevor sie seinen Namen sagen konnte.

64

Der Zug hatte nur rund zehn Minuten Verspätung. Ich nahm Lukas Hand. Wenn er hier ausbüchste, würde ich ihn nie mehr erwischen. Ich wünschte, Michelle wäre dabei.

Doc hatte eine Segeltuchtasche über die Schulter geworfen, sonst nichts. Er hatte nicht vor zu bleiben. Wir schüttelten uns die Hände.

»Doc, das ist mein Freund Luke. Luke, das ist Doc.«

Der Junge streckte die Hand aus, umfaßte beim Einschlagen auch mit der linken Docs rechte. So wie ich's gemacht hatte.

Der Zoo in der Bronx ist werktags hübsch ruhig. Luke war von allem begeistert: den Bären, der Einschienenbahn, die durch einen nachgeahmten asiatischen Wald fuhr, den Raubkatzen. Während der Bengel quietschvergnügt auf Kamelritt ging, weihte ich Doc ein.

»Luke hat 'ne Videophobie, ist ganz steif geworden, als er 'ne Kamera sah. Weiß nicht viel über seine Eltern – eine Schwarzmarktadoption. Er hat seinen kleinen Bruder umgebracht, ihn erstochen. Manchmal verdreht er die Augen. Er verliert das Zeitgefühl. In einem Pflegeheim hat er ein Baby erdrosselt. Hat keine Ahnung davon. Von dem Abstechen auch nicht. Genialer IQ. Gestern war er 'ne Weile ein kleines Mädchen. Erinnert sich auch daran nicht. Der Staatsanwalt weiß Bescheid, will ihn haben. Uns bleibt nur wenig Zeit.«

»Wer ist der Staatsanwalt? Vielleicht kann ich mit ihm reden.«

»Wolfe. Sonderfälle.«

»Vergiß es. Auf das Konto ihres Trupps geht die Hälfte aller Schänder in meinen Läden.«

»Weiß ich. Ich bin nicht auf irgendwelche Tändeleien mit ihr aus.«

»Wozu brauchst du mich dann? Du weißt doch ebensogut wie ich, was mit dem Kind nicht stimmt.«

»Hab ich Ihnen doch gesagt, Doc. Der Opal.«

Strahlend rutschte Luke vom Kamel. Wir gingen mit ihm

ins Reptilienhaus. »Meinst du, er mag Chamäleons?« fragte Doc.

»Er weiß von nichts«, sagte ich.

»Sei dir da nicht so sicher«, sagte der Doc und beobachtete den Jungen.

65

Der Plymouth tastete sich durch Hunts Point vor, auf den Schrottplatz des Maulwurfs zu.

»Erinnern Sie sich an Elroy?« fragte ich Doc.

»Sicher. Wer könnte den vergessen. Eine lebhafte Phantasie macht einen nicht irre, aber Elroy hat ziemlich damit geliebäugelt.«

»Er schreibt ein Buch.«

»Warum nicht, Großer. Macht ihn möglicherweise reich.«

Luke saß zwischen uns auf dem Vordersitz, die Hände auf dem Armaturenbrettpolster. »Magst du Hunde?« fragte ich ihn.

»Manche schon«, sagte er, wachsam.

»Das sind wunderbare Hunde«, versprach ich ihm. »Wirst schon sehn.«

Ich blieb mit dem Plymouth am Tor stehen. Wartete, bis Terry kam und es öffnete. Kurvte rein. Das Rudel schwärmte um das Auto. Simba hüpfte leichtfüßig auf die Haube, starrte uns durch die Windschutzscheibe an.

»Is das 'n Wolf?« fragte Luke.

»Ich weiß nicht, was er ist. Aber er ist der Beste.«

Terry kam an mein Fenster. Michelle hatte ihn einem Babylouis am Times Square abspenstig gemacht. Eine Kriegszonenadoption, und Terry war ihr Kind. Ihres und das des Maulwurfs.

»Der Maulwurf sagt, ich soll euch im Shuttle hinbringen«, sagte er und deutete auf einen alten Jeep, dessen Hinterteil zur Ladepritsche zusammengestutzt war. Wir stiegen aus. Folgten Terry durch das Rudel, gingen an Bord.

Er fuhr gekonnt, überwand das Minenfeld, als ginge es um eine Gymkhana. Luke machte große Augen – das war noch wilder als die Safaritour im Zoo. Wir kurvten auf die Freifläche neben dem Bunker des Maulwurfs. Der hier ansässige Spinner war nirgendwo in Sicht. Ich warf Terry einen fragenden Blick zu. »Der Maulwurf ist nicht da, es sei denn, du brauchst ihn, okay?« antwortete er. »Ihr könnt unten arbeiten.«

66

Lukes Blicke schweiften über das Gelände. Das Hunderudel hatte sich wieder versammelt, hockte gelassen rum. Liegengebliebene Autos, durchsetzt mit mächtigen Maschinenteilen, waren wie zu einer permanenten Kette aus verrottendem Metall zusammengerostet, die jeglichen Blick von außen blockierte. Hinter der Kette ein mit Natodraht gekrönter Maschenzaun. Flammende Punktfeuer auf dem umliegenden Flachland, der Klang vorbeibrummender Diesel, eine Sirene heulte auf, erstarb. Der äußerste Zipfel der Welt. Schrottplatz oder Friedhof. Der Junge nahm alles in sich auf, ruhig und aufmerksam. Interessiert, nicht neugierig.

Ich machte mich auf zum Bunker. »Komm mit, Luke. Gehn wir runter, etwas bereden.«

Der Junge wurde stocksteif. Sein Gesicht erstarrte, unter der zarten Haut traten die Knochen zutage.

»Keller?« fragte er, als kriege er nicht genug Luft. »Keller?«

»O Schitt«, sagte Doc und trat zurück, um den Jungen nicht zu bedrängen.

Terry mischte sich ein. »Das ist doch kein Keller, Mann. Wer hat das gesagt? Hier gibt's keine Keller. Hier isses sicher, Luke. Burke will in die Höhle. 'ne *echte* Höhle, wie im Dschungel. Wir gehn da immer hin, wenn's Ärger gibt. Da drin finden sie dich nie.«

»Höhle?«

»Sicher. Macht Spaß. Wir haben ja jede Menge tolle Sachen drin. Soll ich's dir zeigen?«

»Ich ... weiß nicht.«

»Tja, weißt du, du *mußt* nicht. Du mußt nichts machen, was du nicht machen willst. Hier nicht. Das is *mein* Zuhause, verstehste? Und du bist *mein* Freund.«

»Freund?«

»Klar, mein Freund. Wie gesagt. Ich beschütze meine Freunde, und sie beschützen mich. Wir beschützen einander. Wenn böse Menschen hier vorbeikommen, wissen wir, wie wir mit ihnen fertig werden. Wir machen sie richtig fertig.«

»Richtig fertig?«

»Sicher«, sagte Terry, kniete neben dem Jungen, ohne ihn anzufassen. »Simba!« rief er.

Das bräunliche Monster kam auf die Freifläche gesprungen, die Ohren nach vorn gestellt, den buschigen Schwanz über dem Rücken hochgerollt. Terry beschrieb mit der Hand einen Kreis, und das Vieh wirbelte in vollem Lauf rum, auf mich und Doc zu, stand zwischen Terry und Luke.

»Wer hat hier das Sagen?« fragte er Luke. »Ich oder Burke?«

»Burke ist der Mann«, sagte Luke, nun in lebhafterem, vernünftigem Ton.

»Und ich bin der Kleine, richtig?«

Luke nickte.

»Simba, paß auf!« befahl Terry.

Ein tiefes, warnendes Knurren von dem Vieh. Es zog sich zurück, bis sein Schwanz Terry streifte, den phantastischen Kopf tief gesenkt, hin- und herschwingend. Von mir zu Doc, von Doc zu mir.

Ich trat probehalber einen Schritt vor. Simba ging mit einem blutekligen Grollen aus dem tiefsten Inneren auf mich los. Hinter mir stimmten die anderen Hunde mit ihren Rudellauten ein – ich drehte mich nicht um.

»Simba is mein Hund. Er gehört mir und dem Maulwurf. Er liebt uns. Hier tut uns keiner was. Niemand.«

»Würde er Burke was tun?«

»Er würde ihn umbringen«, sagte Terry einfach so dahin und tätschelte dem Hund die Schulter. »Und jeden andern.«

Luke streckte die Hand nach dem Hund aus. Simba beobachtete uns.

Ich hütete mich, etwas zu sagen.

67

»Komm, Simba«, sagte Terry. Er ging zum Bunker, Luke direkt neben ihm. Alle drei verschwanden im Inneren.

Ich ging dahin, wo sie gestanden hatten. Setzte mich auf eins der abgesägten Ölfässer, die der Maulwurf als Freilandmöbel benutzt. Doc setzte sich neben mich. Ich zündete mir eine Kippe an.

»Hast du eine übrig?«

»Ich dachte, Sie hätten aufgehört.«

»Manchmal gibt's so Tage, Großer.«

Ich reichte ihm meine Schachtel, riß ein Streichholz für ihn an.

»Wir hätten's fast vermasselt, Partner.«

»Ich weiß.«

»Verdammt! Woher weiß dieser Bengel – Terry – woher weiß der, was er sagen muß?«

»Genau das hat seine Mutter zu ihm gesagt – als sie ihn hergebracht hat. Seine echte Mutter, nicht das Luder, das ihn geboren hat. Er war für Sex zu kaufen, als er jünger war. Sie können's aneinander riechen.«

»Yeah. Die sind Brüder ...«

Ich zog kräftig an meiner Zigarette, beobachtete das Hunderudel. »Haben Sie irgendwelche Zweifel?« fragte ich ihn.

»Nein. Und du auch nicht. Was mach ich hier also?«

»Diagnose.«

»Bockmist. Du kannst 'ne Diagnose genausogut stellen wie ich. Wahrscheinlich besser. Hab nie jemand kennengelernt, der wie du 'nen Freak ausmachen konnte – du hast 'nen eingebauten Detektor. Und ich kann ihn in einer Sitzung nicht behandeln.«

»Da fehlt noch was zwischen Diagnose und Behandlung. Wir wissen, was er ist – wir wissen nicht, warum.«

»Du meinst nicht warum, Großer ... du meinst wer.«

»Yeah. Das ist Ihre Sache.«

»Und dann ...«

»Das ist meine.«

68

Simba kam zuerst aus dem Bunker, Luke gleich hinter ihm. Dann Terry.

»Burke, da unten isses toll!« rief mir Luke zu.

»Yeah? Was hast du gesehn?«

»Einen Laser. Einen echten Laser! Er schneidet mitten durch Stahl. Und eine Erdbebenmaschine ... wow!«

Ich fragte ihn nicht, ob er den Seismographen des Maulwurfs meinte oder die Leiste mit Knöpfen, mit der er große Teile des Schrottplatzes hochjagen konnte wie die NASA.

»Bist du jetzt bereit zur Arbeit, Kleiner? In der Höhle?«

»Klar! Kann Simba mit?«

Ich ging mit Terry auf Blickkontakt. Er trat neben Luke. »Simba kann nicht mit, Mann. Er muß seine Runde drehen. Damit wirklich alles sicher is. Aber ich komme mit.«

Sein Blick forderte mich heraus, das abzulehnen.

»Okay«, sagte Luke.

Simba trottete ab. Ich ging vorneweg nach unten. Ich setzte mich auf einen Stuhl neben der Werkbank des Maulwurfs. Doc zog sich den Polsterhocker zu dem alten Ledersessel, machte es sich bequem. Luke nahm den Armsessel, und Terry stellte sich, die Hände auf der Schulter des kleineren Jungen, neben ihn.

Unter der Erde. Diffuse, wie natürliches Sonnenlicht wirkende Quarzbeleuchtung. Der Industrie-Ionisierer verlieh der Luft einen frischen Duft wie kurz nach einem Regen. Gedämpftes Maschinensummen. Eine Leiste mit LED-Anzeigen blinkte eine Kunde, die nur Terry und der Maulwurf verstehen konnten. Luke umgriff die Armlehnen des Sessels. Doc begann zu reden, leise, sanfte Töne, einfach so dahin. Er beschäftigte Luke, zog ihn mit sich. Mehr und mehr ging der Bengel aus der Deckung ... strahlte, zeigte, wie blitzgescheit er war, fröhlich kichernd, wenn er mit dem Kopf Matheprobleme löste. »Weißt du, was das ist?« fragte Doc und holte einen Stein aus der Tasche. Er war an einer dünnen Platinkette befestigt.

»Ein Edelstein?«

»Das ist ein Opal, Luke. Ein Feueropal. Schau hin, siehst du das Feuer, siehst du die Farben?«

Der Opal beschrieb einen sachten Bogen, vor und zurück.

Wie flüssiges Licht, weich, unendlich tief reichend. Feuer in einem Tränentropfen.

Die Augen des Jungen folgten dem Stein, als wüßte er, was kam. Ich atmete durch die Nase, flache, exakt bemessene Züge. Luke sackte im Sessel zusammen, seine Lider flatterten. Doc redete ihn da rein, ohne jeden Druck, erklärte ihm, wie müde er wäre.

»Müde ...«, wiederholte Luke mit Babystimme.

»Kann ich mit den andern reden?« fragte Doc. »Kannst du sie mal eine Minute rauslassen?«

Luke verdrehte die Augen glatt nach hinten, so daß nur noch das Weiße zu sehen war. Er zwinkerte heftig. »Baby, Baby, Baby.« Die Stimme eines Kleinkinds, vielleicht zwei Jahre alt. Fröhlich babbelnd. »Baby, Baby, Baby.«

»Wie heißt das Baby denn?« Doc.

»Baby, Baby Doll. Doll Baby. Süßes Baby.« Die Züge des Jungen wurden weich, fast formlos, Sabber im einen Mundwinkel.

»Hallo, Doll Baby. Ich heiße Doc. Willst du mein Freund sein?«

»Baby, Baby, Baby ...«

»Ja, du bist ein braves Baby. Ein hübscher kleiner Junge ...«

»Das is'n Mädchen, Blödmann.« Mein Blick zuckte zu Terry, aber er hatte nichts gesagt – stand bloß da, den Mund weit offen, und sein Gesicht verlor sämtliche Farbe.

»Wie heißt du?« fragte Doc Luke.

»Toby. Kennst du mich nicht? Wo hapert's bei dir?« Stimme eines klugscheißerischen Bengels, vielleicht elf, zwölf Jahre alt.

»Hallo, Toby.«

»Jaja, hallo. Was liegt an?«

»Ich möchte mit dir reden ... mit den andern reden.«

»Einer nach dem anderen, Macker. So und nicht anders läuft's. Und jetzt bin ich dran .«

»Kommst du oft raus.«

»Immer wenn er ausgetrickst wird. Luke weiß 'ne Menge, aber Menschen kennt er nicht. Nicht wie ich.«

»Und das Baby?«

»Das is Susie – die is durchgebrannt. Wenn die uns weh tun, kommt sie. Durchgebrannt. Du kannst 'nem Baby nicht weh tun – die spürt noch nichts.«

»Macht dich das böse? Wenn sie euch weh tun?«

»Ich fühle es nicht. Aber wenn sie Sachen mit uns machen, merken wir's uns. Wir merken's uns. Und ...«

Diesmal war ich darauf vorbereitet, sah die Augenbewegung. Das Gesicht des Jungen verhärtete sich, die Knochen traten vor, spannten die Haut. »Blut«, sagte der Schädel. Es war keine menschliche Stimme.

Doc ließ sich keinen Tick verblüffen. »Blut?« fragte er.

»Babyblut. Neues, reines Blut. Meins. Ich brauch es.«

»Wer bist du?«

»Satanskind. Ich bin Satanskind.«

»Was machst du?«

»Ich töte Babys. Kleine, blöde Babys.«

»Warum tötest du Babys?«

»Wegen ihrer Herzen. Damit ich ihr Herz essen kann.«

»Warum ...?«

Luke hechtete sich auf Doc, ein Babylied summend, während seine Augen schrien. Die eine Hand zur Faust geballt, mit der anderen nach Docs Brust schlagend, sich aufs Ziel einpendelnd. Stechbewegungen, so kräftig, daß Doc vor Schmerz aufgrunzte. Ich packte Luke von hinten, zog ihn zurück – seine Muskeln spielten wie stählerne Schlangen. Ich drehte ihm den linken Arm hinter den Rücken. Ich mußte alle Kraft aufwenden, damit ich ihn hoch zum Nacken, zum Knackpunkt, verbiegen konnte. Er summte weiter sein Babylied, stach zu. Doc fiel zu Boden, Luke blieb obenauf. Terry brüllte irgendwas. Luke erstarrte in meinen Händen wie ein Stück Eisen. Ich setzte ihn wieder auf den Lehnstuhl. Er lag wie ein Brett, ohne daß sein Rückgrat die Lehne berührte.

Wir beobachteten ihn. Luke war schweißgebadet, sein Gesicht abwechselnd rot und weiß gesprenkelt. Er wurde schlaff. Die Zeit verging. Luke wand sich, zuckte mit den Schultern. Rieb sich die Augen, als wäre er grade aufgewacht.

»Hallo, Luke«, sagte Doc.

»Hi. Die Höhle ist toll, nicht? Terry hat sie mir gerade gezeigt, als ihr runtergekommen seid.«

»Ja, es ist 'ne tolle Höhle. Wie fühlst du dich?«

»Prima. Können wir irgendwann wieder in den Zoo gehen?«

Doc antwortete ihm nicht, beobachtete.

»Können wir, Burke?«

»Sicher«, sagte ich ihm. Hände in den Taschen, damit er nicht sah, wie sie zitterten.

69

Draußen an der frischen Luft zog Luke mit Terry ab. Ein fröhliches Kid, fasziniert von den Geheimnissen, die ihm der ältere Junge zeigen konnte. Ohne zu fragen, reichte ich Doc meine Zigarettenschachtel.

»So was schon mal erlebt?« fragte ich ihn.

»Multiple Persönlichkeit? Klar. Ich habe einen Teil meines Praktikums in einer Nervenklinik abgeleistet. Bei Frauen sieht man's häufiger als bei Männern. Hab's noch nie bei einem Kid gesehen, aber in der Kindheit soll's immer losgehen ... wir sind bloß nie dabei.«

»Sind Sie sicher?«

»Die Persönlichkeiten haben Namen. Verschiedene Stimmen. Die letzte ... hast du seine Kraft gespürt?«

»Yeah. Ich konnte ihn kaum halten.«

»Das Wichtige ... er hat Gedächtnisschwund. Ihm fehlt etwas. Fragst du ihn, was da unten passiert ist, weiß er's nicht. Setz ihn unter Druck, und er kriegt es hin ... füllt die Lücken.«

»Lily sagt, daß er das tut. Daß er täuscht.«

»Der täuscht nichts vor, Burke. Konfabulation nennt man das, was er macht. Er kriegt die fehlende Zeit nicht zusammen, weiß nicht, was passiert ist. Aber er weiß, *etwas* ist passiert. Er ist nicht bereit, jemandem sein Geheimnis zu verraten.«

»Weiß er, daß wir Bescheid wissen?«

»Nein ... glaub ich nicht. Vielleicht ein kleiner Teil von ihm, eine Art beobachtende Persönlichkeit. Manchmal kann eine der Persönlichkeiten mithören, was die anderen machen. Ich weiß nicht, wie deutlich die Brüche sind ... da mögen noch mehr von denen in ihm sein.«

In der Ferne heulte ein Hund.

»Er hat die Babys umgebracht«, sagte ich.

»Nicht Luke ... es war der andere. Die sind voneinander so deutlich getrennt wie du und ich.«

»Sagen Sie das mal 'nem Richter.«

»Ich weiß.«

»Wie konnte er ...?«

»So werden? Nimm ein hochintelligentes, sensibles Kind, setz es einem intensiven, unentrinnbaren Trauma aus ... und es lernt, sich zu distanzieren. Zieht sich in seinen Kopf zurück. Abspaltung, damit fängt's an. Bei manchen Kids, da wird's ernst. Kindsmißbrauch, besonders sexueller Mißbrauch, das ist ein bestimmender Schlüsselfaktor.«

»Es ist nicht erblich bedingt?«

»Nicht im geringsten. Zwei Multiple könnten sich fortpflanzen und ein ganz gesundes Kind bekommen. Es sei denn ...«

Ich schaute zu ihm, wartete.

»Es sei denn, sie machen mit ihm die gleichen Dinge.«

»Glauben Sie ...?«

»Ich weiß nicht, was ich glaube. Aber auf eins kann ich dir Brief und Siegel geben: Ohne irgendein ernstes chronisches Trauma kriegst du keine multiple Persönlichkeit. Ohne intensive Deprivation, Tortur ... du kennst das Spiel, wie sie es treiben. Wird 'ne Weile dauern, das alles zu klären. Sitzungen en masse. Er reagiert gut auf Hypnose ... aber er muß sich sicher fühlen, bevor wir irgendwas tun können.«

»Gibt's dafür ein besonderes Programm?«

»Multiple kannst du nur mit individueller Psychotherapie behandeln. Ambulant im allgemeinen. Die geschlossenen Abteilungen sind den Gefährlichen vorbehalten. Wenn eine der Persönlichkeiten zum Morden neigt. Oder zum Brandstiften, Vergewaltigen, was auch immer.«

»Kennen Sie da eine Institution?«

»Keine, die ein Kid nehmen würde.«

70

Ich kannte Institutionen, die Luke nehmen würden. Die gleichen Orte, in denen sie mich genommen hatten, als ich ein Kid war. Es gibt verschiedene Namen dafür, aber sie sind alle gleich.

Als ich groß wurde, suchte ich mir andere Orte. Orte, für

die Luke bereits den Eintrittspreis bezahlt hatte, Orte, wo ihn nie einer suchen würde.

71

»Du darfst ihn nie allein lassen«, sagte ich Immaculata. »Niemals, verstehst du?«

Luke saß uns in dem Armsessel gegenüber, balancierte die kleine Flower vorsichtig auf einem Knie, ein aufgeschlagenes Bilderbuch flach auf dem anderen. Redete leise mit dem Baby, den spindeldürren Arm um Flowers Rücken, und deutete auf die Bilder. Er spürte unsere Blicke.

»Ich bring ihr Lesen bei«, sagte er. Lukes Stimme.

»Das ist lieb von dir, Luke«, sagte Immaculata. »Konntest du lesen, als du so klein warst?«

»O ja.«

»Und wer hat's dir beigebracht?«

»Sie. Sie haben mir beigebracht ...« Rasches Augenzwinkern, Schweißtropfen auf seinem Nasenrücken.

»Hast du das Baby gern, Luke?« fragte ich, schob mich an ihn ran, als wollte ich mich mit ihm unterhalten, die Hände bereit. »Sie ist 'n zauberhaftes Baby, nicht, Luke?« sagte seinen Namen, trieb ihn fest wie einen Pflock zum Dranfesthalten.

»Jeder hat Flower gern«, sagte er, wieder er selbst.

»Zeit für ihr Nickerchen«, meinte Immaculata.

»Ich bring sie zu Bett.«

Max betrat den Raum. Verbeugte sich vor Luke, vor mir, dann vor Mac. Er langte runter, nahm mit seinen vernarbten Händen, die neben der zarten Haut wie Panzerplatten wirkten, das Baby ab. Flower gluckste fröhlich, behütet.

»Geh mit Max, schau, ob er Hilfe braucht«, sagte Immaculata zu Luke. »Paß auf, daß er vorsichtig ist.«

»Ich paß auf ihn auf«, sagte Luke.

Ich zündete mir eine Kippe an. »Habt ihr was ausgetüftelt?« fragte ich sie.

»Ja. Teresa, die Psychiaterin ... kennst du sie?«

Ich schüttelte den Kopf.

»Tja, die sagt, Luke braucht unbedingt geregelte Abläufe, etwas, an das er sich halten kann. Daher will sie ihn jeden Tag besuchen, sechsmal die Woche, ein Tag frei. Manchmal bringen wir ihn in ihr Büro, manchmal kommt sie zu ihm. Morgens setz ich ihn bei Mama ab – falls jemand da hinkommt, gibt's zig Stellen, wo er sich verstecken kann.«

»Und wenn's dunkel wird?«

»Luke wird hier schlafen. Bei uns. Flowers Bettchen ist in unserem Zimmer, zwischen unserem Bett und dem Fenster.«

»Er könnte es trotzdem probieren ... weiß Max Bescheid?«

Sie wandte mir ihr feingeschnittenes Gesicht zu. »Besser als ich«, sagte sie.

72

Ich wandte mich wieder meinem Lebensunterhalt zu. Stieß mit dem Plymouth in eine Lücke am Central Park West, stieg aus, schnupperte die Luft. Eine große, kraushaarige Frau in einem orangefarbenen Kaftan versuchte ihren alten Toyota mittels der Braille-Parktechnik in eine Lücke zwischen einem weißen Honda Prelude und einem beige Mercedes zu zwängen. Sie zog beide aus dem Verkehr, stieg aus, rieb sich zufrieden die Hände. Ich klinkte Pansy die Leine an. Die Frau bemerkte, daß ich keine Tretminentüte in der Hand hatte, verzog das Gesicht, als röche sie was Schlechtes. Ich betrat den Park.

Morgens halb elf, die meisten Bürger bereits bei der Arbeit. Ein Mann und eine Frau kamen den Pfad entlang, angetan mit identischen Shorts und Joggingtrikots. Hatten sogar die gleiche Nummer auf den Rücken. Niedlich. Pansy hockte sich neben mich, als ich mir eine Zigarette anzündete. Die Frau verzog mißbilligend das Gesicht, als sie vorbeitrabten.

Eine langgezogene weiße Limousine, die Hinterfenster verdunkelt, schnurrte daher. »Sehr subtil, Carlos«, dachte ich mir, zog an meiner Zigarette, beobachtete, wie man's mir beigebracht hatte. Inzwischen wußte ich, was in der Karre war. Einer vom Rudel des Prof arbeitete in dem Zubehörladen, in dem Carlos' Fahrer das Auto jede Woche zum Aufmöbeln brachte. Mobiltelefon, Farbfernseher mit Videorecorder, Faxgerät, handpolierte Teakbar mit Bleikristallkaraffen, Kaschmirüberzüge auf den blauen Ledersitzen, ein Ausziehspiegel, damit die Freundinnen von *el jefe* ihr Make-up chekken konnten, bevor sie in die Clubs schwärmten. Ein Geheimfach in einer ausgehöhlten Türverkleidung. Nicht für Drogen: Carlos rührte das extrastarke Traumpuder, das er veredelte, nicht an. Bei dem Knaben war nichts mit winzigen Crackbrocken – er handelte nach Gewicht. Willst du's selber verschneiden, lang zu, back es, trockne es, liegt ganz bei dir.

Es funktionierte immer auf dieselbe Tour. Die Limousine machte elegant halt – ein Mann auf einem Rad, eine Nylontrainingstasche um die linke Schulter, strampelte daneben her. Während der Radler die Tasche aufhielt, säuselte das Fenster runter. Irgendwas fiel rein, und weg war er.

Inzwischen wußten wir, wohin der Transfermann machte. Mit Volldampf den Radweg entlang, als führe er die Tour de Arsch an, verließ er den Park und mischte sich unter den Straßenverkehr. Ein Auto fuhr neben ihm auf. Manchmal eine Limousine, manchmal ein Kombi. Einmal war's ein

Lieferwagen. Eine Hand langte auf der Beifahrerseite raus, schnappte sich die Tasche von seiner Schulter.

Sobald wir es erst mal richtig raus hatten, würde es unsere Hand sein, die nach der Asche langte.

Der Prof war irgendwo im Park, sein Rudel rundum verstreut. Schwarze Jungs mit schwerem Mut, die dem Meister die Nachhilfe vergalten – Lehrzeit auf dem Hochseil. Ein Ausrutscher und ab nach Attica.

Ich tätschelte Pansys glatten Schädel, hockte neben ihr im Gras, wieder der alte.

73

»Was ist denn das für ein Hund?«

Sie war eine gedrungene, sommersprossige Frau mit rötlich-braunen, unter dem Schweißband um ihren Kopf in alle Richtungen abstehenden Haaren, angetan mit einem schlichten grauen Sweatshirt über blauen Radfahrerhosen, schiefergrauen Laufschuhen. Kleine Stupsnase, porzellanblaue Augen.

»Ein Mastino Napolitano«, sagte ich.

»Hab ich noch nie einen gesehen. Sind die selten?«

»*Sie* ja. Die beste Hündin der Welt, nicht wahr, mein Mädchen?« Pansy grinste selig, dachte wahrscheinlich an einen Markknochen und wie sie ihn mit den Kiefern zerknackte, bevor sie zum süßen Inneren vorstieß.

»Was machen Sie hier?«

Ich schaute ihr tief in die unschuldigen Augen, fragte mich, wie alt sie war.

»Mit meiner Hündin trainieren – sie braucht Auslauf.«

»Lassen Sie etwa den großen Hund von der Leine?«

»Soll heißen, ich seh nicht aus, als würde ich mit ihr laufen?«

»Sie sind nicht dafür angezogen.« Sie gluckste.

»Ich bin auf dem Weg zur Arbeit.«

»Was machen Sie?« Hände in den Hüften, die Zungenspitze grade so zwischen den Lippen rausspitzend.

Ich schaute zu ihr hoch, Gesicht ausdruckslos. »Was machen *Sie?*«

»Ich bin eine Mörderin«, sagte sie mit breitem Lächeln auf dem flächigen Gesicht. »Versuche diese Zellulitis umzubringen.« Klatschte sich hinten an den Schenkel.

»Hoffentlich übertreiben Sie's nicht.«

»Wieso?«

»Frauen machen so was. Ihr habt alle 'ne Massenmeise von wegen Linie.«

»Falls dem so ist, haben's uns die Männer eingeimpft.«

»Nicht schuldig«, sagte ich und probierte ein Lächeln.

»Das sagen sie alle«, schoß sie zurück, zog sich das Sweatshirt über den Kopf und band es sich um die Taille. Ihre Brüste spannten unter dem weißen T-Shirt, als sie den Rükken durchbog.

Ich zündete mir eine Zigarette an. Sie rümpfte die Nase nicht.

»Könnte ich Ihren Hund streicheln?« fragte sie.

»Nur, wenn sie Sie mag«, sagte ich ihr.

»Woher soll ich das wissen?«

»Wenn sie Sie mag, wird sie ... Wow! Schauen Sie sich das an«, sagte ich und tat, als wäre ich verblüfft, als Pansy sich auf mein Handzeichen hin flachlegte.

»Heißt das, sie mag mich?«

»Sicher.«

Sie kniete sich ins Gras, streichelte Pansy gekonnt, redete mit ihr.

»Haben Sie einen Hund?«

»Ich hatte einen. Blackie. Als ich noch ein Kind war. Ich vermisse ihn immer noch.«

Pansy ließ ihre lappige Zunge aus der breiten Schnauze hängen, genoß die Aufmerksamkeit.

»Hätten Sie Lust, irgendwann mal mit mir essen zu gehen?« fragte sie.

»Ja.«

»Ich bin Belinda Roberts.«

Ich hielt ihr die Hand hin, nannte einen meiner Namen.

»Ich schreibe Ihnen meine Nummer auf. Haben Sie ein Blatt Papier?«

»Ich merke sie mir«, sagte ich.

Sie ging auf Blickkontakt mit mir, suchte nach der Wahrheit. Nickte schließlich, »Okay«, sagte sie.

Rappelte sich auf, band sich das Sweatshirt um den Hals, joggte ab.

Sehr gut.

74

Wieder schnurrte die weiße Limousine vorbei. Diesmal leer.

Für den Tag fertig, rappelte ich mich auf, entklinkte Pansys Leine, befahl ihr, sich zu sputen. Sie übernahm meine linke Flanke, Schulter an meinem Schenkel.

Ich schlug mich durchs Gebäum Richtung Parkplatz. Ein Schwarzer in einem schwarzen Anzug stand, als ich nahte, von seinem Baumstumpf auf, eine mattsilbrige Pistole in der Hand.

»Steh bloß still, Mahn.«

Ich blieb stehen, Pansy neben mir.

»Ich habe kein Geld«, sagte ich, fädelte ein bißchen Furcht in meinen Tonfall, damit er sich abregte.

»Das is kein Überfall, Mahn. Komm bloß mit mir mit. Jemand will mit dir reden.«

»Wer?«

»Trödel jetzt nicht rum, Mahn. Komm bloß mit, 'n bißchen rumkutschieren.«

»Ich geh nirgendwo mit hin, Freundchen.«

»Ja, Sie kommen mit, Mister Burke. Sehen Sie, wir kennen Sie. Sein Sie jetzt bloß nicht blöde.«

»Sie werden mir nichts tun?«

»Nein, Mahn, wir tun Ihnen nix.«

»Was ist mit meiner Hündin? ... Ich kann sie nicht hier lassen.«

»Bind sie einfach an 'nen Baum, Mahn. Es dauert nicht lange. So 'n großen Hund nimmt niemand weg.«

»Aber ...«

»Letzte Chance, Mahn.«

»Okay, okay«, lenkte ich ein, langte rüber, um der Hündin die Leine anzuklinken, redete mit ihr. Just als ich die Leine festmachen wollte, sagte ich: »Pansy, sitz!«, sah, wie sich der Pistolero bei den Worten beinah unmerklich entspannte, als sie sich schon ohne einen Ton auf ihn warf und mit ihren Schraubstockkiefern seinen Arm umklammerte. Ich hob die Knarre vom Rasen, brüllte Pansy ein »Aus!« zu, und sie rückte ab. Der Pistolero lag dort, stöhnend, die linke Hand um den rechten Unterarm geklammert, und zwischen den Fingern blubberte Blut.

»Mein Arm! Die hat 'n Knochen zermalmt, Mahn! Da drin is alles Matsch.«

»Wer will mich sehn?« fragte ich, beugte mich dicht ran, klopfte ihn auf der Suche nach einer weiteren Knarre ab – ging leer aus. »Du brauchst 'nen Doktor, und zwar unbedingt«, sagte ich, »Verrat's mir, und du kannst gehn.«

Käsige Flecken auf seinem dunkelhäutigen Gesicht, Schmerz in den Augen.

»Soll die Hündin noch mal ran?« fragte ich.

Sein Blick schoß über die ganze Lichtung. Sie war leer, niemand in der Nähe. Eis rieselte mir das Rückgrat runter – steckte Clarence da drin?

»Thana«, grummelte er.

»Was?«

»Queen Esther Thana, Mahn. Die Mamaloi.« Wieder schweifte sein Blick über das Gelände, suchte irgendwas.

»Du kennst meinen Namen. Sag ihr, sie soll mich anrufen. Per Telefon, verstehst du?«

Er grunzte, klang wie ja. Der Pistolero konnte allein zur Notaufnahme gehen. Wo ihn die Oberschwester zuallererst fragte, ob er krankenversichert war.

Ich drehte mich um, sackte seine Knarre ein, klatschte mir auf den Schenkel, damit Pansy mitkam.

Clarence saß auf der Bank neben meinem Auto. »Laß mich lieber die Knarre nehmen, Mahn«, sagte er.

Ich präsentierte sie ihm.

»Da war noch 'n anderer dabei«, sagte Clarence. »Die warten mit dem Auto auf Sie. Eine Straße weiter«, mit den Augen weisend. »Sie kommen besser mit.«

Er stand auf und setzte sich in die andere Richtung in Marsch. Ich ging neben ihm, Pansy hart an meiner Seite.

»Was ist mit dem anderen passiert?« fragte ich ihn.

Die Kobaltaugen waren kühl. »Der is noch da«, sagte Clarence.

75

Clarence öffnete die hintere Tür des Rover. Ich gab das Zeichen, und Pansy kraxelte rein. Clarence legte am Central Park West eine geschmeidige Spitzkehre hin und hielt gen Downtown.

»Wo soll ich dich absetzen, Mahn?«

»Wieso bist du heute in der Nähe gewesen, Clarence?«

Er zuckte mit den schmalen Schultern, Gesicht ausdruckslos. »Ich bin bloß ein Soldat, Mahn.«

»Dann bring mich zum General«, befahl ich ihm.

76

An der Fifty-seventh bog Clarence nach Osten ab, ackerte sich zum Franklin D. Roosevelt Drive vor, dann südlich zur Brooklyn Bridge.

»Das is vielleicht 'n Hund, den du da hast, Mahn. Hab noch nie gesehn, wie sich so was Großes so schnell bewegt.«

»Sie ist die Beste«, sagte ich und langte nach hinten, tätschelte meine Freundin.

»Hübsche Frau hatten Sie auch da, Mahn.«

»Hübsche Frau?«

»Ja, Mahn. Im Park. Hübsche Frau. Hat 'n hübschen großen Arsch dran. Trau nie 'ner Frau, die 'n Kleinbubenarsch hat, is'n sichres Zeichen.«

»Wer hat dir das erzählt?«

»Weiß doch jeder, Mahn. Großer Arsch, großes Herz.«

Ich dachte an meine Bluebelle, die fort war. Die Brandnarbe auf Floods Hintern. Blossom beim Weggehen. Vielleicht stimmte es.

Ich kurbelte mein Fenster runter, zündete mir eine Kippe an. »Du hast die Frau in dem Park gesehn?«

»Ja, Mahn. Wie gesagt. Auch in 'nem guten Alter. Nich wie

die flattrigen jungen Mädels da. Grade recht für 'n alten Mahn wie Sie.«

»Yeah. Du bist 'ne ganze Weile dagewesen, was?«

»Die ganze Zeit, Mahn. Seitdem Sie bei Jacques angerufen haben.«

»Wie hast du mich aufgetan?«

»Ziemlich einfach, Mahn. Ihr Auto, die Läden, wo Sie hingehn, all das.«

»Wo noch?«

»Die Tagesstätte. Die für die Kids. Das Restaurant. Ich bin ein Schatten, Mahn. Schmal und schwarz. Sieht keiner.«

»Ich bedanke mich für das, was du getan hast, Clarence.«

»Sie sind uns ein Freund gewesen, Mahn. Sagt Jacques.«

»Dann hab ich 'nen freundschaftlichen Rat für dich, Clarence. Geh nicht in das Restaurant.«

»Weiß ich, Mahn.«

»Wer hat es dir gesagt ... Jacques?«

»Weiß doch jeder, Mahn.«

77

Jacques war an seinem Tisch im Keller. Er verschwendete keinen Blick an Pansy. Pansy auch nicht an ihn.

Clarence reichte ihm die Pistole, die ich dem Mann im Park abgenommen hatte. Jacques löste das Magazin, zog es aus dem Griff, betätigte den Schlitten.

»Leer, Mahn. Nix in der Kammer. Gesichert war sie auch.«

Ich nickte. Der Pistolero war das, was er behauptet hatte – kein Ballermann.

Jacques drehte die Knarre in der Hand um, steckte einen polierten Daumennagel in die Kammer, visierte durch den Lauf. »Ist seit 'nem Jahr nicht mehr gereinigt worden, Mahn. Schrott. Ostblockkrempel, nich mal vom Militär.« Jacques verzog die zartknochige Nase zu einem leichten Grienen. »Wurscht, wer die hatte, Mahn, er war kein Profi.«

»Da war noch einer«, sagte ihm Clarence.

Jacques hob die Augenbrauen, wartete auf weiteres.

»Er hatte keine Knarre, gar nix. Und er hat mich überhaupt nich kommen sehn«, sagte Clarence, einen lederbezogenen Totschläger in der Hand, zeigte Jacques, was mit dem anderen Aufpasser passiert war.

»Hast du mit dem Mahn mit der Knarre geredet?«

»Er sagte, er wollte mich bloß irgendwo hinbringen. Jemand namens Thana aufsuchen. Queen Thana.«

Jacques' Augen veränderten sich nicht, aber seine Backen wurden hohl.

»Kennst du sie?« fragte ich.

»Jeder kennt *was* über sie, Mahn. Ich hab sie nich kennengelernt. Und ich will's auch nich. Obeah. Sehr machtvolles Obeah. Eine Voodoo-Priesterin. Ihre ganzen Anhänger sind von den Inseln. Die Leute sagen, sie kann 'nen Mann machen lassen, was sie will. Daß sie dich mit 'nem Gedanken umbringen kann. Das Meer überspannen, durch die Zeit zurück.«

»Ist sie im Geschäft?«

»Nicht in unserm Geschäft, Mahn. Nicht wegen Geld. Aber sie is keine Liebesgöttin, die Frau. Eine Kriegerpriesterin. Es heißt, ihre Soldaten sind ins Leben zurückgekehrte Tote.«

»Was will sie von mir?«

»Ich weiß es nicht, Mahn. Aber will sie dich, dann kriegt sie dich auch.«

»Kann ich Kontakt zu ihr aufnehmen?«

»Nein, Mahn. Nicht übers Telefon. Aber ich weiß ... ’n paar Sachen. Vielleicht krieg ich ’ne Nachricht durch.«

»Die Tasche ... die Juju-Tasche«, flüsterte Clarence.

»Was?«

»Das war vielleicht ihre. Die da im Mondschein am Baum gebaumelt hat. Böse. Sie weiß es.«

»Weiß was?«

»Ich bin zurück. Später bin ich noch mal zurück. Bei Tageslicht. Und die Tasche war weg.«

Ich zündete mir eine Kippe an, und meine Hände wurden angesichts der Antwort ruhiger. Sie hatte die Tasche nicht weggenommen, aber ihre Aufpasser wußten, wer es getan hatte.

»Sag ihr, ich komme und rede mit ihr«, sagte ich Jacques und marschierte aus dem Keller.

78

In Haft stemmte ich immer Gewichte. Bloß um etwas zu machen – ich konnte es nie gut. Bankdrücken. Manchmal legten sie mir zuviel Gewicht auf – ich brachte es nicht von der Brust hoch.

Jetzt fühlte ich mich genauso. Mach ein Kardiogramm von meinem Leben, und du kriegst ’nen Ausdruck: scharfe Zakken, tiefe Klüfte.

Ich malte einen roten Punkt auf ein Spiegelglas. Malte ihn mit einem Lippenstift, den Belle hinterlassen hatte. Ich hatte mir längst vorgenommen, ihn wegzuwerfen, diesen Lippenstift. Ich ging in eine hingeschluderte Lotushaltung, schaute in den Punkt. Bis er größer und größer wurde, tiefer. Ich drang in ihn ein, reinigte meinen Verstand.

Immer gibt es ein Muster. Jedes noch so närrische Ding macht für jemanden am anderen Ende Sinn. Bevor ich ins

Zuchthaus kam, hatte ich keine Ahnung vom Schmuggeln. So du die Ware bezahlen kannst, kannst du hinter Gittern alles kriegen. Wachen schmuggelten Knarren ein, aber sie hielten sich streng ans Farbmuster: Wolltest du eine Pistole, hast du einen Wachmann von deiner Rasse beauftragt. Drogen verkauften sie an jeden.

In Haft liegen überall Bleirohre rum. Wenn man sie richtig hält, kann man immer noch spüren, wie sie vibrieren von den Schädeln, die sie geknackt haben.

Ich stellte mir eine wunderschöne Glaskugel vor. So rein wie eine Träne, sachte durch die Luft treibend, schwebend. Ich hielt sie mit meinem Willen da fest.

Ich zwinkerte mit den Augen und tauchte, kurz bevor die Glaskugel auf dem Marmor zersplitterte, wieder auf.

79

Treffen. Ständig dämliche Treffen. Quatschen, quatschen, quatschen. Und Vorschriften. Gemacht von den Vorschreibern. In Haft willst du nichts weiter als durchkommen. Du kannst nicht für dich bleiben – das lassen sie nicht zu. Also rottest du dich zusammen. Besorgst dir einen Trupp. Jemanden, der dir den Rükken deckt. An der Küste drüben sagen sie dazu, sich 'ne Fuhre besorgen. Gemeinsam ausreiten. Oder die Fahrgemeinschaft. Wenn ein Trupp auseinanderbricht, kassiert die andere Seite einen nach dem andern ein, also bleibt man zusammen. Wechselst du die Seite, traut dir keiner. Du hast nur einmal die Wahl, dann nie wieder.

Ich wünschte, ich könnte das Wolfe und Lily erklären.

80

Ich hielt mich eine Weile raus aus dem Trubel. Vorsichtig wie ein Präriehund – spähte bloß knapp aus meinem Loch in der Erde, bereit abzutauchen, sobald ich einen verdächtigen Schatten sah. Wolfes Zeitlimit warf mich auf Bodenperspektive zurück.

Max öffnete die Hintertür von SAFE, hielt sie, während ich mich reindrückte. Ich weiß nicht, wie er das macht – er kann mein Klopfen nicht hören. Er deutete zu dem hinteren Büro, machte eine »Sei vorsichtig«-Geste und ging wieder in den Trainingssaal.

Lily stand mit dem Rücken zu mir, Hände in den Hüften, und stritt mit der ruhig dasitzenden Storm. Ich tippte leicht auf den Türknauf. Lily fuhr rum, ohne aus dem Schwung zu kommen.

»Was gibt es, Burke? Wir haben zu tun.«

»Ich müßte mit Ihnen reden«, sagte ich leichthin.

»Ist Ihr Telefon kaputt?«

»Man weiß nicht, wer mithört.«

»Wer sollte . . .«, höhnte Lily.

»Wolfe«, mischte sich Storm ein.

»Sie würde nicht . . .«

»Klar würde sie«, sagte ihr Storm. »Was stimmt nicht mit dir, Mädchen? Du weißt doch, wie sie ist.«

»Ich dachte, ich wüßte es.«

»Genau das sagt sie sich auch gerade«, mischte ich mich gleichförmigen Tones ein, »und zwar über Sie. Sie machen das, um ein Kid zu schützen . . . sie auch. Es handelt sich nur um verschiedene Kids.«

»Sie kennt Luke nicht«, sagte Lily. »Sie kennt nur Verbrechen – sie kümmert sich um nichts weiter.«

»Hör auf, Lily«, sagte Storm und zündete sich ihre Zigarette des Tages an. »Der Doktor sagt, Streß ist schlecht für mein Baby.«

Lily unterdrückte ein Kichern. »Klar.«

Ich steckte mir auch eine Kippe an. »Ich hab 'ne Idee«, sagte ich ihr.

Storm brachte Lily mit einem Blick zum Schweigen. Ich machte weiter, als hätte ich nichts gesehn.

»Wolfe kennt Luke nicht, das haben Sie doch gesagt, richtig? *Das* ist die Idee. Wie wär's, wenn sie sich kennenlernen?«

»Klar. Eine Entführung macht das Kraut auch nicht mehr fett.«

»Keine Entführung, Lily. Ich mach 'nen Deal mit ihr.«

Storm trommelte mit den Fingern auf dem Schreibtisch, dachte nach. Lily strich sich ein paar dichte, glänzende Strähnen aus dem Gesicht, wartete.

»Sie wird ihr Wort nicht brechen«, sagte ich.

»Das stimmt«, fügte Storm bei.

»Aber sie ist schlau«, schmollte Lily stur.

»Und meistens sind Sie ziemlich froh drüber«, sagte ich ihr. »Bloß daß ihr jetzt alle überzeugt seid, ihr hättet recht. Wißt ihr, was Wolfe will ... was sie wirklich will?«

»Sie will, daß die Morde aufhören«, sagte Storm.

»Und sie will, daß jemand dafür bezahlt«, warf Lily ein. »So ist Wolfe – immer muß jemand bezahlen.«

Ich saß auf der Schreibtischkante, wo ich beide sehen konnte. »Einmal war ich mit einem Fall beschäftigt. Ein Typ brachte seine Mutter um. Hielt ihr einen 357er Magnum vor das Gesicht, ballerte ihr den Hinterkopf weg. Der Verteidiger schloß ihn an den Lügendetektor an. Fragte ihn: Hast du deine Mutter umgebracht? Antwort: nein. Und das Gerät besagte: Keinerlei Täuschung feststellbar – wahrheitsgemäß.

Genau da zog mich der Anwalt hinzu. Dachte, so schlecht es aussah, es müßte ein anderer gewesen sein, verstehen Sie?«

Sie nickten, Storm interessiert, Lily argwöhnisch.

»Also hab ich mit dem Mann geredet, da, wo sie ihn eingesperrt hatten. Ich hatte schon Typen wie den gesehn, als ich drin war. Jedenfalls bin ich zurück zum Anwalt, bat ihn, es noch mal mit dem Lügendetektor zu probieren, bloß daß ich diesmal *meine* Fragen stelle. Die fragen ihn also wieder: Hast du deine Mutter umgebracht? Nein. Dann: Hat die Knarre deine Mutter umgebracht? Ja. Hast du die Knarre gehalten, als sie deine Mutter umgebracht hat? Ja.«

»Worauf wollen Sie hinaus?« wollte Lily wissen. »Daß man die richtigen Fragen stellen muß?«

»Was, wenn der Typ die Wahrheit gesagt hat?« schoß ich zurück.

»Wie?«

»Was, wenn er die Wahrheit gesagt hat? Was, wenn es die Knarre war, die seine Mutter umgebracht hat? Nicht er – die Knarre.«

»Ich verstehe, worauf Sie abzielen, Burke«, sagte Storm, »aber ich sehe nicht, wie uns das hilft. Die Knarre konnte nicht von allein töten.«

»Luke auch nicht.«

Lily trat mir direkt vors Gesicht, das Kinn aggressiv vorgereckt. »Was?« forderte sie.

»Sie kennen Wolfe, wissen, was sie von Spielereien mit dem Gesetz hält. Erinnern Sie sich noch, wie sie dem Schänder nachgewiesen hat, daß er keine ›Flashbacks‹ hat? Kein ›Vietnamveteranen-Syndrom‹. Können Sie sich erinnern, wie sie diese Verteidigungsstrategie von der ›zeitweisen Kontrollfunktionsstörung‹ in der Luft zerrissen hat . . . als der Typ seine Frau erschoß und sagte, er hätte so 'ne Art Hirnschlag, der ihn dazu getrieben hätte?«

»Sie sind ein echter Fan von ihr, was?«

»Oh, mach halblang, Lily«, sagte Storm. »Burke, das ganze Zeug, von dem Sie sprachen ... da hat Wolfe gegen eine ausgekochte Verteidigung gekämpft. Und genau das macht sie, sie attackiert ... sie verteidigt nicht.«

»Nein, das macht sie eben nicht. Nicht ausnahmslos. *Opfer* werden verteidigt, richtig?«

»Oder gerächt.« Lily.

»Yeah, oder gerächt. Manchmal beides. Aber wie wär's damit: Luke kommt hin, okay? Seine Verteidigung ist diese Multiple-Persönlichkeits-Sache. Geisteskrankheit, okay? Und Wolfe weiß, daß das Kid närrisch ist – keine Chance, daß er markiert ... er steht jeden Test durch. Aber keiner kann so werden wie Luke, wenn ihm nicht jemand irgendwas antut. Irgendwas echt Schreckliches. Lange Zeit.«

»Sie meinen, sie könnte sich vielleicht an Lukes Eltern ranmachen? Wegen Kindsmißbrauch?«

»Nicht wegen Kindsmißbrauch, Storm. Wegen Mord. Als wäre Luke die Knarre gewesen, aber sie hätten abgedrückt.«

Keine sagte irgendwas.

Ich zündete mir eine neue Kippe an, ließ es sacken.

Storm gab einen Ton von sich. »Das Baby stößt«, sagte sie.

Ich verbeugte mich. »Es stimmt mir zu.«

Lily zeigte ihr Madonnenlächeln. »Glauben Sie wirklich, sie läßt sich darauf ein?«

»Sie ist *Ihre* Schwester«, erinnerte ich sie. »Die Frage müssen Sie beantworten.«

81

Am nächsten Morgen ging ich beim Restaurant vorbei, meine Nachrichten abchekken, bevor ich Wolfe anrief. Immaculata saß an der Kasse. Ein Angststoß traf mich – nie sah ich jemand anderen als Mama dort sitzen.

»Wo ist Mama?« fragte ich sie. »Hast du für sie übernommen?«

»Unten. Mit Luke.«

Irgendwas in ihrer Stimme. Ich trat näher, beugte mich rüber zu ihr. Ihr Gesicht bestand aus lauter harten Linien, weiße Streifen unter der goldenen Haut, Kiefer verkrampft, Augen feucht.

»Was ist?«

»Er ... hat's letzte Nacht versucht. Max mußte ihn festhalten. Flower ... sie ist aufgewacht. Er war ... wie von Dämonen besessen. Als er schließlich aufhörte, ist er einfach eingeschlafen. Heute morgen ... als wäre nichts gewesen. Ich habe ihn hergebracht.«

»Willst du ...?«

»Nein! Ich bin bloß ...«

»Ich weiß«, sagte ich ihr. Als versuche man in der Haft zu schlafen. Bei unversperrter Zellentür.

82

Ich ließ sie sitzen. Rief im Büro der Staatsanwaltschaft an. Sie sagten mir, Wolfe wäre im Gericht, in Long Island City, Abteilung L-3. Amtsleiter übernehmen keine Gerichtsverhandlungen. Ich zählte eins und eins zusammen. Schmiß mich in meinen Anwaltsanzug und hetzte raus nach Queens.

Als ich in den Gerichtssaal marschierte, war Mary Beth

bereits im Zeugenstand. Darauf hat Wolfe sie getrimmt: kein Vorspiel, keine Tändelei – gleich die schweren Hämmer. Versuch den andern Kerl flachzulegen, sobald du den Gong hörst. Lola geleitete die Kleine durch ihre Aussage, und ihre Körpersprache drückte aus, daß sie das Kind sanft anschubste, es über die Furcht weglockte. Die Monster ans Licht brachte. Lolas schlanke Gestalt war wie ein sachte schwebender Zauberstab vor dem kleinen Mädchen, während sie auf hohen Absätzen auf und ab ging, dem Angeklagten den Blick auf den Zeugenstand versperrte.

Sheba hockte neben Mary Beth, die Hand des kleinen Mädchens auf ihrem Kopf. Die Blicke der Hündin folgten Lola.

»Nur noch eine Frage, Mary Beth. Du hast uns erzählt, was er gemacht hat, was er mit dir gemacht hat. Das ging eine ganze Zeit so – wieso hast du nie jemandem was erzählt?«

»Er hat gesagt ... er hat mir gesagt, er sorgt dafür, daß Mutti was Schlimmes passiert. Er hat gesagt, er macht, daß sie krank wird und stirbt. Er hat mir's gezeigt ... in der Zeitung ... wo die Mutter von einem Mädchen krank geworden und gestorben ist. Er hat gesagt, das wäre er gewesen. Weil das Mädchen was gesagt hat.«

»Keine weiteren Fragen«, sagte Lola und setzte sich, während Mary Beth sich die Tränen von den Wangen wischte.

Der Anwalt des Angeklagten rappelte sich hoch. Ein fetter, schweinebackiger Mann, die Haare mittels Schweiß an den Skalp geklatscht, sorgfältig nach oben und von der einen Seite über den Kopf gekämmt, um die Glatze zu kaschieren.

»Euer Ehren, ich erhebe erneut Einspruch gegen die Anwesenheit dieses Tieres, während die Zeugin aussagt. Es gibt eine klare Entscheidung im Fall Rulon, wonach ...«

Die Richterin war eine dominant wirkende Frau, rötlichblonde, modisch kurz geschnittene Haare, gerade Schultern, eine fast militärische Haltung. Ich hatte sie schon mal gesehen – sie fing am Familiengericht an, wo sie dichter an die Wahrheit rankommen. Die Jahre schwer einzuschätzen, aber ihre Augen waren alt. »Herr Rechtsanwalt«, sagte sie, »das Gericht ist mit dem Fall Rulon vertraut. Der damalige Beschluß betraf eine Zeugin, die während ihrer Aussage auf dem Schoß eines Sozialarbeiters saß. Sie sind doch gewiß nicht der Ansicht, der Hund gebe der Zeugin Zeichen?«

»Nein, Euer Ehren. Aber ...«

»Das Gericht hat bereits entschieden, Herr Anwalt. Sie dürfen ruhig Ihre Einwände haben und Anstoß an meinem Beschluß nehmen. Stellen Sie Ihre Fragen.«

Sheba betrachtete den fetten Anwalt, als wäre er ein Hammel im Dreiteiler.

Die Befragung war nicht umwerfend. Das übliche: Hatte sie jemals Horrorfilme angeschaut? Jemals auf dem Videorekorder im Haus ihrer Mutter Pornobänder gesehen? Schlecht geträumt? Trug ihr irgendwer auf, was sie sagen sollte?

Mary Beth beantwortete die Fragen. Manchmal mußte sie die Richterin ermahnen, sie solle ein bißchen lauter sprechen, aber sie brachte es hinter sich. Tätschelte Sheba, holte sich Trost und Kraft.

Der Verteidiger fragte: »Weißt du, daß es eine Sünde ist, wenn man eine Lüge erzählt, Mary Beth?«, trat effektvoll zur Seite, damit die Schöffen begriffen, daß es sein Mandant war, über den hier Lügen erzählt wurden.

»Ich weiß, daß es eine Sünde ist«, sagte das Kind ruhig. »Ich lüge nicht.«

»Sie kann mich nicht sehen!« flüsterte der Angeklagte plötzlich zischend ins Ohr seines Anwalts, laut genug, daß es jeder hören konnte. »Ohne Brille kann sie nichts sehen.«

Wolfe war auf den Beinen und rückte vor, als hätten sie gerade den Gong geläutet und sie bräuchte einen K.o. zum Ausstieg. »War das ein Einspruch?« knurrte sie.

»Ja, das war ein Einspruch!« schrie der Verteidiger, bemüht, die Sauerei wegzuputzen, die der Schänder angerichtet hatte. »Meinem Mandanten wird das verfassungsmäßige Recht auf eine Gegenüberstellung verweigert.«

»Er will nicht gegenübergestellt werden, er will einschüchtern. Das Gesetz besagt, daß er die Zeugin sehen und hören muß – es besagt nichts darüber, daß sie ihn anstarren muß.«

»Das reicht«, fuhr die Richterin auf. »Bringen Sie die Schöffen hinaus.«

Die Gerichtsbediensteten schafften die Schöffen weg, während jedermann schweigend dasaß. Einer von Wolfes Leuten führte Mary Beth und Sheba durch eine Seitentür raus. Die Richterin wandte sich an die Anwälte.

»Das sollte jetzt ein- für allemal reichen, meine Herrschaften. Sie wissen beide genau, daß man solche Streitfragen nicht vor den Schöffen bespricht. Ich möchte jetzt keine großen Reden hören. Mister Simmons, haben Sie einen triftigen Grund zu der Annahme, daß die Verfassung vorschreibt, ein Zeuge habe eine die Sehschwäche ausgleichende Brille zu tragen?«

»Nicht ausdrücklich, Euer Ehren. Aber wenn sie den Angeklagten nicht einmal *sehen* kann, wie kann sie ihn da identifizieren?«

»Das hat sie bereits, Herr Anwalt. Bei der Anklageerhebung, erinnern Sie sich?«

»Ja, ich erinnere mich. Aber damals trug sie ihre Brille.«

»Worauf wollen Sie hinaus?«

»Mein Mandant hat Rechte.«

»Die von diesem Gericht nicht eingeschränkt worden sind. Nun … das wäre nicht nötig gewesen, Miss Wolfe … ich habe bereits entschieden. Holen Sie die Schöffen wieder herein.«

»Euer Ehren, angesichts Ihrer Entscheidung habe ich keine andere Wahl, als auf Verfahrensmängel zu plädieren.«

»Mit welcher Begründung, Herr Anwalt?«

»Befangenheit, Euer Ehren. Die Schöffen haben gehört, was mein Mandant sagte. Eine derartige Aussage wird ihre Meinung beeinflussen.«

»Wollen Sie behaupten, die Anklage hätte den Ausbruch Ihres Mandanten verursacht, Mister Simmons?«

»Nun, ja … ich meine, wenn sie nicht …«

»Abgelehnt! Fahren wir fort.«

Wolfe wandte sich von der Richterbank ab und kehrte zu ihrem Platz zurück. Fing meinen Blick auf.

Der Verteidiger meldete sich wieder. »Euer Ehren, darf ich ein paar Minuten mit meinem Mandanten sprechen, bevor die Schöffen zurückkommen?«

»Nein, Herr Rechtsanwalt, Sie dürfen nicht.«

»Euer Ehren, ich bitte um diese Frist, weil ich glaube, sie könnte zu einer Übereinkunft in dieser Angelegenheit beitragen.«

»Da gibt's nichts zu vereinbaren«, fauchte ihn Lola an. »Dazu ist es zu spät, verflucht noch mal.«

»Ich brauche Ihre Erlaubnis nicht, um eine Stellungnahme zur Anklage abzugeben«, versetzte der Verteidiger.

»Dann tun Sie das. Es war ein Schwerverbrechen, und wir beantragen die Höchststrafe.«

»Euer Ehren, dürften wir uns besprechen?«

Die Richterin nickte. Wolfe und Lola kamen vor auf die eine Seite, der Verteidiger auf die andere. Ich konnte nicht hören, was sie sagten. Schließlich marschierte der Verteidiger wieder zu seinem Tisch und redete mit wedelnden Armen eindringlich auf seinen Mandanten ein.

Ich spürte, was kam.

Der Verteidiger stand ein letztes Mal auf. »Euer Ehren, mein Mandant hat mich ermächtigt, seine Erklärung auf Nichtschuldig zurückzuziehen und sich im Sinne der Anklage für schuldig zu erklären. Mein Mandant ist ein sehr kranker Mann. Im übrigen möchte er der jungen Dame das Trauma eines Kreuzverhörs ersparen. Ich glaube ...«

»Herr Rechtsanwalt, heben Sie sich Ihre Darlegungen für den weiteren Verlauf dieses Verfahrens auf. Wenn Ihr Mandant seine Erklärung ändern möchte, werde ich seine Aussage entgegennehmen.«

Sie ließen die Schöffen außerhalb des Gerichtssaals, während der Angeklagte alles zugab. Sein Anwalt versprach, die ganze Sache mittels umfassender psychiatrischer Gutachten zu erklären. Lola und Wolfe saßen schweigend da.

Die Richterin entließ die Schöffen, dankte ihnen für ihre Aufmerksamkeit. Ich achtete auf ihre Gesichter – der Verteidiger hatte sie richtig gedeutet – sobald sie ihre Chance gekriegt hätten, wäre sein Mandant abgestürzt.

Der Verteidiger bat, weiter Haftverschonung auf Kaution zu gewähren. Lola wies darauf hin, daß der Angeklagte nun ein verurteilter Straftäter wäre, der üblicherweise Inhaftierung zu gewärtigen und ein starkes Motiv hätte, sich der Gerechtigkeit zu entziehen.

Die Richterin hörte zu, fragte die Verteidigung, ob sie irgendwelche Einwände hätte. Hörte wieder zu. Dann hob sie die Haftverschonung des Angeklagten auf, ließ zur Bekräftigung den Hammer knallen und verließ ihre Bank.

Der fette Verteidiger wandte sich an Wolfe und Lola. »Sie

haben gerade einen sehr kranken Mann ins Gefängnis gebracht. Ich hoffe, Sie sind mit sich zufrieden.«

Wolfe und Lola schauten den Anwalt ausdruckslos an. Dann hoben sie die Hände und klatschten laut alle Fünfe aneinander.

83

Sie blieb neben meinem Sitzplatz am Gang stehen, als hätte sie was vergessen. Schaute nicht runter.

»Ich muß mit Ihnen reden«, sagte ich, knapp am Flüstern vorbei.

»Kennen Sie die Sun Bear Bar? An der Continental, gleich beim Queens Boulevard?«

»Ich werd's finden.«

»Sieben Uhr«, sagte sie und ging weiter.

84

Ich verzog mich aus dem Gerichtsgebäude. Suchte mir ein Münztelefon und machte mich ans Werk.

»Ich hab meinen Wurm im Wasser, Mahn«, erklärte Jacques. »Wenn eine Nachricht reinkommt, schick ich nach dir aus.«

»Okay, danke. Ist Clarence in der Nähe?«

»Ja, mein Freund. Er is in *deiner* Nähe. Achtet auf dein Befinden.«

»Gardens«, meldete sich Mama am Telefon.

»Ich bin's, Mama.«

Sie wartete, sagte nichts. Teufel, sie hatte mir das beigebracht.

»Ist der Junge da?«

»Sicher, Junge ist da. Braver Junge, hilft Mama.«

»Hat er nicht 'ne Verabredung? Verstehst du ...?«

»Sicher verstehe ich. Mit der Dame. Dame kommt jetzt her.«

»Jeden Tag?«

»Sicher, jeden Tag.«

»Okay, hat jemand angerufen?«

»Dein Freund. Sagte, du sollst ihn bei Autowasch treffen. Morgen um sieben.«

Sie sagte nicht, wer angerufen hatte. Brauchte sie auch nicht.

»Danke, Mama.«

Sie legte auf.

85

Massenhaft Zeit. In Jamaica stieß ich auf einen Koreanerschuppen, Mischung aus Gemüseladen und Imbiß. Ich aß ein Brötchen mit Frischkäse, schlürfte ein kaltes Ginseng-Up und beobachtete, wie die Tochter des Besitzers den Reifegrad der Ananas ausprobierte, indem sie am Stiel zog. Ging der Stiel raus, ist die Ananas eßbereit. An der Kasse lagen zwei aufgeschnittene Zitronenhälften beidseitig der Schublade. Der Kassierer fuhr mit den Fingern über die Zitrone, wenn er Scheine zählte. Großes Schild neben der Kasse: KEIN WECHSELGELD. Ein stämmiger Typ, eine dieser flachen Malerkappen rückwärts gekehrt auf dem Kopf, kam rein, murmelte was von wegen Münzen für den Bus. Der Kassiermensch deutete auf das Schild, sagte irgendwas auf koreanisch. Der Typ quengelte weiter, hob die Stimme, klang besoffen. Ich trat hinter ihn, tippte ihm auf die Schulter. Er fuhr zu mir rum, Gesicht verzerrt. »Haste 'n Problem?« Ich schüttelte den Kopf, lächelte. »Nein«, sagte ich ihm, »ich habe Kleingeld.« Ich gab es ihm. Er torkelte grienend aus dem Schuppen. Ein Typ, der weiß. wo's langgeht – wettet wahrscheinlich beim Catchen. Bevor der Kassierer mein Geld entgegennahm, steckte er den Revolver, den er in der Hand hatte, wieder unter den Tresen.

86

Die Zentrale der öffentlichen Bibliothek von Queens war nicht weit weg. Ich parkte auf dem Stellplatz in der Nähe, ging rein. Benutzte den Info-Such-Computer zum Aufspüren von Artikeln über Multiple-Persönlichkeits-Störung. Es gab jede Menge davon. Suchte mir ein ruhiges Plätzchen. Schlug ein bißchen Zeit tot.

In der Sun Bear waren kleine runde Marmortische verstreut, langer dunkler Holztresen an einer Wand, blauer Rauchglasspiegel dahinter. Wolfe saß allein, angetan mit einem pflaumenfarbenen Futteralkleid, schwarzen Strümpfen und passenden Stöckelschuhen mit Knöchelriemchen. Die Haare hatte sie mit einem schwarzen Band zu einem losen Knoten hochgebunden. Einen Tisch weiter saß ein Mann: Sonnenbrille in eine auf der Brust hängende Goldkette gehakt, Ring mit Goldmünze am kleinen Finger. Er schob die Manschette zurück, sah auf die Uhr. Noch mehr Gold.

Ich kreuzte links von Wolfe auf, als er von rechts nahte. Auf sein Ziel konzentriert, sah er mich nicht.

Wolfe, Augen geradeaus, nahm einen tiefen Zug aus ihrer Zigarette.

Der Mann beugte sich über ihren Tisch. »Ich wünschte, *ich* wäre die Zigarette«, sagte er und ließ einen Mund voll Jacketkronen aufleuchten, weiß kontra Bräunung.

Wolfe nahm die Zigarette aus dem Mund. Schaute sie genau an. »Ich auch«, sagte sie und sah ihm direkt ins Gesicht. Ließ die Zigarette auf den Boden fallen, drückte sie mit der Schuhspitze aus.

Der Mann wurde unter der Bräune hochrot, gerade als ich einen Stuhl nahm, mich neben Wolfe setzte.

Er murmelte irgendwas beim Weggehen.

Wolfe wandte sich mir zu, lächelte. »Ich glaube, der Mann hat Sie gerade ein Weichei genannt.«

Ich bestellte bei der japanischen Kellnerin ein Ginger Ale. Wolfe nahm ein Bier.

»Hübsche Kiste heute«, sagte ich.

Sie zuckte mit den Schultern. »Die eigentliche Arbeit ist immer vor der Verhandlung. Man präpariert sich für den Marathon, und manchmal endet es früh.«

»Und manchmal legen sie am Ende ein paar Runden drauf.«

»Was soll das heißen?«

»Zwei Wochen, erinnern Sie sich?«

»Sicher.«

»Sachen passieren.«

»Ja. Zum Beispiel werden Babys umgebracht.«

»Ich weiß. Ich stecke mitten drin.«

»Nein, tun Sie nicht, Mister Burke. Bei dem hier stecken Sie ganz und gar nicht drin. Was zwischen Lily und mir ist... nun, da gibt es viele Dinge. Aber eins ist es nicht – nichts für *Sie*, verstanden?«

»Ich habe nicht gemeint, zwischen Ihnen und Lily«, sagte ich. Leichthin, um ihrem scharfen Ton den Schneid zu nehmen. »Ich meine, zwischen zwei richtigen Sachen, okay?«

»Es gibt keine *zwei* richtigen Sachen. Gibt es nie.«

»Sind Sie sicher?«

»Ja.«

»Wären Sie gewillt, es sich anzuschauen – sicherzugehen, daß es immer so ist.«

»Was anschauen?«

»Ein paar Dinge, auf die ich gestoßen bin ...« Preschte vorwärts, als ihre Augenbrauen hochwanderten. »Ich müßte Sie da hinbringen.«

»Sagen Sie mir einfach, wo.«

»Das kann ich nicht.«

Sie steckte sich eine neue Kippe an, verzog den Mund zu einem angedeuteten Lächeln um den Filter. »Möchten Sie, daß ich eine Augenbinde trage?«

»Nein, ich traue Ihnen.«

Ihre Augen waren graugrün, standen weit auseinander. »Machen wir's mit einer Augenbinde«, sagte sie.

»Ich sag Ihnen Bescheid. Bald.«

87

Kurz nach neun war ich bei Lily. Die Kurse gingen allmählich zu Ende – der Laden war gestopft voll mit Müttern und Vätern, die ihre Kids abholten. So nennen sie alle, die der Kids wegen kommen – Eltern. Biologie zählt hier unten nicht.

Max entdeckte mich. Legte einen Finger an die Lippen, bedeutete mir, ich sollte mit ihm kommen. Er führte mich zu dem Einwegspiegel an der Seitenwand eines Behandlungszimmers. Drinnen Immaculata, in Lotushaltung, bekleidet mit einer losen weißen Baumwollstaffage. Ihr gegenüber, ein paar Schritte entfernt, Luke. Ihre Arme zerteilten sachte die Luft, als dirigiere sie in Zeitlupe ein Orchester. Der Bengel machte es ihr nach, imitierte jede Bewegung. Max tippte mir auf die Schulter, deutete auf seinen Bauch. Inhalierte tief durch die Nase, dehnte seinen Bauch. Er atmete scharf, in einem steten, kräftigen Zug aus, und seine Brust schwoll an, während die Luft ausströmte. Yoga-Atmung. Er deutete wieder in das Behandlungszimmer. Lukes Gesicht hatte einen glücklichen Ausdruck, als Immaculata beide Hände an ihre Körpermitte drückte und wie Max ausatmete. Luke war dabei synchron angekoppelt.

Lily war in ihrem Büro, redete mit ihrer Tochter Noelle, der dunkelhaarigen Grenzen-Abcheckerin. Noelle ist um die Fünfzehn, ein, zwei Jahre älter als Terry. Lily fauchte irgendwas zu dem Balg, das nun den Kopf auf die gleiche Weise vorreckte, wie es die Mutter immer macht.

Ich trat ein, zündete mir eine Kippe an. Mutter wie Tochter verzogen das Gesicht. »Hi, Burke!« sagte das Kid.

»Hallo, Noelle. Was macht die Schule?«

»Wir haben Sommer«, sagte sie, als hätte ich einen Hirnschaden.

»Okay. Hör mal, ich muß 'ne Minute mit Lily reden.«

»Wo hast du den Anzug her?« fragte sie, ohne darauf einzugehen, was ich gesagt hatte.

»Orchard Street.«

»Woraus ist der gemacht?« Kam her zu mir, befingerte das Revers.

»Weiß ich nicht.«

»Sieht nach nichts aus.«

»Soll er auch nicht, Noelle.«

»Oh, ieh!« Sie trug schwarze Lederturnschuhe, weiße Socken mit kleinen roten Herzen am Bund, schwarze Radfahrerhosen bis zu den Knien, über den Hosen einen hauchzarten weißen Rock, Eiskunstlauflänge, ein schwarzes seidenes Trägertop, drüber eine rote Bolerojacke. Zwei Ohrringe an einem Ohr, kein Make-up, die glänzenden schwarzen Haare radikal keilförmig geschnitten, ein keckes weißes Barett auf dem Kopf. Wäre ich ihr Vater, ich würde anfangen Waffen zu bunkern.

»Noelle ...« Mit warnendem Unterton von Lily.

»Ich geh schon, Mutter.« Wieder schaute sie zu mir. Wandte sich an Lily: »Könnte ich Burke 'ne anständige Jacke kaufen ... irgendwas Hübsches, damit er nach was aussieht?«

Auf Lilys Gesicht erblühte ein Lächeln. »Klar, wenn du dein Geld vergeuden willst.«

Noelle wirbelte rum wie eine Ballerina, hielt mir die Hand hin. »Gib mir Geld, und ich besorg dir was.«

Lily gluckste. »Wieviel Geld?« fragte ich.

»Oh ... dreihundert Dollar, okay?«

»Nein.«

»Willst du, daß ich dir Schrott kaufe?«

»Schau, ich bin völlig zufrieden mit dem, was ich habe, okay?«

»Oh, *bi-hiette,* Burke. Dein Zeug ist voll abscheulich. Wie wär's mit zweihundert?«

»Krieg ich für zweihundert irgendwas suuper-affengeil Abgefahrenes?«

»Ach, du bist ja so was von zurück«, kicherte sie. »Okay, zweihundert.«

»Wie wär's mit hundert? Und wie wär's, wenn du deine Mutter und mich allein lassen würdest?«

Wieder streckte sie ihre pummelige Kinderhand aus. Ich legte zwei Fünfziger rein. »Vielen besten Dank«, sagte sie ohne jeden Sarkasmus, bloß mit einem Hauch Heiserkeit. Noch am Üben, es richtig hinzukriegen. Dann gab sie ihrer Mutter einen Kuß und machte einen würdevollen Abgang.

88

»Wie läuft's?« fragte ich Lily.

»Er wird langsam. So was kann man nicht in einer Woche erledigen.«

»Weiß ich. Auch nicht in zehn Tagen.«

Lily stützte die Ellbogen auf den Schreibtisch, bettete ihr Kinn in das V ihrer Arme. »Was haben Sie im Sinn?«

»Eine Idee. Oder jedenfalls den Ansatz zu einer.«

»Bevor Sie mit irgendwelchen Ideen herumspielen, sollten Sie sich das Zeug ansehen«, und deutete auf eine Handvoll betippter Blätter.

Ich warf ihr einen fragenden Blick zu.

»Behandlungsberichte«, sagte sie. »Von Theresa.«

89

Ich ließ Pansy raus aufs Dach, machte uns beiden Abendessen, während sie ihren Kackvorbereitungsmarsch unternahm. Dann setzte ich mich hin und las die Berichte. Mußte die Seiten fast auf Armlänge halten, um die Wörter auszumachen. Ich brauchte bald eine Lesebrille.

Haare fielen mir über die Augen. Ich kämmte sie mit den Fingern zurück. Schien so, als strichen sie sich dieser Tage leichter durch als früher.

Der Bericht war wie eine Kampfzonenmeldung – keine aufgemotzten Adjektive, keine Lohnschreiberlügen ... kalte Wahrheit. Sie waren in einem Stadium, in dem sie sämtliche einzelnen Persönlichkeiten abrufen, mit ihnen sprechen konnten, als wären verschiedene Leute im Zimmer. Ich benutzte das Zeug, das ich in der Bibliothek gelernt hatte, wie den Stein von Rosette, während ich alles durchlas.

Im einzelnen festgestellte Reaktionen auf Psychotrope:
Der Kernpersönlichkeit (Luke) wurde eine einfache Dosis (1 ¼ mg) Valium oral verabreicht. Innerhalb von 45 Minuten war Versuchsperson beinahe komatös, Sprache war fragmentarisch, Traumstadium, Schreckverhalten quasi nonexistent, Nadelstich erbrachte keine Reaktion.
Bei Sitzung N° 6 Versuchsperson IV einfache Glukoselösung verabreicht. Keine Reaktion. Hypnose brachte »Satanskind« an die Oberfläche. Versuchsperson geriet in Rage, mit Elastikriemen ruhiggestellt. In diesem Stadium 10 mg Valium IV verabreicht. Keine Reaktion: Versuchsperson blieb erregt, wütend. Als die »Satanskind«-Persönlichkeit abtrat, kam »Toby« zum Vorschein ... und fiel auf der Stelle in Schlaf. IV augenblicklich abgebrochen.
Schlußfolgerung: Die unterschiedlichen Persönlichkeiten sind physiologisch wie auch psychologisch ausgeprägt. Die gewalttätige Persönlichkeit bewirkt einen bemerkenswert verstärkten Adrenalinfluß, dabei selbst limbische Raserei übertreffend und eine in keinem Verhältnis zu Alter und physischen Voraussetzungen stehende phänomenale Körperkraft erzeugend.

Der Bericht ging weiter. Mehr von wegen »Kernpersönlichkeit« und »Fusionsziele«. Aber jedes Wort sang denselben Song.

In Luke lebten verschiedene Kinder.

Eins ein Monster.

90

Ich hielt den Plymouth auf der Houston Street östlich, riß die Strecke vom West Village zur Lower East Side in Minutenschnelle ab. Bog an der Ludlow rechts ab, wieder rechts in die Delancey, zurück auf dem Weg, den ich gekommen war.

Die Autowäscherei ist an der Ecke Delancey und Bowery, das Zubehör auf einer Betoninsel an der Ampel verstaut. Gleich hinter der Chrystie Street kurvte ich seitlich ran, beobachtete das Treiben. Autos blieben vor der Ampel stehen, zwei Schwarze sonderten sich von der Insel ab, tauchten ihre Wischer in große weiße Plastikeimer, schwangen sie abrupt, damit das überflüssige Wasser wegflog. Sie gingen auf der Suche nach Kunden die Autoschlange ab. Einer probierte es mit Überreden – man konnte seine Gestik noch eine Straße weiter weg erkennen. Der andere ging einfach ans Werk, bereit, sein Geld einzufordern, sobald er fertig war. Einige Fahrer stellten die Scheibenwischer an, andere signalisierten mit winkenden Händen »Nein!«. Einige saßen bloß stocksteif am Steuer und starrten stur geradeaus.

Ich beobachtete eine Weile. Taxifahrer ließen sich nie die Windschutzscheibe waschen. Die Wäscher konnten von Glück sprechen, wenn sie alle vier, fünf Ampelphasen einmal zu Potte kamen. Eine schlechte Arbeitszeit, frühmorgens, lauter Pendler unterwegs. Niemand war, wo er sein wollte.

Sieben Uhr. Ich fuhr vom Straßenrand an, suchte eine Lücke im Verkehr. Rollte direkt vor der Ampel aus. Der Prof thronte auf einem ausgeschlachteten Autositz, rauchte eine Zigarette, als wäre er auf dem Deck eines Kreuzfahrtschiffes. Er schnippte die Kippe beiseite, erhob sich majestätisch, marschierte auf mein Auto zu, als ihm einer der Wäscher feierlich einen Wischer in die Hand drückte.

»Schau zu, wie's geht, du«, hob Prof an.

Ich drückte auf den Knopf, und mein Fenster säuselte runter.

»Guten Morgen, mein Mann. Hier ist der Plan: Zahl 'nen Schein, das Glück ist dein. Mach etwas wahr und seh wieder klar.«

Ich reichte ihm einen Schein. Der Prof schaffte die Windschutzscheibe mit fünf, sechs gekonnten Zügen, verbeugte sich tief, schmiß den Wischer einem der Wäscher zu und nahm wieder Platz. Ich zog los, geradeaus auf die Kenmare, bog an der Crosby links ab und wartete.

Anderthalb Kippen später rutschte der Prof auf den Beifahrersitz.

»Wohin?« fragte ich.

»Mach rüber zur Allen, such 'nen Parkplatz.«

91

Gleich bei der Hester Street stieß ich auf eine Lücke, setzte hinter einem roten Acura Legend rein. Ein Mann um die Dreißig, ölig schimmernde Muskeln unter einem ärmellosen T-Shirt, bauschige Shorts, Baseballmütze und Sonnenbrille, die Nase mit Zinksalbe eingerieben, überquerte die Straße. Wochenend und Sonnenschein, wo auch immer. Ein zerdellter hellgrüner Cougar kurvte an den Straßenrand. Zwei Kids stiegen aus: Teenager, ein Junge und ein Mädchen, beide ganz in Schwarz, trugen partnermäßig asymmetrischen Haarschnitt. Sie zokkelten gemeinsam die Straße runter, als der Cougar abröhrte. Heimwärts nach einer Nacht unterwegs? Eine dunkle Limousine voller Vietnamesen hielt an der Ampel. Der Typ auf dem Beifahrersitz verrenkte sich fast den Kopf, als er zu mir äugte – ich konnte die Killeraugen hinter der Sonnenbrille spüren, abschätzend. Von nahem stank er bestimmt nach Kordit.

»Was steht an?« fragte ich den Prof.

»Queen Thana, Schuljunge. Man sagt, du hast mit dem Teufel getanzt.«

»Wer sagt das?«

»Die Trommel dröhnt's, Bruder. Halt dich bedeckt, Mann, dann hörste den Klang.«

»Und ...?«

»Und halt dich raus, mach kein Spiel draus.«

»Für mich ist das kein Spiel.«

Der kleine Mann wandte mir die tiefbraunen Augen zu. »Ich bin nicht zuständig für deinen Zoff, Boß. Als du draußen in Hillbilly Harlem deine Pistoleropossen abspulen wolltest, hab ich dich ein bißchen auf den Trichter bringen wollen, aber ich hab's nicht übertrieben, richtig?«

Ich nickte.

»Diesmal isses dicke, Krücke. Die Queen ist nicht grün, Macker. Der ihre Leute *wollen* totgehn, das mußte sehn.«

»Ich habe nichts am Hut mit denen, ich weiß nicht mal, wer sie sind.«

»Komm dem Mann nicht blöd, der dir gezeigt hat, wo's lang geht, Schuljunge. Könnte sein, daß du was hast, das sie wollen.«

Ich zündete mir eine Kippe an.

»Du hast mit ihnen geredet«, sagte ich.

»Wir haben ein bißchen hin und her geplauscht, 'n paar Ideen ausgetauscht, wie die UN.«

»Haben sie dich am Wickel?«

»So schlagen die nicht zu – dachte, das weißt du. Haben mich bloß gebeten, dir gut zuzureden.«

»Komm schon, Prof.«

»Du hast ihnen was weggenommen. Sie sagen, vielleicht war dir nicht klar, wem es gehört, okay? Sie wollen's zurück. Sagen, du sollst es mitbringen, wenn du hinkommst.«

»Wohin komme?«

»Mann sagt, sie erklären's dem Dealer. Jacques. Aber du mußt es dabei haben, kapiert?«

»Yeah.« Dachte an Wolfe. Wie ich es zurückkriegen könnte.

»Ich ruf da an, jeden Tag. Einmal morgens, einmal abends. Hast du es, sag Bescheid. Ich arrangier das Treffen. Besser, wenn's von uns kommt.«

»Ich probier's.«

»Probier's heftig, Kleiner.«

92

Immer noch früh am Tag. Ich zockelte am Central Park vorbei, redete mir ein, ich beschattete Carlos. Studierte meine Lügen ein. Doch die Frau, die sagte, ihr Name wäre Belinda, ließ sich nicht blicken.

93

Im Fenster hielt noch immer der weiße Drachen Wacht. Ein Drachen ist immer da – weiß für klar, blau für Cops, rot für Gefahr. Die Jungs in der Küche musterten mich, als hätten sie mich noch nie gesehen.

Ich suchte mir meine Nische, wartete. Mama war nicht an ihrer Kasse. Kein Kellner kam vorbei.

In meiner Nische lag eine *Daily News.* In dieser Woche bislang fünf Kids ermordet. Bei verschiedenen Anlässen. Niedergeknallt – im Kreuzfeuer umgekommen. Die Stadt strotzte vor mörderischen Finken, und nicht ein Könner drunter.

So man ein Buch darüber schriebe, würden die Kritiker mäkeln, es wäre voller sinnloser Gewalt.

Leserbrief von irgendeinem Cop, der mit einem Bürger

haderte, der sich beschwerte, daß rund ums Revier an von Polizisten geparkte Privatautos keine Strafzettel verteilt wurden, sagte, er setze jeden Tag sein Leben aufs Spiel – er wäre berechtigt, umsonst zu parken.

Das stimmte, sie sollten den Taxifahrern die Miete erlassen.

Ich kümmerte mich um die Rennergebnisse.

94

»Du willst keine Suppe?« Mama tauchte neben meinem Ellbogen auf.

»Ich habe auf dich gewartet.«

»Koch war nich hier?«

»Keiner war hier.«

»Koch nervös – Fremde im Keller.«

»Luke?«

»Luke kein Fremder. Frau ... Teresa ... kommt jeden Tag.«

»Ich weiß.«

»Allein mit Jungen. Jeden Tag«, sagte sie, kniff die Augen zusammen. Mama traut Bürgern nicht.

»Ich geh mit ihr reden.«

»Nich jetzt. Sie kommt hoch, wenn fertig. Dann du reden, okay?«

»Okay. Könnte ich jetzt ein bißchen Suppe haben?«

Mama lächelte aus einem Mundwinkel, stieß aus dem anderen einen Schwall Chinesisch aus. Einer der Kellner kam durch die Hintertür. Verbeugte sich, nickte, ging wieder.

»Du wetten Pferd?« fragte Mama und deutete auf die aufgeschlagene Zeitung.

»Vielleicht. Wenn ich eins sehe, das mir gefällt.«

Der Kellner kam mit der Suppe zurück. Sowie harten

Nudeln und einem Teller Dim-Sum in klarer Soße mit winzigen grünen Punkten. Mama sah mir beim Essen zu, nahm selber nur ab und zu einen Löffel, trommelte mit den langen Fingernägeln auf der billigen Formica-Tischplatte. Ich wartete – wenn sie nicht wollte, würde sie eh nichts sagen.

Der Kellner kam zurück. Sagte irgendwas zu Mama. Sie nickte.

»Frau kommen hoch«, sagte sie zu mir.

Ich stand auf, um sie zu begrüßen. Silbern gesträhnte, in der Mitte gescheitelte blonde Haare, die ihr fast bis auf die Schulter hingen. Braune Augen, Nase leicht daneben, schmale Flügel, winziges Kinn unter einem ovalen Gesicht. Bekleidet mit einem Kamelhaarblazer über einem Seidenrolli, weiter, dunkelblauer Rock, fußschonende Pumps.

»Hallo, ich bin Doktor … ach, Teresa. Sie müssen Burke sein, Lily hat Sie beschrieben.«

»Dabei schau ich noch besser aus, als sie gesagt hat, richtig?«

»Nein.« Sie lachte leicht. »Keineswegs.«

Ich machte eine einladende Handbewegung, und sie setzte sich Mama gegenüber, die keinerlei Anstalten machte, sich zu rühren. Ich rutschte neben sie.

»Was können Sie mir sagen?«

»Gewissermaßen gute Neuigkeiten. Luke ist zu jung, um gänzlich multipel zu sein. Wir können viel leichter eine Fusion bewerkstelligen, wenn sich das Verhalten noch nicht eingebrannt hat – wenn die Membran zwischen den Persönlichkeiten noch nicht verhärtet ist. Ein Kind hat die Ausweichmöglichkeiten noch nicht richtig entwickelt. Und wenn sich dann die Situation ändert … Können Sie mir folgen?«

»Je sicherer er sich fühlt, desto leichter findet er beisammen.«

»Ja.« Sie lächelte. »Das ist gut ausgedrückt.«

»Wie lange?«

»Das weiß ich nicht. Bei diesen Dingen gibt es keinen Zeitplan. Aber ich habe nicht das Gefühl, daß es sehr lange dauert.«

»Was hat Ihnen Lily über seine ... Situation gesagt?«

»Luke ist ein Patient, ich bin ein Arzt.« Sollte heißen, sie kannte die ganze Geschichte.

Ich steckte mir eine Kippe an, als der Kellner die Teller abräumen kam. Merkte, daß Mama Teresa nichts anbot.

»Hat Lily Ihnen gesagt, was ich dabei darstelle?«

Teresa ließ den Blick über Mamas Gesicht schleichen. »Das sind ... vertrauliche Dinge. Wenn Madame Wong vielleicht ...«

»Mama gehört zu meiner Familie«, sagte ich ihr. »Ich habe keine Geheimnisse vor ihr.«

Mama lächelte – über die Wahrheit wie über die Lüge.

Teresa musterte mein Gesicht. Ich polte meine Augen auf Aufrichtigkeit. Wartete.

Sie holte Luft. »Lily sagt, Sie seien ein Freund. Daß Sie auf eine Art Währungstransfer spezialisiert seien – sie ging nicht ins Detail. Aber sie sagt, man könnte Ihnen trauen.«

»Hat sie Ihnen erzählt, daß ich mich mitten in 'nem gottverdammten Krieg zwischen ihr und einer ihrer Schwestern befand?«

»Ja. Wolfe.«

»Yeah, Wolfe. Und diese Wolfe hat ein Rudel, verstehen Sie? Mir läuft die Zeit weg. Vor allem muß ich mit ihr reden. Sie wissen lassen, wie die Dinge stehn. Sie ein bißchen auf Abstand bringen.«

»Ich begebe mich da auf schwankenden Boden«, sagte sie. »Ich kann keine Informationen über einen Patienten preisgeben.«

»Sie braucht Ihren Namen nicht zu erfahren – die spielt offen.«

»Meinen Sie, wenn sie glaubt, daß Luke kurz vor der Genesung steht, wird sie ihm mehr Zeit geben?«

Ich nahm einen tiefen Zug von meiner Zigarette. Mamas Gesicht war ungerührt, als verstünde sie kein Englisch.

»Wolfe wird irgend jemandem mehr Zeit geben müssen, Doc. Irgend jemand muß bezahlen. Ich weiß, das ist nicht Ihr Fach, aber so läuft das Spiel. Ich bin kein Psychologe, aber ich weiß, Luke ist nicht so geboren, richtig?«

»Ja.«

»Irgend jemand hat ihm irgendwas angetan. Irgendwas Schlimmes. Glauben Sie, daß Sie's rausfinden können?«

»Wahrscheinlich. Nicht mit Sicherheit.«

»Genau das müssen Sie Wolfe sagen. Genau so.«

»Ich verstehe nicht, wozu das gut sein soll.«

»Wolfe ist 'ne Jägerin. Nichts anderes macht sie. Manchmal läßt sie sich auf 'nen Handel ein, verstehen Sie? Bandenvergewaltigung, vier Finken beteiligt, okay? Die Beweise sind dünne ... dunkel war's in der Gasse, Täter schwer zu identifizieren, so in etwa ... aber einen davon nageln sie fest – sagen wir, die DNA paßt. Die übrigen kommen davon. Vergewaltigung ist bei uns ein Schwerverbrechen: Höchststrafe fünfundzwanzig Jahre. Also bietet sie dem Freak, den sie am Wickel hat, vier bis zwölf ... und fällt über die andern her, nagelt sie fest.«

»Ja, ich weiß. Per Schuldeingeständnis.«

»Nein, Sie wissen nichts ... nicht von der Tour, wie Wolfe sie spielt. Wenn sie was ausdealt, ist es Handel für das Opfer, nicht für den Schänder. Sie bringt jeden Fall vor Gericht, geht bis zur Grenze. Läßt sie sich auf 'nen Deal ein, muß es ein guter sein.«

»Und ...«

»Und was immer Luke auch gemacht hat, er war nur der Mittelsmann. Die Freaks, die ihn dazu gebracht haben, die würde Wolfe im Gegenzug nehmen, kapiert?«

»Ja, in Ordnung. Sagen Sie ihr, sie soll mich anrufen ...«

»So geht das nicht. Ich bring sie her. Sie können hier mit ihr reden.«

»Warum nicht einfach ...«

»Ich glaube, ich kenne Wolfe, weiß, wie sie reagieren wird. Aber wenn ich mich irre, wenn sie nicht mitspielt, dann bring ich sie wieder weg... sie wird den Laden nicht wiederfinden, sie wird Ihren Namen nicht erfahren.«

Ich drückte meine Kippe aus, wartete auf die Antwort.

Sie stand auf. Wandte sich, bevor sie ging, an mich. »Ich behandle einen Patienten. Einen ernsthaft gestörten Patienten, der überdies noch ein Kind ist. Falls jemand in meinem Büro vorbeikommt ... wer immer es auch ist ... und wenn ich glaube, ich müßte die Angelegenheit im Interesse meines Patienten diskutieren, würde ich das tun.«

»Danke.«

Sie bot mir die Hand. Ich schüttelte sie. »Auf Wiedersehen, Mrs. Wong«, sagte sie zu Mama.

Mama neigte den Kopf den Bruchteil eines Zentimeters.

Teresa ging hinten raus, einer von Mamas Kellnern gleich nach ihr.

95 Ich nahm die Manhattan Bridge zum BQE, steuerte Queens an. Schob eine Kassette in meinen Rekorder. Judy Henske. Hatte gerade ein Comeback in den Clubs an der Küste. Im Studio war sie noch nicht wieder – die Raubkopie kostete mich fünfzig Kröten. Scheiß Gauner. Es war, als wäre sie nie fortgewesen – hatte immer noch vollen Biß – heulend, raspelnd, der Menge zugurrend, das Publikum packend. Ihr Licht entflammend. »Duncan and Brady«, ihre eigene Version von »StagoLee«. Perfekt. Der Plymouth erwischte einen dieser Mondkrater, die sie hierzulande Schlaglöcher nennen – ich bekam gerade noch den letzten Rest von irgendeinem Macho-Weiberstück mit, das ich noch nie gehört hatte.

I've had just about enough of your love
It's time to take it on the road
It started out with a hug, darlin'
But now it's a stranglehold

You say you've been saving for our future
You say you got some Master Plan
Well, you can keep your Social Security, sonny
What I need now is a man

Ich hörte das Rauschen am Bandende, dachte über den Kellner in Mamas Schuppen nach, denjenigen, der Teresa gefolgt war. Schwert oder Schild?

96 Am Queens Boulevard stieß ich auf ein Münztelefon. Sie stellten mich durch.

»Wolfe.«

»Ich bin's. Hätten Sie ein paar Minuten Zeit, was mit mir zu bereden?«

»Möchten Sie nicht herkommen?«

»Nein.«

»Wissen Sie noch, wo wir neulich mittags waren?«

»Sicher.«

»Viertel nach eins, mehr oder weniger, okay?«

»Okay. Erinnern Sie sich, was ich Ihnen gebracht habe – als wir letztesmal da gegessen haben?«

»Sicher.«

»Können Sie das mitbringen?«

»Warum?«

»Ich erklär's Ihnen.«

»Wir werden sehen.«

97

Sie saßen am selben Tisch, Wolfe und Lola. Ich hockte mich hin, bestellte wieder einen Chefsalat. Er war nicht dolle – der Einkäufer des Restaurants war an diesem Tag nach den Koreanern auf dem Markt gewesen.

»Haben Sie's dabei?« fragte ich sie.

»Verraten Sie mir, wozu Sie's brauchen.«

»Ihnen recht, wenn ich so rede ...?« Augen auf Lola.

»Ja. Genaugenommen die einzige Möglichkeit.«

»Sie haben in die Tasche reingeschaut, richtig?«

Sie nickte, sagte kein Wort.

»Und Sie haben sie ganz vorsichtig auseinandergenommen, Stück für Stück, und analysiert, was Sie drin gefunden haben?«

Wieder Nicken.

»Kein Baby?«

»Hühnerteile«, sagte Lola. Fing sich einen warnenden Blick von Wolfe ein.

»Ich brauche sie wieder. Sie haben sie vermutlich registriert, so daß Sie statt ihrer irgendwas anderes in das Beweismittelspind stellen müssen.«

Wolfe schob ihren Salat beiseite, steckte sich eine Kippe an. Hob fragend die Augenbrauen.

»Die Leute, denen sie gehört ... sie wollen sie wiederhaben. Sie haben sie aufgemacht, Sie wissen, was es ist. Das sind keine Leute, mit denen man rumspielt. Wär's 'n Beweismittel in 'nem Mordfall, würde ich nichts sagen.«

Wolfe zog an ihrer Kippe, dachte nach. Lola sondierte über meine Schulter hinweg den Raum.

»Haben Sie die Taucher schon?« fragte ich sie.

»In zwei, drei Tagen«, sagte sie.

»Weshalb ich bitte ...?«

»Sie sind mit der Rechnung dran«, sagte sie.

98

Lola öffnete den Kofferraum ihres Reatta. Ich transportierte das Bündel zum Plymouth.

»Ist sie verheiratet?« fragte ich, nickte zu der vorne drin sitzenden Wolfe.

Lola legte die Finger in einer »Pst«-Geste an die Lippen.

99

In meinem Büro riskierte ich einen Blick. Wickelte vorsichtig die Plastikschichten ab, wappnete mich für den Geruch. Es kam keiner.

Die Juju-Tasche sah aus, als wäre sie nicht angerührt worden. Irgendwie kleiner als beim ersten Ansehn, nicht so bedrohlich, wie sie auf meinem Schreibtisch lag.

Pansy reckte ihre Schnauze über die Schreibtischkante, wollte sehen, was ich machte. Ich befahl ihr, auf ihren Platz zu gehen. Sie ignorierte mich. Knurrte – ein höherer Ton, als ich je gehört hatte.

Ich wollte sie immer noch nicht anfassen.

100

Es gibt Orte, da gehn nicht mal Zombies hin. Ich marschierte zur Station Chambers Street, huschte in die U-Bahn. Schob einen Jeton in den Schlitz. Die Ausgangstür stand offen – die meisten Bürger gingen einfach durch, ohne zu zahlen. Soziales Protestverhalten, wie bei den Yuppies, die auf der Autobahn israelische Schekel in die Körbe fürs Abgezählte werfen. Sicher.

Es sah nicht nach Regen aus, aber ich hatte einen kleinen roten Schirm dabei – die Sorte, die man auf Schlagstockgröße zusammendrücken kann. Ein echtes Schrotteil – so billig, daß eine der Streben von allein locker geworden war – ein Zug, und ich hatte sie mitten in der Hand. Die Spitze war echt scharf.

An der West Fourth stieg ich auf die Linie F um. Erwischte einen Sitz neben einem alten Mann, der aussah, als schnupfe er Interferon – verkniffenes Gesicht, die dünner werdenden Haare hinten geteilt, so daß groschengroße Schuppen drunter vorschauten. Er schlug die *Times* auf, breitete sie mir vors Gesicht. Seine Hände waren leberfleckig, Nägel lang und vergilbt, die Spitzen gekrümmt. Er roch wie sein Leben.

Der Zug nahm Fahrt auf, ruckelte auf rostigen Gleisen, überladen mit menschlicher Fracht, ein Paradies für Grapscher und Tatscher. Und die Jungs mit den Tapetenmessern, die dir die Brieftaschen aus dem Stoff säbeln. So die Klimaanlage an war, kam sie nicht zum Zuge.

Der Alte knallte mir einen spitzen Ellbogen in die Brust, schaffte sich mehr Platz, gab ein hochgezogenes Grunzen von sich, raschelte mit seiner Zeitung, und die Schuppen flogen ihm vom Kopf wie schmieriger Schnee.

An der Thirty-fourth stieg eine gutproportionierte Puertoricanerin zu, eine Einkaufstüte von einer Drogeriemarktkette in der Hand, die sie als Handtasche benutzte. Sie trug irgendeine weiße Uniform, flache weiße Schuhe mit dicken Sohlen, weiße Strümpfe. Kam von der Arbeit. Sie zwängte sich durch bis zum einen Ende des U-Bahnwagens, lehnte sich dankbar an.

Ich sah meine Chance.

Ging auf Blickkontakt mit ihr, rappelte mich auf, den Rücken zu den anderen Menschenwesen, verbeugte mich leicht, gestikulierte mit der Hand wie ein Platzanweiser, der einen Kunden zu seinem Sitz rangiert. Zirka vierzig Zentimeter Bank waren frei – sie ließ sich drauffallen, just als der gehässige Alte rüberrutschte, um die Lücke zu schließen. Sie quetschte ihn zusammen, als wäre er aus Plastilin – die *Times* flog davon, ein dünner Schrei kam aus seinem Mund. Danach kämpften sie es schweigend aus.

Ich hatte auf's richtige Pferd gesetzt. Der Alte, schäumend vor Haß, befreite sich schließlich, stampfte fort zu einem anderen Teil des U-Bahnwagens.

Der stellvertretende Ninja-Körpereinsatz – er funktioniert nicht immer, aber wenn, ist er wunderschön anzuschaun.

101 Am Rockefeller Center stieg ich aus der U-Bahn, verließ die Station und lief die Sixth Avenue entlang zur Forty-second Street. Es war noch lange nicht dunkel, aber Trauben von Teenagern waren bereits auf Streife. »Den Deibel austreiben« sagen sie dazu, über den Times Square kutschieren, die Augen gierig auf den Fenstern voller *Sachen:* Elektronikzeug, protziger Schmuck, batteriebetriebene Körperteile. Cargo-Kult ist die einzige Kultur hier unten.

Ich mußte noch mehr Teile zusammensetzen, bevor ich Wolfe mit Luke zusammenbringen konnte. Rund um die Bibliothek standen Schilder – die Kampagne contra Analphabetismus.

Sie hätten mich als Berater hinzuziehen sollen. Ich habe in Haft lesen gelernt, richtig lesen. Der Prof erklärte mir, mit Krawatte könnte man mehr Geld klauen als mit 'ner Knarre. Ich wußte, daß es stimmte – aber ich schein' es nie so recht hinzukriegen.

Als ich wieder rauskam, wurde es gerade dunkel. Ich rief Bonita auf ihrer Arbeitsstelle an – sagte ihr, ich käme später vorbei, brächte sie heim.

102 Fast vier Uhr morgens, als ich aus Bonitas Haus trat. Leichter, nicht glücklicher. Sie hatte im Bett herzige kleine Lustgeräusche von sich gegeben, genau nach Drehbuch.

Ich steckte mir eine Zigarette an, wollte die Straße absuchen, die Nachtschicht erfühlen. Ich bin nicht unbedingt ein Zielobjekt, aber das Raubzeug arbeitet auf dieselbe Weise wie einsame Versager in einer Single-Bar – je näher die Sperrstunde rückt, desto verzweifelter suchen sie Anschluß.

War fast bei meinem Auto, als ein Kombi rechts von mir aufkreuzte. Ich trat hinter den Kotflügel eines geparkten Autos, langte in meine Jacke, als ich sah, hinter was der Kombi her war ... eine Frau in einem seitlich hochgeschlitzten roten Kleid, unsicher gehend, als wäre sie betrunken. Ein Straßenaufriß ist hochriskant – vielleicht hockte der Kombi voller spielgeiler Biester, drauf aus, die Glückliche im Rudel zu schänden. Oder ich brachte zuviel Zeit auf der dunklen Seite zu, manipuliert von Erinnerungen.

»Linda! So warte doch!« brüllte ich so laut, daß sie sich umdrehte.

Der Kombi zischte ab.

103

War immer noch nicht müde, als ich wieder ins Büro kam. Ich bediente Pansy mit einem guten Liter Chocolate Chip-Eiskrem, die ich in einem rund um die Uhr geöffneten Laden gekauft hatte, rauchte eine Zigarette, las noch einmal Michelles Brief.

Ich knipste das Programm auf dem Schwarzweißfernseher durch, ignorierte Pansys Ärgernis, als ich auf keinerlei Catchen stieß. Blieb schließlich bei *Mayberry, R.F.D.* hängen. Schlief ein und wünschte mir, Andy Griffith wäre der Sheriff gewesen, als ich mir das letzte Mal einen Schnapsladen vorgeknöpft hatte.

104

Am Morgen durchdachte ich es noch einmal. Trat einen Schritt zurück, achtete auf Haken. Ich hatte die Tasche. Wolfe hatte dem Treffen zugestimmt. Für mich nahm sich das nicht gefährlich aus. Ich konnte alles regeln, abhauen, zurückgehen und Carlos aus dem Verkehr ziehen.

Zeit loszulegen, richtig? Hinne machen.

Irgendwas hielt mich zurück.

Vielleicht hatte ich noch nicht genug Schiß.

105

Bei Mama, auf Teresa wartend. Nach der Suppe zückte Luke ein Kartenspiel, fragte, ob ich spielen wolle.

»Was kennst du denn für Spiele, Kleiner?«

»Rommé. Max hat's mir beigebracht.«

Wir spielten ein paar Runden. Spielten noch ein paar, bis ich begriff, daß der kleine Mistkerl kein Anfänger war.

»Wie viele Karten sind außer deinem Blatt übrig?« fragte ich ihn.

»Sechsundzwanzig«, sagte er unschuldig.

»Wo sind die?«

»Du hast zehn, eine liegt offen, also sind fünfzehn im Haufen.«

»Was sind das für Karten, Luke?«

»Wenn ich's dir sage, weißt du, was ich in der Hand habe, in etwa.«

»Yeah. So wie du in etwa weißt, was ich in meiner habe, richtig?«

»Richtig!« Er strahlte.

»Und du schlägst Max jedesmal?«

»Nein. Manchmal kommt's nicht drauf an, was du weißt. Manchmal isses bloß Glück.«

»Aha. Und du hast's lieber, wenn's kein Glück ist?«

»Ja. Mama will mir noch ein Spiel beibringen. Blackjack.«

Mama dräute über meiner Schulter, den Finger auf die Lippen gelegt, und lächelte ihren Musterschüler nachsichtig an. »Luke, du noch wissen, was Mama dir sagen ... Blackjack ein Geheimnis, ja?«

»Ich mag keine Geheimnisse«, sagte der Junge, und seine Stimme sackte einen Ton ab, die Augen flackerten.

»Ist okay, Luke«, sagte ich, schoß Mama einen warnenden Blick zu. »Hier gibt's keine Geheimnisse. Keiner hat ein Geheimnis mit dir. Mama hat nur gespielt.«

»Gespielt?«

»Yeah. Wie rumalbern. Verstehste?«

Wieder flackerten seine Augen. »Kann ich ein bißchen Ente haben, Mama?«

Mama tischt nur etwa einmal die Woche Ente auf – sagt, es sei echt nervig, sie ordentlich zuzubereiten.

»Sicher, Baby. Vielleicht auch Hummerkrabben?«

»Ja!«

106

Während Teresa mit Luke unten war, kam Max rein. Setzte sich mir gegenüber, schaute.

Hinten klingelte das Telefon. Mama kam an den Tisch. »Für dich«, sagte sie. »Sonniger Mann.«

»Ich bin's«, sagte ich, als ich den Hörer nahm.

»Ich bin's auch, Mahn. Mit ein paar Neuigkeiten für dich. Ich hab mit den Leuten gesprochen. Morgen nacht, kennst du Corona?«

»Ja.«

»Am Astoria Boulevard, Stadtseite von der Ninety-fourth, ein paar Straßen runter, siehst du ein altes Drive-in. Hamburgerladen, jetzt leer. Fahr da hin, um Mitternacht. Da treffen die sich mit dir, bringen dich zu ihr.«

»Okay.«

»Hast du ihr Eigentum, Mahn?«

»Ja.«

»Du begreifst schnell.«

»Kann ich 'nen Freund mitbringen?«

»Machst du, Mahn. Clarence trifft sich dort auch mit dir.«

»Clarence hat Angst vor diesen Leuten.«

»Hat jeder, Mahn.«

107

Ich erklärte alles Max. Langsam. Normalerweise kapiert er Sachen genauso flott wie jemand, der hört, aber er spielte den Dummen. Wie er's immer macht, wenn ihm nicht paßt, was ich sage. Er versuchte weiter, sich anzudienen. Ich schüttelte weiter den Kopf.

Mama kam zurück, eine Papiertüte in den Händen, setzte sich zu uns.

»Obligationen alle weg«, sagte sie.

»Das war verdammt schnell – hast du zehn Prozent kassiert?«

»Nicht ganz. Dreihundert für uns.«

»Elroy kriegt hundert, Mama. Aber es ist immer noch 'n Riesenhieb.«

Mama verbeugte sich. Legte das Geld auf den Tisch, mischte es durch wie ein Kasinogeber, schaufelte es in drei Haufen. Drei Stapel, einhundert Riesen in jedem. Schob einen zur Seite, Elroys Geld. Ich zählte fünf Riesen ab, reichte sie Max. Er kriegt zehn Prozent fürs Ausliefern. Das macht er, das Ausliefern. Garantiert. Ich machte das Zeichen für Elroy. Max schürzte die schmalen Lippen – er klappte die ersten beiden Finger fest gegen den Daumen, wie schnappende Kiefer. Ich wußte, was er meinte: plapper, plapper, plapper. Er deutete auf mich, machte das Zeichen für Autofahren. Er mußte sich meins für das Ausliefern borgen. Ich nickte: okay. Dann machte er das Zeichen für eine Telefonnummer wählen – dem Irren mitzuteilen, daß Max unterwegs war, fiel ebenfalls unter meine Zuständigkeit. Wieder okay.

Ich fächerte die fünf Riesen auf, die ich für Max beiseite gelegt hatte, sah Mama hart an. Sie kannte die Regeln – sie war genauso verantwortlich wie ich, daß das Geld zurück zu Elroy gelangte. Außerdem hatte sie die Obligationen wahrscheinlich für dreihundertfünfzig oder sogar vierhundert losgeschlagen, und wir wußten es beide.

Schließlich nickte sie. »O ja, fairen Anteil zahlen, okay?« Reichte ihrerseits fünf Riesen rüber.

Ich nahm mir zwanzig, schob den Rest rüber zu Mama. »Für die Bank, okay?«

»Okay.«

Sie blätterte das Geld durch, hielt die Stapel immer noch getrennt. Zählte ein Bündel Banknoten ab, reichte es Max, tat so, als würde sie ein Baby wiegen. »Für Flower, ja?« sagte sie, schaute Max an, redete mit mir.

Max verbeugte sich dankend.

Mama lächelte. »Fairen Anteil, ja?« Und zählte von meinem Geld was ab, reichte es Max.

Er verbeugte sich ähnlich feierlich vor mir.

Mama zählte noch mehr Geld ab, schaute zu mir. »Für Luke, ja? Die Frau unten bezahlen.«

»Lily kümmert sich darum, Mama.«

Ihre Augen wurden achatfarben. »Unser Haus, unser Familie, *wir* zahlen.«

Max senkte die Augen unter der Herausforderung, reichte seinen gesamten Geldstapel rüber. Mama nahm sich was, reichte den Rest zurück. Plünderte wieder meinen Haufen.

Schließlich lächelte sie. Stand auf und ging.

108

Max gedachte nicht zweimal hintereinander zu verlieren und erneuerte seine Forderung, zu meinem Treffen mitzukommen. Ich machte das Zeichen für Lily. Für Storm, Immaculata, Wolfe. Es dauerte lange. Ich hämmerte die Fäuste zusammen: Konflikt. Zog sie auseinander. Trennung. Dann deutete ich auf Max. Tippte mir ans Herz. Umschloß die Hände. Wir würden nie getrennt, er und ich, okay? Seine Zeit würde kommen.

Schließlich nickte er.

Ich ging nach hinten, Elroy anrufen.

»Ich bin's«, begrüßte ich ihn.

»He, Burke! Is Pansy in Hitze? Barko kriegt sich glatt nicht mehr ein, Mann. Will seine Ladung nicht ziehn, nichts. Er braucht 'ne Frau, Kumpel. Laß mein Jungen mal ran.«

»Hör mal, Blödmann. Ich rufe dich wegen 'ner anderen Sache an. Alles ist geregelt, okay? Heut nacht kommt ziemlich spät was bei dir an ... kann zwei Uhr morgens werden, okay?«

»Yeah, yeah ... Bringst du Pansy mit?«

»Ich komme nicht. Ich schicke meinen Bruder ... und sag seinen Namen nicht am Telefon.«

»Ach, der Chinese, der nicht redet? Den schickst du? Ich hab gehört, er macht Auslieferungen ...«

Beschissener Schwachkopf.

»Mal ganz ruhig, in Ordnung? Er fährt mein Auto. Und halt ihm die verdammten Hunde vom Hals.«

»Klar, klar. Aber wenn du das nächste ...?«

Ich hängte ein.

109

Halb zwölf. Langsam umkreiste ich am Steuer des Plymouth den leeren Drive-In. Nichts. Max und ich zündeten uns Kippen an, rauchten schweigend. Auf dem Weg raus nach Queens hatte er den Streit wiederaufgenommen, und wir waren zu einem Kompromiß gekommen.

Ich trug einen dunklen Anzug, weißes Hemd, schwarzen Binder. Unbewaffnet – nicht mal ein Messer. Max steckte in seinen dünnsohligen schwarzen Schuhen, bauschiger weißer Hose, einem weißen T-Shirt. Ein besseres Ziel, falls sie das wollten. Er ist nie waffenlos.

Ein paar Minuten später fuhr der makellose grüne Rover vor. Clarence stellte das Licht ab, stieg aus, lümmelte sich an den Kotflügel, so daß sein Körper nicht ganz das Blech berührte.

Ich ließ den Kofferraum aufschnappen. Max und ich stiegen aus, gingen nach hinten. Ich nahm das Paket in die Arme. Wir marschierten rüber zu Clarence.

»Clarence, das ist mein Bruder, Max der Stille.«

Max verneigte sich.

Clarence streckte die Hand aus, schmal und gepflegt. Max nahm sie mit seiner Knochenknackerpranke, schüttelte sie.

»Legen wir das hier in deinen Kofferraum«, sagte ich Clarence.

Seine Augen wirkten besorgt, aber er sagte nichts. Entriegelte den Kofferraum, sah nicht hin, als wir die Tasche reinlegten.

»Ich hab von Ihnen gehört«, sagte Clarence zu Max.

Wieder verbeugte sich Max.

»Redet er echt nicht?« fragte mich Clarence.

»Nicht mit dem Mund«, sagte ich ihm.

Ein schwarzer Chevy Caprice rollte auf den Hof, der Zwilling folgte dichtauf. Ein großer, schlanker Schwarzer stieg auf der Beifahrerseite aus dem vorderen Auto, kam auf uns zu. Er war genauso gekleidet wie ich, bloß daß sein Binder schnurdünn war. Und er hatte ein winziges rotes Band am Revers.

»Mister Burke?« fragte er.

»Der bin ich.«

»Würden Sie bitte mit uns kommen?«

»Ja.«

»Und Ihre Freunde, kommen die auch mit?«

»Nur ein Freund«, sagte ich und nickte zu Clarence. »Mein Bruder verläßt uns.«

»Gewiß.«

Max überbrückte geräuschlos gleitend den Abstand zwischen ihm und dem Meldegänger. Er starrte dem Mann ins Gesicht, die Augen verkniffen, einprägend. Er verbeugte sich flüchtig. Marschierte rüber zu den Autos, ging von vorn bis hinten um sie rum, nahm sie in sich auf.

»Würden Sie Ihre Leute bitten, aus den Autos zu steigen?« fragte ich höflich.

»Gewiß«, sagte er wieder. Ging rüber zur Fahrerseite des einen Autos, dann zum anderen. Sie traten in der Dunkelheit an, alle gleich gekleidet. Max starrte jedem intensiv ins Gesicht, verneigte sich. Quetschte mir die Schulter, stieg in den Plymouth und zischte ab.

»Kommen Sie jetzt mit uns?« fragte der Mann.

»Ja, ich bin bereit.«

»Sehr gut«, sagte er und deutete zum vorderen Auto.

»Halt mal, Mahn«, sagte Clarence, die Stimme kaum unter Kontrolle. »Ich laß doch meine Karre nich hier stehen, damit sie irgend 'n Dieb klaut. Ich fahr direkt hinter euch, okay?«

Der Meldegänger lächelte. »Ja, Sie und Ihr Freund können mir folgen. Sie haben nichts zu befürchten.«

»Möchten Sie Ihr ...?« fragte ich.

»Nein. Sie müssen Ihr Angebot Queen Thana persönlich unterbreiten, Sir.«

Ich zuckte mit den Schultern. Ging mit Clarence zum Rover.

110

Clarence folgte den Rücklichtern des Caprice zur Ninety-fourth Street, bog links ein, Richtung Flugplatz.

»Der andere ist direkt hinter uns«, sagte er.

»Macht Sinn.«

»Ich mag das nich, Mahn.«

»Ist schon okay. Die hätten uns gleich auf dem Parkplatz allemachen können, hätten sie's gewollt. Die werden gar nichts machen.«

»Biste sicher, Mahn?«

»Yeah.«

»Und warum war der Monstermann da? Der Stille? Ich habe grauslige Sachen von ihm gehört.«

»Für den Fall, daß ich mich irren sollte.«

»Also, was der *dann* machen kann, Mahn – für uns isses zu spät.«

»Zum Quittwerden ist es nie zu spät.«

111

Der Caprice heizte auf der Ditmars östlich, bog rechts auf den Northern Boulevard, wieder in Richtung City.

»Hast du deine Pistole?« fragte ich Clarence.

»Immer«, sagte er und zückte sie.

»Laß sie im Auto, Clarence. Und alles, was du sonst noch hast.«

»Du bist ja noch närrischer als die, Mahn. Ich geh doch nich in ein Voodoo-Haus ohne ...«

»Yeah, machst du. Die durchsuchen dich sowieso, was soll's also? Jetzt ist es zu spät – entweder wir trauen ihnen oder nicht.«

»Ich *nich*, Mahn.«

»Dann bleib im Auto.«

»Hör doch mal ...«

»Du hörst zu, Clarence. Das ist mein Ding, auf meine Tour.«

Er stierte durch die Windschutzscheibe. Schließlich schob er die Pistole unter den Vordersitz. Zog zwei Reservemagazine raus, sein Rasiermesser, den lederbezogenen Totschläger.

»Das is alles, was ich habe, Mahn.«

Wir bogen links in eine kleine Seitenstraße. Ein Drogensupermarkt: Dealer, die in ihren parkenden Autos saßen und den Stoßverkehr beackerten. Autos mit Nummern aus Connecticut, Jersey. Flammen leckten aus einem 200-Liter-Ölfaß, Alkis wärmten sich die Hände. Ein Mann torkelte aus dem Eingang eines aufgelassenen Hauses – warum Miete zahlen, wenn man ein Crackhaus laufen hat? Wenn in dieser Straße Bürger wohnten, hielten sie sich bedeckt.

Tageslicht würde nichts ändern.

Ein zweistöckiges Fachwerkhaus stand genau zwischen zwei anderen. Ein Blickfang, weiß mit schwarzem Gebälk. Die umliegenden Häuser, gerade in der Wiederaufbauphase, klafften offen für die Nacht. Der Caprice stieß in eine Durchfahrt, fuhr rum zur Rückseite. Wir setzten nach, das Verfolgerauto hinter uns.

Wir stiegen aus. Ich schaute mich um, als Clarence den Kofferraum öffnete. Hoher Holzzaun, die Bretter solide zusammengenagelt. Hühnerverschlag in der einen Ecke, eine schwarzweiße Ziege angepflockt. Eine Doppelgarage, Türen geschlossen.

Ich nahm das Paket wieder in die Arme. Autotüren knallten zu. Die anderen stiegen aus. Der Meldegänger kam rüber zu uns.

»Würden Sie mir bitte folgen?«

112

Die Hintertür führte in einen Raum, der vermutlich mal eine Küche gewesen war. Wir folgten dem Meldegänger durch eine Diele in ein langes, rechteckiges Zimmer. Adrett gekleidete Männer und Frauen bevölkerten die Bude. Gedeckte Kledage, die Frauen mit Farbtupfern – eine kleine rote Feder an einem Hut, ein weißer Schal. Die Vordertür war mit Stahl gesichert.

»Hier lang«, sagte der Mann.

Die Treppe runter in einen Keller. Unter der Erde, unter dem Boden. In der Schwärze wünschte ich mir Sheba. Scharfer, klarer Geruch, wie kochende Gewürznelken, alles weiß getüncht.

Am Fuß der Treppe, an der hinteren Wand, eine Frau. Auf einem mächtigen Sessel aus dunklem, geöltem Holz sitzend, dessen Lehne hinter ihr muschelförmig auffächerte. Sie war in rote Seide gehüllt, lose um die Schultern, an den Brüsten in ein natürliches V fallend. Lange dunkle Haare, milchkaffeefarbene Haut, dunkelrote Lippen.

Der Meldegänger trat vor, bedeutete uns, auf der Stelle zu verharren. Verbeugte sich vor der Frau, sagte was in einer Schnellfeuersprache, die ich nicht kannte. Klang wie eine Art Französisch.

»Sprich in ihrer Zunge« sagte die Frau, und ihre Stimme war wie dunkler, fetter, golfverbrämter Lehm.

»Wir haben getan, wie Ihr befohlen«, wiederholte der Mann.

»Tretet vor«, sagte die Frau.

Ich näherte mich, Clarence rechts hinter mir. Ich verbeugte mich, den Oberkörper schützend über das Paket geneigt.

»Sie haben keine Waffen«, sagte die Frau.

Geräusche in der Dunkelheit: ein Revolverhahn, der einschnappte, ein Schwert, das in die Scheide glitt.

»Wie ist dein Name?« fragte sie.

»Burke.«

»Hast du uns unsere Opfergabe mitgebracht?«

»Ja«, sagte ich. »Verbunden mit einer Entschuldigung.«

»Dein Freund, ist er derjenige, der einen der Unseren verletzt hat? Im Central Park?«

»Nein.«

»Ja. Er ist derjenige. Würdest du lügen für einen Freund?«

»Ich würde für einen sterben«, sagte ich leise, verfluchte mich, die Juju-Tasche umklammernd.

»Dein Freund ist jung. Wußte er nicht, was er tat?«

»Er dachte nur, ich würde angegriffen.«

»Ja. Gib her, was du uns mitgebracht.«

Der Meldegänger trat vor. Ich reichte ihm die Tasche. Er

plazierte sie ehrfürchtig auf einem Kloben aus dunklem poliertem Holz. Auf ein Nicken der Queen wickelte er sie vorsichtig aus, entfernte sachte das Plastik. Hielt die Tasche für sie hoch.

»Sie ist, wie sie war«, sagte sie. »Du wirst sie zum geheiligten Ort zurückbringen.«

Er verbeugte sich.

»Tretet näher«, sagte die Frau.

Clarence und ich wollten auf sie zu. »Nur du«, sagte sie. »Dein Freund soll bleiben – nach seinem Namen habe ich nicht gefragt.«

Sie war jünger, als ich gedacht hatte – schwer einzuschätzen. Selbst im Kerzenlicht konnte ich sehen, daß sie erlesen aussah. Ein Auge dunkler als das andere, ein schwarzer Fleck hoch auf dem einen Backenknochen. Vor mir thronend, Knie unter der roten Seide zusammengenommen, die Hände auf den Armlehnen des dunklen Holzsessels, blickte sie mir in die Augen, als ob sie runterschaute. Von hoch droben.

»Warum hast du unsere Opfergabe genommen?«

»Ich habe ein vermißtes Baby gesucht. Ich bin auf eure Opfergabe gestoßen, aber ich wußte nicht, was es war. Ich dachte, es wäre vielleicht ein Beweisstück. Etwas, das mir helfen könnte, das Baby zu finden.«

»Und was, *dachtest* du, wäre es?«

»Hexenwerk.«

»Fürchtest du Hexen nicht?«

»Doch, ich fürchte mich vor ihnen.«

»Dann hast du sie kennengelernt?«

»Nur eine.« Strega. Mit Flammenhaar und Feuerherz. In Frieden jetzt. Und somit fort von mir.

Sie reckte das Kinn, musterte mich. »Ja, das hast du. Aber keine von uns.«

»Nein.«

»Das Juju ist eine Opfergabe. Wenn einer von uns stirbt, wird sein Geist verdammt sein, bis wir ein Loa machen, auf daß er zur Erde wiederkehren kann. Und das hast du genommen.«

»Tut mir leid. Hätte ich gewußt ...«

»Ja. Hast du nun Angst?«

»Ja, nun habe ich Angst.«

»Welcher Mann gibt im Angesicht einer Frau zu, daß er Angst hat?«

»Ein Mann, der nicht blind ist.«

»Berichte mir von dem Baby, von dem vermißten Baby.«

»Eine Großmutter hat erfahren, daß ihr Enkelkind verschwunden ist. Das Baby war zu klein, um davonzulaufen. Ihre Tochter war mit einem Mann zusammen. Einem schlechten Mann, dem Vater des Babys. Sie hat geglaubt, ihrem Enkel wäre irgendwas zugestoßen. Ihre Leute baten mich, das Kind zu suchen.«

»Was hast du herausgefunden?«

»Das Baby ist tot.«

»Woher weißt du das?«

»Die Mutter hat es mir erzählt. Der Vater hat den Jungen umgebracht. Ihn totgeschlagen. Ich habe nach der Leiche gesucht.«

»Auf daß die, welche das Baby liebte, seinem Geist zur Freiheit verhelfe?«

»Ja. Nicht die Mutter.«

»Ich weiß. Du bist ein Jäger. Der junge Mann auch. Ist es der Vater, den du nun suchst?«

»Die Obrigkeit fahndet nach ihm.«

»Ja. Hast du die Leiche gefunden?«

»Noch nicht. Der Vater, er heißt Emerson, und er hat in

dem Wohlfahrtsheim am Flughafen gewohnt. Als er in der Todesnacht ging, hatte er die Leiche des Babys bei sich. Als er zurückkam nicht mehr. Ich glaube, das Baby ist in dem Wasser, gleich beim Flughafen.«

»Tötete er das Baby in der Nacht, in der du unsere Opfergabe nahmst?«

»Nein. Etwa 'ne Woche vorher.«

»Und als du Opfergabe sahst, dachtest du ...«

»Ja. Ich habe gedacht, das Baby wäre da drin. Teile von dem Baby.«

Die Frau schloß die Augen, führte die Hände an die Schläfen. Es war so leise in dem Keller, daß ich die Kerzen flackern hören konnte.

Ich konnte Clarence hinter mir spüren, pulsierende Wellen im Raum.

Sie öffnete die Augen.

»Beschreibe den Mann«, sagte sie.

Ich langte in die Tasche, reichte ihr das Bild, das wir aus dem Heim mitgenommen hatten.

Sie warf einen raschen Blick drauf. Ich hörte ein Schlangenzischen – schaute mich nicht um, woher es kam.

»Geh bitte nach oben. Hinaus. Rauche eine von deinen Zigaretten. Ich muß mit meinen Leuten sprechen. Dann werden wir wieder miteinander reden.«

Ich verbeugte mich.

113

In der Nachtluft riß ich ein Streichholz an, zog heftig an meiner Zigarette.

»Warum hast du ihr gesagt, daß du Schiß hast, Mahn?« fragte Clarence.

»Es war die Wahrheit. Ist es immer noch.«

»Glaubst du wirklich, die hat gewußt, daß wir keine Waffen haben?«

»Yeah.«

»Woher sollte sie das wissen, Mahn?«

Ich zuckte die Schultern. »Vielleicht will sie uns genau das sagen.«

Wir warteten, horchten auf die heimlichen Laute von der Straße.

114

Der Meldegänger kam auf den Hof. »Würden Sie bitte mit uns kommen?« forderte er mich auf.

Ich nickte. Wir brachen zum Keller auf. Der Meldegänger hielt die Hand hoch. »Bloß Sie, bitte.«

Ich sah auf Clarence. »Warte im Auto«, hieß ich ihn.

Langsam studierte er mein Gesicht, nickte.

Diesmal schafften sie mich gleich zu ihr.

»Du hast unsere Opfergabe wiedergebracht. Im Gegenzug will ich deine Fragen beantworten.«

»Ich habe keine Fragen.«

»Alle Männer haben Fragen«, sagte sie, die Stimme so tief und dunkel, daß ich die Worte eher erahnte. »Meinst du, ich bin eine törichte Wahrsagerin, eine Diebin mit einer Kristallkugel? Ich bin die dritte Tochter einer dritten Schwester. Drei, das ist die mystische Zahl. Die Anhänger der verirrten Religion sagen Vater, Sohn und Heiliger Geist. Das ist Götzendienst. Vor der Religion waren Erde, Wind und Feuer. Immer drei. Primitive Menschen wußten nicht, daß Babys der Sexualität entsprangen – wäre es nicht um der Sexualität willen, es gäbe keine Menschen. Sex ist die treibende Kraft, und sie wird von Frauen beherrscht. Drei Wege gibt es in den

Körper einer Frau, doch einer nur führt zu Kindern. Ein Mann kennt keine Vorlieben. Deshalb ist die Sexualität einer Frau dreifaltig. Erneut drei. Die wahre Wurzel aller Verständigung mit den Geistern. Nur eine Queen darf die ganze Wahrheit wissen. Ein Mann darf nur wissen, was ihm gesagt wird. Die Menschen paarten sich erst wie die Tiere, niemals von Angesicht zu Angesicht. Dies änderte sich erst, als Frauen es müde waren, sich zu unterwerfen. Wenn Hungersnot herrscht, sind Frauen unfruchtbar. Ihre Körper kennen die Geister – ihre Körper sind das Glied zur Erde. Verstehst du das?«

»Ja.«

»Glaubst du es?« Irgendwas in ihrer Stimme, abtastend.

»Ja.« Dachte an Blossom, wie ich auf ihrem Bett lag, ihrem Glucksen lauschte. »Kein Wunder, daß Männer so einfältig sind – wo ihr ganzer Verstand an einer so kleinen Stelle sitzt.«

»Du bist ein Kind des vierten Tages, in Kümmernis geboren. Ja?«

»Ja.«

»Viele Kinder sind ohne Vater geboren – nur die verdammtesten sind ohne Mutter geboren. Weißt du das?«

»Ja.«

»Warum hast du dieses Baby gesucht?«

»Es war ein Job.«

»Nein.«

»Dann kann ich es nicht erklären.«

»Ich weiß. Hör mir zu, Kind der Sorge: Das Baby ist in dem Wasser, wie du glaubtest. Ich weiß das. Der Mann, den du suchst, er betete mit uns. Gab vor zu beten. In der Nacht, da das Kind starb, kam er zu uns. Die Leiche des Babys im Arm. Er sagte, das Kind sei in der Wiege erstickt. Er bat uns um ein Opfer. Um des Babys Geist zu erretten. Er dachte, was du dachtest ... was zu sagen du dich fürchtest ... daß unsere Opfergabe die Leichen birgt ... daß das Baby zerstückelt würde, in die Tasche gepackt. Als wir ihm sagten, wie wir das Opfer bringen würden, ging er hinweg von uns. Wir dachten damals, es wäre Trauer. Nun wissen wir die Wahrheit – er fürchtete, des Babys Geist käme über ihn.«

»Ich verstehe.«

»Wirklich? Verstehst du, daß du des Babys Geist bist? Der umgehende Geist? Nun geh. Du wirst nach dem Übel suchen – ich sehe das in dir. Wenn die Zeit kommt, kehre zurück zu mir. Ich werde dir den Weg weisen.«

115

Kein Auto folgte uns vom Haus. Regen rauschte auf und um den Rover, setzte die mickrigen Wischer matt.

»Wo soll ich dich hinbringen, Mahn?«

»Irgendwo über der Brücke.«

»Du willst wohl nicht, daß ich seh, wo du wohnst?«

»Besser, du weißt es nicht, richtig? Hast du vorgehabt, eines Tages aufzukreuzen, mich zu besuchen?«

»Vielleicht mach ich das, Mahn. 'n bißchen Bier von der Insel mitbringen, rumsitzen, plauschen ... Wär das nu so schlimm?«

»Das will ich damit nicht sagen, Clarence.«

»Ja, ich weiß«, sagte er. Aber sein Blick wirkte verletzt.

116

Ich ließ Pansy raus auf ihr Dach, ignorierte ihre Leidensmiene, weil ich ohne Leckerei nach Hause gekommen war.

Ich muß mich nie fragen, weshalb ich vor irgendwas Schiß

habe. Es ist so viel. Ein Kind fürchtet den Tod nicht – begreift nicht, was das ist. Ein Kind fürchtet Schmerz. Unvermuteten Schmerz. Der Terror soll dran erinnern.

Darauf zählen die Freaks.

117

Am nächsten Morgen ging ich zu Fuß bis Chinatown. Machte bei einer Bäckerei Halt und besorgte mir eine Tüte kleiner, harter Sesambrötchen. Kaute sie langsam, eins nach dem anderen. Um meinen Magen einzurenken. Stoppte noch mal bei einem Gemüseladen, holte mir eine Handvoll frische Petersilie und eine Flasche kalten Ananassaft. Schlürfte ihn langsam, während ich die noch nassen Straßen durchschritt, beobachtete.

Bis ich in Mamas Nähe war, mampfte ich mir mit der Petersilie den Mund sauber.

Der Plymouth war in der Gasse geparkt, das Heck zu dicht an der Mauer. Max konnte Fliegen in der Luft fangen, ohne ihnen weh zu tun, aber seine Fahrerei war keinen Furz wert.

Ich klopfte an die Hintertür, dachte an Luke im Keller. Und daran, daß Keller ihn immer erschreckten.

An letzte Nacht.

Einer von Mamas Mannen ließ mich rein, nickte in Richtung Speiseraum.

Max war in meiner Nische, der Prof gegenüber von ihm. Der kleine Mann babbelte vor sich hin, wedelte mit den Armen wie in Zeichensprache.

Ich setzte mich neben Max. Einer der Kellner brachte mir ein Glas Wasser, ging wieder.

»Wie lief's denn nun, Sohn?« begrüßte mich der Prof.

»Okay. Es war okay. Ich hab ihnen ihr Eigentum gegeben.

Wir sind quitt.« Ich fragte ihn gar nicht erst, woher er von dem Treffen wußte.

Ich sah zu Max hinüber. Spreizte die Hände zu einer »Was?«-Geste. Er nickte. Universelle Schnellfeuergesten, mit denen man sie überall auf der Welt verständlich machen kann: Daumen gegen die ersten zwei Finger gerieben, Finger geradeaus gerichtet, mit demselben Finger kleine Kreise an den Schläfen. Dann machte er das Zeichen für »Okay«. Er hatte dem Närrischen das Geld gegeben, kein Problem.

Der Prof war noch nicht zufrieden. »Komm schon, Kleiner. Du bist doch hin zu der Queen? Was hat sie gesagt – wie war's?«

Ich spulte alles für ihn ab, gestikulierte für Max. Nach all den Jahren kann ich es recht flink. Sobald Max irgendetwas nicht schnallt, läßt er's mich wissen.

»Weißt du, was ich glaube, Prof? Warum ich keinen Schiß hatte ... verstehst du? Ich bin in 'nem Keller in Corona, in einer Art Voodoo-Tempel. Beschließen die, mir irgendwas anzutun, bin ich weg. Auf der Straße hört nicht mal einer 'nen Schuß. Keinen kümmert's. Aber ich bin ruhig. Von Anfang an. Als könnte mir gar nichts passieren.«

»Mit Wut hat se nichts am Hut, Bruder.«

»Yeah. Glaubst du ...? Ich meine, verstehst du, was sie mir gesagt hat?«

»Alle Prediger sind gleich, Burke. Die sprechen, damit die Leute blechen.«

»Glaubst du, es ist Anmache?«

»Glaubst *du*, es gibt 'ne Antwort, Söhnchen? Haben die Katholiken mit ihrem Zeug recht, geht's den Juden sehr schlecht. Können die Moslems als einzige die Welt beglükken, müssen die Buddhisten mächtig abdrücken. Sei rechtschaffen, und der Mann, wer immer er ist, weiß es, kapierste?

Im Himmel gibt's kein Ambrosia, wenn du stirbst. Hier und jetzt, auf der Erde ... wahr ist, was du *bist.*«

»Glaubst du, es sind bloß verschiedene Namen für dieselbe Sache?«

»Nachher? Hier's die Wahrheit ... du kriegst es spitz, wenn du abtrittst.«

Ich sah Wesley. In einer Feuergrube, das Starren seiner toten Augen, das die Luft gefrieren ließ, den Teufel, der sich in die Ecke verdrückte, verängstigt.

118

Ich fuhr allein in die South Bronx. Muddy Waters als Begleitmusik. Eine Live-Aufnahme aus den Fünfzigern, in Chicago mitgeschnitten. Der Meister, damals noch frisch aus dem Delta, brachte es auf den Punkt. Fauchte irgendwas von wegen den ersten andampfenden Zug schnappen. Keiner im Publikum nahm an, er gedächte sich einen Fahrschein zu kaufen.

Das letzte Stück auf dem Band. »Bad Luck Child.«

Terry ließ mich rein. Schien vor Neuigkeiten zu platzen.

»Ich hab 'nen Brief von Mom gekriegt. Sie lernt Modern Dance. Sie sagt, wenn sie zurückkommt, zeigt sie's mir.«

»Yeah? Sagt sie, daß du dich um den Maulwurf kümmern sollst?«

»Ein bißchen. Sie sagt, ich soll für ihn aufpassen. Ihn begleiten, wenn er rausgeht, aber ...«

»Aber nicht, wenn er mit mir unterwegs ist, richtig?«

»Ja. Aber ...«

»Ist okay, Terry. Ich will den Maulwurf nirgendwohin mitnehmen. Ich muß ihn bloß ein paar Sachen fragen.«

119

Der Maulwurf, OP-Handschuhe übergezogen, linste fasziniert in ein Glasgefäß. Ich schaute ihm über die Schulter. Eine pedischwarze Spinne in einem dreieckigen Netz, ein fetter, knolliger, schimmernder Tränentropfen. Der Maulwurf ließ den Krug langsam rotieren. Eine hellrote Zeichnung auf der Unterseite der Spinne. Schwarze Witwe.

Er holte eine Metallpinzette aus der Hemdtasche, zupfte etwas aus dem weißen, schwammigen Material der Werkbank. Das weiße Zeug war vielleicht halb so groß wie mein kleiner Fingernagel, von einem einzelnen Strang durchzogen. Er nahm die Abdeckung von dem Gefäß, schnappte sich den Strang, hielt den weißen Flicken gefühlvoll über den Rand, ließ ihn sachte pendeln, während er ihn langsam senkte.

Ich spürte Terrys Atem auf meiner Wange, als er sich vordrängelte. Das Netz zitterte, als der weiße Flicken aufsetzte. Die Spinne tastete mit den Beinen, deutete die Erschütterung.

Zeit verging. Zuversichtlich marschierte die Spinne auf den weißen Flicken zu. Der Maulwurf zog gefühlvoll an dem Strang – der weiße Flicken im Netz zappelte. Plötzlich schoß die Spinne vorwärts, grub die Fänge in den Flicken und legte ihr Opfer mit zupackenden Vorderbeinen lahm.

Nach einer Weile löste die Spinne den Griff. Ihre Spinndrüse fing an, Fäden abzusondern, und sie begann ihr Opfer einzuwickeln, damit sie es später in Ruhe verspeisen konnte. Der Maulwurf zog den Strang hoch. Die Spinne hing fest, weigerte sich, ihre Beute preiszugeben. Als sich der Flicken dem Rand näherte, reichte Terry dem Maulwurf eine Preßluftdose mit einer langen Nadeldüse. Der Maulwurf drückte auf den Knopf, und die Spinne wurde fortgeblasen, so daß sie unbeschadet auf den Boden des Gefäßes fiel.

Der Maulwurf ließ den Flicken in eine Petrischale fallen, hielt den Strang straff, während Terry ihn mit einer Schere durchschnitt. Der Maulwurf deckte die Petrischale ab, stellte sie in einen kleinen Kühlschrank – an die letzte Stelle einer kleinen, ordentlichen Reihe, die bereits in dem Fach stand.

»Was willst du mit dem Gift der Schwarzen Witwe, Maulwurf?« fragte ich ihn.

»Weiß ich noch nicht.«

»Yeah, okay. Kann ich dich was fragen?«

»Was?«

»Du kennst doch getöntes Glas ... wie's die großen Limousinen haben, damit keiner den Durchblick hat?«

Der Maulwurf fummelte an etwas herum, das aussah wie ein Trafo für eine elektrische Eisenbahn. Ignorierte meine blöde Frage. Wartete.

»Gut, könntest du so was so hinkriegen, daß es umgekehrt funktioniert? Daß jeder rein-, aber keiner rausschauen kann? Bloß im Fond, nicht die Windschutzscheibe?«

»Ja«, sagte er. Sollte heißen: Klar, Dummchen.

»Könntest du das, zum Beispiel ... gleich?«

»Dein Auto?«

»Nein, ich brauche ein Auto mit ...«

»Kalten Nummernschildern«, stimmte der Bengel ein. Michelle hätte ihm eine gelangt.

»Yeah. Bloß für rund vierundzwanzig Stunden. Höchstens.«

»Mit Trennscheibe?«

»Yeah. Vielleicht so was wie ein Lumumbataxi oder ...«

»Wir haben eins, Maulwurf. Der alte Dodge. Hinten im ...«

Der Maulwurf sah ihn an. Terry starrte zurück. Schließlich nickte der Maulwurf. Der Bengel rannte nach oben.

120

Ich sah zu, wie der Maulwurf sorgfältig die Fenster des alten Dodge vermaß, sah ihn die dunkle Folie mit einem Tapetenmesser ausschneiden, mit einem Gummiblock passend andrücken. Terry montierte mit dem Schraubenschlüssel die neuen Schilder an, wechselte Öl und Filter, checkte die Batterie, Keilriemen. Hängte irgendein Meßgerät an die Zündung.

»Die Reifen sind okay, Burke. Aber fahr nicht zu schnell damit.«

»Ich will damit keine Bank ausrauben, Terry.«

»Oh, ich weiß.« Schlauer kleiner Mistkerl.

Als sie fertig waren, ging ich um das Auto herum. Von außen sah es aus wie ein Lumumbataxi, bloß daß es in einem besseren Zustand als die meisten war. Ich stieg hinten ein. Setzte mich, schloß die Tür.

Blackout. Der Maulwurf hatte sogar die Plexiglasscheibe zwischen Vorder- und Rücksitz mit dem gleichen Material verkleidet. Eine Augenbinde auf Rädern.

»Perfekt, Maulwurf!« sagte ich ihm.

Er nickte unbeeindruckt. »Gefangener?« fragte er.

»Nein. Freiwillig. Braucht aber nicht zu wissen, wo's hingeht.«

Wieder nickte er. Schlurfte davon. Ich war noch nicht mal mit meiner Zigarette fertig, als er mit einer gebogenen Niedrigwattlampe zurückkam. Als er sie auf der Ablage hinter dem Rücksitz angeschraubt hatte, ließ sich der Innenraum auch bei geschlossenen Fenstern ausleuchten. Terry entfernte die hinteren Türgriffe und Fensterkurbeln, verdeckte die Löcher mit Metallscheiben.

Der Maulwurf holte einen Schlauch und einen Batterie-Staubsauger. Wir putzten den Wagen innen und außen.

»Danke, Maulwurf.«

Er nickte wieder.

Terry hüpfte auf und ab. »Maulwurf, kann ich …? Du hast gesagt, wenn Burke kommt …«

Der Maulwurf zuckte mit den Schultern. Nickte wieder. Der Bengel zischte ab. Der Maulwurf hieß mich mit einer Handbewegung warten.

Terry kam zurück, einen fetten, schmutzfarbenen Welpen auf dem Arm.

»Burke! Sieh mal, ist sie nicht wunderschön?« Setzte den Welpen auf den Boden.

Ich kniete mich hin, rollte die Kleine auf den Rücken, rieb ihr den Bauch. »Mit Sicherheit, Terry. Wo hast du sie her?«

»Sie ist von Simba … Simba und Elsa. Sie ist hier zur Welt gekommen – die Beste vom Wurf«, sagte er stolz.

»Welche ist Elsa?«

»Die aussieht wie eine Bulldogge. Als sie in Hitze gekommen ist, hat Simba niemanden mehr an sie rangelassen … der Maulwurf hat's mir erklärt.«

»Oh. Yeah?«

»Ja. Gefällt sie dir?«

»Sicher. Sieht wie 'n Tiger aus. Wie heißt sie?«

»Sie hat noch keinen Namen. Luke soll sie haben, okay? Okay, Burke? Bitte! Der Maulwurf sagt, ich könnte dich fragen.«

»Terry …«

»Burke, er *braucht* ein Hündchen, wirklich. Sie macht keine Mühe … sie ist echt schlau und so.«

Ich steckte mir eine Kippe an, wollte Zeit schinden. Der Maulwurf sah weg, als hätte er was Wichtiges zu tun. Keine Hilfe.

»Terry, Luke ist ... krank. Er wird nicht immer krank sein, aber ... er könnte dem Welpen weh tun, Kleiner. Er würde nicht wissen, was er macht, aber ...«

Da bekam Terry die gleichen Augen wie seine Mutter, und es war Michelles Vermächtnis, das mich da anfunkelte, ohne auch nur einen Tick nachzugeben. »Würde er nicht! Ich kenn ihn auch, Burke. Ich habe mit ihm geredet. Würde er nicht.«

»Schau, vielleicht ...«

»Er braucht *jetzt* einen kleinen Hund, Burke. Damit er sich sicher fühlt. Ich ... hab's ihm versprochen.«

»Hast du 'ne Decke für sie?« kapitulierte ich.

121

Das Lumumbataxi zog ein bißchen nach links, wenn ich die Bremse antippte, aber ansonsten zockelte es halbwegs gut dahin. Ich kutschierte über die Triboro, klemmte mich südlich auf den FDR. Er war auf zwei Spuren begrenzt ... irgendwelche Bauarbeiten ... und der Pisser in dem Lincoln vor mir hatte entschlossen den Mittelstreifen zwischen die Räder genommen, blockte und bremste mich aus, so daß ich nicht vorbei konnte.

Der Welpe gähnte im Halbschlaf auf seiner Decke auf dem Vordersitz. Ich bewunderte, wie gewieft mich Terry eingewickelt hatte – der Maulwurf brachte ihm die Naturwissenschaften, aber von Michelle hatte er die Kunst.

Hupen tröteten hinter mir. Ich breitete die Arme aus – »Was soll ich machen?« – und ließ sie vorbeipreschen.

Kein Kassettenrekorder in dieser Laube. Ich stieß auf den

Nachrichtensender, hörte mir die Abschußzahlen an, die in dieser Stadt als Rundfunkjournalismus gelten.

Neunundzwanzig Grad, achtundachtzig Prozent Luftfeuchtigkeit. Irgendein Ballspieler verlangte für das, was er machte, ein paar Millionen Kröten im Jahr mehr. Die Benzinpreise stiegen – Politiker fordern eine umfassende Untersuchung. Leiche eines Babys in der Bowery Bay gefunden, gleich beim Flughafen La Guardia. Die Leiterin der Einsatzgruppe für besondere Fälle und Betroffene, Wolfe, sagt, sobald die Autopsie durchgeführt sei, würden Anklagemöglichkeiten gegen die Verantwortlichen geprüft.

Ich steckte mir eine Kippe an, dachte über Geister nach.

122

Kurz nach elf. Der Kerl, der mir bei Mama die Hintertür öffnete, nickte mir zu, ignorierte das Bündel auf meinem Arm. Er schielte mir über die Schulter, deutete auf das Lumumbataxi, sagte irgendwas, das ich nicht verstehen konnte, deutete auf mich. Ich nickte. Er machte eine »Warte hier«-Geste, brachte einen kleinen Topf und eine Bürste zum Vorschein. Pinselte irgendwelche chinesischen Zeichen auf den Kofferraum der Taxe – sah aus wie Tünche, hübsche Kalligraphie. Er verbeugte sich – okay jetzt. Parkst du auf dem Platz von Max dem Stillen und sie kennen dein Auto nicht, tritt gleich das nachbarschaftliche Recyclingprogramm in Aktion.

Ich zeigte Mama den Welpen. Sie tätschelte ihm den Leib, gluckste über seine Unbeholfenheit. Öffnete seinen Mund, hob den Schwanz.

»Guter Welpe, Burke. Stark.«

»Yeah. Es ist für Luke. Ein Geschenk.«

»Okay. Hund hungrig?«
»Schon möglich. Laß den Jungen sie füttern, okay?«
»Im Keller. Mit der Frau.«
»Wir warten.«

123

Noch keine Mittagsgäste – einer von Mamas Schlagetots an der Tür gegenüber der Registrierkasse in Stellung. Mama kraulte den Welpen mit einer Hand hinter den Ohren und wedelte ihm mit der anderen vor der Schnauze rum. Die Augen des Hundes waren wie gebannt auf Mamas Hand gerichtet.

»Erzieh Hund so«, sagte sie. »Mit Hand Leber reiben, dann Hund folgen überall.«

Da war doch was. Irgendwas, das Blossom mir über Pheromone gesagt hatte. Wie immer, wenn ich an sie dachte, hatte ich wieder den Kupfer-Östrogen-Duft scharf in der Nase.

»Hi, Burke!« Luke kam hereingetollt, Teresa in seinem Kielwasser.

»Hallo, Luke. Wie läuft's so?«

Aber das Kid hatte kein Auge mehr für mich, staunte bloß noch mit verzücktem Gesicht den Welpen an.

»Was für ein Hündchen! Ist das deins, Burke?«

»Nein. Nein, die Kleine gehört dir. Ein Geschenk von deinem Freund Terry. Außerdem ist sie ein Mädchen, kein Junge.«

»Kann ich ...?«

Mama reichte ihm den Welpen. Luke setzte sich auf den Boden, knuddelte den Hund, schob dem Tier das Gesicht vor die Schnauze und kicherte, als der Welpe ihm die Wangen leckte.

»Sie *mag* mich. Wie heißt sie?«

»Sie's dein Welpe, Kleiner. Also gibst du ihr auch 'nen Namen, okay?«

»Okay«, sagte das Kind, das Gesicht voll konzentriert, den Hund tätschelnd. »Prince«, sagte er. »Prince. Prince das Hundemädchen. Mein gutes altes Mädchen.«

Er schaukelte auf dem Boden hin und her, hielt den Welpen fest, das Gesicht naß vor Tränen. »Nicht Prince wegnehmen!« schrie er, rollte sich herum und versuchte den Welpen mit dem Körper zu beschirmen. Teresa startete zu ihm durch. Die Vordertür ging auf, drei Männer in Büroanzügen. Mama bellte dem Kellner gegenüber der Registrierkasse was zu. Er sprang auf, drängte sich zwischen die Gäste und uns, rempelte sie mit der Brust auf die Straße und schloß die Tür hinter sich. Aus der Küche kamen weitere zwei Mann, und der erste zog eine Automatik unter dem weißen Kittel vor. Teresa hielt den Jungen im Arm. Das Kid war schweißgetränkt, Mund auf, kein Ton, pochende Venen am Hals.

Luke wurde starr. Teresa summte, streichelte ihn wie er zuvor den Welpen. Seine Augen fielen zu. Ein Schauer schüttelte ihn. Der Welpe neben ihm rappelte sich hoch, als wolle er ihn bewachen.

Luke öffnete die Augen. Seine Haare klatschnaß an der Kopfhaut, die eine Hand blutig von den Nägeln.

»Es ist okay, Luke«, sagte Teresa zu ihm. »Ein böser Traum, weiter nichts. Du bist in Sicherheit. Der kleine Hund ist in Sicherheit.«

»Mein Hund ...«

»Sschsch, mein Kind. Es ist vorbei.«

»Die haben das Hündchen totgemacht.« Tobys ausgekochte kleine Schlitzohrstimme, die da aus Lukes Körper kam. »Die haben ihn kopfüber aufgehängt. Die haben ihn aufgeschnitten. Der Mann mit der Kapuze, der hat sein Herz rausgeschnitten, und er hat's gegessen. Er hat gesagt, er schneidet Luke auch das Herz raus. Wenn er es jemals verrät. Luke hat geschwört, das macht er nie. Luke ist ein beschissener kleiner Kriecher.«

Ich ging in die Knie, die Hand hinten an Lukes Kopf, wie man ein Baby stützt, das den Kopf noch nicht hochhalten kann. »Was verrät, Toby?«

»Baby, Baby, Baby«, plapperte das Kind. Ein Mördermantra. Ich achtete auf seine Augen. Sie schalteten um. »Baby«, zischte die Stimme. »Böses Baby. Hat meinen Hund totgemacht. Baby wollte nicht mit ihnen mitspielen. Ich bin ...«

Er hechtete vom Boden hoch, langte nach einer der Anrichten, wo die Messer waren. Ich hielt ihn unten, kühlte seine Rage mit meinem Körper, roch sein Blut.

Er erstarrte wieder. Dann spürte ich, wie er unter mir erschlaffte, ließ ihn los. Er schüttelte sich, daß die Schweißtropfen flogen. Teresa redete auf ihn ein. Einer von Mamas Kellnern suchte mit dem Lauf seiner Pistole das Restaurant ab, hielt blinden Auges Ausschau nach dem Bösen.

124

Luke saß auf Mamas Schoß und schlürfte ein Glas Eiswasser. Einer der Kellner stellte ein Schild ins Fenster. Wegen Instandsetzungsarbeiten geschlossen – heute keine Gäste. Der Welpe tappte auf der Tischplatte herum, prüfte sämtliche Gerüche.

»Luke, hör auf Mama«, sagte die Drachendame mit sanfter Stimme. »Niemand tut Hündchen weh. Niemand, versteh? Du nehmen Hündchen mit. Wo du hingehen, Leute passen auf. Sicher, okay?«

»Klar, Mama«, sagte der Junge, den Welpen im Blick, der einen Mischmasch aus Thunfischstückchen und Reis von einem Teller aufleckte.

Ich entfernte mich vom Tisch, sprach in der Ecke mit Teresa.

»Dissoziation. Trauma-Gedächtnis. Er hat es wiedererlebt, wiedererfahren.«

»Hatte er einen kleinen Hund ... früher?«

»Ich weiß es nicht. Ist nicht der rechte Zeitpunkt, ihn zu fragen. Er kehrt jetzt schneller zurück ... wir nähern uns an.«

»Ist der Welpe bei ihm sicher?«

»Sie haben es selbst gesehen. Er hält Babys für den Feind ... ein Teil von ihm, aber das versteht er noch nicht.«

»Wissen Sie noch, worüber wir geredet haben ...? Ich will diese Frau morgen vorbeibringen. Damit sie mit Ihnen redet. Nicht hier, aber gleich in der Nähe. Einer von Mamas Leuten wird Sie hinbringen, okay?«

Sie nickte.

Ich ging nach hinten zum Münztelefon.

»SAFE hier. Was wünschen Sie?«

»Meine Klamotten schon gekauft?« fragte ich Noelle.

»Oh, Burke. Keine Klamotten, bloß 'ne Jacke. Du hast mir nicht genug Geld für ...«

»Vergiß es. Ist deine Mutter da?«

»Nein. Sie ist mit Storm irgendwohin.«

»Okay. Weißt du Wolfes Nummer?«

»Klar. Die ist so schick. Sie will mit mir zu dem ...«

»Noelle, hör zu. Klingel bei ihr an. Sag ihr, sie soll zu 'nem guten Telefon und mich anrufen. Verstanden?«

»Klar. Soll ich's gleich machen?«

»Ja.«

»Okay. Sobald du vorbeikommst, werde ich ...«

»Jetzt, Noelle.«
»Na, *schön*!«
Sie legte auf.

125

»Wo ist Luke?« fragte ich Mama, nachdem Teresa gegangen war.

»Schlafen«, sagte sie und nickte Richtung Küche.

Das Telefon klingelte. Ich ging hinter, abnehmen. Kriegte Luke mit, der, den schlafenden Welpen an der Brust, eingerollt auf einem grünen Futon vor der Küchentür lag.

»Hallo«, meldete ich mich.

»Was ist los?« Lilys Stimme.

»Ich versuche ein Treffen zu arrangieren. Ihr zu zeigen, was wirklich abläuft.«

»Was ist, wenn …?«

»Hier gibt's kein ›Was ist, wenn‹ mehr. Wir müssen das jetzt angehen. Es wird Zeit.«

»Wann soll das sein? Ich komme auch.«

»Nein, tun Sie's nicht. Lassen Sie mich das machen.«

»Ich …«

»Ich rufe Sie an.«

126

Luke hatte ausgeschlafen und spielte mit dem Welpen auf dem Boden, von Mama über den Rand ihrer Zeitung hinweg beaufsichtigt.

»Ich liebe sie«, sagte das Kid und sah mich an.

»Scheint, als ob sie dich auch liebt.«

»Ja. Das macht sie. Ich weiß es genau. Burke, hilfst du mir bei was?«

»Sicher.«

»Ich brauch einen Namen für sie. Einen *guten* Namen, nur für sie.«

»Ich weiß nicht, Luke … ich meine … ein Name, das ist so 'ne Sache.«

»Ja, ich weiß. Und es muß ein *richtiger* Name sein, Burke, verstehst du?«

»Sicher. Aber …«

»Erinnerst du dich noch an unseren Namen? Luke und Burke?«

»Ja. Lurk.«

»Richtig. Gemeinsam sind wir mehr als bloß wir zwei. Freunde. Genau so was möchte ich …« Er furchte die Stirn, dachte so angestrengt nach, daß es ihn schüttelte. Ich steckte mir eine Kippe an, achtete auf seine Augen, aber er war okay. Immer noch Luke.

»Weißt du, wie sein Vater heißt?«

»Sicher«, sagte ich. Dachte daran, daß ich nie einen hatte. »Sein Vater heißt Simba.«

»Ich weiß, wer Simba ist – ich hab ihn gesehen. Wer ist seine Mutter?«

»Elsa.«

»Simba und Elsa … Elsa und Simba … ich weiß es, Burke! Ich nenne sie *Simsa*! Gefällt's dir?«

»Yeah. Ist prima.«

»Simsa«, rief der Junge. Der Welpe wedelte fröhlich mit dem Schwanz.

127

Wolfe rief kurz nach drei an.

»Können wir's morgen machen?« fragte ich sie.

»Wann?«

»Ich hole Sie gegen zehn ab …?«

»Okay. Bei dem Diner.«

»Ich fahre ’nen schwarzen Dodge. Lumumbataxi. Ich steh um zehn davor.«

»Bis dann.«

»Ja. Glückwunsch übrigens. Autopsie schon gemacht?«

»Bis morgen«, sagte sie. Und legte auf.

128

Am nächsten Morgen fuhr ich gegen acht rüber zu Max. Ging nach oben. Er stritt sich mit Immaculata – ich konnte nicht sagen, warum.

»Bist du bereit?« fragte ich Immaculata.

»Jeder ist bereit. Du kannst uns bei SAFE absetzen, okay?«

»Sicher.«

Max und seine Frau hockten sich mit dem Baby auf den Vordersitz, ich, Luke und der Welpe nahmen den hinteren.

»Uff, Burke! Ist es hier dunkel – ich kann nicht raussehen.«

»Ist okay, Luke«, sagte ich und schaltete die Schwachstromlampe ein. »Hier sind wir sicher. Mit Max vorn und Simsa hier hinten traut sich keiner an uns ran.«

»Vergiß Immaculata nicht, die ist auch taff.«

»Yeah, du hast recht. Weißt du, daß dich Teresa heute bei Max zu Hause besucht?«

»Es ist auch Immaculatas Haus.«

»Okay, okay, Kleiner. Ich hab’s kapiert. Was hast du vor … Feminismus studieren?«

»Was ist Feminismus?«

»Frag Lily, okay?«

»Okay. Bist du sauer auf mich?«

»Teufel, nein. Ich bin auf niemanden sauer. Bloß verlegen, wenn ein Kid manchmal schlauer ist als ich.«

»Ach, du bist sehr schlau. Sagt Lily jedenfalls.«

»Lily sagt, ich wäre schlau?«

»Gewieft hat sie's genannt.«

»Oh.«

»Ist okay, Burke. Du bist mein Freund. Wie ein großer Bruder.«

»Mehr als du ahnst, Kleiner.«

Hörte keinen Ton vom Vordersitz. Könnte ich sowieso nicht – Max und Immaculata können sich die Köpfe heiß kämpfen, ohne einen Ton von sich zu geben.

»Wie war die erste Nacht mit Simsa?«

»Oh, die war *gut.* Max hat gesagt, ich könnte einen Wecker in ein Handtuch wickeln, und für die Kleine fühlt sich das an wie der Herzschlag ihrer Mutter ... Aber sie hat lieber mit mir geschlafen. Mit meinem Herzschlag.«

129

Die Taxe rollte aus. Luke drängelte raus, seinen Hund haltend, wild darauf, ihn allen zu zeigen. Mac legte dem Jungen die Hand auf die Schulter, machte eine Geste zu Max, stampfte auf. Max deutete auf mich, zuckte mit den breiten Schultern. Mac trat dicht an mich ran.

»Er sagt, du willst Lily bei dem Treffen mit Wolfe nicht dabeihaben.«

»Das stimmt. Ihr Mädels seid miteinander im Clinch – dafür hab ich keine Zeit. Ihr habt mich gebeten, daß ich euch Wolfe vom Acker halte – genau das probiere ich –, wieso wollt ihr euch in den Weg stellen?«

»Ach, hau ab«, versetzte sie. »Geh doch mit deinem Freund hin, wo du willst. Komm mit, Luke«, und drehte mir den Rücken zu.

Auf dem Weg nach Queens versuchte ich Max die Sache zu erklären. Er behielt den Blick auf der Straße, tat so, als bekäme er von meinen Gesten nichts mit.

130

Wir warteten gut zwanzig Minuten am Straßenrand vor dem Diner. Ich kriegte Wolfe im Seitenspiegel mit, stieg aus und hielt ihr wie ein Chauffeur die Hintertür auf, stieg nach ihr ein. Max fuhr geschmeidig an, steuerte auf die Schnellstraße. Falls uns ihre Leute folgten, hatten sie leichtes Spiel, bis wir in Chinatown einrollten.

Wolfe warf einen kurzen Blick auf die geschwärzten Fenster. Verzog den Mund. »Sehr clever«, sagte sie.

»Besser als 'ne Augenbinde, was?«

»Sicher.«

»Möchten Sie was trinken? Das Ding hat keine Klimaanlage«, sagte ich und bot ihr eine Flasche Selters an, die ich im Laden gegenüber des Diner gekauft hatte.

»Danke.« Sie schraubte die Flasche auf, nahm einen langen Zug.

»Ich habe Ihnen zu danken.«

Sie trank noch einen Schluck. »Das Baby ist eindeutig identifiziert worden.«

»Wie macht ihr sowas? Es war lange Zeit im Wasser.«

»Der Gerichtsmediziner sprach von einem schweren Mißhandlungssyndrom – ungefähr jeder Knochen war gebrochen, manche alten Brüche verheilt. Derrick war geröntgt worden – als es letztes Mal Beschwerden wegen Kindesmißhandlung gab. Die Bilder paßten punktgenau.«

»Wissen Sie mit Sicherheit, was ihn umgebracht hat?«

»Er wurde totgeschlagen. Schwer zu sagen, was es letztlich

war – Lunge durchbohrt, Blut im Rückenmark ... all das und möglicherweise noch mehr. Darauf kommt's jetzt nicht an, es war Mord, kein Unfall.«

»Wer wird deswegen belangt?«

Sie schaute mich an, als müßte ich erst zur Blödheit befördert werden. »Beide – die Mutter hat bereits ausgesagt. Alles mögliche ausgesagt. Einmal sagt sie, das Kind sei die Treppe runtergefallen, einmal ist es an seinem Fläschchen erstickt. Darauf kommt's nicht an ... der Gerichtsmediziner sagt, das Baby sei über einen langen Zeitraum hinweg getötet worden. Sie muß es gemerkt haben.«

»Hat sie auch.«

»Ja. Sie wird mit irgendeiner Schutzbehauptung ankommen – sie denken sich immer wieder was Neues aus. Sie wird dafür einfahren, genau wie er, sobald wir ihn aufgreifen. Er kommt nicht weit. Er ist ein Sozialhilfegeier, der von seelisch toten Frauen lebt. Wir finden ihn.«

»Ihn finden? Ich dachte, er wäre wegen 'ner anderen Sache eingesperrt.«

Sie schaute mich groß an, das Gesicht leicht ungläubig verzogen. »Er hat Kaution gestellt – für Frauenverprügeln wird die Kaution nicht hoch angesetzt.«

Ich bot ihr eine Kippe an. Sie schüttelte den Kopf, kramte in ihrer Tasche, holte sich ihre eigenen raus. Ich gab ihr Feuer.

»Das wird heute nicht lange dauern«, versicherte ich.

Das Taxi rollte dahin. Fühlte sich an, als wären wir noch auf der Schnellstraße.

»Woher wußten Sie das ... mit dem Wasser?« fragte sie mich schließlich.

»Ich bin drauf gekommen«, sagte ich ihr. Sollte heißen: Die Mutter hatte es mir nicht gesagt.

Sie zog an ihrer Zigarette, die hellen Augen auf irgendwas

fern der Taxe fixiert. »Als sie diese ... Ermittlung machten, war es ein Job, ja?«

»Yeah.«

»Das Baby zu suchen?«

»Yeah.«

»Also ist der Auftrag erledigt ...?«

»Hmm.«

»Und Sie suchen nicht nach Emerson?«

»Ich habe nicht mal gewußt, daß er raus ist. Wieso die ganze Fragerei?«

»Jetzt wissen Sie's. Die meisten Menschen sind bei so etwas der Ansicht, wir bräuchten ihre Aussage, um ihn zu verurteilen, verstehen Sie?«

Ich nickte.

»Brauchen wir nicht. Wir brauchen vielmehr seine Aussagen, um sie zu verurteilen. Wir haben nur die Möglichkeit, sie beide dafür dranzukriegen, wenn sie mit dem Finger aufeinander deuten. Abgetrennte Verfahren.«

»Okay.«

»Ja, okay. Das heißt, wir wollen diesen Emerson finden. Wenn er selber im Wasser landet ... wenn er einfach verschwindet, könnte sie aus dem Schneider sein.«

»Wieso sagen Sie mir das?«

»Sie haben einen vieldeutig auslegbaren ... Ruf, Mister Burke. Je nachdem, wer von Ihnen spricht.«

»Meine Akten sprechen für sich.«

»Sehr komisch. Wir haben auch unsere Akten. Zum Beispiel Eintragungen über Gefangenenbesuche.«

»Und?«

»Und Sie haben in den letzten zwei Monaten dreimal einen Mann namens Kenneth Silver besucht.«

»Er ist ein alter Freund.«

»Er ist ein Killer. Für eine rassistische weiße Gang. So wie heutzutage die Gefängnisse sind, ist er drinnen möglicherweise gefährlicher als draußen.«

»Sie begreifen nicht, wie es drinnen zugeht. Es hat nichts mit Politik zu tun, es geht ums Überleben. Ich kenne ihn von klein auf. Wir haben uns unterschiedlich entwickelt, er hat sich auf 'ne komische Kiste eingelassen, aber ich denke nicht daran, ihm den Rücken zuzukehren, wenn er in der Tinte sitzt.«

»Ist das Loyalität ... oder Gruppenzwang?«

»Sie schicken jede Menge Jungs da rein, aber Sie wissen nicht, wie es funktioniert. Hinter Gittern ist das, was Sie Gruppenzwang nennen, manchmal so scharf wie ein Messer ... Verstehen Sie, was ich sagen will?«

»Besser, als Sie glauben. Wie gesagt, wegen Emerson ...«

»Halten Sie mich für eine Art Kopfgeldjäger?«

»Nein. Ich halte Sie für eine Art Söldner. Und ich glaube, Sie machen das, wofür man Sie bezahlt.«

»Niemand hat mich wegen Emerson angeheuert. Ich halte nicht nach ihm Ausschau.«

Sie drückte ihre Zigarette aus. »Sicherlich nicht, wenn Sie es sagen. Aber falls Sie auf einer Ihrer Reisen zufällig auf ihn stoßen sollten, rufen Sie uns an, okay?«

»Okay.«

131

Der Rhythmus des Taxis änderte sich. In der City jetzt. Harsche, hypernervöse Verkehrsgeräusche. Mittlerweile mußten wir unseren Geleitschutz aufgegabelt haben. Sobald Max ein allzusehr an uns interessiertes Auto entdeckte, würde er mit der Lichthupe blinken – so manövrieren, daß er als erster von der Ampel kam. Der Fahrer im Verfolgerauto würde es nie kommen sehen, hätte nicht mal Zeit, sich zu fragen, wieso eine Horde chinesischer Teenager in schillernden seidenen Baseballjacken seine Windschutzscheibe zu putzen versuchte. Und nie und nimmer würde er hören, wie die Ahlen seine Reifen durchstachen.

Wolfe schaute keinmal auf die Uhr. Gab keinerlei Kommentar von sich, was sie getan hätte, falls sie versuchte, ein paar Andeutungen auf Kassettenrekorder zu sprechen. Sie wußte Bescheid – egal, wo wir das Treffen veranstalteten, sie würde Luke nicht wiederfinden.

Das Taxi fuhr jetzt im Kriechgang, wedelte an den Schlaglöchern vorbei. Eine letzte Kehre, und es kam zum Halt. Ich hörte, wie Max den Motor abstellte.

Ich holte einen schwarzen Seidenschal aus der Tasche, hielt ihn Wolfe hin.

»Okay, daß Sie den jetzt umbinden? Bloß 'ne Minute, bis wir in dem Zimmer sind?«

Sie nahm ihn mir ab, legte die dichte Binde über ihre Augen, band sie über den langen Haaren fest. Hielt mir die Hand hin. Ich half ihr vom Rücksitz.

Wir waren in der Garage im Erdgeschoß von Max' Lagerhaus.

132

Max schloß das Garagentor, ging an uns vorbei die Treppe hoch.

»Sie hat kein Geländer«, sagte ich zu Wolfe. Sie legte Max ihre Hand leicht auf den Rücken, meine marschierte zu ihrer Taille. Selbst auf hohen Absätzen bewältigte sie die Kletterei, als wär's ein Spaziergang.

Oben gingen wir an Max' Dojo vorbei zu einem Zimmer

am anderen Ende. Luke, voll bei sich, ein Kartenspiel in der Hand, redete mit Teresa, erklärte irgendwas.

Ich nickte Teresa zu, nahm die Augenbinde ab, während Max den Flur entlangglitt wie Rauch. Er würde am Kopf der Treppe warten. Niemand könnte uns stören.

»Hallo, Luke«, sagte Wolfe.

Er nickte ihr ernsthaft zu. »Willst du wieder mit mir reden?«

»Nein. Bloß zuhören, in Ordnung? Du bist hier sicher – bei deinen Freunden. Ich will dich nicht fortbringen.«

»Okay.«

Wolfe setzte sich auf einen Lehnstuhl, strich ihren Rock glatt, schlug die Beine übereinander.

»Du kannst hier rauchen«, sagte Luke.

Sie lächelte kurz, langte in die Handtasche. Ich schaute ihr über die Schulter. Keine Knarre, kein Kassettenrekorder. Schnappte Teresas Blick auf, nickte.

Ich riß ein Streichholz an, gab Wolfe Feuer.

»Wie ist es dir ergangen, Luke?« fragte sie.

»Okay.«

»Hab keine Angst. Dein Freund ist hier.«

»Wer?«

»Er«, sagte sie und nickte in meine Richtung.

»Wer's er?« sagte das Kid, das Gesicht ohne jeden Arg, unschuldig. Mama brachte ihm mehr als Kartenspielen bei.

Diesmal war Wolfes Lächeln strahlender. »Sein Name ist Burke.«

»Hallo«, sagte der Bengel und hielt mir die Hand hin.

Ich setzte mich neben Wolfe auf einen Stuhl, verschob den Aschenbecher, damit wir ihn beide benutzen konnten.

»Bist du nun bereit zu arbeiten, Luke?« fragte Teresa.

»Ja«, sagte er, setzte sich auf einen Armsessel in Kindergröße, sah sie direkt an.

Teresa benutzte keinen Opal, benutzte überhaupt nichts. Die Artikel in der Bibliothek hatten es erklärt – wie Multiple sich daran gewöhnen, in der Therapie in Trance zu geraten – die Spaltungen entspringen sowieso einer Selbsthypnose. »Sei ganz locker«, mehr sagte Teresa nicht, und die Augen des Jungen begannen schnellfeuermäßig zu zwinkern. Dann schlossen sie sich.

»Kann ich mit Toby reden?« fragte Teresa.

»Wer will was?« Tobys Stimme, hell wie Lukes, aber mit einem scharfen, sarkastischen Unterton.

»Wie geht's den anderen?« Teresa.

»Wie soll's uns schon gehn? Ich meine, niemand tut dem Baby weh, aber Luke, du kennst ihn ja, der hat immer noch Schiß. Aber es wird besser. Wir kommen nicht mehr so viel raus.«

»Was haben sie dem Baby getan?«

»Dem Baby tun sie gar nichts. Wo hapert's bei dir? Luke, dem tun sie was.«

»Das Baby spürt also nichts?«

»Das Baby haut ab. Hab ich dir doch schon gesagt. Das Baby reißt aus. Susie.«

»Magst du Babys?«

»Die sind mir egal.«

»Mag Luke Babys?«

»Yeah. Luke is 'n Arsch. Der mag jeden. Der hat sogar sie gemocht. Wenn sie ihm Angst eingejagt ham, is das Baby rausgekommen. Den Schmerz abnehmen.«

»Bist du jemals rausgekommen, wenn sie ihn bedroht haben?«

»Hältst du mich für verrückt, Tante? Ich hab's ... mal

gemacht ... um mit ihnen zu reden ... und ... die ham mir weh getan.«

»Wie haben sie dir weh getan, Toby?«

»Das war nicht ich ... als sie angefangen ham, war Luke wieder da. Als sie ihm weh getan ham, ist das Baby gekommen. Die Ausreißerin.«

»Was haben sie mit Luke gemacht?«

»Sie ham ihm Schiß gemacht. Ihn gefesselt. Alle mit Kapuzen. Schwarze Kapuzen. Sie ham ihm Sachen reingesteckt. Gebrannt. Er hat geschrien. Sie ham gesagt, er soll brav sein, ein braves Baby. Er hat geschrien und geschrien, bis das Baby rausgekommen ist. Dann war er brav.«

»Was hat Luke gemacht, als er brav war?«

»Gelutscht.«

»Was gelutscht?«

»Sie ... gelutscht.«

»Männer?«

»Nicht bloß Männer. Frauen auch. Und einmal 'nen anderen Jungen. Dann ham sie ihm Sachen reingesteckt. Er hat geblutet.«

»Hat er sich gewehrt?«

»Nein. Er hat Schiß gehabt. Luke hatte 'n kleinen Hund. Prince. Sie ham ihn tot gemacht. Ihm das Herz rausgeschnitten. Einer von ihnen hat das Herz gegessen. Es war ganz klein, so winzig.«

»Das Hündchen?«

»Das *Herz*. Hörst du mir zu oder was?«

»Ich höre dir zu, Toby. Wie viele Leute waren dort?«

»Jede Menge. Alle mit Kapuzen – sie ham nie die Kapuzen abgenommen. Sie hatten Kerzen. Kerzen und Rauch. Und auch Zeug an der Wand. Die ham immer Satan gesagt. Wie in der Kirche. Und ein Tisch. Ein großer Tisch. Da ham se

Luke draufgelegt, auf den Tisch. Da war Zeug drauf, geschnitzt. Ich hab 'n Messer gesehen.«

»Haben sie Luke mit dem Messer geschnitten?«

»Nein. Die ham ihm irgendwas reingesteckt. Mit Drähten. Wenn Luke geschrien hat, ham sie's in ihm brennen lassen. Ham sie gemacht. Jedesmal. Sie ham gesagt, er muß ein braves Baby sein. Braves Baby. Wenn das Baby rausgekommen is und fortlaufen wollte, dann hat das Baby die Kameras gesehen. Dann konnten wir alle fort.«

»Fort?«

»So wie ... in Ohnmacht fallen, weißt du? Fortgehn. Hat's weh getan, wenn wir zurückgekommen sind ... ham wir probiert fortzugehen, weit fort. Wir wollten nich zurückkommen.«

»Wann sind die anderen gekommen?«

»Welche andern, Schwester? Es gibt bloß Luke und Susie, das Baby. Und mich.«

»Toby, du bist doch schlau, ja? Siehst du Sachen, die Luke nicht sieht?«

»Yeah, Luke is nicht so schlau. Er *glaubt*, er isses ... aber ein paar Sachen kennt er nicht.«

»Weißt du, wer den kleinen Hund getötet hat, Toby?«

»Yeah. Die Kapuzen, die ham mich nicht austricksen können. Stimmen. Ich kenn ihre Stimmen.«

»Wessen Stimmen?«

»Dad. Und Mom auch, sie war da. Dad hat das Hündchen tot gemacht. Mom war diejenige, die gesagt hat, er soll ein braves Baby sein. Braves Baby. Sie ham ein Baby gehabt, weißt du. Ein kleines Baby. Einen Jungen. Wie wir. Die ham ein kleines Mädchen gewollt – ich hab sie's sagen gehört. Wär gut, wenn sie auch ein kleines Mädchen hätten. Bessere Ware. Ein kleines Mädchen. Klein Susie. Luke hat gedacht, wenn er ein Mädchen wär, wärn sie lieb zu ihm. Aber ich kenn sie. Luke is blöde.«

»Warum ist er blöde?«

»Weil er sich nicht so gut erinnern kann wie ich. Er glaubt, das hat alles angefangen, als er älter war ... wenn er ein Baby wär, würden sie ihm nicht weh tun. Luke war neidisch.«

»Was wollte er?«

»Er hat gewollt, daß sie ihn lieben«, höhnte die Stimme.

»Erzähl mir von dem Baby.«

»Wir ham das Baby gemacht. Ich und Luke. Was die Luke getan ham ... genau das tun sie, um Babys zu machen, also ham wir ein Baby gemacht. Luke hat eins gewollt, damit sie ihn liebhaben. Ihm nicht weh tun. Aber ich hab gewußt ... ich wollte, daß das Baby abhaut. Das Wehtun nimmt. Also ham wir das Baby gemacht. Aber das Baby ... das andere Baby, die ham gewußt, daß es das *echte* Baby war.«

»Toby ...«

»Baby.« Die Stimme hatte kein Alter. Ich hielt die Hände starr, mußte das Monster rauskommen lassen, es Wolfe sehen lassen.

»Wer ...?« fragte Teresa.

»Baby!« Die Stimme kam schnarrend. Lukes Augen waren Schlitze, die Muskeln zuckten in seinem Gesicht. »Ich will das Herz«, sagte er. »Baby, Baby, Baby«, eine klagende Kinderstimme. »*Ich* bin Satanskind. *Ich*! Ich bin derjenige ...« Er hechtete auf Teresa zu, mit der rechten Faust wie besessen zustoßend. Tiefes Grunzen kam von irgendwo in ihm. Ich hielt ihn unten, schlang die Arme um den krampfenden Körper, sagte immer wieder seinen Namen.

Es war wie eine Ewigkeit. Dann wurde er unter mir starr. Ich rollte mich auf den Rücken, den Jungen an meiner Brust. Löste meinen Griff.

Luke saß auf meiner Brust, kicherte. »Was machst du denn, Burke?« fragte er. »Immerzu spielst du.«

133 Die Luft roch nach Lukes Ausdünstung. Blutige Furcht. Er schien nichts zu wissen, hatte den Frauen im Zimmer den Rücken zugewandt.

»Wir haben Gesellschaft bekommen«, sagte ich ihm.

Er schaute über die Schulter, ließ nicht von mir ab.

»Hi, Teresa!« sagte er. Sah zu Wolfe. »Hallo.«

»Wo bist du gewesen, Luke?« fragte ihn Teresa.

»Spielen, mit Bur … meinem Freund«, antwortete der Junge. »Ich hab ihm ein paar Kartentricks gezeigt.« Blick jetzt auf meinem Gesicht, bittend, ihn nicht zu verpfeifen.

»Yeah«, sagte ich. »Der Bengel is 'n echter Zocker.«

»Mit dir spielen ist doch kein Zocken.« Luke lachte, stand auf und streckte die Hand aus, um mich vom Boden hochzuziehen.

»Ich muß mit den Damen reden, Luke, okay? Wie wär's, wenn du nach nebenan gehst und mit Simsa spielst?«

»Kann ich sie erst Teresa zeigen?«

»Okay, hol sie. Aber nur 'ne Minute, in Ordnung?«

»Ja.« Er zischte ab.

134 Er kam zurückgerannt, den Welpen im Arm. »Schau!« sagte er und schob Teresa den Hund dicht vors Gesicht. Sie tätschelte ihn gehorsam.

»Darf ich sie nehmen?« fragte Wolfe.

Luke drehte sich langsam um, wiegte den Hund, wachsam. »Aber vorsichtig«, sagte er und ging auf sie zu.

Wolfe nahm den Welpen auf den Schoß, tätschelte den großen Hundekopf, streichelte ihm die Ohren. Sie hob den Welpen an ihr Gesicht. Das Tier leckte sie ab. Sie leckte zurück. »Meine Güte!« lachte Luke. »Du hast sie geleckt!«

»Na ja, sie hat mich zuerst geleckt. Riecht wahrscheinlich meinen Hund. Riechst du Bruiser, Simsa? Riechst du meinen großen Jungen?«

Der Welpe kläffte, als antworte er.

»Du bist eine Schöne, nicht wahr? Eine reizende Hündin. Schau dir diese Pfoten an … du wirst ein großes Mädchen werden, ja? Ein großes, taffes Mädchen«, und beschnüffelte den Welpen.

»Hast du einen Hund?« fragte Luke und trat näher.

»Ja, ich habe einen Rottweiler. Weißt du, was das ist?«

»Nein.«

»Willst du ein Bild sehen?« fragte sie, spielte mit dem Kid wie mit einem Beutefisch – plazierte den Haken, bevor sie die Leine anschlug.

»Klar!«

Sie gab Luke Simsa zurück, holte einen Haufen Fotos aus der Handtasche. Reichte sie dem Jungen. Er setzte Simsa auf den Boden, stand neben Wolfe, blätterte die Fotos durch.

»Ist er das?«

»Ja. Das ist Bruiser. Als er noch klein war.«

Ich sah ihr über die Schulter. Wolfe, die einen dicken schwarzen Welpen hielt, eine Hand unter seinem Hintern, die andere um die Brust. Die Pfoten des kleinen Biests lagen auf ihrem Arm, seine winzige Zungenspitze war zu sehen. Wolfe trug ein altes Flanellhemd, die Haare lose und offen. Sah aus wie eine Oberschülerin.

Ein weiteres Foto: Wolfe total aufgetakelt, angetan mit einem schwarzen Ledermantel und Stöckelschuhen. Bruiser an ihrer Seite, sein Kopf fast in Hüfthöhe.

Noch eins: Bruiser, der mit fliegenden Ohren, das Maul zum Knurren verzogen, mit vollem Karacho durch das offene Tor an ihrem Haus gestürzt kam.

»Er ist echt groß geworden, nicht?«

»Ja, das ist er, Kleiner. Er ist ein echter Freund. Bruiser wird mich immer beschützen ... wie Simsa dich.«

»War er ein Welpe?« plazierte Luke seinerseits einen Haken.

»Alle Hunde sind einmal Welpen. Er war ein zauberhafter Welpe. Genau wie Simsa.«

»Ich liebe Simsa. Liebst du deinen Bruiser?«

»Ja. Ich liebe meine echten Freunde. Ich würde alles für sie tun.«

»Alles?« Der Bengel ruckelte an der Leine.

»Ja. Alles.«

»Ist er dein Freund?« Auf mich deutend.

»Wir sind ... beruflich befreundet, verstehst du das?«

»Nein.«

»Nun, das heißt, wir stehen auf derselben Seite. Also sind wir Freunde. Wir machen keine Sachen gemeinsam, so wie Freunde es tun. Aber wir stehen uns nahe ... in gewisser Weise.«

»Wenn er dein Freund ist, wie heißt er dann?«

»Burke.« Wolfe lächelte. »Er ist es, der mich hergebracht hat. Dich besuchen.«

»Du magst mich nicht«, warf ihr der Junge vor, erinnerte sich.

»Das stimmt nicht, Luke. Ich habe dich nicht besonders gemocht, als ich dich das erste Mal gesehen habe. Aber das war mein Fehler. Das begreife ich jetzt. Jetzt mag ich dich wirklich.«

»Stimmt das?«

»Schau mir in die Augen, Luke. Komm her. Sieh mir in die Augen. Überzeuge dich.«

Der Junge musterte sie. »Du magst meinen Hund. Burke ist dein Freund. Und ... du magst mich *echt.*«

»Ja.«

»Kann ich auch dein Freund werden?«

»Ja, wir werden Freunde werden.«

»Dann könntest du mich liebhaben ... wie du deine Freunde lieb hast?«

»Ja, so in etwa.«

»Okay«, sagte Luke, kam zu mir marschiert. Abklopfen erledigt.

Wolfe langte nach einer Zigarette. »Burke hat Streichhölzer«, meldete sich Luke, beobachtete mich unter langen Wimpern. Ich reichte ihm die kleine Schachtel. Er ging wieder zu Wolfe, zündete eins für sie an.

Sie beugte sich vor, schirmte es mit den Händen ab.

»Danke, Luke.«

»Nichts zu danken. Ich habe jede Menge Freunde. Sie haben mich lieb. Wie du gesagt hast. Burke ist mein Freund.« Ein gerissenes Grinsen trat auf seine Pokermiene. »Hast du Burke lieb?«

Wolfe zog an ihrer Kippe. »Äh ... sicher!«

»Hast du vor zu heiraten?«

»Ich glaube nicht, Luke. Nicht alle Leute, die sich lieben, heiraten einander, weißt du?«

»Klar.« Rückte dicht an sie ran, schaute auf die Fotos in ihrer Hand. »Wer ist das?« fragte er.

Ich schaute, was sie da hielt. Bild von einem Rennpferd, ein

Foto von der Siegerehrung eines Trabers, noch an den Sulky gespannt, ein Stallbursche am Zaumzeug, der Fahrer in blauer und weißer Seide, der lächelnd die Zügel hielt. Kleingedruckt drunter: Jasper County Fair, Illinois, 4. Juli 1990, Zweites Rennen, ECS Trabrennen der Dreijährigen, Sieger der Ersten Stutfohlen-Ausscheidung: The Flame. Besitzer: The Syndicate, Inc. Zeit: 2:07.1, Endlauf.

»Ist das dein Pferd?« fragte der Junge.

»Aber sicher ist sie das. Ist sie nicht bezaubernd?«

»Ja! Darf ich sie irgendwann mal sehen?«

»Ja. Aber jetzt geh und bring Simsa ins andere Zimmer. Damit ich mit deinen Freunden reden kann, okay?«

»Okay«, sagte er und griff sich seinen Welpen.

Er wollte aus dem Zimmer. Zögerte, sah zu mir. Gab Wolfe einen raschen Kuß auf die Wange und ging raus. Versteckte sich hinter Niedlichkeit.

135

»Haben Sie verstanden, was Sie gesehen haben?« fragte Teresa Wolfe.

»Ich glaube schon«, sagte sie mit flacher Stimme, spielte keine Rolle mehr wie für das Kid.

»Es ist schon viel besser.«

»*Besser?*«

»O ja. Haben Sie gesehen, wie er Burke bat, ihm zu helfen? Als ihm Zeit fehlte? Er weiß jetzt, daß es passiert. Weiß auch, daß wir es wissen. Ich kann nicht mit dem Baby sprechen, mit Susie. Und wenn Luke zur Stelle ist, ist er wie immer. Er ist nicht bereit, über das zu reden, was er weiß.«

»Zur Stelle?«

»Wenn eine der Persönlichkeiten die Bühne betritt, sozusagen. Die anderen warten in den Kulissen. Passen auf. Luke benutzt Toby, um uns mitzuteilen ... uns mitzuteilen, was ihm widerfahren ist. Wir kommen jeden Tag weiter.«

»Und widerfahren ist ihm ... Luke wurde gequält? Penetriert? Und sie haben es gefilmt?«

»Ja. Er hat einen unglaublichen IQ. Als der Schmerz zu heftig wurde, spaltete er sich ab. Sein Verstand ist ein Nest sich windender Schlangen. Seine Eltern haben ihm das angetan. Seine Mutter und sein Vater. Sie haben ihm immer wieder gesagt, er solle brav sein. *Brav!* Stillhalten während der Quälerei, damit sie es filmen konnten. Luke wurde zum Baby, zu Susie. Er wußte ... der rationale Teil von ihm wußte ..., daß sie ein kleines Mädchen wollten. Er hat nicht verstanden, daß sie das kleine Mädchen nur wollten, um weitere Folterfilme zu machen.«

»Es gibt für beides 'nen Markt«, sagte ich. »Jungs und Mädchen, Hauptsache, es sind Kids.«

Wolfe nickte, die hellen Augen auf Teresa gerichtet.

»Toby ist der Ausgebuffte. Er wußte lediglich, daß das Baby keinen Schmerz empfand. Er konnte weg. Sicher sein. Aber es ist unglaublich, zu wieviel Liebe Kinder fähig sind. Ihre Liebe stirbt nicht so einfach von selbst – man muß sie töten. Egal, was Eltern ihnen auch antun, sie versuchen, für alles eine Entschuldigung zu finden. Ergo schob Luke alles auf das Baby. Seinen kleinen Bruder. Lukes Empfinden nach fing die Quälerei erst an, nachdem sein kleiner Bruder geboren war. Alles vermischte sich, überwältigte ihn. Die Satansrituale, das herausgeschnittene Hundeherz. Er brauchte Stärke. Kraft. Und er empfand so viel Zorn. Die Alpdrücke drangen in ihn ein. Er war nicht einmal mehr sicher, wenn er schlief. Und so kamen die anderen Persönlichkeiten. Das Satansmonster.«

»Hat er diese Babys umgebracht?«

»Der andere war's. Satanskind, so nennt er es manchmal.

Manchmal sagt er bloß Satan. All das Blut, die Gesänge, der Schmerz ... es war wie eine Flutwelle in seinem Gemüt.«

»Seine ... Eltern. Sind das Teufelsanbeter? War der Welpe ein Opfer?«

Mein Part. »Sie sind keine Teufelsanbeter«, sagte ich zu Wolfe. »Sie sind Terroristen. Alle Kinderschänder sind das, das wissen Sie. Furcht ist immer stärker als Forschheit – sie bleibt auch dann bei dir, wenn du allein bist. Selbst wenn du schlafen willst, kommt der Schrecken der Nacht. Es passierte nun dauernd. Sie schüchtern das Kind ein, damit es schweigt, lassen es glauben, sie hätten magische Kräfte. Leben und Tod. Deswegen haben sie den Welpen umgebracht. Es war nicht irgendein dämliches Opfer für Satan, es war ihr Beweis für das Kid, daß sie alle Karten in der Hand haben. Daß sie tun können, was sie wollen. Wann sie wollen. Diese Maden sind genausowenig Satanisten, wie Sie einer sind. Es gibt echte – ich meine Leute, die den Scheiß Teufel anbeten, okay? Manche sind echte Gläubige, manche Scharlatane. Genau wie bei den Christen. Oder den Juden oder den Moslems, oder egal, was. Kids penetrieren, Baby-Pornofilme machen, das hat nichts mit Religion zu tun. Keiner Religion. Schändet ein Priester einen Ministranten, nennen Sie das etwa *katholischen* Kindsmißbrauch?«

»Okay. Ich kapiere es.«

»Nein, Sie kapieren's nicht. Nicht die ganze Kiste. Diese satanistische Kindsmißbrauchssache, die ist vorsätzlich kriminell und sonst nichts. So angelegt, daß sie nicht verlieren können. Das Kid verzieht sich in den Irrsinn, es wird erwachsen und wird einer von ihnen. Rekrutiert andere. Zieht selber die Kapuze über, bedient die Kameras, verhackstückt die Leichen, so welche anfallen. Und wenn euresgleichen je was rausfindet, wenn das Kid euch die Wahrheit steckt, klingt es durchgeknallt, richtig? Wollen Sie den Schöffen ein Opfer vorführen, es von irgendeinem Teufelsanbetungskult erzählen lassen? Das ist was für's Kino, nicht für die wirkliche Welt.« Ich biß mir innen auf die Backe, schmeckte Säure. »Ist doch alles Schwindel – wie wenn Kids Selbstmord begehn, weil sie bei Heavy-Metal-Musik unterschwellige Botschaften hören. Die Idee von 'nem Anwalt, richtig? Nächstesmal geht irgendein Sack in 'ne Bank, knallt alles nieder und sagt, er hat die Bibel rückwärts gelesen, 'ne neue Botschaft gekriegt.«

»Es stimmt«, warf Teresa ein. »Fast so, als wüßten sie, was sie tun. Man kann Dissoziation bewußt herbeiführen. Abspaltung. Dazu bedarf es lediglich eines unentrinnbaren Druckes. Stilisierter Sadismus. Ein psychischer Schock nach dem anderen. Selbst in einem Konzentrationslager weiß der Häftling, daß er nicht allein ist. Es gibt einen Grund, weshalb er dort ist ... auch wenn der von Grund auf übel ist. Aber ein Kind wie Luke – er war ganz allein, bis er sich abspaltete.«

Wolfe zündete sich mit einem Feuerzeug aus ihrer Handtasche eine weitere Zigarette an. »Wir hatten schon ähnliche Fälle. Nicht die Multiple-Persönlichkeits-Sache. Nicht einmal mit Kameras. Aber Kids, die von einer Gruppe sexuell mißbraucht wurden. Teufelszeichen, schwarze Kapuzen. Wir erwähnen es vor den Schöffen nicht einmal ... behandeln es nur als das, was es ist. Schändung. Will es die Verteidigung zur Sprache bringen, so ist das ein Problem. Sie können das Opfer nicht einmal ins Kreuzverhör nehmen, ohne den Schöffen zu verraten, daß sie davon wußten. Und woher sollten sie es wissen, wenn nicht von ihren schleimigen Mandanten?«

»Luke hat diese Babys nicht umgebracht«, sagte ich ihr. »Diese Leute, seine Eltern und die anderen, die waren es. So sicher, als hätten sie das Messer gehalten.«

»Anhand der Fakten, die wir haben, fahren die niemals wegen Mordes ein«, sagte sie. »Aber darauf kommt's nicht an. In diesem Staat gibt es keine Todesstrafe. Und für das, was wir beweisen *können,* müssen sie mit lebenslänglich rechnen.« Sie wandte sich an Teresa. »Wird er in der Lage sein auszusagen?«

»Wir arbeiten daran, seine Persönlichkeiten wieder zusammenzubringen. Sie wieder miteinander zu verschmelzen, daß es keine Spaltung mehr gibt. Der Kern, Luke, ist sehr stark. Eines Tages vielleicht. Aber ... wenn er zu sehr unter Druck gesetzt wird, zu früh ... könnte er wieder zurückfallen.«

Wolfes Augen glühten in dem weißen Zimmer, leuchtend wie Stregas, als sie mir die Wahrheit sagte. »Es muß irgend etwas anderes geben, irgendwo. Die Filme ... könnte Luke vielleicht sagen, *wo* es passiert ist? Nicht im Zeugenstand ... nur *Ihnen*?«

»Ja, ich glaube schon. Er ist ein blitzgescheites Kind. Die ganze Erinnerung ist da. Nur ... bruchstückhaft.«

Wolfe drückte ihre Zigarette aus. »Okay.« An mich gewandt. »Gehen wir.«

»Wir müssen hier ein bißchen warten, okay? Bis der Fahrer zurückkommt.«

Sie lehnte sich wieder zurück. Teresa verabschiedete sich, sagte, sie wolle mit Luke reden. Sie würde Max sagen, es sei Zeit zum Aufbruch.

Ich zündete mir eine Kippe an. »Dieses Rennpferd ... Auf dem Foto steht, es gehöre einem Syndicate. Ist das vielleicht ein Firmenname, den Sie benutzen?«

»The Flame gehört nicht nur mir. Wir haben sie alle gemeinsam gekauft.«

»Wer?«

»Meine ... Schwestern. Wir sind wie eine Familie, alle zusammen. Wir dachten, es würde uns Spaß machen.«

»Ihre Schwestern?«

»Sie meint uns«, sagte Lily, als sie ins Zimmer trat, Immaculata gleich hinter ihr.

136

Es war, als hätte jemand den Pausenknopf am Fernseher gedrückt. Alle schauten einander an, an Ort und Stelle erstarrt, und auf ihren Gesichtern spiegelte sich zu viel, als daß ich's hätte deuten können.

Lily murmelte was auf italienisch, fiel Wolfe wild um den Hals, ließ die Tränen fließen, als Wolfe sie ihrerseits drückte und Immaculata sich dazwischen drängte, so daß sich das schmelzende Make-up ihrer Gesichter vermischte.

Ich hielt mich abseits, ein Außenseiter, spürte die Leere wie einen Stein in meiner Brust. Wandte mein Gesicht dem Fenster zu. Eine versiffte Häuserwand gab mein Starren unbeeindruckt zurück.

137

Es dauerte eine Weile, während die Kriegerfrauen sich wieder verbündeten, in ihrer Stammessprache redeten. Für sie war ich nicht im Zimmer.

Schließlich kam Teresa wieder rein. Zog Lily beiseite, sagte was zu ihr.

Lily ging mit mir auf Blickkontakt, hielt die Faust an der Taille geballt. Danke. Immaculata verbeugte sich. Teresa ging mit ihnen raus.

»Bereit, mich zurückzubringen?« fragte Wolfe.

Ich wickelte ihr die Binde um die Augen, geleitete sie vorsichtig die Treppe runter, hinten ins Taxi rein.

Max rollte los, sobald ich die Tür zuknallte.

138

Auf meiner Uhr war es halb vier. Wolfe saß links von mir, mit dem Rücken an der Tür, so daß sie mir beinahe das Gesicht zukehrte. Sie zündete sich eine Zigarette an.

»Gedenken Sie sie zu suchen?«

»Wen?«

Sie wedelte mit der Hand, zog Rauchspuren, elegant ungeduldig. »Lukes Eltern.«

»Nein.«

»Nein?«

»Genau das hab ich gesagt. Ist nicht meine Sache.«

»Sie meinen, es bezahlt Sie niemand dafür?«

»Yeah, das meine ich.«

»Wer hat Sie für Bonnie Brown bezahlt?«

»Dafür bin ich nicht bezahlt worden – ich bin dafür bezahlt worden, daß ich ein Foto suche.« Von Strega bezahlt worden, vor ewigen Zeiten.

»Und ihr Mann?« Der Freak im Clownskostüm. Die Cops fanden ihn am Fuß der Treppe, mit gebrochenem Genick.

»Ein Unfall, soweit ich gehört habe.«

»Sie trauen mir nicht.«

»Wobei?«

»Ich möchte bloß nicht, daß wir einander bei dem hier ins Gehege kommen.«

»Da gibt's kein ›bei dem hier‹, okay? So Sie was wollen, sprechen Sie's aus.«

Sie drückte ihre Zigarette aus, öffnete ihre Handtasche,

holte einen Spiegel raus, balancierte ihn auf den Knien, während sie mit einem Kamm durch ihre Haare fuhr. Legte frischen Lippenstift auf. Verschmierte ihn ein bißchen, als die Taxe einen Hubbel erwischte. Sie tupfte es mit einem Papiertuch ab. Schlug die Beine überkreuz, schaute wieder zu mir.

»Selbstjustiz ... Kopfgeldjägerei. Das ist heutzutage richtig populär. Die Leute verlieren das Vertrauen in die Gesetzeshüter, sie fangen an und helfen sich selbst. Aber Sie ... es ist wie ein Beruf für Sie. Etwas, wofür man Sie bezahlt.«

»So ist das nicht«, sagte ich ihr. Dachte: Wer ist denn hier der Bürger? Lily, Storm, Immaculata ... sogar Wolfe, alle waren jenseits der Grenze. Ich lebte auf der anderen Seite, sie kamen rüber, wenn sie mußten ... wo war der Unterschied?

»Ich glaube schon«, sagte sie. »Sie sind bei einem guten halben Dutzend staatlicher Dienststellen bekannt, und alle sagen das gleiche. Sie haben nicht genug, um Sie belangen zu können, aber es liegen Mordfälle vor aus der Zeit, als Sie das letzte Mal inhaftiert waren. Und alle haben sie eins gemein.«

»Das haben Tote so an sich.«

»Es hatte immer etwas mit Kindern zu tun, das ist der rote Faden.«

»Mir hängt das nicht an, was immer es sein mag. Wenn ich rumziehn und Babyschänder killen würde, müßte ich Überstunden machen – die Stadt ist voll davon.«

»Was wollen Sie damit sagen?«

»Wollen Sie das echt wissen? Ein Kopfgeldjäger, der schmeißt sich in Wichs, geht jagen. Es ist nichts Persönliches. Wenn man mich in Frieden läßt, dann isses bei mir vorbei. Ich bin kein Jäger. Die Zeitungen, die haben diese Selbstjustizkiste hochgejubelt. Wird eine Frau in 'ner Gasse angefallen, zieht ein Messer raus und sticht den Kerl, der sie vergewaltigen wollte, sagt die Presse, sie hat Selbstjustiz geübt, ist eine Kopfgeldjägerin. Ist sie nicht. Bloß jemand, der sich verteidigt hat.«

»Und nichts anderes machen Sie?«

»Ich *mache* gar nichts. Ich habe meine Leute. Genau die habe ich. Und sonst nichts.«

Sie beugte sich vor, die hellen Augen verschmolzen nicht mit der Dunkelheit im Fond der Taxe, waren ein Leuchten für sich. »Ich versuche Ihnen etwas mitzuteilen, was Sie hören sollten«, sagte sie. »Lily hat nicht das, was Sie wollen – die Sozialamtsberichte, Stammbuch der Eltern, letzte bekannte Anschrift, Bekannte, Verkehrszulassungen, Finanzamt. All das. Sie hat es nicht. Aber ich.«

»Und?«

»Normalerweise teilen wir. Meine Leute und Lilys. Aber ... so wie die Dinge mit Luke anfingen, haben wir nicht ...«

»Sie hat jetzt mit Ihnen geteilt.«

»Ich weiß. Aber Lily ist kein Ermittler. Ich meine ... sie ermittelt in den Köpfen der Kinder, verstehen Sie? Meine Leute, wir arbeiten draußen. Wie Sie.«

»Würden Ihre Leute wie ich arbeiten, würde mich keiner heuern.«

»Wollen Sie damit sagen, Sie können es besser als wir?«

»Ich will sagen ... euer Zeug kann man bei Freaks nicht einsetzen. Vor allem, wenn sie im Rudel kommen. Du kannst nicht undercover arbeiten – die machen den Lackmustest. Zum Beispiel in 'ner Tagesstätte, wo sie die Kids anmachen. Man ahnt was, richtig? Also heuert man jemand an. Weißte, was die machen? Sie lassen deinen Typ mit 'nem Kid allein im Hinterzimmer. Warten, was passiert. Fängt dein Typ nicht an, das Kid zu betatschen, wissen sie, daß er keiner von ihnen ist. Simpel, was? Du kannst Undercoverleute haben, die fixen, Koks schnupfen, bei 'nem Überfall aushelfen, sogar auf den Strich gehn, mehr braucht's da nicht. Aber Sie kriegen niemals jemand, der bloß der Referenz halber ein Baby fickt.«

Dachte drüber nach, wie mich die Queen genannt hatte. Wenn ich jagte, war's nicht der Beweismittel wegen.

»Beweise brauchen wir hier gar nicht«, sagte sie. »Beweise gibt es genug. Werden sie dingfest gemacht, kann ich sie anklagen.«

Ich zündete mir eine Zigarette an, schnallte es zum erstenmal. »Sie suchen sie schon länger, nicht wahr?«

Sie nickte.

»Und immer 'ne Niete gezogen?«

Weiteres Nicken.

»Und Sie wollen, daß ich mal zulange?«

Sie verzog einen Mundwinkel. »War das eine Anspielung?«

Sie schwieg eine Weile. Ich spürte das Gitter der Fiftyninth Street Bridge unter den Reifen. Max fuhr den Queens Boulevard geradeaus hoch zum Gericht.

»Glauben Sie, daß wirklich Menschen den Teufel anbeten?« fragte Wolfe.

»Sicher. Es ist die tollste Religion – vermassel es, und du kommst in den Himmel.«

Ihr helles Lachen erfüllte das Taxi.

139

Die rollende Augenbinde wurde langsamer und blieb stehen. Max pochte zweimal an die Trennscheibe, ließ uns wissen, daß wir angekommen waren. Wolfe raffte ihre Handtasche. Die Hintertür ging auf meiner Seite auf. Ihre Hand berührte meinen Unterarm.

»Fassen Sie das nicht falsch auf, okay? All das ... so wie Sie sind ... haben Sie eigentlich jemals einen Psychiater aufgesucht?«

»Yeah. Einer hat mal 'nem Typ, den ich kenne, Geld geschuldet.«

Ihr Lächeln kam. »Fassen Sie auch das nicht falsch auf«, flüsterte sie. Küßte mich sachte auf die Wange.

Sie schaute nicht zurück.

140

Max fuhr uns zum Schrottplatz. Der Maulwurf war nicht zugegen. Terry gab mir den Plymouth zurück. Ich sagte ihm, Luke liebe den Welpen, sagte ihm seinen neuen Namen.

Max kommunizierte auf dem ganzen Rückweg nicht. In sich gekehrt. Ich setzte ihn am Lagerhaus ab. Er stand da im Schatten, hielt mich mit Blicken fest. Schließlich gestikulierte er, als mische er ein Kartenspiel. Teilte sie rund um einen imaginären Tisch aus. Deutete auf sich, das Gesicht gefaßt, Züge wie aus Beton.

Ich nickte.

Er verbeugte sich, den Pakt besiegelnd.

141

Immer noch früh, aber ich ging ins Büro zurück. Ich konnte einen Anruf machen, sehn, ob die Dame aus dem Central Park essen gehen wollte. Oder eine Fahrt machen, Bonita auflesen, sie auf der Klappcouch in ihrem Wohnzimmer flachlegen, versuchen, mich drin zu verlieren. Kommen und gehn.

Dachte über das Drinverlieren nach. Was ich verlöre, wenn ich's täte.

Ich riß mich am Riemen, steckte mir eine Zigarette an. Beobachtete den zur Decke treibenden Rauch. Warum hatte Wolfe Silver erwähnt? Der Prof hatte mich zu ihm geschickt, vor langer Zeit. Als wir alle saßen.

»Lausche und lerne, Schuljunge«, sagte er. »Silver kennt die Spur, die alte Tour, verstehste? Er is 'n Qualitätsdieb – guter Pistolero ebenfalls, soweit ich gehört habe.«

»Ein Killer?«

»Nein, Narr. Ich sagte Pistolero, nicht Pistolenprotz.«

»Wo ist der Unterschied?«

»Bei 'nem Pistolero hat der andere Typ auch eine.«

Wir unterhielten uns leise auf dem Hof, und Silver verriet mir in seinem traurig-harten Tonfall ein Geheimnis. »Ich laß mich mit den Flaschen hier nicht ein. Die sind wie die Luder auf der Straße, haben dich im Handumdrehn in 'ner Messerstecherei. Meiner Frau ihr Bild is in meim Bau – ich schau's mir jede Nacht an, wenn ich mir einen runterhole. Die andern Jungs, die machen's mit Mädels aus den Wichsheften. Das sind keine echten Menschen – sie kennen die Mädels nicht. Ich, ich schlaf mit meiner Frau. Mit Helene. Die andern Jungs, die spieln bloß mit sich selber.«

Wie ich mit Bonita.

Silver riß seine Zeit ab, zählte die Tage. Machte nie jemandem Ärger. Irgendwer ging in seine Zelle, stahl das Bild seiner Frau. Hätte jeder gewesen sein können, wie's in Haft so ist. Hätte sich nicht rausgestellt, daß es ein Schwarzer war, wäre Silver vielleicht anders gewesen.

Der Prof versuchte es runterzuspielen. Sagte Silver, es wäre bloß ein Bild – seine Frau könnte ihm ein anderes schicken. Sagte dem Dieb, Horace, so hieß er, ein Schänder, sagte Horace, er riskiere für nichts einen Stichel im Rücken. Bot sogar an, die Rückgabe persönlich abzuwickeln.

Horace hatte eine bessere Idee, dachte er. Gab sich einen afrikanischen Namen, trat einem Trupp bei.

Ich stellte Horace die Überweisung für den Psychiater aus. Silver wartete im Korridor auf ihn. Er wollte ihn nur ein bißchen schneiden, aber Horace hatte auch eine Klinge.

Silver holte sich einen Schnitt, Horace holte sich den Tod.

Blut auf den grünen Anstaltsmauern, zu einem abstrakten Gemälde vertrocknend, das nur ein Gefangener interpretieren konnte.

Als Horaces Trupp hinter Silver her war, ging er zur einzigen Stelle, wo er hinkonnte.

Ein weißer Rassist, nannte Wolfe ihn. Einen Mörder. Er hielt sich besser als ich. Sogar eingesperrt hatte er seine Liebe.

142

Die Dinge liefen wieder so, wie sie gewesen waren. Ein paar Tage später gab Lily mir einen dicken weißen Umschlag. Von Wolfe. Drin war alles, was sie hatte. Viel war's nicht, und ihre Leute hatten wahrscheinlich schon alles totgekaut.

Ich war in einem Gerichtssaal in Manhattan. Eine Formsache. Silver sollte vom Knast rübergebracht werden, irgendein Käse von wegen Kautionsantrag. Eine Farce – sie würden ihn nie laufenlassen.

Ein nichtsnutziger Verteidiger stand vor der Richterbank, sabberte irgendwas von wegen Verfassung. Roland war sein Name, ein ausgewiesener Schnullie. Er war mal Stellvertretender Staatsanwalt gewesen, ein sturzunfähiger. Massenhaft schuldige Männer liefen wegen seiner Patzerei auf der Straße rum. Jetzt beackerte er die Gegenseite, schickte unschuldige Zeitgenossen in den Knast. Glich Justitias Waage aus. In der

Welt der Strafgerichte, wo ein Hund den andern frißt, war Roland der Pißbaum.

Ich ging auf Blickkontakt mit Blumberg, rappelte mich auf, ging rüber zu ihm.

»Du siehst gut aus, Jungchen. Wie gehn die Geschäfte?«

»Wie immer.«

»Silver sagt, er will mit dir reden – konntest du ihn nicht im Bau besuchen?«

»Er hat's auf diese Weise gewollt. Ich stell mich einfach neben dich an den Tisch. Dauert keine Minute, okay?«

»Mein Kautionsantrag ist komplex, mein Junge. Lenk mir bloß nicht den Richter ab.«

»Das Frettchen könntest de nicht mal mit 'nem Flammenwerfer aufwecken.«

Blumberg ignorierte mich. Der listige alte Mistkerl hatte seit hundert Jahren keine Verhandlung mehr übernommen, machte bloß Haftprüftermine und Berufungen. Er wußte, warum Silver ihn angeheuert hatte.

Sie brachten ihn in Handschellen aus dem Bau, doch die Wachen traten zurück, ließen ihn neben Blumberg am Anwaltstisch stehen. Ich stand auf der anderen Seite von ihm, angetan mit meinem Anzug, Aktentasche in der Hand, auf Rollenspiel.

Blumberg murmelte irgendwas, ölte bloß seinen Hals, bevor er loslegte. Zu etwas war er nutze: Er konnte tagelang ununterbrochen reden. Sobald er voll in Schwung kam, beugte Silver den Kopf, redete aus dem Mundwinkel mit mir.

»Machst du was für mich?«

»Was?«

»Helene. Sie braucht ein bißchen Asche. Sie will hoch aufs Land ziehn, damit sie bei der Kür näher bei mir is.«

»Erwischts dich für lange?«

»Die wollen mich reinreiten, Burke. Ich rechne mit vollem Angebot – viertel bis ewig.«

Fünfundzwanzig Jahre bis lebenslänglich. Silver war zehn Jahre älter als ich – er würde nie mehr rauskommen.

»Was braucht sie?«

»Zwanzig, dreißig Große, um den Dreh. Sie will sich 'n Haus kaufen, 'n Job besorgen. Wie ein Bürger leben.«

»Kann das nicht ...«

»Die Bruderschaft könnte das Geld besorgen, aber ich will sie da nicht drin haben, verstehste? Sobald de beitrittst, isses lebenslänglich. *Sie* is nie beigetreten, bloß ich. Ich *hab* das Geld, Burke. Von meiner Klauerei. Ich bin nicht sicher, wieviel genau da is, aber ... ich sag dir, wo's is, du greifst es dir, schaffst es zu ihr.«

»Wer ...?«

»Es is in 'nem Haus. In 'nem Keller. In Gerritsen Beach. Weißte, wo das is?«

»Yeah.«

»Im Keller, von vorne aus in der hintersten linken Ecke. Mit Zement zugeklatscht, in Plastik eingewickelt, zirka dreißig Zentimeter tief.«

»Kann sie nicht ...?«

»Sie kann gar nichts machen. Das Haus, das hat mir mal gehört. Helene hat's verkauft. Um Geld für 'ne Kaution für mich zu haben. Vor Jahren. Hat einfach meine Unterschrift gefälscht, hat's verkauft. Ich konnt's ihr nicht sagen – hab keine Zeit gehabt. Verstehst du? Irgendwelche Bürger haben's jetzt ... Du mußt in den Keller.«

»Was, wenn's nicht da ist?«

»Dann hab ich meine letzte Karte gespielt. Gibt keinen andern, den ich fragen kann – hab das Risiko nicht eingehn wolln, daß die FBIler den Knast verwanzt haben.«

»Sag mir die Adresse«, sagte ich.

Er sagte sie mir, packte mich so fest am Arm, daß es weh tat, schaute runter, vertrauensvoll.

143

Gerritsen Beach ist in Brooklyn, gleich hinter Sheepshead Bay. Sonntags fuhren wir den Boulevard runter, rechts von uns sumpfig Marine Park, hohes Riedgras, Leute, die ihre Hunde ausführten, Jungs aus Bensonhurst, die in ihren Mustangs und Camaros rumkutschierten, Ausschau nach Teenagermädels auf der Promenade hielten, andere Sonntagsfahrer auf Zeichen abcheckten. Blicke, die an roten Ampeln gewechselt wurden. Bloß ein Wort ... »*Was*?!« ... und sie waren dabei. Baseballschläger im Kofferraum ihrer blitzenden Autos. Für ein härteres Spiel als das, das man auf Rasen spielt.

Wir suchten die Zufahrt. Bogen rechts ab, in ein dichtes Netzwerk schmaler Straßen. Einige umgemodelte Hütten, einige neuere einstöckige Bauten, gesichtslos. Folgten Silvers Anweisungen. Endstation am Kanal, fuhren eine Straße zurück, orteten das Haus. Typ, der im Garten arbeitete, irgendwas baute. Zwei, drei Kids, die Fangen spielten, in Baseballkluft. Aneinandergeklatschte Häuser, lange Gärten von vorn bis hinten, aber kein Raum dazwischen. Überall Nachbarn, offene Fenster, Männer, die Autos wuschen, tratschende Frauen.

Ich schaute zum Prof.

»Haut nicht hin, Jim«, sagte der kleine Mann.

Ich schüttelte den Kopf, beugte mich der Wahrheit.

144 Helene wohnt in Ridgewood, Queens. Wohnung im obersten Stock, kein Fahrstuhl. Sie ließ mich rein, als ich den Namen sagte, den Silver mir gegeben hatte.

Das Wohnzimmer war voller Billigmöbel, blitzsauber, Silvers Bild auf dem Kaminsims. Ich fragte mich, ob im Schlafzimmer auch eins war.

Sie war Mitte Vierzig, in etwa. Schwer zu sagen – keinerlei Make-up um die wachsamen Augen.

Ich gab ihr eine Papiertüte. Drinnen waren 31 450 Dollar. Fast alles, was ich von dem Coup mit Elroys getürkten Papieren übrig hatte.

Sollte es mir irgendwann doch sauer aufstoßen, kann ich immer noch in den Keller gehn.

145 Fertig damit. Lauter lose Fäden um mich rum, aber meine waren's nicht.

Außer Tritt irgendwie. Pansy war nicht in Hitze. Michelle war nicht bereit, nach Hause zu kommen. Luke brauchte mehr Zuwendung. Wolfe wollte die Freaks finden, die die Bombe gebaut hatten.

All das würde ohne mich stattfinden.

Ich sollte froh sein, daß ich außen vor war.

146 Am nächsten Morgen nahm ich Pansy, ging mit ihr in den Park. Diesmal hatte ich eine alte Militärdecke dabei, einen großen Skizzenblock, Kohlestifte. Ich suchte mir eine gute Stelle auf halber Höhe an einem Hang, rechts von mir ein paar kräftige Felsbrocken. Blick nach Westen, die Sonne hinter mir.

Ich schlug den Skizzenblock auf, fuchtelte ein paarmal mit der Kohle über das Papier, ließ den Blick übers Terrain schweifen. Pansy lag auf dem Bauch, Kopf zwischen den Pfoten, Nase verzogen – der Park roch nicht wie ihr Dach. Noch nicht. Ich machte die Gymnastiktasche auf, die ich mitgebracht hatte. Ein noch warmes Baguette drin, eine Flasche Wasser, dunkelbraune, in weißes Papier gewickelte Schokolade, Schachtel Kippen. Und zwanzig, fünfundzwanzig dieser kleinen Käsebälle, die in Zellophan mit rotem Aufreißfaden gewickelt sind.

Die weiße Limousine kam in mein Blickfeld, als sie ihre Runde drehte. Ich konnte sie von meinem Standort aus sehr gut verfolgen – kein Grund zur Panik.

Ich enthülste eins der Käsestücke, legte es Pansy direkt vor die Schnauze. Sie verdrückte es mit Blicken, rührte sich aber nicht. Als ihr Sabber den Hang vor ihr wie ein Fluß überschwemmte, sagte ich sanft: »Sprich!« Sie schlabberte es genüßlich auf, riß gleich einen Büschel Gras mit aus.

»Braves Mädchen«, sagte ich und tätschelte sie. Sie rieb sich an mir, und die Sonne funkelte in lauter Babyregenbögen auf ihrem dunklen Fell.

Eine Frau mit lose fliegenden Haaren joggte an uns vorbei. Schwer zu sagen, ob's Belinda war – schlechter Winkel. Jede Menge Motorradfahrer, noch mehr Jogger. Auf der Straße meistens Taxis. Carlos würde eine Weile weg sein.

Ich arbeitete an meiner Zeichnung, wickelte gelegentlich weitere Käsestücke für Pansy aus, schaute mich um.

Eine Frauengestalt verließ den Pfad, kam den Hang hoch auf mich zugekeucht. Belinda.

»Hallo, Fremder«, rief sie und zog sich Walkman-Kopfhörer von den Ohren. Sie hängte sie sich um den Hals, legte das Handtuch von ihrer Taille drüber. Kam angehüpft und setzte sich. Genauso angezogen wie beim letztenmal, feiner Schweißfilm auf dem Gesicht, lebhafte blaue Augen.

»Was steht an?« fragte sie und deutete auf meinen Skizzenblock.

»Interpretierende Kunst. Ein Hobby von mir.«

»Darf ich mal sehen?« Drückte sich an mich ran, Parfüm unter dem Schweiß. »Was soll das darstellen?«

»Bloß ... Muster. Licht, Schatten ... so in etwa.«

»Es ist ... ich weiß nicht, was ich sagen soll.«

»Schon okay. Ich auch nicht.«

Pansy beobachtete sie, rührte sich nicht.

»Ihre Hündin ... Sie haben mir den Namen nicht genannt.«

»Betsy.« Es rutschte mir einfach so raus – ich hielt mich dran.

»Das ist ein komischer Name für so eine große Hündin.«

»Ach, ich glaube, er steht ihr. Nicht wahr, mein Mädchen?« Machte eine Handbewegung. Pansy legte mir den Kopf in den Schoß, beobachtete immer noch die Frau.

»Kennst du mich noch, Betsy?« fragte sie, streckte die Hand zu ihr aus. Ich gab Pansy das Zeichen – sie nahm die Streicheleinheiten hin. Ich spürte ihre Halsmuskeln unter meiner Hand. Stahlkabel.

Ich steckte mir eine Zigarette an. »Sie haben nie bei mir angerufen«, sagte sie, einen schäkernden Unterton in der Stimme, für eine Anmache zuwenig, aber mehr als zufällig.

»Abendessen, haben Sie gesagt. Ich habe abends gearbeitet.«

»Oh.« Sie zog die Augenbrauen hoch, wischte sich Schweiß von der Stupsnase – eine Geste, wie man sie im Ring sieht.

»Hübscher Tag für 'n Picknick, und wie's ausschaut, hast du was zu essen.« Clarences Stimme, der von irgendwo hinter uns auftauchte.

»Yeah, genau«, sagte ich ihm. »Setz dich, leiste uns Gesellschaft.«

Er quetschte sich auf den Rand der Decke, unentschlossen ob der Risiken für seine limonengrüne Hose. »Das ist Belinda«, sagte ich zu Clarence. »Belinda, das ist John.«

Er bot seine schlanke dunkle Hand ihrer dicken weißen dar. Sie schüttelten sie, lächelten. Ich kramte in meiner Gymnastiktasche rum, brachte das Brot zum Vorschein, brach ein Stück ab, bot es Belinda an. Sie nahm es, biß mit ihren kleinen weißen Zähnen einen ordentlichen Happen ab. Clarence auch. Ich öffnete die Wasserflasche. Jeder von uns trank. Spendierte Käse. Clarence winkte ab. Belinda nahm einen. Pansy stierte ihren intensiver denn je an. Ich enthülste ein weiteres halbes Dutzend Stücke, zog Pansys Kopf dicht an meinen, flüsterte ihr das Wort ins Ohr. Sie zermatschte den Käse wie eine Presse, leckte sich die Reste von den Zähnen.

Wir vertilgten das Brot. Ich brach die Schokolade auseinander. Diesmal griff Clarence zu, Belinda paßte.

Friedlich, richtig gemütlich wie in einer Unterwasserblase, wir vier hier im Park.

»Was is 'n das, Mahn?« fragte Clarence mit Blick auf meinen Block.

»Es ist Kunst.«

»Echt, ja?« Sein schwarzes Seidenhemd raschelte, als er ihn mir aus der Hand nahm, ihn aus verschiedenen Winkeln studierte.

»Arbeiten Sie mit James zusammen?« fragte Belinda Clarence.

»Nein, wir sind Mitglied im selben Club.«

»Welcher Club?«

»Ein Fitness-Club, Miss.«

»Oh! Da bin ich auch Mitglied. In welchen gehen Sie?«

»Von dem ham Sie noch nie was gehört, Miss. Weit draußen in Queens, beim Bahnhof.«

Sie rappelte sich auf, klopfte sich ab, als checke sie irgendwas nach. Ihre Waden spannten sich unter den Trainingshosen, wuchtige, ausgeprägte Dinger. Ich stand ebenfalls auf.

»Ich rufe Sie an«, sagte ich. »Bald.«

»Tun Sie das«, sagte sie mit tiefer Stimme. Stellte sich auf die Zehen, gab mir einen raschen Kuß in Mundnähe. Trabte den Berg runter, bog auf einen Weg ein, joggte weg.

»Du hast recht, Clarence«, sagte ich. »Sie ist 'ne hübsche Frau.«

»Sie's 'n Cop, Mahn.«

147

Wintersonne auf meinem Rücken, schattenwerfend. Brennende Kälte.

»Biste sicher?«

»Ich bin lange hier draußen gewesen, Mahn. Nich bloß heute. Sie joggt im Park rum, hat den Walkman am Kopf. Bloß daß sie nicht nur zuhört, sondern auch redet. Zwei weiße Männer gleich am Eingang hinter der Fifty-ninth, zwei weitere an der Eighty-sixth, gleich an der Central Park West. Angezogen wie sie. Knöchelholster, ebenfalls Walkie-talkies. Der Schwarze mit dem Eiswagen ... der große bei dem Teich? Dasselbe. Sie redet mit allen. Das is alles, Mahn. Sie redet sonst mit niemand.«

»Verdammt.«

»Yeah. Dachte, du wüßtest Bescheid, Mahn, weil du meinen Namen änderst und so. Und sie kennt deinen nicht, glaubst du, ja?«

»Ging nur auf Nummer sicher – ich hab's nicht gewußt.«

»Es is die Wahrheit, Mahn. Todsicher. Schnappt sich jemand die Dame, zieht er sich was zu.«

»Glaubst du, deswegen treibt sie sich rum ... um Vergewaltiger anzulocken?«

»Falsche Zeit, Mahn. Falsche Zeit. Außerdem bleibt sie von den miesen Wegen fort. Die beackert dich, Boß.«

»Warum?«

»So wie ich's seh, hat der Mann in der weißen Limousine 'n Deal für sich ausgehandelt.«

»Weiße Limousine?«

»Das hier ist Clarence, Mahn. Dein Freund. Dein echter Freund. Gib's auf. Schau nich zurück. Der große hüpfende Hintern lockt dich glatt ins Zuchthaus.«

Ich steckte mir eine Kippe an, dachte drüber nach. Über das Nichtzurückschaun. Darüber, wie natürlich das für manche Menschen ist.

148

Clarence saß schweigend neben mir. Pansy suchte das Areal mit Blicken ab. Schlauer als ich, eindringend.

Ich packte mein Zeug in die Gymnastiktasche, klinkte Pansys Leine an, hieß sie sitzen, während ich die Militärdecke zusammenfaltete.

»Danke, Clarence«, sagte ich und hielt ihm die Hand hin – wiedersehn.

»Deswegen bin ich nich gekommen, Mahn. Hab 'ne Nachricht von der Queen gekriegt. Einer von ihren Leuten hat

Jacques angerufen. Sagt, du sollst sie aufsuchen. Sie hat deine Antwort. Sollst hin, wenn's dunkel ist.«

»Sonst noch was?«

»Wort für Wort, Mahn.«

Wir gingen durch den Park, hielten uns westlich. Ein Collie fegte vorbei, ohne Leine, von einem Kid gehetzt. Pansy ignorierte den anderen Hund – macht sie immer.

»Weißt du was über diese Obeah-Sache, Clarence?«

»Ich weiß ein bißchen was, Mahn. Was mir meine Mutter gesagt hat, von ihrer Mutter, sagt sie.«

»Erzähl's mir.«

»Es kommt von früher. Von der Sklaverei, soweit ich gehört hab. Alles dreht sich um Opfer, Mahn. Wenn du stirbst, mußt du warten. Bis du rüberkommst. Das Opfer, das läßt dich zurückkommen. Im Geist. Es gibt viele Geister ... sie nennen sie Loa ... ein Narr, ein Krieger, ein Liebhaber.«

»Die Tasche ... die, die wir in der Nacht gefunden haben. War das ein Opfer?«

»Ja, Mahn. Die Queen, die is die Mamaloi, die Priesterin. Es gibt zwei Sorten Obeah. Das weiße und das rote. Das rote, dessen Gott is die Schlange.«

»Wo ist der Unterschied?«

»Beim weißen Obeah is in der Juju-Tasche ein Huhn, vielleicht 'ne Ziege ... ein Tier eben.«

»Und beim roten ...?«

»Die Ziege ohne Hörner, Mahn«, sagte Clarence, die Hände ineinander gekrampft. Ein Schauder durchfuhr seine dünne Gestalt.

149 Belinda war ein Cop. Bei Büchern sind die Menschen fasziniert von Rätseln. Können sie gar nicht weglegen. Bücher haben eine Handlung – das Leben hat Händler. Vielleicht war Belinda die Vorhut eines Lockvogelunternehmens, vielleicht war Carlos vor dem Gesetz bereits zu Kreuze gekrochen, und sie gehörte zur Rückendeckung. Oder vielleicht war's tatsächlich ich, auf den sie aus waren – vielleicht hatte sie von mir gehört, wollte ein bißchen dazu verdienen. Sich ein goldenes Abzeichen an die prima Brust holen.

Ich fragte mich, ob sie je einen Hund namens Blackie hatte. Ob sie Pansy wirklich mochte.

Clarence knackte das Schloß zu meiner inneren Intimsphäre. »Machste es, Mahn? Gehste die Queen aufsuchen?«

Ich nickte.

150 Zwei weitere tödliche Tage. Dann zog ich los, dem Ruf zu folgen. Kurz vor Mitternacht überquerte ich die Triboro, nahm die äußerste rechte Spur nach Queens, fuhr an der Ninety-fourth Street ab, kurz vor La Guardia. Rollte auf dem Northern Boulevard südlich, bog links zu dem Voodoo-Haus ab. Das Tor stand offen. Ich stieß mit dem Plymouth rein, fuhr nach hinten durch. Zwei Männer im Hof, schwarz und weiß angezogen. Ich stieg langsam aus, damit ich sie nicht erschreckte. Sie blickten durch mich durch, sagten nichts.

Ich marschierte zur Hintertür. Ein hellroter Pfeil war frisch auf die Hauswand gemalt, wies auf eine Steintreppe. Runter.

Ein anderer Weg in den Keller. Ich stieg die Stufen runter.

Diesmal klopfte ich nicht erst. Kein Türknauf. Ich drückte dagegen, sie ging auf, und ich war drin.

Der unterirdische Raum wirkte größer als beim letzten Mal. Sie war da, wo sie zuvor gewesen war, ein schwacher Schein im schummrigen Schatten. Ich ging zu ihr. Überall im Raum flackerten Kerzen auf, dick und knollig wie Fäuste, fettflammig. Rot und weiß säumten sie die Dunkelheit in wechselnden Mustern, wie die Nadelköpfe auf der Juju-Tasche. Kleiderrascheln beiderseits von mir, als ich mich bewegte. Feuchtigkeit kam von den Steinwänden. Der Boden unter meinen Stiefelsohlen fühlte sich wie festgetretene Erde an.

»Glaubst du mir nun?« fragte sie mit sanfter Stimme, als ich nahte.

Ich setzte mich vor sie. »Das Baby war im Wasser«, erwiderte ich.

»Ja. Und nun bist du wieder auf Jagd.«

»Nicht nach ...«

»Ich weiß. Nicht nach ihm. Nach den falschen Göttern. Denen, die deinesgleichen den Teufel nennen.«

»Ja.«

»Du fragst nicht, woher ich das weiß. Du hast also dazugelernt?«

»Ja.«

»Wo ist dein Sohn heute nacht?«

»Ich habe keinen Sohn.«

»Doch, Jäger, du hast einen Sohn. Der Junge, der letztesmal mit dir zusammen hier war. Er ist dunkel, wie wir, doch sein Herz ist wie deines. Ein Sohn sucht bei seinem Vater Anleitung. Den Weg. Dein Weg ist die Jagd. Und er folgt.«

»Nein, es ist bloß ein Job. Er arbeitet für andere.«

»Und für diese anderen bist du ein geheuerter Killer, ja?«

»Ja.«

»Und er ist es ebenso. Wie du. Von dir lernt er, nicht von ihnen. Und er beschützt dich, wie ein Sohn.«

»Er ist ein Profi – es ist sein Job.«

»Nein. Sein Meister gab ihm die Nachricht. Von mir. An dich. Und deshalb bist du nun hier. Doch der Junge, er ist seit gestern nachmittag hier. Auf der anderen Straßenseite, in einem der Zimmer, die sie vermieten.«

»Wie ...?«

»Er hat der Frau Geld gegeben, damit er ein Zimmer mit einem Fenster zur Straße bekam. Das Badezimmer ist auf dem Flur. In seinem Zimmer, in seinem Koffer, hat er ein Gewehr. Eins, das es in zwei Teilen gibt. Es ist unser Haus. Die Frau ist keine von uns, aber sie weiß, was sie tun muß. Er ist dein Sohn.«

»Er wird nichts unternehmen. Er ...«

»Es ist in Ordnung. Er ist sicher. Stelle mir nun deine Fragen – wir haben ein Werk zu verrichten, bevor die Sonne kommt.«

»Die Leute, die ich suche ...« fing ich an und langte in die Tasche nach den Fahndungsfotos, die Wolfe mir gegeben hatte.

Sie hob die Hand. »Wir kennen sie nicht. Nicht dem Gesicht nach. Doch von ihren Praktiken her sind sie bekannt. Sie sind keine Zauberer, sie haben keine Magie. Gift ist ihre Waffe. Ihr Gift, das macht den Wolf, der umgeht.«

»Nein. Sie ...«

»Was Europäer einen Werwolf nennen, Kind der Traurigkeit. Bevor es eine Legende gab, bevor es Sagen gab, gab es die Wahrheit. Ihr Gift, das macht eine Bestie. Wenn die Bestie frißt, wenn sie befriedigt ist, ist sie wieder ein Mensch. Du hast das gesehen.«

Luke. Baby, Baby, Baby. Stechend. Toby. Ein anderes Kind. Die Ausreißerin. Aus seinem Bewußtsein ausreißend. Sich abspaltend.

Ich nickte. So tief, daß es wie eine Verbeugung war.

»Die Giftmeister hinterlassen eine Fährte. Es ist ihre Spur. Das tote Schaf verrät uns durch die Male an seinem Körper den Töter – ein Mensch tötet anders als ein Wolf. Der Jäger weiß das.«

»Ich weiß, wer. Nicht, wo.«

»Nimm dies«, sagte sie. Reichte mir einen Lederriemen, lange, schimmernde Federn dran befestigt. Schwarz und weiß. »Schlinge den Riemen um dein Handgelenk, halte ihn so.« Ihr Unterarm ausgestreckt, die Finger deuteten auf mich.

Ki.

Die Federn hingen schlaff. Unsere Fingerspitzen berührten sich.

»Sie kennen einander, der Vampir und der Werwolf. Doch wisse auch dies, Jäger. Sie sind keine Brüder.«

Elektrizität in meinen Fingern, in meinem Handgelenk. Die Federn flatterten im Kerzenlicht, doch die Flammen blieben ruhig. Ich konnte keinen Luftzug spüren.

Sie bewegte die Hand, bedeckte meine. Löste den Riemen von meinem Gelenk. Leder und Federn verschwanden irgendwo hinter ihrem Thron.

Sie schloß die Augen, reckte das Kinn. Ich konnte lange Muskeln an ihrem Hals sehen. Sie schlug die Augen auf, sah in meine.

»Komm her«, sagte sie.

Ich stand auf. Sie machte eine Geste. Ich beugte mich zu ihr. Ihr Gesicht war nah genug für einen Kuß. Ihre Arme legten sich um meinen Nacken. Da war irgendwas, weich.

Ich trat zurück. Ein winziger Musselinbeutel baumelte auf meiner Brust, dünne Seidenschnur um meinen Hals.

»Trage ihn auf deinem Körper, bis deine Jagd beendet ist. Trage ihn in ihrer Höhle – er wird dich schützen.«

Ich verbeugte mich.

»Nimm deinen Sohn mit. Und nun geh.«

151

Ich parkte den Plymouth direkt vor dem Gebäude auf der anderen Straßenseite. Stieg aus, setzte mich auf den Kofferraum, steckte mir eine Zigarette an. Der Fenstervorhang im Vorderzimmer bewegte sich. Der Bengel mußte noch 'ne Menge lernen. Ich wedelte mit den Armen – »Komm runter«. Wartete.

Clarence trat aus der Tür, Koffer in einer Hand, Pistole in der anderen.

»Is okay«, sagte ich, öffnete die Klappe für seinen Koffer, hob die Abdeckung neben dem Benzintank an, so daß er verschwand, falls irgendein Cop auf dem Rückweg einen Vorwand suchte.

Er stieg vorne ein. »Woher hast'n das gewußt, Mahn?«

»Unwichtig. Wo is dein Auto?«

»Mein Auto?« sagte er und schaute mich an, als liefe ich auf Lithium. »Ich würde doch meine Karre nich an so 'n Ort mitnehmen, Mahn. Wo sollte ich die abstellen? Ich bin mit dem Bus gekommen.«

152

Ich bretterte auf dem BQE Richtung Brooklyn. Knapp einen Tick unter dem Tempolimit, absorbierte die hintere Einzelradaufhängung des Plymouth die Schlaglöcher auf der mittleren Spur.

»Du hättest mir sagen sollen, daß du auf Deckung machst, Clarence.«

»Ich denk mir, wenn ich dir's gesagt hätt, hättste was dagegen gehabt. Es verboten.«

»Den Partner zu überraschen ist unprofessionell, okay? Hätte ich nicht gewußt, daß du das am Fenster bist, hätte es passieren können, daß ich dich sofort aus dem Verkehr ziehe, kaum daß ich auf der Straße bin. Vor allem, wenn ich sehe, wie sich der Vorhang bewegt. Was hast du dir gedacht . . ., daß du mir irgendwie Deckung gibst, ihr Haus mit dem Gewehr zuballerst?«

»So in der Richtung.« Kleinlaut.

»Du hattest 'nen Ansitz, das war gut. Hast wahrscheinlich auch noch ein, zwei Reservemagazine für die Wumme.«

Er nickte.

»So läuft das nicht, Kid. Du kämst da niemals lebend raus. Das ist Cowboyscheiß. Kamikaze. Schickst du 'nen Partner zu 'nem Treffen, willste lebend rauskommen, nicht quitt, verstanden?«

»Wie würdest du denn so was machen, Mahn?«

Ich langte in meine Jackentasche, spürte das Amulett der Queen auf meiner Brust. Gab ihm einen handtellergroßen schwarzen Plastikkasten, winziger Kippschalter oben drauf.

»Was is das, Mahn?«

»Leg den Hebel um, Clarence.«

Sein Finger zuckte. Ein winziges rotes LED-Licht ging an. Er sah mich an.

»Mein Auto steht bei denen im Hinterhof, okay? Gibt's Ärger, hol ich den kleinen Kasten raus. Zeige ihn vor. Kippe den Schalter. Das Licht geht an, wie eben bei dir. Ich sag ihnen, mein Partner ist in der Nähe ... kurvt vielleicht in 'nem anderen Auto rum. Das rote Licht, das ist sein Zeichen.

Fahr ich mein Auto nicht in zehn Minuten da raus, drückt mein Partner seinerseits einen Knopf. Im Kofferraum von meinem Auto, da ist genug *Plastique*, daß der ganze Block hin ist. Und selbst wenn sie jemand haben, der so närrisch ist und das Auto wegfahren will, könnten sie's nicht anbringen, nicht mal mit den Schlüsseln. Machen sie den Kofferraum auf, geht die ganze Kiste hoch. Verstanden?«

»Was ist, wenn sie dich durchsuchen, den Kasten gleich finden?«

»Sag ich ihnen dasselbe, bloß daß es dann passiert, wenn ich den Schalter *nicht* kippe, verstehste?«

»Das is 'n hohler Bluff, Mahn.«

»Hätte ich 'nen Partner dabei, wär's das nicht.«

Er sagte kein Wort mehr, bis ich vom Atlantic abbog, auf Jacques' Laden zuhielt.

»Kannst du mir so was beibringen, Mahn?«

Ich sah rüber zu ihm, in sein zartgliedriges Gesicht, dachte daran, was die Queen mir gesagt hatte.

»Yeah«, sagte ich.

153

Ich weiß, wie ich allein sein kann. Wie ich da hinkomme. Wo ich aufgewachsen bin, war Privatsphäre kostbarer als Diamanten. Im Waisenhaus gehörte dir nichts, nicht mal deine Klamotten – Gaben, die sie dir wegnehmen konnten. Sie sorgten dafür, daß du das wußtest. Die meisten von uns lernten nur, einander zu hassen, um die Brocken zu kämpfen, die sie uns übrigließen.

Laß dich auf genug Kämpfe ein, und die Besserungsanstalt ist die nächste Station. In der Besserungsanstalt hatten sie keine Zellen. Bloß einen großen Raum mit dem Klo in einer

Ecke. Überall Pritschen. Das Kid, das neben dem Klo schlafen mußte, wurde dauernd vollgepißt.

Ich erinnere mich an das Kid, das da schlief. Als er rauskam, schwor er, nie wieder neben einem Klo zu schlafen. Er zog mit 'ner Knarre los, besorgte sich was Eigenes. In Haft hatten sie Zellen, keine Schlafräume. Die Glücklichen, die mit Knete, die kriegten Einzelzellen. Dieses Kid, das drehte jede Menge Dinger, kam groß raus, verschaffte sich einen Ruf. Als er wieder einfuhr, war er erwachsen. Sie gaben ihm eine Einzelzelle. Mit einer Einzelpritsche. Neben dem Klo.

Als ich rauskam, schwor ich auch meine Eide. Ich entdeckte einen Keller. Meinen. Ein älterer Typ wollte ihn für seinen Trupp. Ich hatte derart Schiß, daß ich auf ihn schoß.

Das kostete mich eine Kür im Kahn. Und dort stieß ich auf das Kid, das neben dem Klo schlief, hörte seine Geschichte. Im Arrangieren von Besserungsanstaltstreffen ist der Staat ganz groß.

In Haft hast du nichts als deinen Körper und deine Ehre. Haufenweise probieren sie, dir beides wegzunehmen. Ich kannte einen Typ, war über und über tätowiert. Der einzige Besitz, den er hatte. Das könnten sie ihm nicht nehmen, sagte er. Erleichterte die Identifizierung der Leiche, als sie ihn fanden.

Ich brauchte nicht groß über das nachzudenken, was die Queen gesagt hatte. Schon als sie sprach, wußte ich, was sie meinte. Wen sie meinte. Sie nannte ihn einen Vampir – ich bezeichne ihn immer als den Mentor. Ein schwer vernetzter Pädophiler, so sicher, wie Reichtum nur machen kann. Ich war vor Jahren zu ihm gegangen, auf der Suche nach dem Bild von einem Kid. Für Strega, die Hexe. Ich kam durch den Maulwurf an ihn ran. Der Freak hatte irgendwas gemacht ... machte immer noch irgendwas ... für die Israelis. Ich dürfe ihm nichts tun, sagte mir der Maulwurf. Kam mit, um sicherzugehn.

Der Mentor erklärte mir seine Philosophie – verlogene Worte, in seidige Stimme gewickelt. Kinder penetrieren ist Liebe. Bilder davon machen wäre die Bewahrung dieser besonderen Liebe ... Ikonen eines zeitlich vollkommenen Augenblicks.

Wäre ich der Kopfgeldjäger, für den mich Wolfe hielt, wäre er tot.

Als wir das letzte Mal miteinander geredet hatten, erfuhr ich was. Kriegte es erst letzte Nacht auf die Reihe. Alle Freaks sind gefährlich, aber sie sind nicht alle gleich.

Den Maulwurf anrufen kam nicht in die Tüte. Er würde mich nur wieder warnen. Darauf bestehen mitzukommen. Sagte mir vielleicht sogar, ich solle wegbleiben.

Die Israelis würden sein Haus nicht bewachen, aber ein Einbruch könnte taff werden. Und für diesen Typen würden die Cops die Sirene benutzen.

154

Am nächsten Morgen rasierte ich mich sorgfältig. Legte einen der Anzüge an, die ich auf Geheiß von Michelle angeschafft hatte, dunkelgrau. Ein hellblaues Hemd, dunkler Seidenbinder mit hellblauen Tupfen. Schnürte meine Schuhe, verpaßte ihnen mit einem alten T-Shirt den letzten Schliff.

»Wo gehn wir'n hin, Mahn?« fragte Clarence, als er vorn einstieg.

»Zur Schule«, sagte ich ihm und steuerte zurück nach Manhattan.

Es dauerte eine Weile, drei volle Runden durch die Pißgrube. Der Prof war auf seiner Karre, so daß der winzige

Körper unter der Decke beinlos wirkte, und redete einen Block von der Ausfahrt des Lincoln Tunnel weg mit einem Paar Nutten. Zwei junge schwarze Mädchen, eins mit einer blonden Perücke, beide in kurzen Shorts, Trägertops, Stökkelschuhen. Eine kauerte neben ihm, hörte zu. Die andere tippte nervös mit dem Fuß, schaute links und rechts. Ich kurvte ran, bedeutete Clarence mitzukommen, zog die Straße wieder hoch.

Der Prof gestikulierte wild, seine Arme flatterten in den übergroßen Mantelärmeln. Kreischend hielt ein Cadillac, vom letzten Jahr, babyblaues Coupé, goldene Spezialfelgen, goldene Zierleisten. Ein Zuhälter schleimte auf der Fahrerseite raus, ein schwergewichtiger Mann in einer kurzen roten Jacke mit Goldbesatz, weiße Hosen in rote Stiefel gesteckt. Wir schlossen im toten Winkel zu ihm auf.

»Setz deinen schwarzen Arsch wieder in Bewegung, Dreckstück. Du kostest mich Geld.«

Die mit der blonden Perücke sah ihn wachsam an. »Wir ham bloß ...«

Er schlug sie so heftig, daß die Perücke davonflog. Sie ging auf der Straße in die Knie, schnappte sie sich, zischte ab. Ihre Schwester ging schnellen Schrittes mit ihr.

»Halt ein, Bruder!« sagte der Prof. »Der Herr wird die Liederlichen bestrafen. Tu diesen Kindern nichts zuleide.«

»Yeah«, sagte ich von hinten. »Laß es.«

Der Louis fuhr zu uns rum. »Das geht dich nix an, Mann.«

»Stimmt«, sagte ich mit einlenkendem Tonfall, »tut's nicht. Aber ich will nicht glauben müssen, daß es dir vielleicht nicht paßt, wenn mein Bruder mit deinen Frauen redet, daß du dir vielleicht denkst, du kannst ihn dir eines Tages schnappen, alleine.«

»Dann sag dem kleinen Nigger, er soll mir vom Acker bleiben.«

»Das kann ich ihm nicht sagen – kann ihm gar nichts sagen. Ich sag's statt dessen dir, okay?«

»Haste vor, mal mitzumischen, Arschgeige?« Probierte es mit Eis in der Stimme, schielte zu Clarence. Clarence in seinem mandarinfarbenen Seidenhemd, dem fingernagelweißen Leinensakko. »Vertrittste hier deinen Hübschen?«

»Glaubst du, ich will deine dreckigen Frauen, Mahn?« fragte Clarence honigsüß, und die Pistole tauchte in seiner Hand auf, die Gürtellinie des Luden im Visier.

»Kein Ärger, Mann«, sagte der Louis, und das Eis schmolz. Verdrückte sich auf sein Auto zu.

»Steck das Gerät weg, Geck«, fuhr der Prof Clarence an. »Hier streifen Greifer.« Er schlug seine Decke hoch, stieg von der Karre. Wir legten die Karre in den Kofferraum. Der Prof sprang leichtfüßig hinten rein.

155

»Carlos ist Geschichte«, erklärte ich über die rechte Schulter hinweg dem Prof. Er hatte sich über der Lehne der Vordersitze breitgemacht, zwischen mir und Clarence.

»Mancher Traum wird zu Schaum, Bruder. Is keine große Sache.«

»Yeah.«

»Da war 'n Cop ...«, begann Clarence.

Der Prof wedelte eine Erklärung weg. In unserer Welt schert man sich um kein »Warum«.

Ich stellte sie einander vor. »Prof, das ist Clarence. Clarence, mein Bruder, der Prof.«

»Prof?«

»Prophet sagen manche, weil ich weissage – Professor, weil ich die Lehre weitertrage.«

»Welche Lehre?«

»Verbrechen und dafür blechen, Sohnemann. Verbrechen und blechen. Biste von Jacques?«

»Ja, Mahn. Er is mein Boß.«

»Arbeitest du mit Burke?«

»Lernen paßt mehr.«

»Und was, glaubste, kann dieser Schuljunge dich lehren? Der lernt ja selber noch.«

»Von Ihnen?«

»Biste je in Haft gewesen, Junge? Je hinter Gittern? Ich hab den Blödmann kennengelernt, da war er 'n närrischer Grünling. Pistolero wollte er sein, für Bankkameras posieren, bis sie ihm die Quittung reinwürgen. Ich lehrte ihn gehen, auf der Kippe stehen, verstehst du? Ich bin ein Dieb, Junge. Ein lieber Dieb. Kauf dich ein, lüge fein. Keine Knarren, Sohnemann. Mich kriegen die nicht dran, hab ich hinter mir, Mann.«

Ich nickte. »Die volle Wahrheit«, versicherte ich Clarence.

»Arbeitest du frei?« fragte der Prof. »Oder biste auf Lehre? ... Will Jacques dir beibringen, wie man Knarren vertikkert?«

»Ich steh im Lohn, Mahn. Aber für das Geschäft ... Jacques is mir da weit voraus.«

»Lieber mit Kopf als mit Kropf, Sohnemann. Warte ab, sonst kriegt dich der Staat, verstehste?«

»Ja, das weiß ich.«

»Dieser Louis, dahinten beim Tunnel, der mit den bocksbeinigen Mädels – hättste auf den geschossen?«

»Nein, Mahn. Ich wollt ihm bloß 'n bißchen Zunder zeigen. Feuerschutz markieren.«

»Markieren heißt verlieren, Junge. Zwinkere einmal zuviel, dann kennt der Mann dein Spiel. Willst du 'ne Arschgeige verscheuchen, taugt heiß 'nen Scheiß – kühl is viel.«

»Er hat gesagt ...«

»He, sagen is nicht austragen. Legste los, stellste dich bloß. Was machste, wenn der Mann dir eine knallt?«

»Ich bring jeden Mann um, der mich schlägt. Ich bin doch keine Frau, daß ein Mann mich schlägt.«

»Schuljunge, was waren die beiden ersten Sachen, die ich dir beigebracht habe, wenn ein Mann dich schlägt?«

Ich zündete mir eine Kippe an, gewann ein paar Sekunden. Der Prof hatte den Kommentar dazu abgegeben, aber Wesley war es, der es durchgezogen hat. Vor Jahren, auf dem Gefängnishof. Ein Eisenfreak namens Dayton hatte dem Eismann eine geknallt, vor allen andern. Wesley sackte einfach zu Boden. Dayton stolzierte ab, schwebte auf dem Geflüster davon. Die Knackis sagten, Wesley wäre ein toter Mann – ein Mann, der nicht kämpft, wenn er geschlagen wird, ist 'ne Muschi. Frei verfügbares Fleisch. Sie sagten es so lange, bis die Wachen Dayton tot im Stemmraum fanden.

Ich sah zu Clarence rüber. »Lächle«, sagte ich. »Und warte. Willste machen, mach leise.«

Der Kleine wollte nicht lockerlassen. Er wandte sich an den Prof. »Dieses religiöse Zeug, von dem ich gehört hab, daß Sie laufen haben ... wenn Sie'n Prediger sind, wo is Ihre Kirche?«

»Meinst du, der Herr hat nichts Besseres zu tun, als dort rumzuhocken und die Huldigungen entgegenzunehmen? Ich war jung bei der Berufung. Ich rede, wo ich mich bewege.«

»Ich hab bloß ...« Clarences Stimme verlor sich. Ich fragte mich, ob er kapierte, ob er begriff, daß der Mann ohne Beine auf der Karre ein Gigant war.

»Hast du einen Schalldämpfer für die Pistole da?« fragte ihn der Prof.

»Ja, Mahn. Ich mein, nich dabei, aber ...«

»Besorg dir einen für dein Maul«, versetzte der kleine Mann und zündete sich eine Kippe an.

156

Kalksteinhaus gleich bei der Fifth Avenue. Ich zog an den Straßenrand. »Ich geh rein«, sagte ich ihnen. »Clarence, paß aufs Gas auf, wenn du fährst, mit dem Ding kannste Bäume ausreißen. Der Typ, den ich besuche, is zirka fünfundvierzig. Klapperdürr, dunkle Haare, oben kahl werdend. Gesicht wie'n Dreieck, nach oben breiter. Schmale Lippen, lange Finger. Name steht an der Tür, Messingschild gleich über der Klingel. Komm in etwa 'ner Stunde wieder. Bin ich nicht da, parkste einfach irgendwo in der Straße. Warte, okay?«

»Klar, Mahn«, sagte Clarence und rutschte ans Lenkrad.

Der Plymouth fuhr los. Der Prof würde dem Kid sagen, wo's langging, falls ich nicht rauskam.

157

Protzig hing die Teakholztür hinter einem millimetergenau in die Mauer gesetzten Schmiedeeisentor. Ich drückte den Perlmuttknopf. Kein Ton von drinnen. Wartete.

Die Tür flog auf. Der Vampir trug einen burgunderroten Hausmantel aus schwerem gesteppten Brokat, ein Stück schwarze Kordel um die Taille geknotet. Schwierig, seine Züge im Schatten auszumachen, aber ich erkannte seine Gesichtsform, die dunklen Haare an der Seite. Sah den Schädel unter der straffen Haut.

»Sie«, sagte er, ein überraschtes, zischelndes Flüstern.

»Kann ich mit Ihnen reden?«

»Wir haben bereits geredet.«

»Ich brauche Ihre Hilfe.«

»Bestimmt fällt Ihnen etwas Besseres ein.«

»Wenn Sie mich anhören ... es geht um was, das Sie gern tun werden. Und ich habe was anzubieten.«

»Sind Sie allein?«

»Ja.«

Er tippte sich mit einem Finger an die Nasenspitze, überlegte. Dann eine Drehbewegung mit der anderen Hand. Ich hörte einen schweren Riegel zurückgleiten, zog leicht an dem Schmiedeeisen, und das Tor kam auf mich zu. Ich trat ein.

»Nach Ihnen«, sagte er und deutete auf die Treppe.

Das Zimmer hatte sich nicht verändert. Mächtig altes Geld, dunkel und stickig. Nur ein bernsteinfarbener Computerschirm minderte die altertümliche Atmosphäre. Oben auf dem Schirm waren etliche Zahlenreihen – während ich hinstarrte, blinkten sie, meinem Blick trotzend, in der Dunkelheit.

»Sehen Sie etwas Neues?« fragte er und deutete auf den Sessel, den ich letztesmal benutzt hatte.

Ich setzte mich – suchte das Zimmer ab, spielte mit. In der einen Ecke ein rechteckiges Fischbecken, viel länger als hoch. Ich stand auf und schaute es mir genauer an, spürte ihn hinter mir. Sämtliche Fische waren in Rot- oder Orangetönen gefärbt, alle hatten sie breite, schwarz umrandete weiße Streifen.

»Das hat sich geändert«, sagte ich. »Was sind das für welche?«

»Clownsfische. Die Familie nennt man Pomacentridae. Es

gibt viele Spielarten davon. Die Dunkelorangen sind Perculas«, deutete auf einen fetten kleinen Fisch nahe der Oberfläche. »Dann haben wir tomatenfarbene, kastanienbraune, sogar geflammte Clownsfische – meine Lieblinge.«

Die Geflammten hatten rote Köpfe mit einem weißen Streifen gleich hinter den Augen – die Körper waren lackschwarz. Sie hielten sich am Boden des Beckens.

»Salzwasserfische?« fragte ich ihn.

»O ja. Und sehr empfindlich.«

»Sie sind wunderschön. Sind sie selten?«

»Eher ungewöhnlich als selten. Clowns kommen wunderbar mit anderen Fischen zurecht. Das heißt, sie interagieren nie – sie bleiben selbst im Becken für sich.«

»Sie kämpfen nicht um ihr Territorium?«

»Nein, sie kämpfen überhaupt nicht. Gelegentlich ein kleiner Zank untereinander, aber nie mit anderen Arten.«

Ich betrachtete das Aquarium. Jeder Clownsschwarm blieb in seinem Bereich, eher treibend als schwimmend. Ich sah seine Spiegelung im Glas verschwinden, als er zu dem ledernen Armsessel ging und sich setzte. Ich nahm wieder den Sessel, auf den er zuerst gewiesen hatte, ihm gegenüber. Er studierte mich mit schwachem Interesse, in sich ruhend, sicheren Gefühls.

»Sie sagten, Sie hätten etwas ...?«

»Yeah. Als wir letztesmal geredet haben ... als Sie mir Ihre ... Philosophie erklärten. Über Kids ...«

»Ich erinnere mich«, sagte er steif. »Da hat sich nichts geändert.«

»Weiß ich. Ich habe genau zugehört. Sie haben mir damals gesagt, sie lieben kleine Jungs. Ich bin gekommen, weil ich rausfinden muß, wie weit das geht.«

»Was heißt ...?«

»Was Sie machen, was andere wie Sie machen, ist Liebe, richtig?«

Er nickte, wachsam.

»Sie zwingen keine Kids. Tun ihnen nicht weh … irgendwas dergleichen.«

»Wie ich Ihnen sagte. Was an unserem Verhalten falsch ist … das *einzige*, was daran falsch ist, besteht darin, daß es gegen das Gesetz ist. Wir werden gehetzt, verfolgt. Manche von uns wurden inhaftiert, von den Hexenjägern ruiniert. Doch es hat uns immer gegeben, und es wird uns immer geben. Aber Sie sind sicher nicht hergekommen, um sich auf einen philosophischen Diskurs einzulassen …«

»Nein. Um ein paar Sachen auf die Reihe zu kriegen.«

Er rappelte sich auf, wandte mir den Rücken zu. Tippte geschwind auf ein paar Tasten am Computer, zu schnell, als daß ich hätte folgen können. Graziös wie ein Konzertpianist drückte er die letzte Taste. Das Gerät piepste. Er stand auf, ging wieder zu seinem Lehnsessel.

»Sie sind gespeichert. Äußere Merkmale, Ankunftszeit, Ihr Codename, alles. Alles wurde weitergeleitet – das Modem ist offen.«

»Ich bin nicht gekommen, um Ihnen was zu tun.«

»Davon bin ich überzeugt.«

»Hören Sie«, sagte ich, beugte mich vor, hielt die Stimme gesenkt. »Können wir den Blödsinn lassen? Ich bin nicht hergekommen, um Ihnen was zu tun. Aber täuschen Sie sich nicht – die Israelis sind nicht Ihre Kumpel. Ich weiß nicht, was Sie für sie gemacht haben, was Sie für sie noch machen … und es ist mir egal. Aber die sind nichts weiter als eine Hürde. Eine Gefahr. Wofür Sie mich halten. Macht Sie jemand alle, werden die's nicht heimzahlen. Verstehen Sie, was ich sagen will?«

»Ja, sehr gut. Sie wollen sagen, wenn ich Ihnen die Information nicht gebe, die Sie möchten, werden Sie mich töten.«

»Das ist toll. Haben Sie jetzt genug für Ihr Tonband? Ich will Ihnen nicht drohen. Mit gar nichts. Ich will Ihnen bloß was sagen ... und Sie sollten zuhören. Gut zuhören ... vielleicht wollen Sie das gar nicht auf Band.«

Er legte die langen Finger aneinander, betrachtete mich über die Spitzen hinweg. Ich zählte im Kopf bis zwanzig, bevor er einen Muskel rührte. Er stand betont lässig auf, tippte wieder was in den Computer. Setzte sich, wartete.

»Das ist die Wahrheit, okay?« sagte ich ihm. »Sie haben keine Freunde an hohen Stellen. Keine *echten* Freunde. Sie sind ein Aktivposten ... was Wertvolles. Jeder schützt, was er für wertvoll hält. Das wissen Sie so gut wie jeder andere. Sie haben dieses wertvolle Gemälde, okay? Klaut es einer, versuchen Sie's zurückzukaufen. Aber wenn's 'nen Brand gibt, können Sie nichts tun, als die Versicherung zu kassieren. Die Israelis können Sie nicht schützen, es sei denn, die *federales* lassen Sie auffliegen. Auf die Einheimischen haben sie keinen Einfluß. Was ich für Sie habe, ist 'ne weitere Hürde. Etwas, was Sie von Ihren Freunden nicht kriegen können.«

Er hob die Augenbrauen, sagte kein Wort.

Ich langte in die Tasche, reichte ihm ein etwa visitenkartengroßes Stück Pappkarton. Er drehte es um, hielt es hoch.

Du kommst aus dem Gefängnis frei.

»Soll das ein Scherz sein?«

»Das ist kein Scherz. Sie haben 'nen Anwalt, richtig? Haben wahrscheinlich mehrere davon. Schicken Sie Ihren Anwalt zu Sonderfälle, lassen Sie ihn mit Wolfe sprechen ... wissen Sie, wer das ist?«

»Ja.«

»Überzeugen Sie sich, daß ich die Wahrheit sage.«

»Das hieße für mich …?«

»Immunität. Babyporno ist das einzige, mit dem Sie dranzukriegen sind, richtig? Das einzige Risiko, das Sie eingehen. Und vom Zoll werden Sie nicht gepiesackt – Sie handeln nicht mit Leuten, die Sie nicht kennen. Passieren kann nur was, wenn Sie jemand verpfeift und Sonderfälle 'ne Durchsuchung macht.«

»Hier gibt es nichts.«

»Sie schaun sich das Bild an, Freundchen. Und das ist der Fehler. Sie sollten sich lieber den Rahmen anschaun.«

Er holte Luft. Kleine, kalte Augen auf mir. »Das können Sie nicht bieten«, sagte er leise. »Wir wissen über Wolfe Bescheid. Man hat … bereits mit ihr geredet. Sie ist nicht … zugänglich … für … das, was Sie vorschlagen.«

»Lassen Sie Ihren Anwalt noch mal mit ihr reden. Machen Sie das, bevor Sie irgendwas für mich machen, okay? Ich sage Ihnen, was ich will, sag's Ihnen gleich jetzt, in diesem Zimmer. Hören Sie bloß zu – ich garantiere Ihnen, es geht nicht gegen Sie oder Ihre Leute. Geben Sie mir ein, zwei Tage, schicken Sie Ihren Anwalt zu ihr, in Ordnung? Hat sich nichts geändert, brauchen Sie gar nichts zu tun. Ihre Entscheidung, okay?«

Wieder türmte er die Finger. Ich zählte im Kopf mit.

»Sagen Sie mir, was Sie wollen«, meinte er.

158

Ich steckte mir eine Kippe an. Konzentrierte mich. Ich hatte nur einen Schuß.

»Wir beide wissen, wie's funktioniert, Sie und ich. Kinderschänder …« Seine schmalen Lippen teilten sich – ich hob abwehrend die Hand, fuhr fort, bevor er sprechen konnte. »Ich rede jetzt nicht von Ihren Leuten. Es gibt Leute, die Kinder schänden, richtig? Ich rede von Vergewaltigung. Penetration. Hartem Sex mit Reinstecken. Es passiert. Kommen Sie mir jetzt nicht auf die Weiche. Ich weiß, was Sie machen – ich weiß, was Sie mir gesagt haben. Ich könnte es Ihnen runterspulen, Wort für Wort. Die Kids, mit denen Sie sich einlassen, das ist Liebe, richtig? Da ist immer Einverständnis – ohne würden Sie es gar nicht tun. Ich erinnere mich, was Sie gesagt haben ... Sie sind ein Mentor, ein Lehrer. Kein Schänder. Sie meine ich jetzt nicht – aber hören Sie gut zu. Diese Leute, die sagen, sexueller Kindsmißbrauch ist ein Märchen – wir wissen es doch besser, Sie und ich. Ich sage nicht, daß Sie's machen – ich sage nur, daß es gemacht wird. Leute machen es, richtig?«

»Wilde tun es.«

»Ja. Schänden Väter ihre Töchter, ist das keine Phantasie. Bringen Menschen Kids um, machen Filme davon, ist das kein Märchen.«

»Und Sie meinen, wir sind alle gleich, Sie meinen ...«

»Nein«, sagte ich, Augen offen und klar, setzte auf eine Kindheit aus Lug und Trug, in der sie mir müheloses Lügen zur zweiten Natur machten, bevor ich zehn war. »Über das, was Sie machen, könnte man streiten, aber ich weiß, Sie lieben Kinder. Vielleicht bin ich mit Ihnen nicht einer Meinung, aber ich bin kein Cop. Das ist nicht meine Sache. Die Babyschänder sind's, die Ihnen das Leben zur Hölle machen, stimmt's nicht? Sie lieben Kinder. Sie sind genauso wütend drüber wie jeder andere, wenn sie gequält werden. Auch wenn sie die Gesetze ändern würden, auch wenn sie die Alterskiste aufheben, es so deichseln, daß ein Kid von sich aus sein Einverständnis geben könnte, dann wären sie wie Erwachsene, richtig? Und Notzucht ist Notzucht.«

»Die Gesellschaft spricht von Notzucht, wenn ...«

»Ich rede nicht von der üblichen Notzucht, Freundchen. Hören Sie genau zu. Ich rede von Notzucht mit schwarzem Handschuh, zugehaltenem Mund und Messerzeigen. Blut, nicht Vaseline. Schmerz. Schreie, lebensgefährlicher Schmerz. Ein kleiner Junge, aufgerissen, vielleicht einer von Ihren kleinen Jungs ... wie gefällt Ihnen die Vorstellung?«

»Hören Sie auf! Machen Sie Schluß, Sie ...«

Ich nahm einen tiefen Zug von meiner Zigarette, blieb in mir. »Genau das will ich tun. Genau das müssen Sie tun. Helfen Sie mir.«

»Ich ...«

»Sie wissen Bescheid. Sie wissen, daß es passiert. Die haben's mit meinem Klienten gemacht. Ein kleiner Junge. Aufgespalten wie eine reife Melone – ein Hirnkrüppel. Und sie haben's aufgezeichnet. Eine Gruppe. Eine organisierte Gruppe. Satanisten nennen sie sich, aber wir wissen, um was es da geht, nicht wahr, mein Freund?«

»Ich gebe mich nicht mit ...« Schweißströme auf seiner hohen Stirn, vortretende Sehnen auf der Hand, Adern wie Drähte an seinem Hals.

»Weiß ich doch. So was würden Sie nicht machen. Oder Ihre Leute. Weiß ich.« Ich wickelte ihn mit Samt ein, ein Cop, der einem Schänder sagt, daß er ihn versteht ... *diese Fotzen, stellen sich zur Schau, wackeln wie 'ne läufige Hündin, Scheiße, die bitten doch gradezu drum, richtig? Männer wie wir, die verstehen sich.* »Aber Freaks wie die, mit denen muß man Schluß machen. Die ziehen das Licht an, und Licht zieht Motten an, wenn Sie verstehen, was ich damit sagen will. Sie wissen, was ich mache. Ich habe Ihnen nie Ärger gemacht, richtig? Helfen Sie mir.«

»Wie könnte ich ...?«

»Der Computer. Die haben den kleinen Jungen geschändet, um verkäufliche Ware zu produzieren. Nicht wie bei Ihren Ikonen – nicht um sich an einen Jungen so zu erinnern, wie er mal war – Bilder zum Verkauf. Das Kid war 'ne Ware, und die brauchen 'nen Markt. Irgendwo sind die verzeichnet. Sie könnten sie ausfindig machen. Ihre Freunde könnten sie ausfindig machen. Mehr will ich nicht.«

»Und ...«

»Und die werden's nie erfahren. Und falls Sie mal ausrutschen sollten, wird Wolfe dafür sorgen, daß Sie nicht allzu schwer stürzen.«

Er durchsuchte die Taschen seines Hausmantels. Stieß auf ein schwarzes Seidentaschentuch, tupfte sich das Gesicht ab, überlegte. Ich wartete, beobachtete, wie die Würfel über den grünen Filz in meinem Kopf rollten.

Schließlich blickte er auf. »Erzählen Sie mir, was Sie wissen.«

159

Clarence rutschte rüber, während ich mich ans Steuer setzte. »Wo kann ich dich absetzen?« fragte ich ihn.

»Is okay, Junge«, sagte der Prof. »Er will mit mir fahrn, mit der S-Bahn.«

Ich schaute rüber zu Clarence. Er nickte.

Ich setzte sie an der East Side ab. Stieß auf ein Münztelefon, rief Wolfe an.

160

Auf dem Vordersitz von Wolfes gleich hinter dem Friedhof an der Kew Garden Hills Road geparktem Audi. Der Rottweiler, gelangweilt von dem Gespräch, lag flach auf dem Rücksitz.

»Wo ist die Sitzverstellung?« fragte ich sie. »Ich muß den Sitz zurückschieben.«

»Hier drüben. Ich ziehe ihn ... schieben Sie ganz langsam zurück.«

»Wieso ist er da drüben?«

»Falls jemand da sitzt, wo Sie sitzen, und Blödsinn macht, kann ich den Hebel ziehen, und der Beifahrersitz kippt flach nach hinten, in Liegestellung.« Sie langte nach hinten, tätschelte ihren Hund. »Und dort ist Bruiser«, sagte sie mit einem leichten Lächeln.

Ich dachte drüber nach, wie es sein mußte, im Sicherheitsgurt festgeschnallt zu sein und mit dem Gesicht nach oben dazuliegen wie ein Mann im Zahnarztstuhl, während einem der Rottweiler die Zähne zeigte. Nett.

»Ich habe vielleicht 'ne Möglichkeit«, sagte ich, zündete mir eine Zigarette an, »Lukes Eltern ausfindig zu machen. Ich habe vor Jahren einen Typen kennengelernt. Einen vernetzten Pädophilen. Macht die ganze Chose: Er 's ein ›Mentor‹ für kleine Jungs, geleitet sie auf dem Pfad zu sexuellem Bewußtsein, bewahrt fotografierte Ikonen zum Gedenken an die Wonnen auf, die sie miteinander hatten. Sie wissen schon, wovon ich rede – ein Kinderschänder mit intellektuellem Deckmantel. Pädophilie – die absolute Grenze der Sexualität – das letzte Tabu – Sie haben's alles schon gehört. Er ist ein Anwalt der Kinder, sagt er. Kinder werden durch archaische Gesetze eingeschränkt – was nützt das Recht, ›nein‹ zu sagen, ohne die Freiheit, ›ja‹ sagen zu dürfen. All das.«

»Wie Sie schon sagten – ich kenne das.«

»Yeah. Na ja, jedenfalls macht er irgendwas für 'ne ausländische Regierung. Viel weiß ich nicht drüber. Kurz und gut: Die FBIler würden ihn nicht einfahren, nicht mal, wenn er ihnen irgendwie auf den Leim geht. Ich habe ihm Immunität angeboten, falls die Einheimischen ihn je schnappen sollten. Hab ihm gesagt, Sie decken das. Daß Sie das seinem Anwalt sagen, wenn er Sie anruft.«

»Sie haben ihm *was* gesagt?«

»Sie haben gehört, was ich sagte. Es ist ein Angebot. Für nichts gibt's nichts. Kommt er mit Lukes Eltern rüber, kommt er davon, wenn Sie ihn nächstes Mal auffliegen lassen. So Sie das je schaffen.«

»Sie wissen, um was Sie mich da bitten?«

»Yeah. Um 'ne Lüge.«

Wolfe schaute geradeaus durch die Windschutzscheibe, klopfte mit ihren langen Krallen auf das Lenkrad. Französische Maniküre: blanke Nägel, weiße Spitzen. Ich sah, wie ihre Bluse sich beim Atmen bewegte.

»Das kann ich machen«, sagte sie.

161

Ich gedachte nicht, mich auf den Freak zu verlassen. Selbst wenn ich ihn absolut ausspielte, selbst wenn er auf den letzten Schwindel anbiß, konnte ich nicht sicher sein, ob er nicht mit einer Niete rüberkam. Lukes Eltern könnten überall sein. Sowohl in Manhattan als auch in Holland.

Das Bild der Queen spukte mir im Kopf rum. Roots – unser aller Wurzeln. Obeah. Obey – Gehorsam. Ruf der Geister. Ich ließ mich Jäger sein, folgte der Fährte.

Ich streute die Kunde aus. Selbständiger Sammler sucht Videobänder. Keine kommerzielle Ware erwünscht. Nur Jungs. Hartes Zeug. Das einzig Wahre. Spitzenpreise garantiert. Spickte die Kleinanzeigen mit den richtigen Codewörtern. Klinkte mich in die Computerangebote ein, von denen ich wußte. Checkte die Kfz-Zulassungsstelle. Zwei Autos auf die Gesuchten zugelassen: ein Infiniti Q45 und ein Mercedes 380 SL. Die Adresse bezog sich auf ein Haus in den Hamptons. Gemietet, wie sich rausstellte – sie hatten bis Labour Day bezahlt, waren aber seit Wochen nicht dagewesen. Die Maklerin war eine vorsichtige Frau – sie hatte eine Fotokopie ihres Schecks, für den Fall, daß er nicht hinhauen sollte. Tat er aber. Auf eine Firma mit einer Anschrift in Midtown-Manhattan ausgestellt.

Die erwies sich als ein Zimmer voller Briefschlitze. Eine Briefkastenadresse, für Nachsendungen eingerichtet. Mit einem Fünfzigdollarschein knackte ich den Code. Ein Postschließfach in Chelsea. Das hätte die meisten Menschen ausgebremst, doch Melvin, der halbbürgerliche Bruder des Prof, arbeitet im Postamt. Sie hatten das Schließfach unter dem Namen auf ihrer Geburtsurkunde erstanden, und die Anschrift war aufgeführt. Diejenige, unter der man Luke im Blut seines kleinen Bruders gefunden hatte.

Endstation.

Ich fing von vorn an. Die Nachbarn in dem Haus waren bereits von den Cops ausgequetscht worden. Eine Frau hatte nichts dagegen, das Ganze noch mal durchzugehen, fragte, ob sie ins Fernsehen käme. Soweit sie wußte, waren die Eltern des armen Kids in eine sicherere Gegend gezogen. Eine, wo sich nachts kein Irrer ins Haus schleichen und dein Baby verhackstücken konnte. Sie und ihr Mann wollten auch umziehen, aber der Immobilienmarkt war derzeit dünne.

Das Scheckkonto der Firma lief über eine Handelsbank. Ich marschierte rein, stellte einen Einzahlungsschein auf die Kontonummer aus, legte einen für die Firma ausgestellten Scheck über fünf Riesen dazu. Der Kassierer nahm ihn, stempelte ihn ab, ging an sein Gerät, kam zurück und sagte mir, das Konto wäre aufgehoben. Ich sagte ihm, ich mache mir Sorgen – ich hätte da diese Schuld zu begleichen, wüßte nicht, was ich mit dem Scheck anstellen sollte. Er biß nicht an, sagte mir, er hätte keinerlei Hinweis. Keine Sorge, sagte er mir, es wäre nicht mein Problem.

162

Von selbst würden sie sich nicht preisgeben. Wesen wie die haben zwei Ebenen von Immunität – eine, die man sich kaufen kann, und eine, die vom soziopathischen Mangel an jeglichem Schuldgefühl kommt. Wahres Übel ist unsichtbar, bis es sich nährt. Sie lachten hinter ihren Masken über die Therapeuten, schafften mit links jeden Lügendetektor.

Bestenfalls würden sie nicht außer Landes gehen. Andernorts mag man mit Pädophilen oberflächlich netter umspringen, aber nirgendwo ist die Protektion solcher Freaks gesetzlich so festgeschrieben wie bei uns.

Ich rief nach Wesley. Der Geist des Meuchlers kam, wie immer ... am obersten Rand meines Bewußtseins schwebend. Ich konnte nie sein Gesicht abrufen, aber seine Stimme erkannte ich immer.

»Wo?« fragte ich ihn.

»Du weißt es. Besser als ich.«

Damit verließ er mich. Ich spielte die Bänder in meinem Kopf ab. Was ich weiß. Sie benutzen immer mehrere Örtlichkeiten, ziehen mit den Kids rum. Sie mußten dicht dran eine Höhle haben. Und Sachen, die man braucht. Strom, Heizung, Wasser. Telefon ebenfalls.

Die Staatsanwaltschaft könnte die Unterlagen vom E-Werk anfordern, Mütterchen Post heimsuchen. Wolfe hatte es wahrscheinlich schon gemacht, ich dachte nicht dran, es ihr vorzuschlagen. Ich benutzte einen Zuträger, einen Ex-

Cop, der eine ganze Latte Leute im Ablageraum hat. Nichts schwarz auf weiß ... rasch ein paar Tasten am Computer drücken, und ich wußte, ob sie aufgeführt waren.

»Wollen Sie *sämtliche* Anschlüsse?« fragte er.

»Samt und sonders«, sagte ich. »Probieren Sie's auch mit der Gasversorgung. Und nicht nur in der City, okay? Geben Sie mir Westchester, Nord-Jersey, das südliche Connecticut.«

»Das macht 'ne satte Rechnung, Mann.«

»Ich kann's mir leisten«, sagte ich ihm und reichte ihm tausend in Fünfzigern. »Den Rest, wenn Sie wiederkommen.«

Er brauchte nur drei Tage. Bis er eine Niete zog.

163

Zu tief abtauchen würden sie nicht, nicht diese Freaks. Wesen, die Kindern nachstellen, führen ein merkwürdiges Doppelleben. Die Nachbarn sind immer schockiert, wenn die Kiste auffliegt – doch nicht *die*. Sie waren Gemeindevorsteher, politisch konservativ, aber mit einer Schwäche für bürgerliche Freiheiten. Geregeltes Leben, alles unter Kontrolle – ließen sich nur in ihren üblen Zirkeln gehen.

Ich rief meinen Kumpel Morelli an, einen abgebrühten Polizeireporter. Bat ihn, mich eine Weile mit seinem NEXIS-Terminal allein zu lassen. Er sagte, was er immer sagt.

»Irgendwas für mich?«

Ich schüttelte den Kopf.

164

Er kam ein paar Stunden später zurück. Alles, was ich von meiner Arbeit vorzuweisen hatte, waren ein Aschenbecher voller Stummel und ein Kanzleiblock mit Notizen. Wegen rituellen Mißbrauchs Angeklagte, die während der Haftverschonung auf Kaution abgehauen waren, entlarvte Babysexringe ... einige Täter nicht festgenommen. Möglichkeiten – sie finden immer zu ihresgleichen.

»Glück gehabt?« fragte Morelli.

»Scheibenkleister«, sagte ich ihm. »Trotzdem danke.«

165

Ich sagte Morelli nichts von dem Zeitungsausschnitt, auf den ich gestoßen war. Sechzehn Jahre altes Mädchen. Babysitter in einer hübschen Gegend im unteren Westchester, war wegen sexuellen Mißbrauchs zweier kleiner Jungs festgenommen worden. Das Verbrechen war letztes Jahr verübt worden – der Name wurde wegen des Alters des Babysitters nicht freigegeben. Volles Geständnis.

Ich parkte den Plymouth auf dem überdachten städtischen Abstellplatz gegenüber vom Familiengericht in Yonkers. Halb acht morgens – alles leer. Ich ging über den Platz, die Treppe vor dem Rathaus runter. Die Steinstufen waren übersät mit Menschen, die keinen Schlafplatz auf den Parkbänken gefunden hatten – ihre Plastikmülltüten voller gesammelter Aluminiumbüchsen und Plastikflaschen umklammernd, warteten sie drauf, daß der Recycling-Schuppen öffnete.

Ich fand ein Münztelefon, versenkte einen Vierteldollar. Eine sehr proper klingende Frauenstimme meldete sich. »Familienkammer.«

»Allein da?« fragte ich die Stimme.

»Ja«, sagte sie und legte auf.

Das Familiengericht befindet sich in einem normalen Bürogebäude am South Broadway. Niemand darf auf die Etage, bevor geöffnet ist. Ich drückte den Fahrstuhlknopf, hörte die Zahnräder knirschen, als sich die Kabine abwärts in Bewegung setzte, und trat durch eine Metalltür ins Treppenhaus. Als ich im richtigen Stockwerk war, stieß ich sachte an die Notausgangstür. Sie war offen.

Mit meinem Anwaltsanzug bekleidet, einen Attachékoffer tragend, setzte ich mich den Korridor runter in Marsch. Hielt mich einer an, würde ich sagen, ich hätte ein Schriftstück zu hinterlegen.

Keiner machte es. Sie wartete im Aktenraum, eine patrizierhafte Frau mit einer stolzen, aufrechten Haltung, angetan mit einem langärmligen Kleid, Spitze an den Manschetten und am Hals. Als Chefsekretärin war sie immer früh da und ging spät – ein Graus für sämtliche öffentlich Bediensteten auf der Welt. Ich verbeugte mich leicht. Sie streckte die Hand aus. Ich öffnete den Attachékoffer, gab ihr eine Kopie des Zeitungsausschnitts. Sie las ihn sorgfältig, nickte leicht. Dann ging sie rüber zu einem mit »Unerledigt« ausgeschilderten Karteikasten und durchforstete die Akten. Zog eine raus, zeigte sie mir. Ich rührte sie nicht an.

Sie ging rüber zum Fotokopierer, jagte ein halbes Dutzend Blätter durch. Elegant und effizient, so wie sie alles macht. Ich steckte die Blätter in meinen Koffer. Verbeugte mich noch mal.

Sie wandte mir den Rücken zu, kehrte an ihre Arbeit zurück. Ich weiß nicht, was sie von mir hält, die Dame. Ihrem Gesicht ist nie viel anzumerken. Aber sie weiß, was ich mache.

166 Die Papiere, die ich mitnahm, enthielten alles, was ich brauchte. Der Name des Kids war Marianne Morgan. Wohnte bei Mutter und Vater, besuchte eine Privatschule in Larchmont.

Am nächsten Tag rief ich einen Typen an, den ich kenne. Er ist Sachbearbeiter beim örtlichen Kinderschutzverein, seit Jahren dabei. Er ist außerdem ein ausgekochter Weiberheld – manche Jungs mögen nur Blondinen, er steht nur auf Verheiratete. Um halb sechs morgens meldete er sich nach dem ersten Läuten des Telefons. Wahrscheinlich gerade heimgekommen. Ich sagte ihm, was ich wollte. Wir verabredeten uns für den Abend – er sagte, er müßte sowieso in die City.

167 Ich war zuerst da – eine Bar an der First Avenue in Höhe der Sixties. Bestellte ein Mineralwasser, einen Schuß Absolut dazu, schaute mich um. Zumeist Feierabendgäste: Männer und Frauen in entsprechenden Nadelstreifen, über Geschäfte redend.

Er kam nur ein paar Minuten später. Rutschte neben mich, griff sich einen Wodka, kippte ihn runter.

»Ich habe die Aufnahmevermerke«, sagte er zur Begrüßung.

»Mit?«

»Hier drin.« Tippte sich an die Schläfe.

»Wie kommst du an 'ne Jugendstrafsache? Hätte nicht gedacht, daß das Zeug über die Organisationsebene läuft.«

»Tut es nicht. Sollte es aber ... es sind dieselben Kids ... tut's aber nicht. Zuständigkeitsquatsch, du weißt ja.«

»Yeah. Und?«

»Zuerst war es eine Verschlußsache. Sagte ihrem Vertrauenslehrer auf der Schule, sie hätte Sex mit ihrem Vater.«

»Wann?«

»Ende achtundachtzig, kurz vor den Weihnachtsferien. Sie wollte nicht nach Hause fahren.«

»Was ist passiert?«

»Sie erzählte dem Ermittler die ganze Sache. Ihr Vater wäre ein Spiegelfreak. Sie haßte Spiegel. Dann, als wir sie zu einem Justitian schickten, hat sie widerrufen. Zog die ganze Sache zurück, sagte, sie hätte es erfunden, weil sie keinen Ärger wegen ihrer Zeugnisse kriegen wollte.«

»Wurde es fallengelassen?«

»Yeah. Dann, etwa sechs Monate später, rief sie über den heißen Draht an. Erzählte die gleiche Story.«

»Und ließ es später wieder platzen?«

»Richtig.«

»Glaubst du, es hat gestimmt?«

»Teufel, ja. Wir schlagen uns die ganze Zeit mit Widerrufen herum, vor allem von Mädchen. Sie hat's bloß nicht auf die Reihe gekriegt. So wie ich's mir denke, hat sie sich selber geliefert, damit's nicht mehr in ihrer Macht steht.«

»Und sie ist in Verwahrung?«

»Nein. Ihre Eltern haben ihr einen Anwalt besorgt. Schau, sie war fünfzehn, als es passiert ist ... mit den Kids, auf die sie aufgepaßt hat ... also wird sie als Jugendliche behandelt, auch wenn sie jetzt aus dem Alter raus ist. Der Richter an der Familienkammer hat sie laufenlassen. Hat für die Eltern von den Kids irgendwelche Schutzauflagen verfügt. Sie muß sich, solange das Verfahren anhängig ist, einmal die Woche beim Bewährungshelfer melden, das ist alles.«

Eine Frau ging vorbei, eine junge Frau mit zuviel Hintern für die Jeans, die sie anhatte – sie war derart reingezwängt, daß die kleinen Gesäßtaschen nicht parallel zur Mittelnaht standen.

»Behalte deinen Grips bei der Arbeit«, sagte ich ihm. »Schwer reden, wenn du den Mund so aufsperrst.«

Er riß sich los, konzentrierte seine glasigen Augen. Ich bestellte Getränkenachschub.

»Kennst du den Namen des Bewährungshelfers?« fragte ich ihn.

»Würde dir nichts nützen, Burke. Sie ist vor ein, zwei Wochen ausgebüchst. Wird jetzt als Ausreißerin geführt.«

Ich dachte über eine weitere Frage nach, als er aufstand, mir die Hand schüttelte und hinter der Frau in der Jeans herhechelte.

168

Mit dem Kopf auf ein paar am Ende von Bonitas Bett aufgetürmten Kissen liegend, eine Zigarette rauchend, Augen halb geschlossen. Bonita auf den Knien, von mir abgewandt, über die Schulter zurückschauend, die Grübchen über ihrem herzförmigen Hintern bewundernd. Ihr Körper glänzte noch von Öl und Schweiß.

Vor langer Zeit hatte ich eine Freundin. Eine Dichterin war sie. »Ich kann immer das Ende von allem sehen«, sagte sie mir. Als Erklärung, warum sie weinte, wenn wir miteinander vögelten.

Für mich enden Sachen nicht, sie schlingen sich ineinander. Selbe Bühne, neue Spieler. Eine aus verseuchtem Schlag entlassene Brieftaube, die am Himmel schwebt. Drauf wartet, daß sie ihr die Tür wieder aufmachen. Auf der Hut vor Falken.

Ich dachte an Blossom. Eine so wunderschöne Frau, daß es schon ein Vergnügen war, ihr morgens beim Anziehen zuzusehn. Wie selbst ihr Schweiß blond war. Ein rosa Aufleuchten in der Nacht, bevor der Sex-Schießer zu Boden ging. Harte Unschuld.

Frisch und neu. Aber nur für mich. Keine Plastikschonbezüge auf ihrer Seele.

Ich dachte an Versprechen.

Hier unten heißt unschuldig nicht naiv. Es heißt Nicht Schuldig.

Bonita erzählte mir irgendwas von wegen woanders hinziehen. Eine eigene Hütte. Wo wir mehr Privatsphäre hätten. Aber die Knete war knapp. Wenn sie bloß das Geld für die ersten zwei Monate Miete und Kaution rausleiern könnte – leckte sich die Lippen, als mache sie der Gedanke spitz.

Beim Anklopfen an ihre Tür hatte ich mich gefragt, warum ich gekommen war. Sobald ich drin war, fragte ich mich wieder.

Ich schloß die Augen. Nicht schläfrig. Müde.

169

Die Hitze kochte Asphalt und Gemüt, die Sommersonne briet Träume. Schußfeuer rüttelte an den Fenstern der Hochhausslums von Brooklyn bis zur Bronx. Ein Teenager erschoß einen gleichaltrigen Jungen in Harlem. »Es ging um 'nen Zoff«, sagte er den Cops.

Ein anderer Teenager wurde in der U-Bahn erstochen. Auf dem Heimweg von seinem Teilzeitjob. Seine Halskette und das Armband wurden geraubt. »Ich hab ihn angefleht, er soll sein Gold nicht in der Bahn tragen«, sagte sein Vater dem Fernsehreporter.

An der Flatbush Avenue in Brooklyn kam ich aus einem Laden von einer weiteren kalten Spur, trat auf den Gehsteig. Ein weißer Cadillac am Straßenrand, die Flanke von einem schlüsselbewehrten Vandalen mit Mustern verziert. Eine alte Frau ging vorbei, sah meinen Blick, gab einen bekümmerten Ton von sich. »In dieser Stadt kann man nichts schön lassen«, sagte sie und zog weiter.

170 Ich hetzte auf toten Fährten. Folgte einem Gerücht über ein Sicheres Haus für pädophile Priester. Wo man sie in Therapie nimmt, bis sich die Aufregung gelegt hat. Und sie gleich in einen anderen Sprengel versetzt, ohne der Gemeinde ein Wort zu sagen.

Falls es einen Teufel gibt, lacht er sich schlapp über diese neue Art Abfallrecycling.

Und falls es einen Gott gibt, sollte ihn jemand wegen Amtsvergehens anzeigen.

171 Ich flog mit dem Buschbomber nach Marcy, dem staatlichen Laden für geisteskranke Kriminelle. Saß im Besuchszimmer und hörte zu, wie mir ein Psychopath, der ein Kid mit einem elektrischen Messer zerlegt hatte, erzählte, er wüßte, wo man jeden Teufelsanbeter im Land finden könnte. Ich brauche ihn nur rauszuholen, und er führe mich direkt zu den Leuten, hinter denen ich her war. Ich sagte ihm, das könnte ich nicht ... aber vielleicht könnte ich da was drehen, daß ihm ein bißchen was von seiner Strafe erlassen würde. Er griente mich an – so närrisch war er nicht.

172 Zeigte die Fahndungsbilder rum, fragte jedermann. Zog bei jeder Runde Nieten. Ich rüttelte an jedem Käfig, der mir einfiel, doch alles, was ich erreichte, war das Knurren von Bestien.

173 Es dauerte acht Tage, bis er anrief. Mama war dran, sagte ihm, ich wäre nicht zugegen. Er wollte keine Nachricht hinterlassen, sagte bloß, sie sollte dafür sorgen, daß ich morgen um die gleiche Zeit da wäre. Sagte, sie sollte mir bestellen, daß er, mein Freund, angerufen hätte.

Er rief am nächsten Tag an. Hörte meine Stimme, sagte eine Adresse ins Telefon, legte auf.

174 Damit hätte alles geritzt sein sollen.

Ich wartete, daß Max aufkreuzte, stieg ins Auto, fuhr rüber zu Lily. Ich gedachte ihr die Adresse zu geben, sie mit Wolfe verhandeln zu lassen, mich zurückzuhalten.

Doch als ich zu SAFE kam, zog mich Lily wortlos ins Hinterzimmer.

»Ich habe sie«, begann ich.

»Darauf kommt's nicht an. Jetzt nicht.«

»Warum?«

»Ich kenne nicht alle Einzelheiten. Wolfe will sich mit Ihnen treffen. Sie will es Ihnen selbst sagen.«

175

Ich rief Wolfe an. Folgte ihren Anweisungen. Beinahe heller Tag, als ich in ihre Auffahrt stieß. Sie öffnete die Tür, bereits berufsmäßig gekleidet, Make-up an Ort und Stelle.

»Möchten Sie Kaffee?«

»Nein, danke.«

»Dann trinke ich meinen rasch noch aus, okay?«

»Sicher.«

Sie setzte sich an den runden Holztisch, trank aus einer weißen Porzellantasse. Im Aschenbecher neben ihr waren bereits zwei lippenstiftverschmierte Kippen, Papierschnipsel mit telefonischen Mitteilungen neben ihrem Ellbogen. Der Rottweiler ruhte zu ihren Füßen, Schnauze zwischen den Pfoten am Boden – sah aus wie ein Fatalist.

»Ich habe die Adresse«, sagte ich.

»Ich weiß. Ich wußte, daß Sie es schaffen. Es haut nicht hin.«

»Was soll das heißen?«

»Das heißt, ich bin angeschmiert«, sagte sie. »Es gibt keine Möglichkeit, sie anzuklagen – wegen der Dinge, die sie Luke angetan haben. Holen wir ihn in den Zeugenstand, bevor die Persönlichkeiten verschmolzen sind, kommt es zu einem Rückfall. Und wenn wir warten, zieht seine Geschichte nicht. Welche Schöffen springen schon auf Teufelsanbetung an? Deswegen benutzen sie ja das ganze ... all dieses Drum und Dran.

Wir haben keins der Bänder. Sie wissen, was sie tun – die Kamera wird sein Gesicht nicht zeigen. Oder ihre. Ihre mit Sicherheit nicht. Käufer kümmern sich nur darum, wie das Opfer aussieht.«

»Das haben Sie von Anfang an gewußt. Was ist mit ...?«

»Der Anklage wegen Mordes? Ja, das war die Trumpfkarte. Ich könnte eine große Kammer damit ködern, da bin ich sicher. Logisch ergibt es Sinn. Auf diese Weise Könnten wir auch die ganzen psychiatrischen Aussagen vorbringen. Dann hätten wir die Keule über ihren Köpfen ... Könnten sie auseinanderdividieren, einen kriegen, der klein beigibt, mit uns redet, eine Aussage macht. Zumindest hätten wir eine Chance.«

»Und? Was stimmt damit ...?«

»Stimmen tut dabei nicht, daß das Büro mich keine Klage erheben läßt. Ich habe in den letzten Tagen mehr Unsinn über die Rechte eines Beschuldigten gehört als von der Rechtshilfe in einem ganzen Jahr.«

»Glauben Sie, jemand ist link?«

»Nein, ich glaube, sie sind feige. Eine Anklage, wie wir sie wollen, ist keine sichere Sache. Sie könnte jahrelang durch die Instanzen gehen. Sie haben Schiß ... sie haben Schiß vor all diesen Freaks mit ihrem ›falsche Behauptung‹ ... Sie wissen schon, diejenigen, die rituellen Mißbrauch als ›Mythos‹ bezeichnen.« Sie zündete sich eine weitere Kippe an, stieß wütend Qualm aus, trank einen Schluck Kaffee. »Wollen Sie wissen, was komisch ist? Sie könnten recht haben, diese Leute. Ich bin nicht sicher, ob Satanisten Kindern irgend etwas antun ... Sie wissen, daß sie sagen, der Teufel könne aus der Heiligen Schrift zitieren? Nun, *jedermann* kann den Teufel zitieren. Das Zeug ist die Kehrseite der Medaille ... Kinderschänder können Kostüme überziehen, und mit einem Male ist es ›Satanismus‹. Es ist wie ein Schwindel in einem Schwindel ... wir finden die Kids, sie sagen uns, was passiert ist, und wir verzetteln uns, weil wir den Teufel anklagen. Das Büro will nichts davon hören – sie würden die Vorlage nicht genehmigen. Und selbst wenn ich eine Anklageerhebung erzwänge, würden sie das Verfahren von sich aus einstellen. Das ist mir schon mal passiert.«

Ich zündete mir ebenfalls eine Kippe an, spielte um Zeit. »Hat der Typ eigentlich seinen Anwalt vorbeigeschickt?«

Sie zeigte ein Lächeln, auf Niederwatt. »O ja. Sein Anwalt ist von einer höchstrespektierlichen Kanzlei an der Wall Street. Versteht jedoch nicht viel von Strafrecht. Wir haben unseren Deal gemacht.«

»Gedenken Sie ihn zu halten?«

»Sicher. Er kriegt schlankweg Immunität für alles, weswegen wir ihn kassieren. Natürlich beschränkt auf Straftaten ohne Gewaltanwendung. Genauso hat er die Interessen seines Mandanten vorgetragen – wir haben einfach mitgespielt. Und er steuert wahrheitsgemäße Aussagen über jeden weiteren Beteiligten bei.«

»Damit ist er tot.«

»Ja.« Sie gab ein Zungenschnalzen von sich. Der Rottweiler rappelte sich auf. Wolfe hielt die Kaffeetasse ruhig, während er die Schnauze senkte und schlürfte. »Ist koffeinfrei«, sagte sie, als wolle ich sie des Hundsmißbrauchs beschuldigen.

»Wir fahren sie ein. Bombardieren sie mit haufenweise Anschuldigungen, sehen, ob einer auch ohne die Mordgranate zerbricht. Kommt darauf an, wie viele es sind, wie gut organisiert, wer sie vertritt. Sie wissen, wie es läuft.«

»Yeah. Mit 'nem Antrag auf Beweismitteleinsicht kriegen sie Lukes Aussage. Er landet in der Anstalt. Und die kommen davon.«

»Vielleicht nächstes Mal«, sagte sie und schaute mir direkt ins Gesicht. »Wie ist die Adresse?«

Ich drückte meine Zigarette aus, stand auf. »Ich habe sie nicht dabei«, sagte ich.

Sie sagte kein Wort mehr. Ich fand selber raus.

176 Ich trieb mich den ganzen Tag rum. Das Gebäude, in dem sie untergekrochen waren, stand frei, aber es war nicht so entworfen worden – überall noch Trümmer von der Abrißbirne. In der South Bronx, gleich über der Willis Avenue Bridge. Pionieryuppie-Territorium. Als die Immobilienpreise in Manhattan außer Kontrolle gerieten, verwandelte sich jeder Quadratzentimeter Land in Gold. Die Yuppies flohen aus dem Stadtzentrum wie Nachtfalter, die dem Licht ausgesetzt werden: Long Island City, Flatbush, Harlem, überall hin, wo sich Wohnraum finden ließ. Wer zuerst reinkam, kam billig rein. Die Grenze abstecken. Hielt man das Land gegen die Eingeborenen, konnte man es für Asche weitergeben, pfundweise. Die Menschen, die zuerst dort gelebt hatten, kriegten die 1980er Entsprechung der mit Windpocken verseuchten Decken. Dann starb Gott am 19. Oktober, und der Immobilienmarkt brach zusammen. Etliche Pioniere waren von den Nachschublinien abgeschnitten. Zu spät jedoch für eine Rückkehr der Eingeborenen – sie bekamen Teilnahmescheine an der Neubaulotterie und schliefen auf der Straße, während sie warteten, daß sie drankamen.

Das nächste Gebäude war vielleicht fünfundzwanzig Schritte rechts. Fünf Stockwerke, aufgelassen. Ein augenloser Leichnam, ohne Fenster. Maschendrahtzaun rund um den okkupierten Besitz, neben dran Autos geparkt. Satellitenschüssel auf dem Dach, Maueröffnungen im Erdgeschoß vergittert. Die Zählerablesemasche brachte mich da nicht rein.

Es war bloß eine Adresse – konnte noch nicht sicher sein, daß sie es waren. Der Vampir konnte was falsch verstanden haben. Oder mich richtig.

177

Als es dunkel wurde, war ich noch immer unterwegs. Ließ mich treiben. Fand mich auf dem BQE nach Queens wieder. Ich dachte, ich führe in Richtung Wolfe, als ich das Amulett um meinen Hals spürte. Ein heißer Fleck – wie man ihn bei Fieber kriegt.

Kreuzte vor dem Haus auf. Stellte den Motor ab, ließ ihnen massenhaft Zeit, mich wahrzunehmen. Stellte ihn wieder an, stieß in die Zufahrt, fuhr hinten rum.

Der Melder schien nicht überrascht, mich zu sehen.

Sie war unten, zwei junge Frauen bei ihr. Sie traten beiseite, als ich nahte, mich vor ihr verbeugte, und verzogen sich. Es war so dunkel, daß ich nicht sagen konnte, ob sie noch bei uns im Raum waren.

»Du bist bekümmert«, sagte sie.

»Ja.«

»Stell deine Fragen.«

»Ich habe die Leute gefunden, die ich gesucht habe. Aber sie sind über dem Gesetz.«

»Wie auch du.«

Ein weiches Licht glühte links von mir – sah aus wie eine im Wasser treibende Flamme.

»Ich bin nicht über dem Gesetz«, sagte ich ihr. »Die könnten mich runterholen, wie sie 'ne Fliege erschlagen.«

»Suchst du Gerechtigkeit?«

»Nein.«

»Was dann?«

»Rache.«

»Ja, die Wahrheit ändert sich nicht mit dem Namen. Hast du Angst?«

»Nicht vor denen. Jetzt nicht.«

»Doch früher, ja?«

»Ja. Als ich ein Kid war.«

»Es sind andere Leute als die, welche dir Schmerz zufügten.«

»Nein, sie sind es. Sie haben es selbst gesagt. Nur ihr Name hat sich geändert.«

»Dann ist es nicht des Kindes wegen, daß du sie suchst?«

»Vielleicht. Ich weiß nicht. Das ist die Wahrheit – ich weiß es nicht.«

»Das ist dein Opfer. Mir die Wahrheit zu sagen. Eine Wahrheit, die du noch keinem anderen gesagt hast, ja?«

»Das weiß keiner.«

»Du hast es an dir, Jäger. Du wirst niemals frei sein. Nicht bevor du überwechselst. Habe keine Furcht, schätze deine Traurigkeit. Deine Erde wird dir keine Fröhlichkeit bieten, doch dein Geist wird wiederkehren. Rein und frisch.«

»Ohne Haß?«

»Hassen ist dein Geist, Jäger. Rechtschaffen hassen, das ist dein wahrer Weg. Hüte die Gesundheit deines Geistes – gefährde niemals deine Seele.«

»Ich habe vor ...«

»Ich weiß. Jedermann kann den Kreis durchbrechen, doch niemand kann verhindern, daß er sich wieder schließt. Dieser Mann, der mit der Leiche des Babys kam. Für das Opfer. Es gibt da eine, die das Baby liebte. Sie lebt noch.«

»Die Mutter ...«

»Sie ist es nicht. Sie war es nie. Die Mutter geht nun mit einem Kinde. Sie wird den neuen Erdenbürger nicht überleben – sie wird im Kindbett sterben. Und sie, die das Baby liebte, das starb, wird ein neues Kind lieben können.«

»Wie ...?«

Sie legte die Hände hinter den Kopf, bog den Rücken wie eine Katze, streckte sich. In ihrem Lächeln lag das Geheimnis aller Geschlechtlichkeit. »Auf den Inseln, in den Dschungeln gleich außerhalb der Städte, flüstern die Menschen. Kein Mann lebt ohne Essen. Selbst die Geister müssen essen. Auch sie müssen sich paaren. Ich weiß es. Das heißt es, Queen zu sein. Höre nun zu: Manche sagen, in den Mägen derjenigen, die schuldig wurden, brüten die Eier von Schlangenjungen. Schlüpfen die Jungen, tötet das Gift. Dann muß man den Leib aufschneiden und die Geisterschlange freilassen. Das Innere eines Bambussprosses besteht aus vielen winzigkleinen Härchen, wie Schlangenjunge. In unserer Speise verursachen die Härchen große Krankheit. Manche sterben. Die Geister sind Chirurgen, keine Schlächter. Die Mutter wird sterben, das Baby wird leben. Wir werden unser Opfer darbringen – ich werde mich selbst hingeben – sie werden in mich kommen. Es wird geschehen.«

»Selber hingeben?«

»Die Mythen sind wahr, Jäger. Wie ich dir sagte. Ich kann die Toten auferwecken. So wie du einst tot warst. Sage mir, daß dies wahr ist.«

Ich sah Candy vor mir. Gefesselt und geknebelt. Und tödlich. Später, in ihrem Treppenhaus, Rock zur Taille hochgeschoben, wie ich meine Impotenz in ihr verlor, den Preis bezahlte.

Die Toten erwecken – zum erstenmal wußte ich, was das hieß.

»Es stimmt«, sagte ich. »Kann ich ...?«

»Auch du, Jäger. Du wirst nicht finden, was du durch dein eigen Opfer suchst, doch ist es die Bestimmung deines Geistes, zu suchen. Erinnere dich, was ich dir sagte.«

Ich stand auf. Verbeugte mich. Sie stand ebenfalls auf, kam näher. Sie war viel kleiner, als ich gedacht hatte. Hände langten mir um den Hals, zogen mein Gesicht herunter.

Ihre Zunge war Feuer in meinem Mund. »Wenn du zurückkommst, wird es dein sein«, flüsterte sie, die Toten erweckend.

178 Das Lumumbataxi rollte an ihrem Haus vorüber, ich am Steuer, der Maulwurf auf dem Beifahrersitz, Max hinten.

»Siehst du 'ne Möglichkeit?« fragte ich.

Der Maulwurf ignorierte mich, kritzelte was auf einen an den Schenkel geschnallten Notizblock.

Wieder am Schrottplatz, blickte er vom Zeichentisch auf. »Meine Freunde sagen, du hast diesen ... Menschen besucht. An der Fifth Avenue.«

»Ich hab ihm nichts getan.«

»Du hättest es mir sagen sollen.«

»Deine Freunde, haben die dich gefragt, ob du was gewußt hast?«

»Ja.«

»Schön, wenn man seinen Freunden die Wahrheit sagen kann, nicht?«

Der Maulwurf nahm die Colaflaschenbrille ab, rieb sie an seinem schmierigen Overall, schwieg.

179 Später in dieser Nacht glitt Max, ganz in Schwarz, aus dem Lumumbataxi. Wir waren einen halben Block vom Ziel entfernt in einer Seitenstraße mit Blick auf ihr Haus.

Konnten nichts als warten.

Wir saßen schweigend, der Maulwurf checkte die Windschutzscheibe, ich das Rückfenster. Rauchen verboten. Ich hielt einen 38er an mein Bein, gen Boden gerichtet. Es war nicht Max, um den ich mich sorgte – in dieser Gegend schlachten sie Autos aus, wenn die Insassen noch drin sind.

Max bewegte sich wie ein Krake in Tinte – sah ihn nicht, bis er fast auf uns hing.

Wieder im Bunker, machte Max das Zeichen für Türöffnen, hielt zwei Finger hoch. Zwei Türen, vorne und hinten. Hielt einen Finger hoch, stieß vorwärts, machte ein Zeichen für Türknaufdrehen, legte eine Faust ans Auge, als schaue er durch ein Teleskop. Hielt zwei Finger hoch, zog nach hinten, flachte den Handteller ab, als streiche er über eine glatte Fläche.

Der Maulwurf skizzierte rasch, zeigte Max das Haus: Vorderansicht, eine Tür zwischen zwei vergitterten Fenstern, Spion zirka in Gesichtshöhe, Türknauf links. Max nickte. Dann die Hinteransicht: die Tür bloß ein Stück flaches Metall, kein Spion, kein Türknauf, Pfeile, die anzeigten, daß sie nach außen aufging. Wieder ein zustimmendes Nicken. Der Maulwurf skizzierte eine von Fenster zu Fenster verlaufende Feuertreppe an der Rückseite des Gebäudes. Max schüttelte den Kopf, machte wieder seine Geste mit der flachen Hand. Der Maulwurf benutzte seinen Radierer, zeigte uns eine glatte Fläche, Fenster zugemauert.

»Einzige Möglichkeit ist vorn«, sagte ich. »Hast du ...?«

»Wir schaun noch mal«, sagte der Maulwurf.

180

Am nächsten Tag stieß ich an der Wall Street auf den Prof, der mit seinem Schuhputzlappen wie ein Virtuose ackerte. Clarence, der auf seinen perlgrauen Anzug abgestimmte Krokoslipper trug, war sein Kunde. Ich wartete, bis ich dran war.

»Lust, heute nacht Beifahrer zu machen, Prof?«

»Langsam, Mann. Steck noch einen Groschen rein, raste mein Zahnrad ein.«

»Wir müssen ein Haus checken. In der Bronx. Max, der Maulwurf und ich. Kann das Auto in der Gegend nicht alleine lassen. Bloß ein Aufpasserjob – scheuch jeden weg, der vorbeikommt.«

»Gibt es was her, is Platz für mehr.«

»Das gibt nichts her. Ich muß nur was erledigen.«

»Ich auch.«

»Hör zu, Prof, da, wo wir hingehn, gibt's nichts aufzuteilen, okay?«

»Macht kein Sinn, Mann. Aber ich bin so frei, schon dabei. Hol uns am Pier ab.«

»Uns?«

»Zieh ich den Typ nicht zu, kommt er doch nie zur Ruh«, und nickte zu Clarence hin.

181

Clarence steuerte den Plymouth durch die Nebenstraßen, und der Auspuff blubberte motorbootmäßig gedämpft von den entlang dem Block stehenden verblichenen und verlassenen Autos wider. Er hielt an, der Rücksitz leerte sich. Er fuhr los, als wir über den leeren Platz zu dem aufgelassenen Gebäude aufbrachen.

Max ging zuerst. Ich stellte die Nachhut, der Maulwurf zwischen uns. Zerbrochenes Glas knirschte unter meinen Schritten, als ich mich umdrehte und nach hinten absicherte. Ich konnte die gedrungene Gestalt des Maulwurfs voranstolpern sehen, den Lederranzen in einer Hand.

So viel Abfall in der Rinne hinter dem Haus angehäuft, daß wir direkt durch die Erdgeschoßfenster reinsteigen konnten.

Der Geruch sagte mir, daß wir nicht die ersten waren, die draufkamen. Rattengetrippel. Ich ließ meine Stiftlampe aufleuchten, schwenkte sie. Aufgetürmte Zeitungen in einer Ecke, ein Einkaufswagen ohne Räder, Metallrahmen eines Fernsehgeräts, Plastikkleiderbügel, Lumpen, die einst Kleider gewesen waren. In einer anderen Ecke das Badezimmer. Zertrümmerte Crackviolen zwischen zerborstenen Betonblöcken der Bausubstanz. Weinflaschen. Brandnarben an den Wänden, geschwärzte Streben. Gestank wie aus einem offenen Grab.

Die Metalltreppe stand noch, Teile des Geländers fehlten. Max nahm von irgendwoher ein Stück schwarze Schnur, schlang sie auf halber Höhe um eine Stufe, zog so heftig, wie er konnte. Sie hielt.

Wir nahmen die Stufen in Angriff, testeten jede. Der Absatz im ersten Stock war fest. Ich ließ die Lampe über die Wände huschen – Bandengraffiti, unter Staub und Asche verblaßt. Der nächste Stock war besser. Festere Treppe, weniger Schäden.

»Kellerbrand«, flüsterte der Maulwurf. Nachdem das Gebäude geräumt worden war, war irgendein Alki mit der Zigarette in der Hand eingeschlafen. Wahrscheinlich ließen sie's einfach vor sich hinbrennen – leer war's für den Vermieter sowieso nichts wert.

Als wir aufs Dach raustraten, konnten wir in alle Richtungen sehen: Scheinwerfer auf der Schnellstraße, den stillen Schatten des wartenden Plymouth. Schauten gerade runter auf das Ziel, die Augen wie Motten von einem hellen Licht angezogen. Ein Oberlicht, gelb-orange glimmend, mitten ins Dach eingelassen.

Der Maulwurf langte in seinen Ranzen, holte ein Nachtglas raus und begann mit der Suche. Max schritt das Dach von

Ecke zu Ecke ab, beugte sich weit über den Rand vor, Handteller vorgestreckt, als könne die Luft ihn stützen.

Der Maulwurf reichte mir das Glas. Ich zog die an der Seite des Gebäudes hinter dem Maschendrahtzaun geparkten Autos ran. Stücker fünf, parallel zum Haus stehend. Eins mit Sicherheit ein Mercedes-Coupé, aber hoffnungslos, aus dem Winkel die Autonummer mitkriegen zu wollen.

182

»Die Dachkanten sind wie ein Trapez«, sagte uns der Maulwurf. »Kriegt man keinen Griff. Oben is es glatt – nicht mal ein Fanghaken hält da. Und wenn du das Oberlicht erwischst, das Glas zerbrichst, könnte's verdrahtet sein. Irgendwelche Sensoren rund ums ganze Haus, etwa brusthoch. Vielleicht Infrarot, Bewegungsdetektoren ... schwer zu sagen.«

»Da bleibt uns was?« fragte ich ihn.

»Tunnel bis in den Keller, brech durch die Tür oder lande am Dach.«

»Dann isses die Tür. Die müssen da drin Strom haben, richtig?«

Der Maulwurf nickte.

»Und du könntest ihn abstellen?«

Er nickte wieder.

»Okay, als nächstes müssen wir sichergehn, daß sie's sind. Ich habe ihre Fotos, als sie damals festgenommen worden sind. Hab 'n paar Vergrößerungen machen lassen. Irgendwann müssen sie rauskommen ... die Gegend ist zu taff zum Rumhängen, aber vielleicht könnten wir ...«

»Ich kann auf sie aufpassen, Mahn«, sagte Clarence. »Besorg mir bloß 'n altes Auto.«

Max tippte mir auf die Schulter, deutete auf den Maulwurf,

faßte sich an den Mund, tippte sich mit den Fingern an den Daumen, als rede er, machte das Zeichen für »Was?«.

Ich übersetzte, stellte mich an einen stummen Preßlufthammer, grub mit einer unsichtbaren Schaufel, bewegte die Hand in einer umgekehrten Parabel, um zu zeigen, daß ich von unter der Erde kam. Schüttelte den Kopf: nein. Dann legte ich die Daumen aneinander, wedelte mit den Händen wie schlagende Flügel, imitierte einen Start und eine Landung. Schüttelte wieder den Kopf – wir bräuchten einen Helikopter. Dann mimte ich das Betätigen eines T-Griffes an einem Dynamitsprengkasten, warf die Hände zum Zeichen für Explosion auseinander. Machte das Zeichen für »okay«.

Max sah zum Maulwurf. Stand auf, deutete. Sie gingen zusammen weg.

183

»Er is immer noch abgängig, Mahn.«

»Er kann nicht lange abgängig bleiben, Jacques. Er hat bloß eine Möglichkeit, sich seine Brötchen zu verdienen. Und Wolfes Leute sind an ihm dran.«

»Ja. Und was passiert, wenn sie ihn finden? Geht er in Knast, weil er das Baby umgebracht hat?«

»Vielleicht. Wer weiß? Er wird sagen, es war ein Unfall ... oder vielleicht, daß es die Mutter war. 'ne sichere Sache gibt's nicht.«

»Sicher is die Sache, wenn wir ihn zuerst finden, Mahn.«

»Yeah, weiß ich. Deswegen bin ich aber nicht hier. Ich brauch ein bißchen Zeug.«

»Was denn, Mahn? Du brauchst bloß fragen.«

»Zwei Schrotflinten. Eine halbautomatische und eine doppelläufige. Beide zwölfer Kaliber. Und eine Glock mit langem Magazin. Riemen für die Flinten, Schulterholster für die Glock, Griff nach unten. Okay?«

»'ne Glock? Das sieht dir nich ähnlich, Mahn. Du bist mein einziger Kunde, der nie 'ne Automatik benutzt – sich immer beschwert, daß sie klemmen, egal, was ich dir sag, hä?«

Ich zuckte nur mit den Schultern, dachte dran, was ich in Indiana gelernt hatte.

»Brauchste soviel Feuerkraft, könnteste vielleicht auch ein, zwei Männer brauchen, ja?«

»Nein, ist okay. Ist bloß für den Fall des Falles, weißt du?«

»Ich weiß. Arbeitet Clarence noch für dich? Ausschau halten nach diesem Kerl, Emerson?«

»Yeah.«

»Er is 'n guter Junge. Er ist vielleicht noch 'n bißchen hitzköpfig, aber er is ja noch jung.«

»Das ist er. Wie rasch kommst du an das Zeug ran?«

»Bloß 'n Tag oder so, Mahn. Ich hab sie dann alle durchgetestet, völlig in Ordnung. Wenn du fertig bist, kannst du sie dalassen, egal, wo du sie brauchst – eiskalt und sauber, in Ordnung? Irgendwas, was du vorher dran gemacht haben willst?«

»Säg die Läufe von den Schrotflinten ab.«

»Klar, Mahn. Abzug modifiziert, ja? Zwölfer Kaliber, Dreizollpatronen, Doppel-O?«

»Perfekt.«

»Morgen nacht dann.«

184

Ich brachte Luke gerade bei, wie man im Kasino spielt, als eins der Münztelefone bei Mama läutete. Sie kam an den Tisch, deutete auf mich.

»Sie isses, Mahn. Die Frau auf dem Foto. Todsicher.«
»Hau da ab. Sofort.«
Die Leitung war tot.

185

»Wie viele Karten übrig?« fragte ich Luke und deutete auf den Stapel zwischen uns.
»Zwölf.«
»Wie viele Karten hast du bereits kassiert?«
»Neunzehn.«
»Wie viele Pik?«
»Fünf.«
»Wie viele Karten im Spiel?«
»Vier in meiner Hand, vier in deiner, zwei auf dem Tisch. Zehn.«
»Wie viele Karten hab ich kassiert?«
»Elf.«
»Okay, und was machst du nun, wenn du ...?« Max setzte sich neben Luke hin, machte eine »Komm schon«-Geste zu mir, ungeduldig.
»Wir spielen später weiter«, sagte ich zu Luke.
Das Kid hüpfte mit bettelnden Augen auf dem Sitz rum. »Kann ich auch mit?«
Ich sah zu Max. Er schnappte Luke am Gürtel, hob ihn wie eine Aktentasche vom Sitz. Das Lachen des Bengels hallte durchs Restaurant, als Max ihn nach hinten schleppte.

186

Wir stiegen in den Plymouth. Max machte das Zeichen für den Maulwurf. Später Nachmittag. Wir krochen auf dem FDR nach Norden, Luke mit strahlenden Augen zwischen uns ob der Aussicht, seinen Kumpel zu sehen.

Terry ließ uns durch das Tor. Er und Luke rannten zusammen fort, von Simba umkreist, der wie ein Welpe kläffte. Max zog mich vorwärts.

Der Maulwurf war ein gutes Stück von seinem Bunker weg über ein U-förmiges, vielleicht vier Meter breites Metallgestell gebeugt. Es war an etwas verankert, das aussah wie Metallstangen, die im Fünfundvierziggradwinkel von der Mitte der Gestellarme aus zum Boden verliefen.

»Was ist das, Maulwurf?«

Er ignorierte mich, schlang ein dickes Gummiband um ein Ende des Gestells, dann ums andere. Es sah aus wie eine riesige Zwille. Auf der Unterseite des U-Gestells klappte er ein Paar Metallröhren aus, etwa einen Meter voneinander entfernt. Paßte sie an die Rückseite des Gummiriemens an. Dann zog er an einem Hebel. Bei jedem Zug ein Ratschen. Der Gummi dehnte sich. Dehnte sich weiter. Er nickte Max zu. Der Mongole hob zwei Rücken an Rücken zusammengebundene Säcke Trockenzement hoch, paßte sie in die vom Gummi gebildete Mulde. Der Maulwurf zog den Hebel, und der Zement zischte ab wie eine Raumfähre, flog in hohem Bogen und knallte vielleicht hundert Schritt weit weg auf das Dach eines Autowracks.

»Du bist ein scheiß Spinner«, sagte ich dem Maulwurf. Er verbeugte sich. Max grinste.

»Ist unmöglich«, sagte ich. »Max geht drauf.«

»Is nicht unmöglich«, sagte der Maulwurf. »Is bloß das Verhältnis. Zug zu Gewicht, Höhe zu Entfernung. Es hat noch zuviel Power. Wir brauchen nichts als 'nen Bogen, in dem Max runtersegeln kann.«

»Segeln? Du bist ein Irrer. Und er ein noch größerer.«

Max zog gerade schwarze Seide aus einem Seesack, als Luke und Terry auf uns zukamen.

»Was macht Max da?« fragte der Bengel.

»Er macht sich zum Narren.«

»So was macht Max nicht ... Kann ich's sehen?«

Der Krieger stieg in sein Kostüm. Er war von Seide umschlossen: eine Kapuze dicht über dem Kopf, Velcro-Verschlüsse an Handgelenken und Fußknöcheln. Übliches Nachtschleierzeug – ich hatte es schon gesehn. Dann breitete er die Arme aus wie der Gekreuzigte, und ihm wuchsen Flügel – gerippte Seide bauschte sich von den Handgelenken bis zu den Fußknöcheln.

»Das ist herrlich!« Luke klatschte begeistert in die Hände.

»Himmel!« sagte Terry.

Ich sagte nichts.

187

Der Maulwurf trug sein Katapultiergerät in einer Hand. »Aluminium«, sagte er, als ich ihm einen fragenden Blick zuwarf.

»Warum schießt du ihn nicht einfach mit 'ner Kanone ab?«

»So weit muß er nicht. Die Fallhöhe von Dach zu Dach ist rund fünfzehn Meter. Das Starterdach ist viel höher als das Ziel.«

Stell einem Spinner eine Frage ...

Wir gingen rüber, wo verschrottete Autos zu einem zirka sechs Meter hohen Berg aufgetürmt waren. Langsam arbeitete sich der Maulwurf nach oben vor, baute sein Katapult auf. Er kletterte runter, schritt die Entfernung ab, holte eine Dose Farbspray aus dem Overall, sprühte ein weißes X auf den harten Boden.

»Etwa vier Klicks«, sagte er. Kletterte wieder nach oben. Es dauerte eine Weile.

Max ging den Berg an, als wär er 'ne Rampe. Lehnte sich in die Mulde zurück, nickte einmal. Der Maulwurf zog an dem Hebel.

»Max will fliegen!« sagte Luke.

Ich hielt die Luft an.

Ein *Wuusch!*-Geräusch, und Max war in der Luft. Er schoß steil hoch, klappte den Körper zusammen wie ein Turmspringer, schlug mit lautem Knall die Flügel auf. Sein Körper wurde hochgerissen wie von einer Bö erfaßt, richtete sich aus und segelte zu Boden wie ein Schmetterling, der auf einer Blume landet. Mitten auf dem verdammten X.

Max atmete nicht mal schwer. Der Maulwurf riß sich das Knie auf, als er von dem Autoberg runterstolperte.

188

»Verdammt, zum allerletzten scheiß Mal, Prof, da ist kein Geld drin.«

»Nicht mal du bist blöde genug, für nichts rambomäßig in ein Haus reinzumachen, Schuljunge. Ich geb mein Heil, nimm mein Teil.«

Ich versuchte gar nicht erst, es ihm auszureden – er kannte die Wahrheit.

Wir hatten alle unsere Gründe.

Ich wußte, ich würde in dem Haus keine Antworten finden. Ich war so einsam. Vermißte meinen alten Kumpel. Furcht. Ich würde ihm früh genug begegnen.

189 Zwei Uhr morgens, in den vorderen Fenstern war immer noch Licht. Zwei im Erdgeschoß, eins im ersten Stock. Der zweite Stock war dunkel.

Ich checkte meine Uhr. In zwei Minuten hagelte es Anrufe auf der 911: hispanische, schwarze, weiße, asiatische Stimmen. Schußwechsel an der 138th, Ecke Concourse, Brand in einem Vereinslokal, Mann mit einer Machete rennt die Walton Avenue runter, Frau mit Baby am Arm im obersten Stock des Projects, droht zu springen, Überfall auf Bodega, Cop am Boden an der Hoe Avenue.

Clarence saß am Steuer des klobigen hellblauen Kombi mit dem getürkten Namen eines Schlachterladens in kastanienbrauner Schrift auf der Seite. Sahen ihn Cops durch die South Bronx zockeln, dachten sie, er wäre unterwegs zum Fleischmarkt in Hunts Point.

»Bist du bereit?« fragte ich Clarence und richtete den Schulterriemen der Schrotflinte über meiner Brust. Ich hatte die Halbautomatische, der Prof arbeitete immer mit einer Doppelläufigen.

»Ja, Mahn.«

»Wir gehn zuerst, okay? Nichts geht ohne uns los. Baller nicht wegen nichts rum – gehn sie nicht auf mich los, zischst du zu dem Platz ab, sobald die Vordertür geht. Hör zu, Clarence, hör gut zu. *Jeder* kommt hinten raus, okay? Der Maulwurf ist zuerst beim Kombi. Er kommt klar. Er sieht zwar scheiße, aber wenn er muß, kann er einigermaßen fahren. Und er weiß, wohin er muß. Komm ich zuerst raus, warte ich auf Max. Kommt er zuerst, wartet er auf mich. Vergeude nicht die Zeit und versuch ihn in Marsch zu kriegen – er wird nicht gehn. Erwischt es jemand, haben wir hinten den Sanitätskasten. Kommt's dazu, laß den Maulwurf doktern, du fährst. Kommt irgendwer nach Max und mir raus, ballerste ihn weg.«

»Ich hab's kapiert, Mahn. Ich laß euch nich im Stich.«

»Weiß ich. Deine Mutter hat 'nen Teufelskerl großgezogen.«

Sein gepreßtes Lächeln blitzte in der Dunkelheit auf. Ich beobachtete das Zielgebäude. Hielt die Hände vor mir, Teller nach unten, Finger gespreizt. Gefühlvolle Finger, so kamen sie mir nun vor. Röntgenaugen, die die Knochen sahen. Kalte Knochen, Eiszapfen – sie würden wie Glas zerspringen, falls ich gegen irgendwas stieß.

Ich drehte die Plastikflasche mit Talkum, rieb mir die Hände damit völlig ein. Schlüpfte in die Operationshandschuhe, wärmte meine Finger.

Dann zog ich das Velcroband eng um mein rechtes Handgelenk, checkte die Elastizität. Ich mußte die Schrotflinte mit einer Hand abfeuern.

Ich spürte, wie mein Herz hämmerte, atmete durch, bis es auf einen runden Leerlauf runter war. Die da drinnen, das waren nicht diejenigen. Aber sie taten es auch.

Oben auf dem aufgelassenen Gebäude blinkte ein winziges rotes Licht. Zeit.

Ich streckte die Hand aus. Clarence nahm sie, drückte zu.

Ich trat auf die Straße. Hände voll. Setzte mich in Marsch.

Die Scheinwerfer des Kombi blinkten auf. Gingen aus. Blinkten wieder. Das Zeichen für den Maulwurf. Im Zielgebäude gingen die Lichter in den Fenstern aus, Strom tot. Der Bolzenschneider schaffte das Tor auf einen Hieb. Ich ging bis zur Tür, Flinte in der rechten Hand. Kein Ton von drinnen – wahrscheinlich dachten sie, es wäre eine durchgebrannte Sicherung. Drückte mich an die Wand neben der Tür, knetete das *Plastique* rund um die Fassung. Zog die Schnur und rannte zur Seite des Hauses, rollte mich zur Kugel zusammen, Stiefelsohlen auf die Tür gerichtet. Sie flog mit einem gedämpften Knall weg, und ein Zwergpilz aus Mörtelstaub blähte sich.

Ich war hoch und rannte zurück zum Eingang, ging in die Hocke, als ich mich durch die Tür zwängte, ein menschlicher Stolperdraht in Aktion. Rechts von mir Bewegung – ich zog die Schrotflinte einmal durch. Stimmen schrien über mir. Erdgeschoß leer bis auf zwei Sofas, großes Fernsehgerät. Und eine Gestalt in Jeans und vollgespritztem weißen T-Shirt, blutig von der Taille bis zum Gesicht.

Treppe in der Mitte. Ich ging sie im Krabbenstil an, Bauch flach an der linken Wand, die rechte Hand vortastend. Eine Gestalt schielte vor mir um die Ecke. Ich feuerte, kletterte hinter der Qualmwolke hoch, während ein Körper die Treppe runter auf mich zugetaumelt kam, hielt mit der Flinte um die Ecke, suchte ab. Ich senkte die Schrotflinte, riß die Automatik aus dem Schulterholster.

»Polizeieinsatz!« brüllte ich, und meine Ohren klingelten vom Widerhall. »Mit erhobenen Händen rauskommen!«

Zwei von ihnen torkelten in den Flur. Mann in weißen Boxershorts, Frau in rotem Nachthemd, Hände oben, wollten was sagen.

Ich marschierte den Korridor lang. »Wo sind die andern?« fragte ich und richtete die Pistole zwischen sie aus.

»Unten«, sagte der Mann.

»Wie viele?«

»Sieben. Wir sind die Neun. Ich ...«

»Umdrehen, Hände an die Wand. Eine Bewegung, und ihr seid tot.«

Sie umarmten einander, als hätten sie's noch nie gemacht.

Ich zog eine Signalleuchte aus der Jacke, riß sie an. Sie glomm wie kaltes grünes Feuer bei der Treppe am Ende des Flurs. Genug Licht, um Max zu sehn, der wie ein Schatten aus lauter Energie die Treppe runter kam. In meiner Brust knirschte irgendwas wie Zellophan, unterdrückte Furcht löste sich – er hatte es aufs Dach geschafft. Ich deutete vorwärts, stand Schmiere, während er in die anderen Zimmer ging.

Drei Zimmer und ein Bad auf diesem Stock, Türen offenstehend. Der Mann und die Frauen waren aus einem ganz hinten gekommen. Max trat wieder auf den Korridor, gab mir ein »Alles klar«-Zeichen. Deutete mit dem Finger nach oben, umfaßte den Finger mit der anderen Hand, bückte sich vornüber. Einer von ihnen war oben gewesen.

Die Zeit lief ab. »Wo sind die anderen?« fragte ich sie ruhig.

»Haben wir doch schon gesagt«, sagte die Frau. »Unten.«

Da riß es mich – wo für Luke alles angefangen hatte. Ich trat dicht zu ihnen, zog den Drücker ein ums andere Mal durch, ballerte sie aus der Welt. Rückte die Treppe runter vor, rasend nun, spürte Max hinter mir.

Die Kellertür war abgesperrt – fühlte sich an wie Stahl. Ich trat zur Seite. Max' Bein schoß vor wie eine Ramme, die schnellfeuermäßig rund um den Knauf hämmerte. Ein letzter Tritt riß sie aus den Angeln. Zur Antwort Schußfeuer, Kugeln jaulten hoch zu uns. Ich ließ mich auf den Bauch fallen, klinkte die schlagballgroße Granate von meinem Gürtel, zog mit den Zähnen den Stift, schmiß sie rein. Ein weißer Blitz kurz vor dem Knall. Ich kroch blind hastend rein.

Licht an – sie mußten einen Generator haben. Eine Kugel kratzte die Wand neben meinem Gesicht. Ich leerte die Glock, ließ sie Z-förmig kreisen, mähte sie nieder, schlitterte wieder raus, rastete ein neues Magazin ein.

Totenstille jetzt. Ich kroch die Treppe runter. Die hintere

Wand war von der Granate aufgerissen – ich konnte ungehindert raus in die Nacht sehn. Ein Paar schwere Videokameras auf Dreifüßen, zum Kreuzfeuer auf ein schwarz verkleidetes Podium vor einem umgekehrten Kreuz ausgerichtet. Dreißig Zentimeter große Zahlen drüber an die Wand gesprüht: 666. Das Podium war von der Explosion unberührt, wartete drauf, daß die Show begann. Ich ging hin, schaute runter. Die Oberfläche bestand aus schimmerndem Hartholz, in das ein umgedrehtes Pentagramm geschnitzt war wie der Ablauf beim Schlachter. Das Pentagramm starrte mich an wie ein höhnisch grinsender Ziegenkopf.

Zwei Leichen da unten. Eine trug eine schwarze Kapuze, oben spitz zulaufend, in weiß irgendwelche wirren Symbole drauf, eine 45er in der Hand. Die andere war eine Frau, schwarze Haare, dicke weiße Schminke, schwarzer Lippenstift. Beide waren sie von Kugeln der Glock durchsiebt. Ich fuhr rum, wollte weg, als ich es sah ... in der Ecke. Ich zwang mich hinzuschaun. Ein kleiner Junge. Hände auf den Rücken gefesselt, Klebeband über dem Mund, nackt. Einschußlöcher entlang dem Rückgrat. Ich drehte ihn mit der Hand um, zu spät sanft. Die austretende Kugel hatte das Gesicht weggerissen.

Mein Verstand tilgte die Kinderleiche, verweigerte sich dem Bild, ein unberührter weißer Schirm mit schwarzen Ziffern, zählend: Neun hatte die Frau oben gesagt. Wir sind die Neun. Ich hatte mit der Schrotflinte zwei aus dem Verkehr gezogen, bevor ich sie und ihren Kumpel erledigt hatte. Max hinterließ auf dem Weg vom Dach runter einen. Zwei im Keller. Der kleine Junge zählte nicht – er gehörte nicht zu ihnen. Irgendwo noch zwei. Ich zeigte Max zwei Finger. Er nahm die hintere Tür in Angriff. Sie stand offen, leicht in der Nachtluft schwingend. Ich riß meine letzte Leuchtkerze an, schmiß sie raus, rollte mich im Widerschein hinterher, Max dicht hinter mir. Wir rückten zum Kombi vor, hielten uns unten. Ich sah einen Frauenkörper mit dem Gesicht nach oben im Gras liegen. Wir waren zirka fünfzig Schritte weg, als die Schüsse kamen. Einer erwischte mich an der Schulter – ein harter Hieb mit dem Eispfriem. Weiße Drähte rissen durch meinen Arm, Sterne barsten in meinen Augen, als ich zu Boden ging. Max hechtete über mich, deckte mich mit seinem Körper. Doppelknall aus der Schrotflinte des Prof, klatschender Schwarm Killerhornissen aus Clarences Automatik.

»Die Arschgeige is weg, Bruder! Renn los, wir sichern dir den Rücken!«

Auf den Beinen jetzt, Max Arme um mich, rennend. Hörte den Motor des Kombi losröhren, spürte, wie ich reingehoben wurde.

Dann wurde alles schwarz.

190

Ich ruhte mich auf dem Schrottplatz aus. Hatte durch den Druckverband, den sie mir draufgeklatscht hatten, nicht viel Blut verloren. Verdöste ein paar Tage unter Schmerzmitteln.

Ich war okay, was das anging, die Todeszeit. Redete mit Terry, sah ein bißchen fern. Max fütterte jeden Tag Pansy, kam schließlich zurück und brachte sie zu mir. Sie war in Hitze. Es dauerte fünfzehn Minuten, bis ich ihn in einhändiger Zeichensprache überzeugen konnte, daß er die Hündin eine Zeitlang zu Elroy schaffen sollte.

Clarence kam vorbei, setzte sich neben meine Pritsche im Bunker.

»Ich hab ihn abheben sehn. Den Stillen. Wie ein Drachen,

ein fliegender Teufelsfisch. Gleich nachdem du die Vordertür hochgejagt hast. Hat ausgesehn, als wär er ewig da oben gesegelt.«

»Haste dagestanden und zugesehen?«

»Oh, der Prof hat das gesagt, Mahn. Ich bin zuletzt mit ihm rum zur Hintertür. Ich hab den ersten nich mal rauskommen sehn. Der Prof war's, der sie übernommen hat – 'n junges Mädel. Die wär beinah über mich her mit dem langen Messer, hat gekreischt wie 'ne irre Hexe, als ich die Schrotflinte gehört hab. Hat se gleich niedergesäbelt. Hätt ich nich gedacht, daß der kleine Kerl so was tun könnte.«

»Yeah. Er is 'n scheiß Wunder.«

»Er is 'n Mann. Wie ich noch kein kenne. Ganz ruhig danach. Dann Schüsse von drinnen. Und die Explosion. Ich frag ihn, wie lang wollen wir warten? Er sagt, bis du rauskommst. Ich frag ihn, was is, wenn du nich rauskommst? Weißt du, was er zu mir sagt, Mahn? Er sagt, dann finden uns die Cops, wenn se kommen. Und wir sterben gleich da. Sterben wie Männer. Ich wünschte, meine Mutter hätte so 'nen Mann gekannt.«

»Ich auch.«

Die Kugel hatte keinen Knochen erwischt. Der Verband saß ein paar Zentimeter neben dem Amulett der Queen, immer noch um meinen Hals. Ich genas, wartete meine Zeit ab. Blieb in mir, vereiste.

Als sie Luke auf Besuch vorbeibrachten, fing ich an zu weinen.

Bis ich aufgehört hatte, war er wieder weg.

191 In Wolfes Garten, in der Dunkelheit.

»Sie haben die Leichen identifiziert«, sagte sie. »Keine Bänder. Sie müssen gerade angefangen haben, als es passierte.«

»Vermutlich.«

»Storm hat ein Baby. Ein Mädchen. Sie hat sie Sunny genannt.«

»Hübsch.«

»Und wir haben Emerson festgenommen. Haben ihn gestern eingefahren. Hing beim Sozialamt herum. Er ist auf dem Felsen. Und diesmal wird die Anklage greifen.«

»Yeah.«

Sie warf ihre Zigarette weg. »Burke ...«

»Yeah?«

Sie stand dicht neben mir, hielt meine Hand. Ihr Kuß war sanft. »Sie und ich, das kann nicht gutgehen.«

»Weiß ich.«

192 Ich stand allein auf meinem Dach, schaute runter ins Nichts. Den Namen des letzten Opfers hatte ich nicht erfahren – ich wußte also nicht, um wen ich weinte.

Dachte an das, was ich nicht hatte, bis die Liste zu lang wurde.

Clarences Stimme, sehr weit zurück. »Was wär denn Gerechtigkeit, Mahn? Damit das Baby in Frieden schlafen kann?«

Er war jetzt älter.

Ich kann keine Kinder zeugen. Kann keine Liebe vortäuschen. Ich bin am Ende mit meinen Tränen. Wieder bei dem, was ich verlassen hatte.

193 Bei Mama, hinten in der Nische, Suppe schlürfen, Pläne machen.

»Anruf für dich«, sagte Mama. »Gestern.«

»Hat er 'nen Namen hinterlassen?«

»Kein Mann. Frau. Sagt, dir bestellen, Belinda anrufen. Sie sagt, du ihre Nummer haben.«

194 Sie brachten Silver ins Anwaltsbesprechungszimmer auf Rikers. Wir schüttelten uns die Hände. Ich spürte seinen kräftigen Zugriff bis rauf in meine verletzte Schulter.

Er beugte sich vor, Knastgeflüster. »Helene hat's mir gesagt. Ich schulde dir was, Bruder.«

Ich langte in meinen Attachékoffer. Zeigte ihm das Bild von Emerson, fuhr mit dem Daumen an der ausrasierten Kante entlang. Sagte leise den Namen des Babymörders. Er mußte im selben Kahn wie Silver sein, während er auf den Prozeß wartete – in Rikers sitzt alles aus der Stadt.

Silver starrte eine ganze Minute lang auf das Foto, nickte, reichte es zurück.

195 Hier bin ich nun. Warte, bis daß mein Geist umgeht.

Bitte beachten Sie auch die folgenden Seiten

»Vachss mag kein Dante sein,
aber von der Hölle hat er eine präzisere,
detailliertere Vorstellung
als sein italienischer Bruder im Geiste.«

SÜDWESTFUNK BADEN-BADEN